레이먼드 챈들러는 나의 영웅이었다. 무라카미 하루키

냄새까지 느껴질 듯 생생하게 묘사된 캘리포니아. 필립 말로는 그 비열한 거리를 헤치며 나아간다. 가끔씩 무심한 말을 내뱉으며 낡아빠진 기사도를 꿈꾸는 그에게서 세상의 탐정 반이 태어났다. 레이먼드 챈들러와 그의 페르소나 필립 말로. 그들에 이르러서야 추리소설은 이성의 한 조각에서 사회의 한 부분으로 자리잡을 수 있었다.

decca (howmystery.com 운영자)

하드보일드의 음유시인 챈들러는 미국 대중문화의 상징적인 존재라 해도 과언이 아닌 작가이다. 추리문학의 대가 가운데는 추리소설이라는 장르를 깨고 일반 문학에서도 인정을 받는 이들이 몇 있는데 챈들러는 그 가운데에서도 우뚝 서 있다. 장경현 (싸이월드 '화요추리클럽' 운영자)

레이먼드 챈들러는 미국을 이야기하는 새로운 방식을 고안해내었다. 그 이후로 미국을 예전과 같은 시선으로 바라볼 수 없게 되었다. 폴 오스터

그 누구도 챈들러처럼 글을 쓸 수는 없다. 설령 포크너라 할지라도.

보스턴 북리뷰

레이먼드 챈들러 추리소설(전6권)
1. 빅 슬립
2. 하이 윈도
3. 안녕 내 사랑
4. 호수의 여인
5. 리틀 시스터
6. 기나긴 이별

빅슬립

The Big Sleep

ⓒ 1939 Raymond Chandler Limited, a Chorion Company
All rights reserved

Korean translation copyright ⓒ 2004 Raymond Chandler Limited, a Chorion Company
Korean translation rights arranged with Raymond Chandler Limited, a Chorion Company
through EYA(Eric Yang Agency)

이 책의 한국어판 저작권은 EYA(Eric Yang Agency)를 통한
Raymond Chandler Limited, a Chorion Company사와의 독점계약으로
한국어판권을 (주)북하우스 퍼블리셔스가 소유합니다.
저작권법에 의하여 한국 내에서 보호를 받는 저작물이므로 무단전재와 복제를 금합니다.

빅슬립

레이먼드 챈들러 추리소설 | 박현주 옮김

Big Sleep

북하우스

 일단 죽으면 어디에 묻혀 있는지가 중요할까? 더러운 구정물 웅덩이든, 높은 언덕 꼭대기의 대리석 탑이든 그게 중요한 문제일까? 당신이 죽어 깊은 잠에 들게 되었을 때, 그러한 일에는 신경쓰지 않게 된다. 기름과 물은 당신에게 있어 바람이나 공기와 같다. 죽어버린 방식이나 쓰러진 곳의 비천함에는 신경쓰지 않고 당신은 깊은 잠에 들게 되는 것뿐이다.

1

 10월 중순 오전 열한시경이었다. 햇빛은 비치지 않았고 선명하게 드러난 산기슭에는 거센 비의 기운이 감돌고 있었다. 나는 진한 청색 와이셔츠와 넥타이에 담청색 양복을 입고 장식용 손수건을 꽂았으며 검은 단화와 짙푸른 실로 수놓은 검정색 모직 양말을 신고 있었다. 단정하고 깨끗하고 말끔히 면도도 한 데다 머리도 맑았지만 누가 알아주기를 바라는 것은 아니었다. 나는 말쑥하게 차려입은 사립탐정이 갖춰야 할 모든 것을 갖추고 있었다. 나는 400만 달러짜리를 방문하러 가는 길이었다.
 스턴우드 저택의 정문 현관은 이층 높이였다. 한 무리의 인도코끼리라도 들여보낼 수 있을 것 같은 현관 문 위에 넓은 스테인드글라스가 있었는데, 그 속에는 길어서 편리한 머리털 말고는 몸에 아무것도 걸치지 않은 채 나무에 묶여 있는 숙녀를 어두운 빛깔의 갑옷을 입은 기사가 구하고 있었다. 기사는 예의를 차려 면갑을 뒤로 젖히고 숙녀를 묶어놓은 매듭을 만지작거리고는 있으나 전혀 풀지 못하고 있는 모습이었다. 나는 그 앞에 서서 만약 내가 이 집에 산다면 조만간 저기 올라가서 저 사람을 도와줘야 할 거라고 생각했다. 그는 진심으로 애쓰고 있는 것처럼은 보이지 않았다.

홀의 뒤편에는 프렌치도어(양쪽으로 열리고 격자 사이에 틈이 없이 일정하게 구획된 모양의 문—옮긴이)가 있었고 그 너머로 에메랄드빛 잔디밭이 흰색 차고까지 넓게 펼쳐져 있었으며, 차고 앞에는 늘씬하고 피부가 거무스름한 젊은 운전기사가 반짝이는 검정색 각반을 하고 적갈색 패커드 컨버터블의 먼지를 닦고 있었다. 차고 너머로는 푸들 강아지처럼 세심하게 다듬어진 몇 그루의 관상목이 있었다. 그 너머로 둥근 지붕이 달린 커다란 온실이 있었다. 그리고는 나무가 몇 그루 더 있었으며 이 모든 것 너머에 단단하고 울퉁불퉁하며 편안하게 줄지어 선 산기슭이 보였다.

홀의 동쪽에는 타일을 깐 개방된 계단이 철제 세공 난간이 달린 주랑으로 이어져 있었는데, 그곳에는 또 다른 로망풍의 스테인드글라스 작품이 있었다. 빨간색의 둥근 플러시천 방석을 놓은 커다랗고 딱딱한 의자들이 벽의 여기저기 비어 있는 공간에 등을 지고 놓여 있었다. 그 의자들은 이제껏 누구도 앉았던 적이 없는 것처럼 보였다. 서쪽 벽 중간에는 네짝접이식 놋쇠 간이막을 친 커다랗고 텅 빈 벽난로가 있었는데 위에 달린 대리석 맨틀피스의 모서리는 큐피드로 장식되어 있었다. 맨틀피스 위에는 커다란 유채 초상화가 걸려 있었으며 그 위로 총알에 찢겼거나 좀먹어 너덜너덜해진 경기병 깃발 두 개가 유리 액자 안에 엇갈려 걸려 있었다. 초상화는 딱딱한 자세로 군복을 갖춰 입은 멕시코 전쟁 때쯤의 장교를 그린 것이었다. 그 장교는 단정하고 까만 황제수염(아랫입술 바로 밑에 약간 기른 수염 —옮긴이)과 콧수염을 기르고 뜨겁고 딱딱한 석탄빛 눈을 지닌 사람으로, 사이좋게 지내려면 꽤나 힘이 들 것 같은 남자의 전형적인 표정을 짓고 있었다. 나는 이 남자가 스턴우드 장군의 할아버지일 것이라고 생각했다. 이 사람이 장군 본인일 리는 없었다. 비록 장군이 위험한 이십대를 아직 벗어나지 않은 두 딸을 키우기에는 좀 많이 늙어버렸다는 소문을 듣기는 했어도.

내가 여전히 그 뜨겁고 검은 눈을 바라보고 있을 때 계단 아래에 있던 문이 활짝 열렸다. 들어온 사람은 집사가 아니었다. 여자였다.

스무 살 가량 되어 보이는 여자로 작고 섬세한 체격이었지만 튼튼해보였다. 연푸른빛 바지가 잘 어울렸다. 여자는 마치 떠다니는 것처럼 걸었다. 멋진 황갈색 곱슬머리는 요새 유행하고 있는, 머리 끝을 안으로 마는 페이지보이 스타일보다 훨씬 짧게 손질되어 있었다. 눈은 석판과 같은 짙은 회색으로, 나를 바라볼 때 아무런 표정이 없었다. 그녀가 내게 다가와 입가에 미소를 지어 보이자 신선한 오렌지 껍질 속처럼 하얗고 도자기처럼 광택이 나며 육식동물을 닮은 작고 뾰족한 이가 드러났다. 이는 얇고 지나치게 팽팽한 입술 속에서 반짝였다. 여자의 얼굴엔 혈색이라고는 없었고 지나치게 건강해 보이지도 않았다.
"키가 크시네요, 그렇죠?"
그녀가 말했다.
"나도 그러고 싶어서 그렇게 된 건 아니오."
여자의 눈이 동그래졌다. 당황한 것이다. 그녀는 생각에 잠겼다. 이렇게 짧은 만남에서조차 그녀에게 생각은 언제나 귀찮은 것이라는 것 정도는 알 수 있었다.
"잘생기기도 하셨고요. 본인도 알고 있을 거예요."
나는 속으로 투덜거렸다.
"이름이 뭐예요?"
"라일리요. 도그하우스 라일리."
내가 말했다.
"이상한 이름이네요."
그녀는 입술을 깨물더니 고개를 약간 돌리고서는 곁눈질로 나를 보았다. 그리고 나서 그녀는 속눈썹을 거의 뺨에 내려앉을 때까지 내리깔았다가 극장 커튼처럼 천천히 다시 끌어올렸다. 나는 그런 수작에는 익숙해져 있었다. 나를 강아지처럼 앞발 뒷발 다 허공에 들고 뒤로 구르게 하자는 속셈인 것이다.
"프로 권투 선수예요?"
내가 그렇게 하지 않자 그녀가 물었다.
"꼭 그런 건 아니고. 난 탐정이오."
"아아……."
그녀가 화난 듯 고개를 치켜들자 머리카락의 풍성한 빛깔이 커다란 홀의 약간 희미한 불빛 속에서 반짝였다.

"저를 놀리고 있군요."
"으흥."
"뭐라고요?"
"저리 가요. 내 말 들었잖소."
"아무 말도 안 했잖아요. 정말 약 올리는 사람이군요."
 그녀는 엄지손가락을 들고 깨물었다. 기묘한 모양의 엄지손가락으로, 첫째 관절에 곡선이 없이 덤으로 달린 손가락처럼 가늘고 길게 생긴 것이었다. 그녀는 손가락을 물더니 젖꼭지를 문 아기처럼 입속에서 돌리면서 천천히 빨았다.
"키가 지독하게 크네요."
 그녀가 말했다. 그러고는 이유없이 명랑해져서 킥킥댔다. 그러더니 발은 들지 않고 몸을 천천히, 그리고 나긋나긋하게 돌렸다. 손은 힘없이 옆구리에 늘어뜨린 채였다. 그녀는 발가락 끝으로 서서 내 쪽으로 몸을 기울였다. 그녀는 내 품속으로 곧장 쓰러졌다. 나는 그녀를 잡아주든가 아니면 그녀가 바둑판 모양으로 깐 바닥에 머리를 깨도록 놔두든가 할 수밖에 없었다. 내가 여자의 겨드랑이 밑으로 팔을 넣어 잡자 그녀는 다리가 후들거리는 것처럼 나한테 바로 기대왔다. 여자를 서 있게 하기 위해서는 바짝 껴안을 수밖에 없었다. 머리가 내 가슴에 닿자 여자는 머리를 돌리더니 나를 보고 킥킥댔다.
"당신, 귀엽네요."
 그녀는 킥킥거리며 말했다.
"나도 귀여운데."
 나는 아무 말도 하지 않았다. 그리고 집사가 때마침 시간도 잘 골라서 프렌치도어로 들어와 내가 그녀를 안고 있는 것을 보았다.

집사는 별로 개의치 않는 것 같았다. 그는 키가 크고 마른 은발의 남자로 60세 전후로 보였다. 파란색의 두 눈은 사람의 눈이 표현할 수 있는 가장 막연한 표정을 띠고 있었다. 피부는 아주 부드럽고 밝았으며 견실한 근육을 가진 사람처럼 움직였다. 그가 천천히 마룻바닥 위를 걸어 우리 쪽으로 다가오자 여자는 내게서 몸을 뗐다. 그녀는 번개같이 계단 밑을 향해 방을 가로지르더니 사슴처럼 계단을 뛰어 올라갔다. 내가 숨을 한 번 길게 들이마셨다 내쉬기도 전에 그녀는 사라져버렸다.

집사는 무미건조한 어조로 말했다.

"장군께서 지금 보자고 하십니다, 말로 씨."

나는 아래턱을 들어 그에게 고갯짓으로 가리켜 보였다.

"저건 누굽니까?"

"카멘 스턴우드 양입니다. 선생님."

"저 아가씨 젖 좀 떼야겠군요. 나이도 찬 것 같은데."

그는 엄숙하고 정중한 표정으로 나를 본 뒤 방금 한 말을 되풀이했다.

2

　　　우리는 프렌치도어로 나가 차고에서부터 잔디밭 건너편까지 완만한 곡선을 그리며 빙 둘러 이어져 있는, 붉은 포석이 깔린 길을 따라갔다. 소년 같은 외모의 운전기사는 이제 큰 검정색 크롬 세단을 꺼내어 먼지를 닦고 있었다. 그 길을 따라가니 온실의 옆쪽에 이르렀고 집사는 나를 위해 문을 열어준 뒤 한 발짝 옆으로 비켜섰다. 문 안쪽은 연결 복도로, 화력이 약한 화덕처럼 따뜻했다. 그가 내 뒤를 따라 들어와 바깥 문을 닫은 뒤 안쪽 문을 열어 우리는 그 문을 통해 들어갔다. 그러자 정말로 더워졌다. 공기는 두텁고 축축하며 습기로 가득 차 있었으며 활짝 핀 열대란(蘭)의 지긋지긋한 냄새가 잔뜩 진동하고 있었다. 유리 벽과 지붕에는 짙은 김이 서려 있었고 굵은 물방울이 식물들 위에 뚝뚝 떨어지고 있었다. 빛은 수족관 탱크를 살짝 통과한 것같이 비현실적인 초록색을 띠었다. 식물들이 여기저기를 채워 숲을 이루고 있었으며, 역겨운 고기 같은 이파리와 줄기가 시체의 갓 씻은 손가락처럼 널려 있었다. 거기에서는 담요 밑에서 알코올을 끓이는 것 같은 강렬한 냄새가 났다.

집사는 최선을 다해 내가 젖은 이파리에 얼굴을 맞지 않고 지나갈 수 있도록 해주었고, 잠시 후 우리는 정글 한가운데, 둥근 지붕 아래의 공터에 이르렀다. 그곳, 육각형 포석을 깐 공간에는 오래된 붉은 터키 융단이 깔려 있었고 융단 위에는 휠체어가 놓여 있었으며 휠체어 위에서 누가 봐도 죽어가는 것으로밖에 보이지 않는 노인 하나가 우리를 바라보고 있었다. 그의 검은 눈 속에서는 모든 불꽃이 오래 전에 스러졌으나, 홀의 맨틀피스 위에서 걸려 있던 초상화에서 본 것 같은 석탄빛의 솔직한 눈빛이 남아 있었다. 얼굴의 나머지 부분은 납으로 만든 마스크나 마찬가지로, 핏기 없는 입술, 날카로운 코와 주저앉은 관자놀이, 밖으로 젖혀진 귓불에는 소멸의 기운이 다가오고 있었다. 길고 말라빠진 몸뚱이는 이 열기 속에서도 여행용 모포와 빛바랜 붉은 목욕 가운으로 꽁꽁 싸여 있었다. 여윈 발톱 같은 손은 모포 위에 느슨히 깍지를 끼고 있었는데 자줏빛 손톱이 보였다. 뻣뻣한 흰 머리털이 몇 줌 그의 정수리에 흩어진 모양이 헐벗은 바위에 핀 야생화가 생명을 위해 싸우고 있는 것과 같았다.

집사가 노인 앞에 서서 말했다.

"이 분이 말로 씨입니다, 장군님."

노인은 움직이지도 말하지도 않았으며 심지어 고개를 끄덕이지도 않았다. 그는 단지 무기력하게 나를 바라보았을 뿐이다. 집사는 내 다리 뒤로 축축한 버드나무 의자를 밀어주었으며 나는 자리에 앉았다. 그는 솜씨 좋게 한 번에 내 모자를 받아들었다.

그러자 노인이 깊은 우물 바닥에서 목소리를 길어내듯 말했다.

"브랜디를 드려, 노리스. 브랜디를 어떻게 드시나, 선생은?"
"어떤 식으로든 괜찮습니다."
내가 말했다.

집사는 혐오스런 식물들 사이로 사라져버렸다. 장군은 다시 천천히, 일자리를 얻지 못한 쇼걸이 마지막 남은 고급 스타킹을 사용하듯 조심스럽게 힘을 사용해서 말했다.

"난 내 것에는 샴페인을 넣어서 마시고는 했다오. 밸리포지(펜실베니아에 위치한 곳으로 워싱턴 장군이 1777년에서 1778년 사이에 겨울 캠프를 지었던 곳—옮긴이)의 날씨처럼 차가운 샴페인 위에 유리잔 삼분의 일 정도의 브랜디를 채워서 말이오. 코트를 벗어도 좋아요, 선생. 혈관에 뜨거운 피가 흐르는 남자에게 이곳은 너무 덥지."

나는 일어서서 코트를 벗은 뒤 손수건을 꺼내어 얼굴과 목과 양손목 뒤를 훔쳤다. 8월의 세인트루이스 날씨는 이곳에 비하면 댈 것이 아니었다. 다시 자리에 앉자 자동적으로 담배를 피우고 싶은 생각이 들었지만 그만두었다. 노인은 내 동작을 눈치채고 희미하게 미소지었다.

"담배 피워도 좋아요, 선생. 나는 담배 냄새를 좋아한다오."

나는 담뱃불을 붙인 후 폐 한가득 들이마신 연기를 노인 쪽으로 보냈고, 그는 마치 테리어가 쥐구멍 냄새를 맡듯이 그 냄새를 킁킁 맡았다. 희미한 미소가 그의 그늘진 입가에 떠올랐다.

"사람이 악행을 저지를 때도 대리인을 통해서 해야만 한다면, 갈 데까지 다 간 거지."

그는 메마른 목소리로 말했다.

"선생은 지금 제법 번지르르했던 삶의 단조롭고 지루한 잔재를 보고 있는 거라오. 양쪽 다리가 다 마비되고 아랫배는 반쪽만 남은 절름발이 인생이지. 먹을 수 있는 것도 거의 없고, 자는 건 잔다고 할 수도 없이 깨어 있는 거나 다름없지. 나는 갓 태어난 거미 새끼처럼 대부분 열기에 의존해서 존재하는 것 같다오. 그리고 난초들은 그 열기에 대한 핑계고. 선생은 난을 좋아하시나?"

"딱히 그렇지는 않습니다."

내가 대답했다.

장군은 눈을 반쯤 감았다.

"역겨운 것들이오. 꽃잎도 사람의 살하고 너무 똑같지. 그리고 향기는 매춘부의 썩어빠진 달콤함 같고."

나는 입을 벌린 채 그를 쳐다보았다. 부드럽고 축축한 열기가 관을 덮는 천과 같이 우리를 감싸고 있었다. 노인은 마치 머리의 무게를 목이 지탱하지 못할까 두려워하는 것처럼 고개를 끄덕였다. 그러자 집사가 차수레를 밀고 정글을 헤치고 다가와, 내게는 브랜디 소다를 섞어주고 구리로 된 얼음통을 젖은 냅킨으로 감싼 뒤 난초들 속으로 살며시 사라져버렸다. 정글 뒤로 문이 열렸다가 닫혔다.

나는 술을 한 모금 마셨다. 노인은 나를 보면서 자꾸만 입맛을 다셨다. 그는 자신의 손을 닦는 장의사처럼 장례식을 연상시키는 집중력으로 한 입술을 다른 입술 위로 천천히 끌어당겼다.

"당신 자신에 대해서 말해보시오, 말로 씨. 내가 물어볼 권리는 있다고 생각하오만?"

"물론입니다만 말씀드릴 것이 별로 없습니다. 전 서른세 살이고, 대학을 다녔었고 필요하다면 아직 영국식 영어 정도는 할 수 있습니다. 제 일에 대해서는 딱히 드릴 말씀이 없습니다. 한때는 수사관으로 지방검사인 와일드 씨 밑에서 일했었습니다. 그의 수사반장인 버니 올즈라는 남자가 제게 전화를 해서 장군님이 저를 보자신다고 하더군요. 결혼은 하지 않았습니다. 경찰 마누라를 싫어하거든요."

"그리고 약간 냉소적이기도 하군."

노인은 미소지었다.

"와일드 밑에서 일하는 게 마음에 안 들었소?"

"전 해고되었습니다. 명령 불복종으로 말이죠. 전 불복종 항목을 평가하는 시험에서는 아주 높은 점수를 받습니다, 장군님."

"나도 언제나 그랬다오, 선생. 그 말을 들으니 기쁘군. 내 가족에 대해서 아는 게 뭐 있소?"

"제가 들은 바에 따르면, 장군님은 홀로 되셨고 젊은 따님이 두 분인데 두 분 다 예쁘고 제멋대로라고 하더군요. 한 분은 결혼을 세 번 했고, 마지막 남편은 전직 밀주업자로 사업상 러스티 리건이라는 이름을 썼습니다. 제가 들은 건 그게 답니다, 장군님."

"이 중 뭐 하나 특별하게 생각되는 게 있소?"

"아마 러스티 리건 부분이겠지요. 그렇지만, 저는 언제나 밀주업자들과 잘 지내는 터라서요."

그는 특유의 희미하게 절제하는 듯한 미소를 지었다.

"나도 그런 것 같군. 나는 러스티를 아주 좋아하오. 클론멜(더블린 남서쪽에 위치한 아일랜드의 도시―옮긴이)에서 온 덩치 큰 곱슬머리의 아일랜드 인으로 슬픈 눈을 가진 데다가 윌셔 대로만큼이나 커다랗게 활짝 웃는 남자지. 나는 그를 처음 봤을 때 그가 사람들이 생각하는 그대로의 남자일 거라고 생각했소. 우연히 도박으로 한밑천 잡은 모험가 말이오."

"그를 아주 좋아하셨군요. 그런 말까지 배우신 것 보니 말입니다."

그는 마르고 핏기 없는 손을 모포 아래에 넣었다. 나는 담배꽁초를 끄고 술잔을 비웠다.

"그는 내게 삶의 숨결을 불어넣어주었소. 그가 견딜 수 있던 동안에는 말이지. 그는 돼지처럼 땀을 흘리고 일 리터 넘게 브랜디를 마셔 대면서 나와 함께 시간을 보내며 아일랜드 혁명에 대해서 얘기해주고는 했소. 그는 한때 아일랜드 공화군의 장교였다고 하더군. 심지어 미국에서는 불법 거주자였소. 물론 우스운 결혼이었고 결혼으로선 한 달도 못 갔을 거요. 나는 지금 당신에게 가족의 비밀을 말하고 있는 거요, 말로 씨."

"아직도 비밀이겠지요. 그에게 무슨 일이 생겼습니까?"

노인은 나무토막처럼 딱딱하게 나를 보았다.

"사라졌소. 한 달 전에 말이오. 갑자기 아무에게 아무 말도 안 남기고. 내게 작별 인사도 없었소. 약간 마음은 아팠지만, 그는 거친 환경에서 성장했으니까. 조만간 그에게서 연락을 듣게 되겠지. 그 동안 나는 다시 협박편지를 받았소."

"다시라고요?"

노인은 모포 밑에서 갈색 봉투를 쥔 손을 꺼냈다.

"러스티가 옆에 있었을 때 누가 나를 협박을 하려고 했다면, 나는 그 사람을 불쌍하게 생각했을 거요. 그가 오기 몇 달 전에, 즉 아홉 달이나 열 달 전에, 나는 조 브로디라는 이름의 남자에게 내 딸 카멘을 내버려두라고 오천 달러를 주었소."

"아."

나는 말했다.

그는 가늘고 흰 눈썹을 움직였다.

"무슨 뜻이 있는 말이오?"

"아무것도 아닙니다."

그는 얼굴을 반쯤 찡그린 채 나를 뚫어지게 보았다. 그리고 나서 말했다.

"이 봉투를 받아서 검사해보시오. 그리고 맘껏 브랜디를 드시게나."

나는 그의 무릎에서 봉투를 집어들고 다시 앉았다. 나는 손바닥을 문질러 닦고 봉투를 뒤집었다. 캘리포니아, 웨스트 할리우드, 알타 브리어 크레센트 3765번지 가이 스턴우드 장군 앞으로 주소가 되어 있었다. 잉크로 쓴 주소는 기술자들이 사용하는 기울어진 활자체로 적혀 있었다. 봉투는 뜯겨 있었다. 나는 봉투를 열어 갈색 명함과 빳빳한 종이 석 장을 꺼냈다. 명함은 얇은 갈색 아마지로 금색 글자로 '아서 그윈 가이거'라고 찍혀 있었다. 주소는 없었다. 왼쪽 아래 구석에 깨알 같은 글씨로 '희귀도서 및 고급 판본'이라고 적혀 있었다. 나는 카드를 뒤집어보았다. 뒷면에는 기울어진 활자체 글씨가 더 있었다.

존경하는 장군님께,
동봉한 것은 법적으로 징수하기는 불가능하지만, 도박빚을 졌다는 사실을 명확히 나타내는 차용증입니다. 장군님께서 기일에 맞춰 지불하실 거라 믿어 마지않습니다.
A. G. 가이거 드림.

나는 빳빳한 흰 종이들을 보았다. 그것들은 잉크로 적어넣은 약속 어음이었고 지난달인 9월 초의 몇몇 날짜로 되어 있었다.

청구가 있을 시 아서 그윈 가이거나 또는 그 지정인에게 일금 일천 달러를 무이자로 지불할 것을 약속함. 대금 수령.
카멘 스턴우드.

손으로 쓴 부분은 아무렇게나 휘갈겨 쓴 정신지체아의 글씨로, 점을 찍어야 할 자리에 둥글둥글한 소용돌이나 동그라미를 잔뜩 그려넣고 있었다. 나는 술을 한잔 더 섞어 한 모금 마시고 나서 증거물을 한쪽으로 밀어놓았다.

"당신 결론은?"

장군이 물었다.

"아직 아무것도 없습니다. 이 아서 그윈 가이거란 사람은 누굽니까?"

"전혀 알 수가 없소."

"카멘은 뭐라고 하던가요?"

"나는 그 애에게 물어보지도 않았소. 그럴 마음도 없고. 그랬다간 그 애는 손가락이나 빨면서 부끄러워하는 척하겠지."

"홀에서 따님을 만났습니다. 저한테도 그러더군요. 그러고는 제 무릎 위에 앉으려고 했습니다."

그의 얼굴 표정엔 아무런 변화가 없었다. 그의 마주잡은 손은 평화롭게 모포 가장자리에 놓여 있었고 나를 뉴잉글랜드 식으로 팔팔 끓인 저녁 요리 같은 기분이 들게 하는 열기는 그를 따뜻하게 해주지도 못하는 것 같았다.

"제가 더 예의바르게 행동해야 하는 겁니까? 아니면 자연스럽게 해도 되겠습니까?"

"당신이 금지사항에 구애받는 줄은 미처 몰랐는데, 말로 씨."

"두 따님은 같이 어울려 다닙니까?"

"그렇지 않은 것 같소. 두 애들은 각기 갈라진 길로 가서 지옥에 떨어지겠지. 비비안은 버릇없고 가혹한데다가 영리하고 참으로 무모하오. 카멘은 파리 날개를 잡아 뜯기 좋아하는 어린애에 불과하지. 둘 다 고양이만큼도 도덕관념이 없지만 그건 나도 그렇소. 스턴우드 집안 사람들은 다 그렇지. 계속해보시오.

"두 분 다 교육을 잘 받았겠지요. 무슨 일을 하고 있는지 정도는 알 겁니다."

"비비안은 속물들이 다니는 명문 학교와 대학에 다녔소. 카멘은 그보다 훨씬 더 자유롭게 애들을 방치하는 학교들을 여섯 군데 정도 전전하다가 결국 처음 다녔던 곳에서 졸업했지. 내 짐작으로는 그 애들 둘 다 보통 사람이 가지는 악덕은 모두 다 지니고 있었을 거요. 지금도 여전히 지니고 있고. 내가 부모된 입장으로선 좀 나쁘게 말하는지는 모르지만, 말로 씨, 내 삶에 대한 지배력이 너무 미약해서 빅토리아 시대의 위선까지 지고 갈 수가 없어서 그렇소."

그는 머리를 뒤로 기대더니 눈을 감았다가 갑자기 다시 떴다.

"쉰넷에 처음으로 부모 역할을 맡게 된 남자라면 이 모든 걸 다 겪어도 싸다는 말을 덧붙일 필요도 없겠지."

나는 술을 한 모금 마신 뒤 고개를 끄덕였다. 그의 마른 회색빛 목의 맥박이 눈에 띄게 뛰더니 다시 전혀 뛰지 않는 것처럼 가라앉았다. 3분의 2쯤은 이미 죽었지만, 그 사실을 받아들일 수 있다고 믿는 여전히 의지력이 강한 노인이었다.

"당신의 결론은?"

그가 갑자기 다그쳤다.

"저라면 돈을 줄 겁니다."

"이유는?"

"아주 적은 돈을 아껴서 큰 골칫거리를 만들 것인가 하는 문제죠. 그 배후에는 반드시 뭔가 있을 겁니다. 그렇지만 별로 마음 아플 일도 없죠. 벌써 그 때문에 마음 아프신 게 아니라면 말이지만요. 게다가 장군님께서 눈치챌 정도의 충분한 돈을 장군님에게서 갈취하려면 어마어마한 숫자의 사기꾼들이 어마어마한 시간을 들여야 할 겁니다."

"내게도 자존심이 있소, 선생."

그는 냉담하게 말했다.

"그것도 이미 계산에 넣었을 겁니다. 그 사람들을 쫓아버리는 가장 쉬운 방법입니다. 돈을 내거나 경찰에 연락하는 겁니다. 장군님께서 이게 사기란 걸 증명하지 못하시는 이상 가이거는 이 어음들에 대해 돈을 지급받을 수 있습니다. 그러는 대신에 그는 어음을 장군님께 선물로 드리고 자기가 어음을 갖고 있더라도 장군님께서 방어할 수 있도록 도박 빚이라고 인정해 버린 겁니다. 만약 그 사람이 사기꾼이라면 자기 일을 잘 아는 사람이고, 부업으로 작은 돈놀이를 하고 있는 정직한 남자라면 자기 돈을 받아야 하는 거지요. 그런데 장군님께서 오천 달러를 지불하셨다는 이 조 브로디는 누구였습니까?"

"일종의 도박사요. 기억도 안 나는군. 노리스는 알 거요. 내 집사 말이오."

"따님들이 자기 명의의 돈을 가지고 있습니까, 장군님?"

"비비안은 가지고 있지만, 대단한 액수는 아니오. 카멘은 아직 그 애 엄마의 유언장에 의하면 미성년자라오. 나는 그 애들

양쪽에게 용돈을 넘치도록 주고 있소."

"이 가이거라는 자를 등에서 떼어 드릴 수는 있습니다. 장군님. 이게 원하시는 거라면요. 그 자가 누구이든 무슨 일을 하든 간에 말입니다. 그러자면 제게 지불하시는 비용 이외에도 약간 더 돈이 들 겁니다. 그렇지만, 물론 장군님에게는 아무런 이득도 없습니다. 그 사람들에게 사탕발림하는 건 결코 도움이 안 됩니다. 이미 그 작자들은 장군님을 일급 고객 명단에 올려놓고 있으니까요."

"알았소."

그는 빛바랜 붉은 목욕가운 속에서 넓고 각이 진 어깨를 으쓱했다.

"일 분 전만 해도 당신은 그에게 돈을 주라고 했소. 그런데 이제는 그래 봐야 내게 아무런 이득도 없을 거라고 하는군."

"제 말뜻은 어느 정도 돈을 뜯기는 걸 참는 게 더 싸고 쉬울 거라는 얘기였습니다. 그게 다죠."

"나는 약간 참을성이 없는 사람인가 보오. 말로 씨. 당신 요금은 얼마요?"

"저는 하루에 이십오 달러를 받고 경비는 따로 받습니다. 운이 좋을 때 얘기지만."

"알았소. 사람들 등에서 암을 떼어내는 데 그 정도면 합리적인 가격 같군. 아주 섬세한 수술일 거요. 당신도 그걸 알아주었으면 좋겠군. 가능한 한 환자에게는 충격을 주지 않고 수술하겠지? 이런 게 여럿 될 것 같은데, 말로 씨."

나는 두번째 잔도 다 마셔버리고서는 입술과 얼굴을 닦았다.

브랜디를 들이킨다고 열기가 덜해지는 것은 아니었다. 장군은 나를 보고 눈을 깜박거리더니 모포 가장자리를 잡아뜯었다.

"그자가 정직하게 처리할 만한 사정권 안에 들어왔다고 생각이 되면 이 남자와 협상을 해도 되겠습니까?"

"좋소. 그 문제는 이제 당신 손에 맡긴 거니까. 나는 일을 어중간하게 하지는 않소."

"그 작자를 끌어내드리지요. 그 친구는 다리가 자기 머리 위로 무너져내리는 줄 알 겁니다."

"당신이 그렇게 해줄 거라고 믿소. 그럼 이제 실례 좀 하겠소. 피곤해서."

그는 몸을 뻗어 의자 팔걸이에 있는 벨을 눌렀다. 전선은 진녹색 상자 둘레를 따라 감겨 있는 검은 케이블에 연결되어 있었는데 상자 속에는 난초들이 자라 곪아 있었다. 그는 눈을 감았다가 다시 갑자기 번쩍 뜨더니 쿠션 뒤로 편히 기댔다. 눈꺼풀이 다시 떨어지고 그는 더이상 내게 신경을 쓰지 않았다.

나는 일어나서 눅눅한 버드나무 의자 등에 걸친 내 코트를 집어들고는 난초들 속을 지나 두 개의 문을 열고 나왔다. 나는 상쾌한 10월의 공기 속에 서서 산소를 마음껏 들이마셨다. 차고 옆에 서 있던 기사는 가버리고 없었다. 집사는 다리미판처럼 등을 곧게 편 채 부드럽고 가벼운 걸음으로 걸어왔다. 나는 코트를 걸치고 그가 다가오는 것을 바라보았다.

그는 60센티미터 정도 앞에서 멈추더니 엄숙하게 말했다.

"리건 부인께서 선생님이 떠나시기 전에 뵙고 싶어하십니다, 선생님. 그리고 돈 문제에 대해서는 장군님께서 얼마든지 원하시는 만큼 수표를 끊어 드리라고 지시를 내리셨습니다."

"어떻게 지시를 내리셨지요?"

그는 당황한 것처럼 보이더니 곧 미소를 지었다.

"아, 알겠습니다, 선생님께서는 탐정이시지요. 장군님께서는 벨을 울리셨습니다."

"당신이 수표를 쓰십니까?"

"제가 그런 막중한 책임을 맡고 있습니다."

"그런 일을 하고 있으면 극빈자로 인생을 마칠 일은 없겠군요. 고맙지만, 지금은 돈이 필요 없습니다. 리건 부인은 무슨 일로 나를 보자고 하시는 겁니까?"

그의 푸른 눈이 나를 부드럽고 평온한 눈길로 바라보았다.

"부인께서는 선생님이 방문한 목적을 잘못 알고 계십니다."

"내가 방문했다고 부인에게 말한 사람은 누굽니까?"

"부인 방의 창문에서 온실이 내려다보입니다. 부인께서는 우리가 안으로 들어가는 걸 보셨습니다. 저는 어쩔 수 없이 부인께 선생님이 누군지 말씀드릴 수밖에 없었습니다."

"그건 좀 마음에 들지 않는군요."

그의 푸른 눈이 얼어붙었다.

"지금 제게 저의 의무에 대해 말씀하려고 하시는 겁니까?"

"아니오. 당신 의무가 뭔지 짐작해보면서 혼자 즐길 뿐입니다."

우리는 잠시 동안 서로를 쏘아보고 있었다. 그는 푸른 눈으로 나를 바라보더니 돌아서서 가버렸다.

3

 이 방은 너무 크고 천장이 너무 높았으며 문도 너무 높고 이쪽 벽에서 저쪽 벽까지 깔린 하얀 융단은 애로헤드 호수(남캘리포니아의 산 사이에 위치한 호수의 이름—옮긴이)에 갓 내린 눈처럼 보였다. 여기저기에 전신 거울과 수정으로 만든 싸구려 장식품이 널려 있었다. 상아 가구들은 표면에 크롬 도금을 했고 거대한 아이보리 색 커튼은 창문에서부터 90센티미터 정도 아래로 흰 융단 위까지 늘어져 있었다. 하얀색 때문에 아이보리 색은 때묻은 것처럼 보였고 아이보리 색 때문에 하얀색은 핏기 없이 창백해 보였다. 창문은 어두워지는 산기슭을 바라보고 있었다. 곧 비가 올 것 같았다. 이미 기압이 높아져 있었다.
 나는 깊고 푹신한 소파의 가장자리에 앉아 리건 부인을 보았다. 그녀는 바라볼 만한 가치가 있는 여자였다. 사람의 마음을 산란하게 하는 타입이었다. 슬리퍼를 벗은 채로 현대식 긴 의자 위에 몸을 쭉 뻗고 있어 얇디얇은 실크 스타킹을 신은 다리가 보였다. 그것들은 보여주기 위해 그 자리에 놓인 것 같았다. 두 다리는 무릎까지 드러나 있었지만 한쪽 다리는 더 깊숙한 곳까지도 보였다. 무릎은 움푹 패어 있고 뼈가 튀어나오거나 너무 뾰죽하지도 않았다. 종아리가 아름답고, 발목이 길고 날씬하여 교향시의 멜로디 라인이라고 해도 좋을 선을 보여주고 있었다. 그녀는 키가 크고 손발이 가늘고 길며 강해 보였다. 머리를 아이보리 색 새틴 방석에 기대고 있었다. 머리카락은 검고 빳빳하며 가운데에서 양쪽으로 갈라 빗었다. 그리고 홀에 있던 초상화와 같은 뜨겁고 검은 눈을 가지고 있었다. 입도 멋지고 턱도 멋지다. 입술은 샐쭉하게 움푹 패였는데 아랫입술이 도톰했다.

부인은 술을 한잔 하고 있었다. 그녀는 술을 한 모금 삼키더니 잔 너머로 차갑고 흔들림 없는 시선을 나에게 보냈다.

"그래, 사립탐정이시라고요."

부인이 말했다.

"그런 사람들이 실제로 존재하는지도 몰랐어요. 책에서 말고요. 아니면 호텔 주위를 기웃거리며 돌아다니는 지저분한 아저씨들인 줄로만 알았죠."

나와는 상관없는 이야기인지라 그냥 한 귀로 흘려 들었다. 그녀는 긴 의자의 팔걸이에 잔을 내려놓고 에메랄드 반지를 반짝거리면서 머리를 만졌다. 그녀는 천천히 말했다.

"아빠랑 어떠셨어요?"

"아버님은 마음에 들더군요."

"아빠는 러스티를 좋아했어요. 러스티가 누군지 아시죠?"

"흐음."

"러스티는 속물이고 때로 천박했지만, 아주 진솔했어요. 그리고 아빠를 무척 즐겁게 해드렸죠. 그렇게 떠나면 안 되는 거였는데. 아빠는 그 때문에 아주 기분이 언짢으셨어요. 그렇다고 말씀은 안 하셨지만요. 아니, 말씀하시던가요?"

"그 일에 대해서 뭐라고 말씀은 하셨습니다."

"당신은 별로 과장해서 말씀하는 분은 아니시군요. 그렇죠, 말로 씨? 그렇지만, 아빠는 러스티를 찾고 싶어하세요. 그렇지 않은가요?"

나는 잠시 말을 멈추고 예의바르게 그녀를 바라보았다.

"그렇기도 하고 아니기도 하죠."

내가 말했다.

"그런 건 대답이 안 돼요. 그 사람 찾을 수 있을 것 같으세요?"

"해보겠다는 말도 안 했는데요. 실종자 전담반에 연락해보는 게 어떻습니까? 그 사람들에겐 조직이 있어요. 한 사람이 할 일이 아닙니다."

"아, 아빠는 경찰이 개입했다는 말을 듣고 싶어하지 않으실 거예요."

그녀는 다시 잔 너머로 나를 매끄럽게 바라보더니 잔을 비우고 벨을 울렸다. 하녀 한 사람이 옆문으로 들어왔다. 하녀는 중년 정도 나이의 여자로, 누렇고 부드러운 긴 얼굴에 코가 길고 턱이 거의 없으며 크고 젖은 눈을 갖고 있었다. 그녀는 오랫동안 노역을 한 끝에 목초지에 풀려난 순한 늙은 말처럼 보였다. 리건 부인은 빈 잔을 그녀에게 흔들어 보였고 그녀는 술을 새로 섞어서 리건 부인에게 건네준 뒤 한 마디도 없이 내 쪽으로는 눈길도 한 번 주지 않고 방을 나갔다.

문이 닫히자 리건 부인이 말했다.

"그럼, 어떻게 그 일에 착수할 건가요?"

"그가 언제 어떤 식으로 집을 뛰쳐나갔습니까?"

"아빠가 말씀 안 하시던가요?"

나는 머리를 한쪽으로 기울이고 그녀를 향해 싱긋 웃었다. 그녀는 얼굴을 붉혔다. 그녀의 뜨겁고 검은 눈동자는 발끈한 것 같았다.

"이 일에 그렇게 빈틈없이 굴 일이 뭐가 있는지 알 수 없는데요."

그녀는 날카롭게 말했다.

"그리고 난 당신 태도가 마음에 들지 않아요."

"나라고 그쪽 태도가 미치도록 좋은 건 아니오. 내가 그쪽을 보자고 청한 것도 아니고. 그쪽이 나를 불렀지. 그쪽이 나한테 공주처럼 굴든, 점심으로 스카치 위스키 한 병을 다 마시든 내가 상관할 바도 아니오. 나한테 다리를 자랑해도 상관없어요. 끝내주는 다리이기는 하니 알게 되어 즐겁군요. 그쪽이 내 태도를 마음에 들어 하지 않아도 상관없소. 내 태도는 아주 나쁘니까. 나도 내 태도 때문에 마음 아파하면서 긴긴 겨울밤을 보낸다오. 그렇지만 나를 속속들이 캐보려고 당신 시간을 헛되이 쓰지는 마시오."

 부인이 유리잔을 얼마나 세차게 내려놓았던지 술이 아이보리 색 쿠션 위로 엎질러졌다. 그녀는 다리를 바닥에 내려놓더니 벌떡 일어섰다. 그녀의 눈은 타오르는 불꽃과 같았고, 코는 벌름거리고 있었으며 입은 활짝 벌어져 하얀 이가 나를 향해 번득이고 있었다. 주먹 관절이 하얗게 되었다.

 "사람들은 나한테 그런 식으로 말하지 않아요."

 그녀는 탁한 목소리로 말했다.

 나는 그 자리에 앉은 채 그녀를 향해 씩 웃었다. 아주 천천히 그녀는 입을 다물고 엎질러진 술을 내려다 보았다. 그녀는 긴 의자의 가장자리에 앉아서 한 손으로 턱을 괴었다.

 "젠장, 이 덩치 크고 음흉하고 얼굴만 빤질빤질 잘생긴 악당 같으니라고! 뷰익으로 확 치어버리고 싶군요."

 나는 엄지손톱으로 성냥을 그어 한 번에 불을 붙였다. 나는 연기를 허공에 내뿜고서 다음 말을 기다렸다.

 "나는 자기 멋대로 하려는 남자들을 혐오해요. 그런 인간들은 그냥 혐오스럽다고요."

 "그럼 당신이 두려워하는 건 무엇입니까, 리건 부인?"

 그녀의 눈이 하얗게 되었다. 그러자 다시 까매지기 시작해서 한참 만에야 동공이 완전히 돌아왔다. 그녀의 코는 움츠러들어 있었다.

 "그럼 아빠가 당신에게 시킨 일은 그게 아니었군요."

 부인은 아직 분노의 기운이 가시지 않은 긴장된 목소리로 말했다.

"러스티에 대한 일 말에요. 그렇죠?"
"그 분에게 물어보는 게 나을 거요."
그녀는 다시 발끈했다.
"나가요, 못된 인간, 나가요!"
나는 일어섰다.
"앉아요!"
그녀가 날카롭게 말했다. 나는 자리에 앉았다. 나는 손가락으로 가볍게 손바닥을 튕기면서 기다렸다.
"부탁이에요."
부인이 말했다.
"부탁이에요. 러스티를 찾을 수 있죠, 만약 아빠가 시키신다면요."
이 또한 별로 소용이 없었다. 나는 고개를 끄덕이고 물었다.
"그 사람, 언제 나갔지요?"
"한 달 전쯤 어느 날 오후였어요. 아무 말도 없이 그냥 차를 타고 나가버렸어요. 그 사람들이 어딘가에 있는 사설 차고에서 차는 찾았지만."
"그 사람들?"
그녀는 교활해졌다. 그녀의 전신이 늘어지는 것 같았다. 그리고 갑자기 의기양양하여 나에게 미소지어 보였다.
"그럼 아빠가 말씀 안 하신 거로군요."
마치 자기가 나를 꾀로 눌러버렸다는 듯한 거의 환희에 찬 목소리였다. 어쩌면 정말 그랬는지도 모른다.
"아버님은 리건 씨에 대해서는 말씀하셨소, 그건 맞지. 그렇지만 그 분이 나를 보자고 하신 이유는 그게 아니오. 그게 나한테서 알아내고 싶었던 거였소?"

"당신이 뭐라 하든 난 신경 안 써요."

나는 다시 일어났다.

"그러면 나는 서둘러 가봐야겠군."

그녀는 입을 열지 않았다. 나는 아까 들어왔던 길고 하얀 문으로 걸어 나왔다. 내가 돌아봤을 때, 그녀는 이로 입술을 꼭 깨물고 바닥 깔개의 가장자리에 앉은 강아지처럼 물어뜯고 있었다.

나는 밖으로 나가, 홀로 이어지는 타일 깔린 계단을 내려갔다. 집사가 손에 내 모자를 들고 어디선가 홀연히 나타났다. 나는 집사가 문을 열어줄 동안 모자를 썼다.

"실수하셨군요."

내가 말했다.

"리건 부인은 나를 만나고 싶은 게 아니더군요."

그는 은발 머리를 숙이고 공손히 말했다.

"죄송합니다, 선생님. 저는 실수를 많이 저지르지요."

그는 내 등 뒤로 문을 닫았다.

나는 계단 위에 서서 담배 연기를 들이마시며 화단이 있는 테라스와 잘 다듬어진 정원수가 사유지를 둘러싸고 있는 황금 창이 달린 높은 철책까지 죽 이어져 있는 광경을 내려다보았다. 구불구불한 차도가 옹벽 사이 열린 철문으로 돌아 들어가고 있었다. 철책 너머에는 언덕이 수 킬로미터나 경사를 이루고 있었다. 그 아래 평지, 아득히 먼 곳에는 스턴우드 가(家)가

돈을 벌어들인 유전의 오래된 나무 유정탑이 몇 개 보였다. 그 유전의 대부분은 깨끗이 정리하여 스턴우드 장군의 이름으로 시에 기증되어 지금은 공원이 되었다. 그렇지만 유전 가운데 몇 개는 여전히 가동되고 있으며 유정에서 하루에 5, 6배럴씩 원유를 퍼올리고 있었다. 스턴우드 가는 이제 언덕 위로 이사하여 더이상 썩은 웅덩이 물 냄새나 기름 냄새를 맡지 않을 수 있었지만, 여전히 저택 앞쪽 창문에서 그들을 부자로 만들어준 것들을 내다볼 수가 있었다. 그들이 내다보고 싶어한다면 말이지만. 나는 그들이 내다보고 싶어할 거라고는 생각하지 않았다.

　나는 테라스와 테라스 사이의 벽돌길을 내려가, 울타리 안쪽을 따라 문 밖으로 나가서 거리의 페퍼트리(남아메리카 원산의 옻나무과의 식물—옮긴이) 아래 세워놓은 차로 갔다. 이제는 천둥이 산기슭에서 울리고 있었으며, 그 위의 하늘은 자줏빛을 띤 검은빛이었다. 비가 세차게 내릴 것 같았다. 공기가 비가 내릴 전조로 축축해져 있었다. 나는 시내로 향하기 전 컨버터블의 차지붕을 씌웠다.

　그녀는 사랑스러운 다리를 가지고 있었다. 그녀를 위해서 그 말은 해야겠다. 그 사람들, 그녀와 그녀의 아버지는 한 쌍의 세련된 시민이었다. 그는 단지 나를 시험해보려고 했던 것인지도 모른다. 그가 내게 맡긴 일은 변호사가 할 일이었다. '희귀 도서 및 고급 판본업'에 종사하는 이 아서 그윈 가이거가 협박범인 것으로 밝혀진다고 해도 그건 역시 변호사가 할 일이다. 눈으로 본 것 이상의 무언가가 더 숨어 있지 않다면. 언뜻 보기에는 밝혀내는 것만으로도 재미있는 일이 될 것 같았다.

나는 할리우드 공공 도서관으로 차를 몰고 가서 『유명한 초판본에 대하여』라는 케케묵은 책을 찾아 약간의 대략적인 조사를 했다. 30분 정도 책을 들여다보자 점심 생각이 났다.

4

　　A. G. 가이거의 주소는 라스팔마스 근처 대로 북쪽을 향해 있는 가게였다. 정문은 가운데에서 더 들어가 있었고, 구리 창틀을 댄 창문에는 중국식 차양이 내려져 있어 안이 들여다보이지 않았다. 창문에는 동양풍의 잡동사니들이 가득 진열되어 있었다. 나는 지불 안 한 계산서라면 몰라도 골동품을 수집하는 사람은 아니기 때문에 그것들이 얼마나 가치 있는 것인지는 알 수 없었다. 정문은 판유리로 되어 있었지만 가게 안이 어두침침해서 역시 안이 들여다보이지 않았다. 건물 입구가 한쪽에 붙어 있고 다른 쪽에는 번쩍번쩍하는 신용 보석 판매상이 있었다. 보석상 주인은 발꿈치를 들었다 놓았다 하며 지루한 표정으로 현관 앞에 서 있었는데, 키가 크고 잘생긴 백발의 유태인으로, 통이 좁은 검은 옷을 입고 오른손에는 9캐럿 정도 되는 다이아몬드 반지를 낀 남자였다. 내가 가이거의 가

게에 들어서자 다 안다는 듯한 미소가 희미하게 그의 입가에 맴돌았다. 나는 문이 내 뒤에서 살짝 닫히도록 내버려두고 벽에서 벽까지 깔린 두터운 푸른 깔개 위를 걸어갔다. 흡연용 스탠드가 옆에 놓인 푸른 가죽으로 된 편안한 의자들이 있었다. 좁고 반들반들한 탁자 위에는 세공된 표지에 가죽으로 장정된 책들이 북엔드 사이에 가지런하게 정렬되어 있었다. 벽에 붙은 유리장 안에도 세공된 표지의 장정본들이 몇 권 더 들어 있었다. 멋진 모양의 상품들로, 부자 장서가가 야드 단위로 구매한 뒤 다른 사람을 시켜 장서표를 붙이게 하는 그런 종류의 책들이었다. 뒤쪽에는 결무늬가 있는 나무 칸막이가 있었는데 그 가운데에 달린 문은 닫혀 있었다. 그 칸막이와 한쪽 벽으로 인하여 생긴 구석에는 한 여자가 조각이 된 나무등을 올려놓은 작은 책상 뒤에 앉아 있었다.

여자는 천천히 일어서서 몸을 흔들면서 내 쪽으로 다가왔다. 그녀는 광택이 없는 검고 꽉 끼는 드레스를 입고 있었다. 종아리가 길었으며, 책방에서는 흔히 볼 수 없는 특이한 태도로 걸어왔다. 그녀는 엷은 금발에 초록빛을 띤 눈을 하고, 눈썹은 구슬처럼 뭉쳐 있었으며 흑옥 귀걸이가 달린 귀 뒤로 빗어 넘긴 머리카락은 부드럽게 곱슬거렸다. 손톱에는 은색 매니큐어를 바르고 있었다. 그런 옷차림에도 불구하고, 그녀에게서는 침실에 있는 것과 같은 분위기가 흘렀다.

그녀는 점심 먹을 생각 따위는 금방 사라질 정도의 강렬한 성적 매력을 풍기며 내게 다가와서는, 부드럽게 반짝이는 머리채에서 심하게 삐져나오지도 않은 머리카락을 넘기기 위해 머리를 약간 뒤로 비스듬하게 기울였다. 그녀의 미소는 의례적인 것이었지만 멋지다고 우길 수 있을 만한 것이었다.

"무슨 일로 오셨나요?"

그녀가 질문했다.

나는 뿔테 선글라스를 쓰고 있었다. 나는 약간 목소리를 높이고, 새처럼 지저귀는 소리를 넣어서 말했다.

"혹시 1860년 판 『벤허』 있나요?"

그녀는 아무 말 하지 않았지만, 허, 하고 혀를 차고 싶은 눈치였다. 그녀는 냉랭하게 미소지었다.

"초판요?"

"삼판요. 116 페이지에 오자가 있는 것으로."

"없을 것 같은데요. 지금은요."

"그럼, 『슈발리에 오뒤봉』 1840년 판은? 물론 전권으로 말이죠."

"어…… 지금은 없어요."

그녀는 쉰 목소리로 그르릉거렸다. 그녀의 미소는 이제 이와 눈썹에만 걸려 있어 떨어지면 어디 가서 부딪칠지 모를 상태였다.

"책을 팔기는 하는 거예요?"

나는 정중한 팔세토 가성으로 말했다.

그녀는 나를 넘겨다 보았다. 이제 미소는 사라져 있었다. 눈길은 이제 보통 수준을 넘어 매서운 쪽에 가까웠다. 자세는 꼿꼿이 굳어져 있었다. 그녀는 은빛 손톱으로 유리장 안의 선반을 가리켰다.

"저게 다 뭐 같나요, 자몽이요?"

그녀는 신랄하게 질문했다.

"아, 저런 종류의 물건에는 관심이 없어요. 강판 판화의 복제판에 값싸고 번드르르하기만 하고 촌스럽죠. 흔하고 천박한 것들 아닙니까. 아니, 미안해요, 미안."

"알았습니다."

그녀는 다시 얼굴에 미소를 띠려고 애를 썼다. 그녀는 시무룩한 시의회 의원만큼이나 기분이 상한 상태였다.

"아마 가이거 씨는 아실지도 모르겠군요, 하지만 지금은 안 계세요."

그녀의 눈은 나를 면밀히 관찰하고 있었다. 그녀는 내가 벼룩 서커스를 다루는 법에 대해서 아는 정도밖에 희귀 서적에 대해서 아는 게 없었다.

"그럼 가이거 씨는 늦게 오시나요?"

"늦게까지도 안 오실 것 같은데요."

"이런 큰일이군요. 큰일이야. 그럼 여기 저 훌륭한 의자에 앉아서 담배나 피워야겠네요. 오늘 오후에는 시간이 비어서요. 삼각함수 수업에 대해서 생각할 일이 없으니 할 일이 없네."

"그러세요."

그녀가 말했다.

"네에…… 물론 그러시겠죠."

나는 의자 하나에 앉아서 몸을 쭉 펴고 흡연용 스탠드에 있는 둥근 주석 라이터로 담뱃불을 붙였다. 그녀는 아랫입술을 깨물고 약간 혼란스러운 눈빛을 한 채로 여전히 서 있었다. 그녀는 마침내 고개를 끄덕이더니 천천히 몸을 돌려 구석에 있는 작은 책상으로 되돌아갔다. 램프 뒤에서 여자는 나를 쳐다보았다. 나는 다리를 꼬고 하품을 했다. 그녀의 은빛 손톱이 책상 위에 놓여 있던 전화기로 향하더니 전화기를 건드리지 않고 내려와 책상 위를 톡톡 두드리기 시작했다.

5분 정도 침묵이 흘렀다. 문이 열리더니 키가 훌쩍하고 굶주린 인상의 코가 큰 사내가 지팡이를 들고 맵시 있게 들어와, 서서히 닫히는 문을 쾅 눌러 닫고는 구석으로 당당히 걸어가서 책상 위에 놓여 있는 포장된 꾸러미를 집어들었다. 그는 호주머니에서 모서리에 금장식이 되어 있는 물개가죽 지갑을 꺼내 금발 여자에게 무언가를 보여주었다. 그녀는 책상 위에 있는 버튼을 눌렀다. 키 큰 사내는 칸막이에 있는 문으로 가더니 몸이 들어갈 정도만 살짝 열고 들어갔다.

나는 담배를 다 피우고 다른 하나에 불을 붙였다. 시간은 느릿느릿 흘러갔다. 대로에서는 경적이 울리고 으르렁댔다. 커다란 붉은색 도시간 연결 전차가 우르르 소리를 내며 지나갔다. 신호등이 땡, 하는 소리를 냈다. 금발 여자는 팔꿈치를 괴고 눈을 손으로 살짝 가린 뒤 그 손가락 새로 나를 쳐다보았다. 칸막이의 문이 열리더니 지팡이를 든 키 큰 남자가 미끄러지듯 나왔다. 책 모양을 한 다른 포장된 꾸러미를 들고 있었다. 그는 책상으로 가서 돈을 지불했다. 그리고 발빠르게 움직이면서 입으로 숨을 내쉬며, 올 때와 마찬가지로 가게를 떠났다. 그는 나를 지나쳐가면서 내 쪽으로 날카롭게 곁눈질을 하였다.

나는 바닥을 딛고 일어서서 금발에게 모자를 살짝 들어 인사한 뒤, 남자를 쫓아 밖으로 나갔다. 그는 오른발 바로 위에서 작은 호를 그리듯 지팡이를 흔들며 서쪽을 향했다. 그를 따라 잡는 것은 쉬웠다. 그의 코트는 다소 요란한 말가죽으로 재단한 것인데 어깨가 넓어서 그 위로 솟은 그의 목은 셀러리 줄기처럼 보였고 걸을 때마다 머리가 그 위에서 비틀비틀 흔들렸다. 우리는 한 블록 반 정도를 걸어갔다. 하이랜드 가의 신호등에서 나는 그 옆에 다가서서 그가 나를 볼 수 있게 했다. 그는 처음에는 나를 힐끗 보았으나, 갑자기 날카롭게 곁눈으로 보더니 재빨리 눈길을 돌렸다. 녹색 불이 켜지자 우리는 하이랜드 가를 건너서 한 블록 더 걸어갔다. 그는 긴 다리로 성큼성큼 걸어, 모퉁이에 이르렀을 때는 나보다 18미터 정도 앞서 있었다. 그는 오른쪽으로 돌았다. 90미터 정도 언덕을 오르더니 발길을 멈추고 지팡이를 팔에 걸고서는 안주머니에서 가죽 담배 케이스를 손으로 더듬어 찾았다. 그는 입에 담배를 물고서 성냥을 떨어뜨렸고 다시 주울 때 뒤를 돌아보면서 내가 모퉁이에서 자기를 보고 있다는 것을 확인했다. 그리고 마치 누가 그 사람을 뒤에서 발로 차기라도 한 것처럼 몸을 쭉 폈다. 그는 먼지바람을 일으키다시피 하며, 얼간이처럼 보폭을 넓혀 지팡이로 보도를 쿡쿡 짚으면서 한 블록을 더 올라갔다. 그는 다시 왼쪽으로 꺾어졌다. 모퉁이에 내가 이르렀을 때 그는 나보다 적어도 반 블록 정도는 앞서 있었다. 이 남자 때문에 숨이 차올랐다. 이곳은 좁고 가로수가 줄지어 선 거리로 한쪽에는 막힌 벽이 있고 다른 쪽에는 방갈로 단지가 세 개 있었다.

그는 사라지고 없었다. 나는 이쪽저쪽을 살펴보면서 그 블록을 배회했다. 두번째 방갈로 단지에서 무언가가 보였다. 그곳은 라바바라고 하는 조용하고 어두침침한 곳으로, 나무 그늘에 가려진 방갈로가 두 줄로 늘어선 곳이었다. 중앙 보도에는 알리바바와 40인의 도적에 나오는 기름 단지 모양으로 짧고 두툼하게 다듬어진 이탈리아 삼나무가 줄지어 있었다. 세번째 기름 단지 뒤에서 요란한 문양의 소맷자락이 움직였다.

나는 공원길에 있는 페퍼트리 뒤에 기대어 기다렸다. 산기슭에서 천둥소리가 다시 울려퍼지기 시작했다. 번갯불이 남쪽으로 흘러가는 층층이 쌓인 검은 구름 위에 반사되었다. 빗방울이 몇 개 보도에 떨어져 동전만 한 동그란 무늬를 만들었다. 대기는 스턴우드 장군의 난초 온실에서처럼 움직이지 않았다.

나무 뒤에서 소맷자락이 다시 보였고, 큰 코와 눈 한 짝, 모자를 쓰지 않은 모랫빛 머리카락도 약간 보였다. 그 눈은 나를 쳐다보고 있었다. 눈이 사라졌다. 다른 쪽 눈이 나무의 반대편에서 딱따구리처럼 다시 나타났다. 5분이 흘렀다. 그는 궁지에 몰렸다. 그는 담대하지 못한 유형이었다. 나는 그가 성냥을 긋고 휘파람을 불기 시작하는 것을 들었다. 그리고 나서 희미한 그림자가 풀밭 위로 미끄러져 나와 다음 나무로 향했다. 그는 곧장 나를 향해서 도보로 걸어 나와 지팡이를 흔들며 휘파람을 불었다. 덜덜 떨리는 음산한 휘파람 소리였다. 나는 어두운 하늘을 막연히 바라보았다. 그는 3미터 정도 떨어져 지나치면서 내게는 눈길도 주지 않았다. 그는 이제 안전했다. 물건을 빼돌린 것이었다.

나는 그가 시야에서 사라질 때까지 지켜보다가 라바바의 중앙 보도로 올라가서 세번째 삼나무의 가지를 갈라보았다. 나는 포장된 책을 꺼내 겨드랑이에 끼고 그곳을 떠났다. 아무도 내게 소리지르지거나 하지는 않았다.

5

나는 대로의 뒤쪽으로 돌아가 공중전화 부스 안에 들어가서 아서 그윈 가이거의 집 주소를 찾아 보았다. 그는 로렐 캐넌 대로에서 떨어진 언덕 쪽의 거리에 있는 래번 테라스에 살고 있었다. 나는 일센트 동전을 집어넣고 그냥 재미 삼아 그의 전화번호를 돌려보았다. 아무도 대답하지 않았다. 나는 광고면을 펼치고 현재 있는 동네 주변의 서점 전화번호를 두어 개 옮겨 적었다.

내가 처음 간 서점은 북쪽에 있는 것으로 널따란 일층은 문구와 사무용품 전문 매장이었고, 중간 이층에서 책을 대량으로 팔고 있었다. 이 가게는 적합한 곳처럼 보이지 않았다. 나는 길을 건너서 다른 서점을 향해 두 블록 정도 동쪽으로 걸어갔다. 이쪽이 더 목적에 부합하는 것 같았는데, 좁고 어질러져 있는 작은 가게로 마룻바닥에서 천장까지 책이 잔뜩 쌓여 있고 네다섯 명의 사람들이 새 표지에 손가락 자국을 묻히면서 느긋하게 책을 뒤적이고 있었다. 손님들에게 신경쓰는 사람은 아무도 없었다. 나는 등으로 문을 밀고 가게에 들어가 칸막이 사이를 지나서 책상에 앉아 법률책을 읽고 있는 작고 가무잡잡한 여자를 찾아냈다.

나는 책상 위에 지갑을 펼쳐놓고 여자에게 지갑 안쪽에 붙어 있는 경찰 배지를 보여주었다. 그녀는 그것을 들여다 보더니, 안경을 벗고 의자에 등을 기댔다. 나는 지갑을 집어넣었다. 얼굴 선이 섬세하고 지적인 유태인 여자였다. 그녀는 나를 쳐다보고 아무 말도 하지 않았다.

나는 말했다.

"부탁 좀 할 수 있겠소, 아주 작은 부탁인데."

"모르겠군요, 무슨 일이시죠?"

그녀는 매끄럽고 약간 쉰 목소리로 말했다.

"저기 길 건너, 서쪽으로 두 블록 정도 떨어진 가이거 씨의 가게를 알고 있소?"

"그 앞을 지나친 적이 있는 것 같긴 하네요."

"그건 서점이오. 여기 당신네 같은 종류는 아니지만. 당신도 똑똑히 알고 있을 텐데."

그녀는 입꼬리를 약간 올리더니 아무 말도 하지 않았다.

"가이거 씨가 어떻게 생겼는지는 압니까?"

나는 물었다.

"죄송하지만, 가이거 씨가 누군지 모르겠네요."

"그러면, 그 사람이 어떻게 생겼는지 말해줄 수 없다는 거군."

 그녀의 입꼬리가 더 올라갔다.

 "내가 왜 그래야 하죠?"

 "이유는 없지. 말하고 싶지 않다면 억지로 시킬 수는 없는 노릇 아니겠소."

 그녀는 칸막이로 된 문 사이로 내다보더니 다시 몸을 기댔다.

 "그건 보안관 배지잖아요. 그렇지 않나요?"

 "명예 보안관보의 배지요. 별 의미 없는 것이지. 담배값 정도밖에 안 되는 거요."

 "알겠어요."

 그녀는 담배갑을 꺼내서 하나를 흔들어 꺼낸 후 입술에 물었다. 나는 그녀에게 성냥불을 붙여주었다. 여자는 고맙다고 인사하고는 다시 의자에 몸을 기댄 뒤 연기 사이로 나를 눈여겨보았다. 그녀는 조심스럽게 말했다.

 "그 사람이 어떻게 생겼는지는 알고 싶지만, 그 사람을 직접 대면할 생각은 없다는 건가요?"

 "가게에 없더군요."

 나는 말했다.

 "곧 오겠죠. 어쨌거나 그 사람 가게잖아요."

 "아직 그 사람을 직접 대면하고 싶지는 않소."

 여자는 열린 문으로 다시 내다보았다. 나는 말했다.

 "희귀 서적에 대해서 좀 아는 게 있소?"

 "시험해보세요."

"1860년에 출간된 『벤허』 3판 있소? 116쪽에 두 줄이 중복 인쇄된 걸로."

그녀는 노란 법률책을 한쪽으로 밀어놓고는 책상에 있는 두터운 책을 꺼내서 한 장씩 넘기더니 페이지를 찾아서 면밀히 읽었다.

"아무도 갖고 있지 않을 거예요."

그녀는 고개를 들지도 않고 말했다.

"그런 책은 없어요."

"맞소."

"대체 무슨 일을 꾸미시는 거죠?"

"가이거의 가게에 있는 여자는 그 사실을 모르더군."

그녀는 눈을 들었다.

"알겠어요. 당신에게 흥미가 생기네요. 다소 막연하기는 하지만."

"나는 사건을 맡고 있는 사립 탐정이오. 아마 나는 질문을 너무 많이 하나 봅니다. 어쨌거나 별로 크게 도움되는 얘기는 없었지만."

여자는 부드러운 회색 담배 연기 고리를 뿜고는 손가락을 그 사이에 찔러넣었다. 연기가 힘없이 산산이 부서져 흩어졌다. 그녀는 무관심한 태도로 선선히 말했다.

"내가 보기엔 사십대 초반쯤 돼요. 중간 정도의 키에, 약간 뚱뚱하죠. 체중은 한 칠십이삼 킬로 정도. 얼굴도 뚱뚱하고, 찰리 챈(얼 데이 비거스의 1920년대 추리소설 시리즈에 나오는 중국인 탐정—옮긴이) 같은 콧수염을 길렀는데 목이 두껍고 물렁물렁

해요. 온몸이 물렁하죠. 옷을 잘 입는 편이라 모자 없이는 나가지도 않고 골동품에 대해 일가견이 있는 척하지만, 실상은 하나도 아는 게 없어요. 아, 맞다, 왼쪽 눈이 유리 눈이에요."

"당신은 유능한 경찰이 되겠군요."

내가 말했다.

그녀는 책상 끝에 있는 책꽂이에 참고 서적을 올려놓고 앞에 있는 법률책을 다시 폈다.

"안 되는 게 좋을 것 같네요."

여자는 안경을 다시 썼다.

나는 고맙다고 인사하고 떠났다. 비가 내리기 시작했다. 나는 포장된 책을 겨드랑이에 끼고 빗속을 달렸다. 내 차는 가이거의 가게가 마주 보이다시피하는 큰길 쪽 골목에 있었다. 내가 차에 도착할 때는 온몸이 흠뻑 젖어 있었다. 나는 차 안으로 뛰어들어 양쪽 창문을 다 올리고 손수건으로 꾸러미를 닦았다. 그리고는 열어보았다.

나는 물론 그것이 무엇인지 알고 있었다. 무거운 책으로, 고급 장정이 되어 있고 양질의 종이에 손으로 조판인쇄한 것이었다. 지면을 꽉 채운 사이비 미술 사진들로 잔뜩 꾸며져 있었다. 모두 입에 담을 수 없이 음란한 사진과 내용들이었다. 책은 새 것이 아니었다. 속지 맨 앞에는 들어오고 나간 날짜가 찍혀 있었다. 대여하는 책이었다. 정교한 음란 서적의 대본소인 것이다.

나는 책을 다시 싼 뒤 좌석 뒤에 넣고 잠갔다. 이런 장사를 공공연하게 대로변에서 하고 있다는 것은 뒤에서 든든한 비호를 받고 있다는 의미이다. 나는 자리에 앉은 채 담배 연기로 나 자신을 중독시켰고 빗소리를 들으며 그것에 대해 생각했다.

6

 비가 차도 옆의 도랑에 가득 차, 보도에서는 무릎 높이까지 물이 튀었다. 총신처럼 번쩍이는 비옷을 입은 덩치 커다란 경찰들이 깔깔거리는 여자들을 안아서 길이 나쁜 곳을 건네주며 꽤나 즐거워하고 있었다. 빗방울이 차 지붕을 세차게 두드려 차의 포장 지붕에서 물이 새기 시작했다. 차 바닥에 물웅덩이가 생겨 발을 안으로 집어넣고 있어야 했다. 이런 비가 내리기에는 너무 이른 가을날이었다. 나는 트렌치 코트를 간신히 껴입고 가까운 드러그스토어로 돌진하여 반 리터 정도의 위스키를 샀다. 다시 차로 돌아와, 몸이 더워지고 흥미가 살아날 정도만큼 위스키를 마셨다. 차를 규정 이상으로 주차하고 있었지만 경찰들은 여자들을 건네주고 호루라기를 불어대기 바빠 그런 일까지 신경 쓸 시간이 없었다.
 비가 오는데도 불구하고, 아니면 비가 오기 때문인지는 몰라도, 가이거의 가게는 성업중이었다. 멋진 차들이 가게 앞에 멈춰 서 있었고, 멋진 옷차림을 한 사람들이 포장된 꾸러미를 들고 드나들었다. 모두 다 남자는 아니었다.

그는 네시경에 모습을 나타냈다. 크림색의 쿠페가 가게 앞에 멈춰 섰다. 그가 차에서 뛰어내려 가게 안으로 달려 들어갈 때 뚱뚱한 얼굴과 찰리 챈 콧수염이 흘끗 보였다. 모자를 쓰지 않고 허리띠가 있는 초록색 가죽 비옷을 입고 있었다. 이 거리에서는 그의 유리눈을 볼 수 없었다. 짧은 상의를 입은 키가 크고 잘생긴 젊은이가 가게에서 나와 쿠페를 타고 모퉁이를 돌아간 뒤 다시 걸어서 돌아왔다. 그의 반짝이는 검은 머리는 비에 젖어 찰싹 붙어 있었다.

또 한 시간이 흘러갔다. 날은 어두워졌고 비로 흐려진 가게의 불빛들은 흠뻑 젖어 깜깜한 거리 위에 드리워졌다. 땡땡거리는 전철의 종소리가 시끄럽고 귀에 거슬렸다. 다섯시 십오분경, 짧은 웃옷을 입은 키 큰 젊은이가 우산을 쓰고 가이거의 가게에서 나와서 크림색의 쿠페로 돌아갔다. 그가 차를 앞에 댔을 때 가이거가 나왔고 키 큰 젊은이는 가이거의 대머리 위로 우산을 씌워주었다. 젊은이는 우산을 접은 뒤 흔들어 털고서는 차 안으로 우산을 건네주었다. 그는 가게로 다시 뛰어 들어갔다. 나는 차의 시동을 걸었다.

쿠페는 서쪽을 향하여 대로 위를 달려갔고 나는 왼쪽으로 돌다가 적처럼 돌진하는 많은 차들을 피해야 했다. 그 중 한 운전자는 빗속으로 머리를 내밀고 내게 소리를 질렀다. 내가 정상적으로 차를 몰 때쯤에는 쿠페보다 두 블록 정도 뒤처져 있었다. 나는 가이거가 집에 가는 길이기를 바랐다. 그를 두세 번 정도 따라잡게 되자 그는 북쪽으로 차를 돌려 로렐 캐년 드라이브로 들어섰다. 비탈길을 반쯤 오르자 그는 왼쪽으로 돌아 래번 테라스라고 하는 리본처럼 구불구불한 젖은 콘크리트 길로 접어들었다. 한 면에 높은 둑이 있는 좁은 거리로, 다른 면에는 비탈에 지어진 오두막 같은 집들이 여기저기 흩어져 있었다. 오두막의 지붕들은 지면보다 그다지 높지 않았다. 앞으로 난 창문은 울타리와 관목들로 가려져 있었다. 이런 풍경 속에서 젖은 나무들이 빗방울을 사방에다 떨어뜨리고 있었다.

가이거는 헤드라이트를 켰으나 나는 켜지 않았다. 나는 속도를 내어 커브 길에서 그를 추월했고 지나가면서 번지수를 재빨리 확인한 뒤 블록의 막다른 곳에서 차를 돌렸다. 그는 이미 차를 세워놓고 있었다. 그의 차 헤드라이트가 작은 집의 차고에서 깜박였다. 네모난 상자 같은 울타리가 정문을 완전히 가리게 되어 있는 집이었다. 그가 우산을 편 채로 차고에서 나와서 울타리를 통해 들어가는 모습이 보였다. 그의 행동으로 보아선 누군가에게 미행당하고 있다는 사실을 아는 것 같지 않았다. 집 안에 불이 들어왔다. 나는 위쪽에 있는 이웃집으로 갔는데, 빈집처럼 보였지만 밖에 아무런 표지도 없었다. 나는 차를 세우고 컨버터블의 환기를 한 뒤 병을 꺼내 술을 마시면서 앉아 있었다. 무엇을 기다리는지 알지 못했지만, 무언가 기다려야 한다는 느낌이 왔다. 또 시간이 느릿느릿 행진하는 군대처럼 흘러갔다.

두 대의 차가 언덕을 올라와서 정상을 넘어갔다. 이곳은 아주 조용한 거리 같았다. 여섯시가 조금 지나자 세차게 쏟아지는 빗속을 뚫고 다른 불빛이 나타났다. 이제는 칠흑같이 깜깜해져 있었다. 차 한 대가 가이거의 집 앞에 와서 섰다. 라이트의 필라멘트가 희미하게 빛을 발하더니 곧 스러졌다. 문이 열리고 한 여자가 나왔다. 베가본드 모자(뒷면은 챙이 짧고 앞면은 챙이 더 긴 모자—옮긴이)를 쓰고 투명한 비옷을 입은 키가 작고 날씬한 여자였다. 그녀는 미로 상자 같은 울타리를 지나 안으로 들어갔다. 초인종이 가냘프게 울렸고, 빗속으로 빛이 새어 나오더니 문이 닫히고 침묵만 남았다.

나는 차에서 손전등을 꺼내어 내리막길을 따라 내려가 차를 살펴보았다. 그것은 적갈색 또는 암갈색의 패커드 컨버터블이었다. 왼쪽 창문이 열려 있었다. 나는 면허증 홀더를 손으로 더듬어 찾은 뒤 전등불을 비추어 보았다. 등록은 다음과 같이 되어 있었다. 카멘 스턴우드, 웨스트 할리우드 알타 브리어 크레센트 3765번지. 나는 내 차로 다시 돌아와 하염없이 앉아 있었다. 차 지붕에서 물이 무릎 위로 떨어졌고, 위스키를 마셔서 속이 타는 듯했다. 더이상 언덕 위로 올라오는 차는 없었다. 내가 주차하고 있는 집에서는 아무런 불빛도 흘러나오지 않았다. 나쁜 습관을 기르기에는 아주 좋은 이웃 같았다.

일곱시 이십분에 여름날 번개가 번쩍이듯, 가이거의 집에서 한 줄기 강렬한 하얀 빛이 발사되었다. 어둠이 다시 내려앉아 빛을 완전히 삼켰을 때, 가늘고 새된 비명 소리가 메아리치더니 비에 젖은 나무 사이로 사라져버렸다. 나는 메아리가 사라지기 전에 차에서 나와 집으로 향하고 있었다.

비명 소리에 공포심은 섞여 있지 않았다. 유쾌한 충격 같은 것을 받았거나, 술에 취했거나 아니면 순전히 바보 같은 사람이 과장스럽게 내는 소리였다. 그 소리는 나에게 흰 옷을 입은 남자들, 창살을 친 창문, 손목과 발목을 묶는 가죽끈이 있는 딱딱하고 좁은 간이침대를 연상시켰다. 내가 울타리의 틈새를 찾아, 앞문을 가리고 있는 모서리를 돌아서 돌진하고 있을 때에는 가이거의 은신처는 다시 완전히 침묵으로 돌아가 있었다. 노커로서 사자의 입 속에 쇠고리가 달려 있었다. 나는 그걸 움켜잡았다. 바로 그 순간, 누군가 신호를 기다리고 있기라도 했던 것처럼 집 안에서 세 발의 총소리가 울려퍼졌다. 길고 거센 한숨을 내쉬는 듯한 소리 같았다. 그리고 나서 부드러운 무언가가 쿵 떨어지는 소리가 났다. 그리고 집 안에서 빠르게 움직이는 발소리, 도망가는 소리가 들렸다.

  문은, 골짜기에 가로놓인 다리처럼 집의 벽과 제방의 가장자리 사이의 공간을 메우고 있는 좁은 도랑과 마주하고 있었다. 거기에는 포치(porch)도 없었고 단단한 땅도 없었으며 뒤로 돌아갈 길도 없었다. 뒷문은 그 아래 좁은 골목 비슷한 거리에서 올라오는 나무 계단의 맨 윗단에 있었다. 나는 계단참을 따박따박 내려가는 소리를 듣고 이 사실을 알았다. 그리고 갑작스레 차가 출발하는 소리가 들렸다. 그 소리는 재빨리 먼 곳으로 사라져버렸다. 나는 다른 자동차 소리도 같이 울렸다고 생각했으나 확실치는 않았다. 내 앞의 집은 지하 납골당처럼 조용했다. 서두를 이유가 없었다. 집 안에 있는 것은 안에 그대로 있을 테니까.

나는 도랑 옆 울타리를 넘어 커튼을 달기는 했지만 가려놓지는 않은 프렌치 창문 쪽으로 몸을 내밀고 커튼 사이 틈으로 들여다보려고 했다. 벽의 전등 빛과 책장의 한쪽 끝이 보였다. 나는 도랑이 있는 쪽으로 돌아가 도랑과 울타리를 뛰어넘어 어깨로 현관에 세게 부딪쳤다. 바보 같은 짓이었다. 캘리포니아의 집에서 억지로 들어갈 수 없는 부분은 현관뿐이었다. 그런 짓을 해보았자 내 어깨만 아플 뿐이었고 화만 났다. 나는 다시 난간 위로 올라가 프렌치 창문을 발로 걷어찬 뒤 내 모자를 장갑 대신 사용하여 유리창 아래쪽 대부분을 뽑아냈다. 이제 손을 넣어서 창턱에 창문을 잠가놓은 걸쇠를 당길 수 있었다. 나머지는 쉬웠다. 위에는 걸쇠가 없었다. 잠겨 있던 창문이 열렸다. 나는 안으로 기어들어가 얼굴에 걸리적거리는 커튼을 밀어냈다. 방에 있는 두 사람 중 누구도 내가 들어온 방식에 대해 신경쓰지 않았다. 죽어 있는 사람은 그 중 하나뿐이었지만.

7

그것은 넓은 방으로, 집의 전체 넓이를 차지하고 있었다. 천장에는 간접 조명등이 달려 있었고 갈색 회반죽 벽은 중국식 자수와 나뭇결 무늬 액자에 든 중국과 일본의 판화로 장식되어 있었다. 낮은 책꽂이들이 있었으며, 분홍빛의 중국 융단은 들쥐라면 보풀 위로 일주일 동안 코를 내밀지 않을 수 있을 정도로 두터웠다. 바닥에는 기이한 비단 조각으로 만든 쿠션들이, 여기 사는 사람이라면 누구든지 손만 뻗치면 닿을 수 있는 곳에 물건을 놓아두어야 한다는 듯 여기저기 던져져 있었다. 오래된 장밋빛 태피스트리로 된 넓고 낮은 긴 의자도 하나 있었다. 그 위에는 라일락빛 비단 속옷을 비롯한 옷 뭉치들이 놓여 있었다. 무늬를 새긴 커다란 전등 하나가 받침대 위에 서 있었고 옥색 전등갓과 긴 술이 달린 램프 스탠드도 두 개 있었다. 모서리에 가고일(지붕 끝이나 주춧돌 등에 세워 놓는 괴물 모양의 조각—옮긴이)이 새겨진 검은 책상이 하나 있었고, 그 뒤에는 팔걸이와 등받이에 조각 장식이 된, 검고 윤이 나는 의자와 그 위에 놓인 노란 새틴 방석이 있었다. 이 방은 온갖 냄새의 종합 세트라고 할 만했는데 그 순간 가장 두드러진 냄새는 코를 자극하는 화약의 잔향과 에테르의 역겨운 향이었다.

방 한쪽 끝의 야트막한 단 위에는 등받이가 높은 티크우드 의자가 놓여 있었고 카멘 스턴우드가 술 달린 오렌지색 숄을 깔고 그 위에 앉아 있었다. 그녀는 손을 의자 팔걸이에 올려놓고 무릎은 바짝 붙인 채 아주 꼿꼿이 앉아 있었는데, 이집트 여신의 자세처럼 몸을 딱딱하게 세우고 턱은 수평으로 들고 있으며, 작고 하얀 이가 벌린 입술 사이로 반짝였다. 눈은 크게 뜬 채였다. 진회색 홍채가 눈동자를 삼켜버린 상태였다. 미친 눈이었다. 그녀는 의식이 없는 것 같았지만 의식이 없는 사람의 자세는 아니었다. 그녀는 마치 마음속에서 아주 중요한 일을 하고 있으며 그 일을 잘 해내고 있는 것처럼 보였다. 입 밖으로 쉿소리의 킥킥대는 소음이 흘러나왔지만 얼굴 표정을 바꾸거나 입술을 움직이지도 않았다.

그녀는 기다란 경옥 귀고리를 하고 있었다. 멋진 귀고리였으며 이백 달러 정도는 나갈 물건이었다. 그 외에는 아무것도 입고 있지 않았다.

카멘의 몸은 아름다웠다. 작고 나긋나긋하고 탄탄했으며 단단하고 동그스름했다. 전등빛 아래서 그녀의 피부는 희미한 광채가 흐르는 진주와도 같았다. 그녀의 다리는 리건 부인의 다리처럼 저속한 우아함은 없었지만, 상당히 훌륭했다. 나는 그녀를 거북함이나 호색적인 감정 없이 훑어보았다. 그녀는 벌거벗은 여자로서 그 방에 있는 것이 아니었다. 그녀는 단지 마약 중독자일 뿐이었다. 내게 있어서 그녀는 언제나 그냥 마약 중독자일 뿐이었다.

나는 카멘을 보는 것을 그만두고 가이거를 보았다. 그는 중국 융단의 가장자리 위쪽, 토템 기둥처럼 보이는 물건 앞 바닥에 누워 있었다. 그 물건의 옆모습은 독수리 같았으며, 크고 둥근 눈은 카메라 렌즈였다. 그 렌즈는 의자에 앉아 있는 벌거벗은 여자에 맞추어져 있었다. 검게 변한 플래시 전구가 토템 기둥의 옆에 고정되어 있었다. 가이거는 두터운 펠트 밑창이 달린 중국식 슬리퍼를 신고 있었으며, 밑에는 검은 새틴 잠옷 바지를 입고 위에는 자수가 놓인 중국식 코트를 입고 있었는데, 코트 앞 부분은 대부분 피로 덮여 있었다. 나를 보며 번득이는 그의 유리눈이 그의 몸에서 가장 살아 있는 것처럼 보이는 부분이었다. 언뜻 보기에는 내가 들었던 세 발의 총소리 중 어느 것도 빗나가지 않은 것 같았다. 그는 완전히 죽어 있었다.

그 플래시 전구가 내가 보았던 작은 번갯불이었다. 그 미친 듯한 비명은 마약에 절어 있는 벌거벗은 여자가 그 불빛에 대해서 반응한 소리였다. 세 발의 총격은, 누군가 다른 사람이 그런 일이 진행되면 어떻게 새로운 반전이 일어날까 해서 고안해 낸 생각이었다. 뒷층계를 내려가서 차문을 쾅 닫고 줄행랑쳐 버린 젊은이가 해낸 생각. 나는 사건을 파악하는 그의 통찰력이 칭찬할 만하다고 생각했다.

검은 책상 끝, 붉은 옻을 칠한 쟁반 위에 금빛 테를 두른 깨지기 쉬운 유리잔이 두 개 놓여 있었으며 그 옆에는 갈색 액체가 든 배가 불룩한 술병이 있었다. 나는 뚜껑을 빼서 냄새를 맡아 보았다. 에테르와 다른 것, 아마도 아편 같은 것이 혼합된 냄새가 났다. 그런 혼합물을 마셔본 일은 없지만 가이거의 가정에는 꽤나 잘 어울리는 느낌이었다.

나는 지붕과 북쪽 창문을 때리는 빗소리를 들었다. 그 밖에는 어떤 소리도, 차 소리도 사이렌 소리도 들리지 않았다. 단지 비가 떨어지는 소리뿐이었다. 나는 긴 의자로 다가가서 트렌치코트를 벗고 여자의 옷을 뒤적여 보았다. 머리 위로 뒤집어써서 입는 스타일에 반소매가 달린, 연녹색의 털이 거친 모직 드레스였다. 나는 이거면 어떻게 입힐 수 있을 것 같다고 생각했다. 속옷은 그만두기로 했다. 새삼스럽게 꺼려져서 그렇다기보다는 그녀의 팬티를 입히고 브래지어를 채워주는 내 모습을 차마 볼 수가 없어서였다. 나는 드레스를 단 위에 있는 티크 의자 너머로 건네주었다. 몇 미터 떨어져 있는 데도 카멘 스턴우드에게서 에테르 냄새가 났다. 쉿소리의 킥킥대는 소음은 여전히 흘러나오고 있었고 작은 거품이 턱에서 떨어져 내렸다. 나는 그녀의 뺨을 때렸다. 그녀는 눈을 깜박이더니 킥킥대는 것을 멈췄다. 나는 뺨을 다시 한 번 때렸다.

"이것 봐."

나는 밝게 말했다.

"착하게 굴어야지. 옷을 입자고."

카멘은 나를 흘끔 보았다. 회색 눈은 가면의 구멍처럼 텅 비어 있었다.

"구구고터렐"

그녀는 중얼거렸다.

나는 그녀의 얼굴을 여기저기 좀더 때렸다. 그녀는 맞는 것은 신경 쓰지 않았다. 맞아도 아직 완전히 정신을 차리지 못했다. 나는 옷을 입히는 일에 착수했다. 그녀는 여전히 신경 쓰지 않았다. 카멘은 내가 자기 팔을 들어올리게 놔두었고, 귀엽게 보이려는 듯 손가락을 활짝 폈다. 나는 그녀 손에다가 소매를 꿰어주고 드레스를 등 뒤에서 뒤집어씌운 후 일으켜 세웠다. 그녀는 낄낄 웃으며 내 팔 안으로 쓰러졌다. 나는 그녀를 의자에 도로 앉히고 스타킹과 신발을 신겼다.

"잠깐 걸어볼까. 기분 좋게 잠깐 걸어보지."

나는 그녀를 부축하여 좀 걷게 해보려 했다. 때로는 그녀의 귀고리가 내 가슴께에서 부딪혀 짤랑거리기도 했고, 때로는 느린 춤을 추는 무용수처럼 우리 둘 다 일제히 다리를 쫙 벌린 자세로 주저앉기도 했다. 우리는 가이거의 시체 주위를 왔다갔다 했다. 나는 카멘에게 시체를 보여주었다. 그녀는 그가 귀엽다고 생각했는지 낄낄대면서 내게 그렇게 말하려고 했지만, 웅얼거리는 소리로만 들렸다.

나는 그녀를 긴 의자까지 데리고 와서 그 위에 눕혔다. 그녀는 두 번 딸꾹질을 하더니, 잠깐 낄낄대고는 잠이 들었다. 그녀의 소지품을 내 주머니에 주워 담고 토템 기둥 같은 것 뒤로 돌아가 보았다. 카메라는 줄곧 그 안에 이상 없이 설치된 채였지만 카메라 속에 감광판은 없었다. 나는 가이거가 총을 맞기 전에 꺼냈을지도 모른다고 생각해서 마룻바닥 주위를 둘러보았다. 감광판은 없었다. 그의 흐늘흐늘하고 싸늘한 손을 잡고서 몸을 약간 굴려보았다. 감광판은 없었다. 나는 사건이 이런 식으로 전개되는 것이 마음에 들지 않았다.

나는 방 뒤에 있는 좁은 복도로 가서 집을 조사했다. 오른쪽에는 욕실이 있었고 뒤쪽에는 잠긴 문과 부엌이 있었다. 부엌 창문에 쇠지렛대를 써서 억지로 문을 연 흔적이 있었다. 차양이 없어졌고, 걸쇠가 뜯겨나간 자국이 창턱에 남아 있었다. 뒷문은 잠겨 있지 않았다. 나는 그것을 열린 채로 놓아두고 복도의 왼쪽에 있는 침실을 들여다보았다. 깔끔하고 공들여 꾸민 여성스러운 방이었다. 침대에는 주름 장식이 달린 커버가 씌워져 있었다. 삼면 거울이 달린 화장대 위에는 향수가 놓여 있었고, 그 옆에는 손수건과 잔돈, 남성용 빗, 열쇠고리가 놓여 있었다. 옷장에는 남성복이 걸려 있었고, 남성용 슬리퍼가 침대 커버의 주름장식 밑에 놓여 있었다. 가이거의 방이었다. 나는 열쇠고리를 다시 거실로 가지고 와서 책상을 살폈다. 서랍 깊숙이 잠겨 있는 강철 상자가 있었다. 나는 열쇠 하나를 사용해서 그것을 열었다. 그 안에는 푸른 가죽 표지 책 말고는 아무것도 없었다. 그 책에는 색인이 달려 있고, 스턴우드 장군에게 보낸 편지에 쓰인 것과 똑같은 비스듬한 필치로 쓴 암호 글이 가득했다. 나는 그 공책을 주머니에 넣고 강철 상자에서 내가 손댔던 부분을 닦고는 책상을 다시 잠갔다. 열쇠도 주머니에 넣고 벽난로의 가스불을 끄고서 코트를 다시 입은 뒤 스턴우드 양을 일으켜 세우려고 했다. 허사였다. 나는 그녀의 베가본드 모자를 머리에 눌러 씌우고 코트로 감싼 뒤 그녀의 차로 데리고 갔다. 나는 돌아와서 모든 불을 다 끄고 앞문을 닫은 뒤 그녀의 가방에서 차 열쇠를 찾아서 패커드를 출발시켰다. 우리는 헤드라이트를 켜지 않은 채 언덕을 내려갔다. 알타 브리어 크레센트까지는 차로 십 분도 걸리지 않았다. 카멘은 그동안 내내 코를 골면서 에테르 냄새를 내 얼굴에 뿜어댔다. 나는 그녀의 머리를 내 어깨에서 치울 수가 없었다. 그녀의 머리가 내 무릎에 떨어지지 않게 하려면 다른 방도가 없기 때문이었다.

8

 스턴우드 저택 옆문, 납으로 틀을 댄 좁은 유리창에서 희미한 빛이 새어 나오고 있었다. 나는 패커드를 지붕 있는 주차장에 세운 뒤, 내 주머니 속에 든 것들을 차 좌석에 쏟아놓았다. 여자는 구석에서 코를 골고 있었는데, 모자가 건달처럼 그녀의 얼굴 위로 비스듬히 씌워져 있었고 손이 비옷의 소맷단 속에서 흐느적거리며 늘어져 있었다. 나는 밖으로 나가서 초인종을 울렸다. 발소리가 지루하도록 먼 곳에서 오기라도 하는 것처럼 천천히 다가왔다. 문이 열리고 몸을 곧게 세운 은발의 집사가 내다보았다. 홀에서 나오는 빛이 그의 머리 위에 후광처럼 어른거렸다.

"안녕하십니까, 선생님."

그는 예의바르게 말하며 나를 지나쳐 패커드를 보았다. 그는 눈길을 다시 돌려 나의 눈을 보았다.

"리건 부인, 안에 계십니까?"
"안 계십니다, 선생님."
"장군님은 주무시겠죠? 그러신다면 좋겠는데요."
"네. 저녁 나절에 가장 잘 주무십니다."
"리건 부인의 하녀는 있습니까?"
"마틸다 말씀이십니까? 집에 있습니다, 선생님."
"이리 내려오라고 하는 게 좋겠군요. 이런 일에는 여성의 손길이 필요하니까요. 차 안을 살펴보면 이유를 알 거요."

그는 차 안을 살펴보았다. 그리고 돌아왔다.
"알겠습니다. 마틸다를 불러오지요."
"마틸다가 아가씨를 잘 보살피겠죠."
내가 말했다.
"우리 모두 아가씨를 잘 보살펴 드리려고 노력합니다."
그가 말했다.
"이제 숙달되신 것 같군요."
그는 내 말을 못들은 체했다.
"그럼, 잘 계시오. 이 일은 당신 손에 맡기지요."
"잘 알았습니다. 선생님. 택시를 불러 드릴까요?"
"절대 안 될 말이오. 실상 나는 여기 오지 않은 겁니다. 지금은 허깨비를 보고 있는 거요."

그때서야 그는 미소를 지었다. 그는 내게 고개를 까닥해 보였고 나는 등을 돌려 차도를 걸어 내려와 대문을 나섰다.

그로부터 열 블록 정도 비에 젖은 구불구불한 거리를 돌아 내려가서, 물방울이 후드득후드득 떨어지는 나무 밑을 지나 유령같이 거대한 대지 위에 서 있는 커다란 저택들의 불 켜진 창문 옆을 지나갔다. 언덕 위에 어렴풋이 무리지어 있는 처마와 지붕, 불빛이 새어 나오는 창문들은 숲 속 마녀가 사는 집처럼 멀리 떨어져 닿을 수 없는 곳 같았다. 나는 쓸데없이 휘황찬란하게 불을 밝히고 있는 주유소로 나왔다. 뿌옇게 된 유리창 안에서, 하얀 모자를 쓰고 진청색 점퍼를 입은 점원이 지루한 듯 의자에 꾸부정하게 앉아서 신문을 읽고 있었다. 나는 다시 길에 접어들어 계속해서 걸었다. 나는 이미 젖을 만큼 흠뻑 젖어 있었다. 이런 밤에 택시를 기다리다가는 턱 밑에 수염이 새카맣게 자랄 것이다. 그리고 택시 기사들은 기억력이 좋다.

나는 반 시간 넘게 재빨리 걸은 덕에 가이거의 집으로 되돌아올 수 있었다. 집에는 아무도 없었고 옆집 앞에 세워놓은 내 차 말고는 거리에 다른 차는 없었다. 집은 길 잃은 개마냥 절망적으로 보였다. 라이 위스키 병을 더듬어 꺼낸 뒤 남아 있던 분량의 반 정도를 목구멍으로 털어넣고서 차 안에 들어가 담뱃불을 붙였다. 담배를 반쯤 피운 뒤 던져버리고 밖으로 나와 가이거의 집으로 다가갔다. 문을 따고 여전히 따뜻한 어둠에 잠겨 있는 안으로 걸어 들어가 그 자리에 선 채 바닥에 조용히 물방울을 떨어뜨리며 빗소리를 들었다. 나는 손으로 더듬어 램프를 찾아 불을 켰다.

내가 알아차린 첫번째 변화는 자수 비단 두 장이 벽에서 사라졌다는 것이었다. 미리 세어본 것은 아니지만 갈색 회벽에 없어진 자국이 선명히 눈에 띄었다. 좀더 들어가 다른 램프를 하나 더 켰다. 나는 토템 기둥을 살펴보았다. 그 밑으로, 중국식 융단의 가장자리 너머 맨바닥에 다른 융단 하나가 더 깔려 있었다. 아까는 그 자리에 없던 것이었다. 가이거의 시체가 있던 곳이었다. 가이거의 시체는 사라지고 없었다.

몸이 얼어붙는 것 같았다. 나는 입술을 꽉 깨물고 토템 기둥 안에 있던 유리 눈을 뚫어지게 보았다. 나는 집 안을 다시 둘러보았다. 모든 것이 아까와 똑같았다. 가이거는 주름 장식 달린 침대 속에도 없었고 그 밑에도 없었으며 옷장 안에도 없었다. 그는 부엌에도 욕실에도 없었다. 그렇다면 남는 것은 복도 오른쪽에 있는 잠겨 있는 문뿐이었다. 가이거의 열쇠 중 하나가 그 문에 맞았다. 방 안은 흥미로웠지만 가이거는 그 안에 없었다. 그 방 안이 흥미로운 이유는 그 방이 가이거의 방과는 너무나 달랐기 때문이었다. 장식이 거의 없이 딱딱한 남성적인 침실이었다. 반들반들한 나무 바닥에 인도풍 디자인의 작은 융단이 두 장, 등이 똑바른 의자가 두 개, 검은 나뭇결 무늬의 커다란 사무용 책상 위에는 남성용 화장 세트와 목이 기다란 청동 촛대에 꽂힌 검은 초가 두 개. 침대는 폭이 좁고 딱딱해 보였으며 진갈색 밀랍 염색 커버가 씌워져 있었다. 방 안 기운이 냉랭했다. 나는 방문을 다시 잠그고 손수건으로 손잡이를 닦아낸 뒤 다시 토템 기둥으로 돌아갔다. 무릎을 꿇고 융단의 보풀을 현관까지 죽 훑어 보았다. 마치 발꿈치가 질질 끌려간 것처럼 그쪽 방향으로 두 개의 홈이 나란히 나 있는 것 같다는 생각이 들었다. 누군지 그런 짓을 한 자는 힘깨나 썼을 것이다. 죽은 사람은 상처받은 마음보다도 무겁다.

경찰이 한 일은 아니었다. 경찰들이라면 아직도 현장에 남아

줄과 분필과 카메라와 지문 채취 가루와 싸구려 담배를 가지고 준비 운동이나 하고 있었을 것이다. 경찰들이라면 잔뜩 몰려와 있었을 것이다. 살인범의 소행도 아니었다. 그 자는 너무 서둘러 떠났다. 분명 여자를 봤을 것이다. 그는 여자가 완전히 넋이 나가서 자기를 볼 수도 없다는 사실을 확인할 수 없었다. 그는 멀리 도망가는 중일 것이다. 나는 맞는 답을 생각해낼 수는 없었지만, 누군가 가이거가 살해당한 대신 실종된 것으로 해두고 싶다면 내게는 잘된 일이었다. 카멘 스턴우드를 이 일에 말려들지 않게 할 수 있는지 알아낼 기회를 얻는 것이기 때문이다. 나는 다시 문을 잠그고 차의 시동을 되살려 집으로 가서 샤워를 하고 마른 옷으로 갈아입고 늦은 저녁을 먹었다. 일을 마친 뒤 나는 아파트 방에 앉아 지나치게 많은 양의 핫 토디(위스키와 설탕을 따뜻한 물에 섞어 만드는 칵테일—옮긴이)를 들이키면서, 가이거가 가지고 있던 색인 달린 푸른 공책의 암호를 풀어내려고 해보았다. 내가 확신할 수 있는 것은 그 공책이 이름과 주소의 목록이며, 아마도 고객들의 이름들을 기록한 내용일 것이라는 정도였다. 공책에는 400명이 넘는 이름이 적혀 있었다. 이 공책을 가지고 협박 모의는 물론이거니와 꽤나 짭짤하게 검은 돈을 벌어들였을 것이며 분명히 이런 것이 한둘이 아닐 것이다. 이 목록에 있는 사람이라면 누구라도 살인자일 가능성이 있었다. 이것이 경찰의 손에 넘어갔을 때 경찰이 해야 할 업무량을 생각하면 경찰이 하나도 부럽지 않았다.

나는 위스키와 절망에 가득 차서 잠자리에 들었다. 꿈속에 피에 젖은 중국식 웃옷을 입은 남자가 나와 기다란 경옥 귀고리를 한 벌거벗은 여자를 쫓아다녔고, 나는 그들을 뒤따라 다니며 텅빈 카메라로 사진을 찍으려고 했다.

9

 다음날 아침은 청명하고 해가 환히 빛났다. 일어나자 입에서 기관사의 장갑처럼 퀴퀴한 냄새가 났다. 나는 커피 두 잔을 마시면서 조간 신문을 훑어보았다. 아서 그윈 가이거에 대한 기사는 어느 신문에서도 찾아볼 수 없었다. 축축한 양복의 주름을 흔들어 펴고 있을 때 전화 벨이 울렸다. 버니 올즈에게서 온 것이었다. 그는 지방 검사 사무실의 수사반장으로, 나를 스턴우드 장군에게 소개한 사람이었다.
 "그래, 어떻게 지내나?"
 그는 이렇게 말을 꺼냈다. 잠도 푹 자고 별로 빚진 돈도 없는 남자와 같은 목소리였다.
 "머리가 꽝꽝 울리네요."
 내가 말했다.
 "쯧쯧."

그는 얼빠진 태도로 웃더니 목소리가 아무렇지 않다는 듯 태도가 모호한 빈틈없는 경찰관 특유의 어조로 변했다.

"스턴우드 장군은 만났나?"

"어, 네."

"그 양반 일을 뭣 좀 했어?"

"비가 많이 와서요."

나는 마치 그게 대답이 된다는 듯 대답했다.

"그 사람들, 무슨 집안 문제가 있는 것 같던데. 그 가족 중 한 사람 소유로 되어 있는 커다란 뷰익 한 대가 리도 어선 부두 앞에 떠내려왔어."

나는 수화기를 으스러뜨릴 정도로 꽉 움켜쥐었다. 호흡 또한 꽉 움켜쥐어 가라앉혔다.

"그래."

올즈는 기운차게 말했다.

"멋진 새 뷰익 세단이 모래랑 바닷물에 엉망진창이 되었더라고…… 아, 잊어버릴 뻔했네. 그 안에 사람이 한 명 있었어."

나는 어찌나 천천히 숨을 내쉬었는지 숨이 입술에 걸릴 지경이었다.

"리건입니까?"

"어, 누구라고? 아, 그 집 장녀가 찍어서 결혼했던 그 전직 밀주업자? 나는 그 사람 본 적이 없는데. 그 사람이 거기 볼 일이 뭐가 있겠어?"

"핑계는 그만 대세요. 누군들 거기서 무슨 볼 일이 있겠습니까?"

"나는 모르겠네, 이 친구야. 나도 살펴보려고 잠깐 들르려던 참이야. 함께 갈 텐가?"

"그러죠."

"그럼 서두르게. 내 사무실에 있겠네."

면도를 하고 옷을 입고서 가볍게 아침 식사를 든 다음 나는 반 시간 후에 법원에 도착했다. 나는 칠층으로 올라가서 지방 검사 밑에 있는 사람들이 사용하고 있는 일련의 작은 사무실들을 따라갔다. 올즈의 사무실은 다른 사무실보다 크지는 않았지만 그 혼자 쓰고 있었다. 책상 위에는 다른 건 아무것도 없고 압지 메모지, 싸구려 펜 세트, 모자와 그의 다리 한쪽이 올려져 있었다. 그는 중키에 금빛이 도는 머리카락을 한 남자로, 빳빳한 흰 눈썹 아래 눈매는 조용했고 치아를 잘 관리하고 있었다. 길가에서 흔히 지나치는 평범한 사람 같은 외모였다. 나는 우연히 그가 아홉 명을 죽였다는 이야기를 들은 적이 있었다. 그들 중 세 명은 그가 총으로 위협당하고 있을 때 그랬다는 것이다. 적어도 어떤 사람은 그렇게 생각한다.

그는 자리에서 일어서서 앙트락트라고 하는 소형 시가의 납작한 깡통을 주머니에 넣은 뒤, 입에 물고 있는 담배를 위 아래로 가볍게 흔들면서 머리를 뒤로 젖힌 채 코 너머로 나를 세심히 살폈다.

"그건 리건이 아니었어. 내가 확인했지. 리건은 덩치가 큰 남자잖아. 키는 자네만 하고 몸무게는 약간 더 나가는 사람이지. 이쪽은 젊은 애야."

나는 아무 말도 하지 않았다.

"왜 리건이 집을 나갔나? 자네 그 일에 관련 있나?"

올즈가 물었다.

"그런 것 같지는 않은데요."

"밀주 매매 출신의 남자가 부유한 집안으로 장가를 든 다음에 예쁜 부인과 이백만 달러의 합법적인 돈하고 결별을 했다 이거지. 이것만 해도 충분히 생각해볼 만하지 않나. 자네는 이 일을 비밀이라고 생각하나 보군."

"아, 네."

"알았어. 입을 꼭 다물고 있게. 악감은 안 가질 테니."

그는 책상 주위를 돌아다니며 주머니를 톡톡 두드리더니 모자에 손을 뻗었다.

"저는 리건을 찾고 있는 게 아닙니다."

나는 말했다. 그는 방을 걸어 잠갔고 우리는 관용 주차장으로 내려가 작은 푸른색 세단에 올라탔다. 우리는 선셋 대로로 나갔고 때때로 교통 신호를 무시하기 위해 사이렌을 켰다. 상쾌한 아침이었으며 마음속에 걸리는 생각이 너무 많지만 않다면 삶이 소박하고 달콤하게 느껴질 만큼 활기가 대기에 흐르고 있었다. 그러나 내게는 생각이 너무 많았다.

해안 고속도로 위에 있는 리도 부두까지는 48킬로미터 거리로 처음 고속도로 열 개는 교통의 흐름을 뚫고 지나가야 했다. 올즈는 이 거리를 45분 만에 주파했다. 우리는 빛이 바랜 토벽 아치 앞에 차를 세웠고 나는 차에서 발을 내려 밖으로 나갔다. 하얗고 좁은 나무 난간이 달린 긴 부두가 아치로부터 바다 쪽으로 뻗어 있었다. 한 떼의 사람들이 그 끄트머리에 기대어 몸을 내밀고 있었고 모터사이클을 탄 경찰관이 아치 밑에 서서 다른 사람들이 부두 밖으로 나가는 것을 막고 있었다. 차들이 고속도로 양쪽에 죽 늘어서 있었고, 남녀 할 것 없이 잔인한 현장 구경을 좋아하는 사람들도 몰려와 있었다. 올즈는 모터사이클을 탄 경찰관에게 자신의 경찰 배지를 보여주었고 우리는 하룻밤의 세찬 비로도 씻겨 나가지 않은 생선 냄새 비릿한 부두로 나갔다.

"저기 그 차가 있네. 바지선 위에."

올즈는 소형 시가로 가리키면서 말했다.

예인선의 것과 비슷한 조타실이 달린 야트막한 검은 바지선이 부두 끝 말뚝 앞에 웅크리고 있었다. 아침 햇살에 반짝이는 무언가가 갑판 위에 있었는데 인양하기 위한 체인이 아직도 감겨 있었다. 커다란 검은 크롬 차였다. 인양기의 팔은 제자리에 돌아가 있었고 갑판 높이까지 낮춰져 있었다. 사람들이 차 주변에 서 있었다. 우리는 미끄러운 계단을 내려가 갑판에 올라갔다.

올즈는 녹색빛이 도는 카키색 제복을 입은 보안관과 사복을 입은 남자에게 인사를 했다. 바지선의 선원 세 명은 조타실 앞에 기대어 담배를 씹고 있었다. 그들 중 한 명은 더러운 목욕 수건으로 젖은 머리를 문지르고 있었다. 체인을 감기 위해서 물 속으로 들어갔다 온 남자일 것이다.

우리는 차를 살펴보았다. 앞 범퍼가 우그러져 있었고, 한쪽 헤드라이트는 깨졌으며 다른 쪽은 위로 구부러져 있지만 유리는 온전했다. 라디에이터 뚜껑이 움푹 들어갔고 차의 도색이

긁혀 있었다. 타이어는 다 멀쩡한 것 같았다.

운전자는 어깨를 이상한 각도로 구부린 채 운전대 옆에 머리를 아무렇게나 늘어뜨리고 아직도 방치되어 있었다. 그는 얼마 전만 해도 잘생긴 외모였을 늘씬하고 검은 머리의 젊은이였다. 그의 얼굴은 푸르뎅뎅해져 있었고 내리깐 눈꺼풀 속의 눈은 희미하게 번득였다. 벌린 입 속에는 모래가 차 있었다. 이마 왼쪽에 둔기로 맞은 멍 자국이 창백한 피부에 대조되어 더 두드러져 보였다.

올즈는 물러서서 목구멍에서 이상한 소리를 내며 작은 담배에 성냥불을 붙였다.

"어떻게 된 거요?"

제복을 입은 남자는 부두 끝의 구경꾼들을 가리켰다. 그들 중 한 사람이, 흰 난간이 넓게 부서져 나간 곳을 만지고 있었다. 쪼개진 나무가 막 잘라낸 소나무처럼 노랗고 깨끗하게 보였다.

"저기로 나간 모양입니다. 아주 세게 충돌한 것 같군요. 여기는 비가 일찍 멈췄습니다. 오후 아홉시 정도예요. 부러진 나무 속이 말라 있습니다. 그러니 비가 멈춘 후에 사건이 일어났다는 것을 추정할 수 있습니다. 저 차는 물이 많은 곳에 떨어져서 심하게 부딪치지는 않았고, 썰물의 중간쯤 일어난 일일 겁니다. 그렇지 않았다면 더 멀리 떠내려갔을 테니까요. 그리고 밀물보다 나중이었다면 말뚝에 바싹 붙어 있겠죠. 그러니 지난밤 열시경의 일로 추정됩니다. 적어도 아홉시 반은 되었을 겁니다. 더 일찍은 아니고요. 아이들이 오늘 아침 낚시하러 왔을 때 차가 물밑에 보였다고 합니다. 그래서 우리가 바지선으로 차를 끌어올렸고 죽은 남자를 발견한 거죠."

사복을 입은 남자가 구두 끝으로 갑판을 문질러대고 있었다. 올즈는 곁눈으로 나를 보더니 작은 시가를 담배처럼 휙 잡아당겼다.

"음주 운전?"

그는 특별히 누구에게라고 할 것도 없이 물었다.

머리를 수건으로 말리고 있던 남자가 난간 쪽으로 다가가더니 매 울음소리 같은 헛기침을 요란하게 해서 모든 사람의 주목을 끌었다.

"모래가 들어가서 말이죠."

그는 침을 뱉었다.

"저 친구 입 속에 들어간 것만큼은 아니지만요. 그래도 조금 들어갔네요."

제복을 입은 남자가 말했다.

"음주 운전일 가능성이 있습니다. 빗속에서 혼자서 뽐내며 말이죠. 술 취한 사람들은 무슨 일이든 하니까요."

"음주운전은 무슨."

사복 입은 남자가 말했다.

"수동 스로틀 레버가 반쯤 내려져 있었고, 남자 머리 옆쪽에 둔기로 맞은 흔적이 있어요. 나 같으면 살인 사건이라고 하겠소."

올즈는 수건을 든 남자를 보았다.

"형씨는 어떻게 생각하오?"

수건을 든 남자는 우쭐해진 것 같았다. 그는 히죽 웃었다.

"나는 자살 같은데요. 내가 상관할 바는 아니지만 물어보니 말이죠. 나 같으면 자살이라고 하겠어요. 먼저 저 남자 이 부두로 아주 곧장 들어왔잖아요. 여기 그 사람 차 바퀴자국이 죽 보인다고요. 그러니 보안관이 말한 대로 비가 내린 다음이죠. 그리고 부두를 세게 들이받았을 겁니다. 그러지 않았다면 어디로 튀어나가지도 않았을 거고 옆으로 뒤집히지도 않았겠죠. 아마도 두어 번 구르고 말았을 겁니다. 그러니 전속력으로 와서 난간에 부딪힌 겁니다. 스로틀이 반 이상 열려 있었던 건 손이 떨어지는 바람에 그랬을 수도 있고. 그리고 머리야 떨어지면서 다쳤을 수도 있는 것이니까요."

올즈가 말했다.

"관찰력이 있는 친구군. 시체를 수색해봤소?"

그는 보안관보에게 물었다. 보안관보는 나와 조타실에 기대서 있는 선원을 차례로 보았다.

"알았소. 그럼 그건 나중에 얘기하지."

올즈가 말했다.

안경을 쓴 키 작은 남자가 피곤한 얼굴로 검은 가방을 들고서 부두 계단을 내려왔다. 그는 갑판에서 그나마 깨끗한 곳을 골라 가방을 내려놓았다. 그러고 나서 모자를 벗고 목뒤를 문지르더니 지금 자기가 있는 곳이 어디며 뭣 때문에 왔는지 모른다는 듯 바다를 내다보았다.

올즈가 말했다.

"여기 당신 고객이 있소, 의사 선생. 지난 밤에 부두에서 다

이빙을 했지요. 아홉시에서 열시경. 그게 우리가 아는 전부요."

키 작은 남자는 뚱한 표정으로 죽은 남자를 들여다보았다. 그는 남자의 머리를 들어 관자놀이의 멍자국을 살펴본 뒤 두 손으로 머리를 돌리고 남자의 늑골을 짚어보았다. 그는 축 늘어진 죽은 자의 손을 들어서 손톱을 주시했다. 그리고 손을 떨어뜨려서 떨어지는 모양을 관찰했다. 그는 뒤로 물러서더니 가방을 열고 시체 검안서 용지를 꺼내서 복사지 위에 대고 쓰기 시작했다.

"목의 골절이 직접적인 사인으로 보이는군요."

그가 쓰면서 말했다.

"그건 죽은 사람 몸속에 물이 별로 많이 들어가지 않았을 거란 뜻입니다. 이제 공기 중에 노출됐으므로 사후 경직이 빠르게 일어나기 시작할 거라는 거죠. 완전히 경직되기 전에 시체를 차에서 빼내는 게 좋겠습니다. 그 뒤에 하려면 꽤나 힘들 겁니다."

올즈는 고개를 끄덕였다.

"죽은 지 얼마나 됐소, 의사 선생?"

"전 모르겠군요."

올즈는 그를 날카롭게 쳐다보더니 입에서 작은 시가를 꺼내서 그것도 날카롭게 노려보았다.

"이렇게 알게 되어 반갑소. 의사 선생. 오 분 안에 판단을 못 하는 검시관을 만나다니 가슴이 다 뛰는데."

키 작은 남자는 쓸쓸하게 웃더니 조사서를 가방에 넣고 연필을 조끼에 꽂았다.

"죽은 사람이 어젯밤 저녁을 먹었다면 알 수 있을 겁니다. 그가 몇 시에 저녁을 먹었는지 안다면요. 그래도 오 분 안에는 힘들죠."

"저 멍은 어쩌다 생긴 거요, 낙상?"

키 작은 남자는 멍을 다시 보았다.

"그런 것 같진 않습니다. 무언가 감싼 것으로 맞아서 생긴 겁니다. 그리고 살아 있는 동안에 이미 피하 출혈이 일어났어요."

"가죽으로 싼 곤봉 같은 거요, 흠?"

"그럴 확률이 높죠."

작은 검시의는 고개를 끄덕이더니, 가방을 갑판에서 챙겨 들고는 계단을 올라 다시 부두로 돌아갔다. 앰뷸런스가 토벽 아치 바깥에 대기하고 있었다. 올즈는 나를 보더니 말했다.

"가자고. 여기까지 온 보람은 거의 없었지, 그렇지 않나?"

우리는 부두로 되돌아가서 다시 올즈의 세단에 탔다. 그는 차를 무지막지하게 고속도로로 밀어붙이고 비로 깨끗하게 씻긴 삼차선 고속도로를 따라 시내로 돌아갔다. 분홍빛 이끼가 계단을 이루고 누르스름한 하얀 모래가 깔린 낮은 구릉을 스쳐 갔다. 바다 쪽으로 갈매기 몇 마리가 빙빙 돌며, 파도 위에 떠 있는 무언가를 잡아챘다. 저 멀리 떠 있는 하얀 요트가 하늘에 걸려 있는 것처럼 보였다.

올즈는 턱으로 나를 가리키며 말했다.

"아는 사람이야?"

"물론입니다. 스턴우드 가의 운전 기사예요. 바로 어제 그 집에서 차를 닦는 걸 보았는데."

"난 자네를 다그칠 마음은 없어, 말로. 그냥 말해주게. 자네 일이 저 남자와 관련 있나?"

"아뇨. 나는 그 사람 이름도 모릅니다."

"오웬 테일러야. 어떻게 아냐고? 웃기는 사연이 있지. 일 년이나 그 전쯤, 우리는 그 친구를 맨 법령(1910년에 통과된 법으로, 비도덕적 목적으로 여성을 주 경계선 밖으로 이동시키는 데 가담하거나 조력한 자를 처벌하는 법—옮긴이) 위반 혐의로 유치장에 잡아넣은 적이 있다네. 그는 스턴우드의 화끈한 딸을 차에 태워주고 있었던 것 같아. 동생 쪽 말이야. 유마로 데려가고 있었다더군. 그 언니가 그들을 뒤쫓아 다시 데리고 와서 오웬을 감방에 처넣었지. 그러더니 다음날 지방검사 사무실로 가서는 그 애송이를 꺼내달라고 청원을 했지 뭐야. 언니 말로는 그 친구가 동생이랑 결혼하고 싶어서 그랬다는 거야. 그런데 자기 동생은 그걸 몰랐고, 동생이 원했던 건 그냥 술이나 거나하게 마시고 파티나 하는 거였다는군. 그래서 우리는 그 애송이를 석방했고, 그 사람들이 그 친구를 해고하나 안 하나 두고 보자고 했었다네. 그리고 얼마 후에 워싱턴으로부터 그 친구 지문에 대한 관례적인 조회 결과 보고서를 받아보니, 이전에 인디애나에서 전과가 있었더군. 육 년 전 노상강도 미수로 말야. 그래서 군 형무소에서 육 개월간 복역했었다네. 존 딜린저(미국 공황기에 악명 높았던 은행 강도. 두 차례 탈옥과 은행 강도로 유명. 1934년 FBI에게 사살됨—옮긴이)가 탈옥한 바로 그 감옥이지. 우리는 이 사실을 스턴우드 가에 알렸지만, 그 사람들은 녀석을 그대로 두더군. 어떻게 생각하나?"

"정신 나간 가족인 것 같군요. 그 사람들이 지난 밤 일에 대해서 압니까?"

"아니. 지금 가서 그 사람들을 만나보려고 하네."

"될 수 있으면 노인은 그 일에서 빼주십시오."

"왜?"

"그 양반은 그러지 않아도 골칫거리도 많고 몸도 편찮습니다."

"리건 얘기인가?"

나는 얼굴을 찌푸렸다.

"리건에 대해서는 아는 바 없습니다. 말씀드렸지만 전 리건을 찾고 있는 게 아닙니다. 리건은 제가 아는 한 어떤 사람도 성가시게 한 적이 없습니다."

올즈는 "아," 하더니 생각에 잠겨서 바다를 바라보았다. 그 바람에 세단이 거의 길을 벗어날 뻔했다. 그 후 시내로 돌아가는 동안에 그는 거의 아무 말도 하지 않았다. 그는 나를 차이니스 극장 근처 할리우드에 내려주었고 알타 브리어 크레센트를 향해서 서쪽으로 돌아갔다. 나는 식당에서 점심을 먹으면서 석간 신문을 읽었지만 가이거에 대한 기사는 찾을 수 없었다.

점심 식사 후 나는 가이거의 가게를 보러 동쪽을 향해 대로를 걸어갔다.

10

여위고 검은 눈을 가진 보석상이 자기 현관에서 어제 오후와 같은 위치에 서 있었다. 그는 내가 들어갈 때 어제와 똑같이 아는 척하는 표정을 지었다. 가게도 똑같았다. 똑같은 전등이 구석의 책상에서 비치고 있었고, 똑같은 엷은 금발이 똑같은 검정 스웨이드처럼 보이는 드레스를 입고 책상 뒤에서 일어나서 내게 다가왔으며, 똑같이 의례적인 미소가 그녀의 얼굴에 떠올라 있었다.

"무슨……?"

여자는 말하려다 멈췄다. 그녀의 은빛 손톱이 옆에서 씰룩씰룩 움직였다. 미소에는 과장되게 긴장된 기색이 엿보였다. 실상 미소라고 할 수도 없었다. 찡그린 얼굴이었다. 그녀는 그게 미소라고 생각하는 모양이었다.

"또 왔습니다."

나는 쾌활하게 새된 목소리로 말하고 담배를 흔들어 보였다.
"오늘은 가이거 씨 계시나요?"
"저…… 저, 죄송하지만 안 계신데요. 네, 안 계세요. 글쎄, 무슨 일로……?"
나는 선글라스를 벗고서 그걸로 내 손목 안쪽을 섬세하게 두드렸다. 85킬로그램도 넘는 남자가 요정처럼 보이려고 하는 건 힘든 일이었지만, 나는 나름대로 최선을 다하고 있었다.
"그 초판본에 대한 건 단지 시간을 벌자는 핑계였죠."
나는 속삭였다.
"조심해야 하거든요. 나는 가이거 씨가 원하는 물건을 가지고 있어요. 그 양반이 오랫동안 가지고 싶어했던 물건이죠."
은빛 손톱이 흑옥 귀고리를 한 귀 뒤로 머리카락을 넘겼다.
"아, 외판원이군요."
그녀가 말했다.
"글쎄요, 내일 오시면 되겠네요. 내일은 가이거 씨가 여기 오실 거예요."
"까놓고 얘기해도 돼요. 나도 같은 직종에 종사하니까."
여자의 눈이 가늘어져 숲속 깊은 곳의 나무 그늘 아래 웅덩이처럼 희미한 녹색빛만 보였다. 그녀의 손톱이 손바닥을 움켜쥐었다. 나를 쳐다보더니 숨을 삼켰다.
"가이거 씨는 아프신가요? 내가 집으로 찾아가봐야겠는데."
나는 조급하게 말했다.
"끝없이 기다릴 수 있는 건 아니니까."
"당신은…… 어, 당신은, 어……."

여자의 목이 잠겼다. 그녀가 곧 앞으로 쓰러져버릴지도 모른다는 생각이 들었다. 온몸이 떨리고 있었고 얼굴은 파이 부스러기처럼 일그러져 있었다. 그녀는 무거운 짐을 들어 올리는 것처럼 순전히 의지력으로 천천히 얼굴 표정을 바로잡았다. 미소가 다시 떠올랐다. 양쪽 입매가 심하게 일그러졌다.
 "아뇨."
 그녀는 숨을 내쉬었다.
 "아뇨, 그 분은 지방출장중이세요. 그러니 별로 소용없을 거예요. 내일 오실 수 없나요?"
 나는 무언가 말을 하려고 입을 벌렸지만, 그때 칸막이 문이 30센티 정도 열렸다. 짧은 웃옷을 입은 키 크고 거무스름한 피부의 젊은이가 밖을 내다보았다. 그는 창백한 얼굴에 입술을 꼭 다물고 나를 보더니 문을 재빨리 닫았지만, 나는 신문지로 가장자리를 대고 책을 되는 대로 채워넣은 나무 상자들이 그의 뒤편 마룻바닥에 널려 있는 것을 보았다. 아주 새 것인 멜빵 바지를 입은 남자가 야단을 떨며 그 일을 하고 있었다. 가이거의 재고 중 일부가 반출되는 중이었다.
 문이 닫히자 나는 다시 선글라스를 쓰고서 모자를 집었다.
 "그럼, 내일 오죠. 명함을 드리고 싶지만, 이런 일이 어떤지 알죠?"
 "그럼요. 어떤지 알아요."
 여자는 좀더 몸을 떨고 있어서 반짝이는 입술 새로 희미하게 빠는 듯한 소리가 났다. 나는 가게 밖으로 나가서 서쪽 대로 모퉁이를 돌아 가게 뒤를 지나는 좁은 골목길에 이어지는 북쪽

거리로 갔다. 옆에 쇠줄을 치고 아무런 글자도 쓰여 있지 않은 작은 검정색 트럭이 가이거 가게 뒤에 대 있었다. 새 멜빵 바지를 입은 남자가 짐칸에 상자를 쌓고 있었다. 나는 대로로 돌아가 가이거 서점 옆 블록을 따라 가서 소화전 옆에 선 택시를 잡았다. 얼굴이 앳된 젊은이가 운전대 뒤에서 공포 잡지를 읽고 있었다. 나는 몸을 들이밀고 그에게 일달러를 보여주었다.

"미행하는 일인데."

그는 나를 넘겨다보았다.

"경찰이에요?"

"사립 탐정이오."

그는 히죽 웃었다.

"내 전문이죠, 아저씨."

그는 잡지를 백미러 뒤에 끼웠고 나는 택시 안으로 들어갔다. 우리는 블록을 돌아 가이거의 골목길 건너편, 다른 소화전 옆에 차를 세웠다. 트럭에 열두 개 정도 상자가 실리자, 멜빵 바지를 입은 남자가 차양이 내려진 문을 닫고서 짐칸을 걸어 잠근 뒤 운전대 뒤에 앉았다.

"저 사람을 따라가요."

나는 기사에게 말했다.

멜빵 바지를 입은 남자는 시동을 걸고 골목 위아래를 흘끗 살펴 보더니 반대 방향으로 빠르게 질주했다. 그는 골목을 나가 왼쪽으로 돌았다. 우리도 그렇게 했다. 나는 트럭이 프랭클린 가 남쪽으로 도는 것을 보고 기사에게 약간 더 가까이 붙으라고 했다. 그는 가까이 붙지 못했다. 그렇게 할 수 없었는지도 모른다. 우리는 앞 차가 바인 가로 향한 후 바인 가를 건너 웨스턴 가로 쭉 가는 것을 보았다. 웨스턴 가를 지난 뒤에는 두 번 정도 차를 볼 수 있었다. 그곳에는 차가 많았고, 앳된 얼굴의 애송이는 너무 뒤에서 미행했다. 내가 기사에게 손짓으로 그렇게 말하려고 할 때, 트럭은 훨씬 앞에서 북쪽으로 돌았다. 차가 돌아간 거리는 브리타니 플레이스라는 곳이었다. 우리가 브리타니 플레이스에 도착했을 때는 트럭은 사라져 있었다.

앳된 얼굴의 애송이는 유리 칸막이 사이로 걱정 말라는 신호를 보냈고, 우리는 한 시간 동안 6.5킬로미터 정도 언덕을 올라가 트럭이 관목 뒤에 숨어 있나 찾아보았다. 두 블록 위, 브리타니 플레이스가 동쪽으로 꺾어져 좁은 후미에서 랜달 플레이스와 만나는 부지에, 정문은 랜달 플레이스를 면하고 지하 차고는 브리타니 쪽으로 난 하얀 아파트 건물이 한 채 있었다. 우리는 아파트를 지나쳤고 앳된 얼굴의 애송이가 내게 트럭은 멀리 가지 않았을 것이라고 지껄이는 동안, 나는 차고의 아치문을 들여다보고 어스름 속에서 뒷문이 열려 있는 트럭을 발견했다.

우리는 아파트 정문으로 돌아왔고, 나는 차에서 내렸다. 로비에는 사람이 없었으며 교환대도 없었다. 나무 책상이 하나 금빛 우편함 옆 벽에 붙어 있었다. 나는 이름들을 훑어 보았다. 조셉 브로디라는 남자가 아파트 405호에 살고 있었다. 조 브로디라는 이름의 남자가 카멘하고 놀아나는 걸 그만두고 놀아날 다른 여자애를 찾아보는 조건으로 스턴우드 장군에게 오천 달러를 받았다고 했다. 같은 조 브로디일 것이다. 나는 내기에서 유리한 위치를 선점한 것 같은 기분이 들었다.

나는 벽을 돌아 비스듬한 층계참과 자동 엘리베이터 통로로 갔다. 엘리베이터의 꼭대기는 바닥의 높이와 같았다. 통로 옆에는 차고라고 쓰인 문이 있었다. 나는 문을 열고 좁은 계단을 따라 지하로 내려갔다. 자동 엘리베이터가 열렸고, 새 멜빵 바지를 입은 남자가 무거운 박스를 쌓아놓고는 투덜거리고 있었다. 나는 그의 옆에 가서 섰고, 담뱃불을 붙인 뒤 그를 바라보았다. 그는 관찰당하는 것을 좋아하지 않았다.

잠시 후 내가 말했다.

"그 물건들 무게 넘지 않게 조심해야겠군요. 엘리베이터에는 반 톤 정도밖에 싣지 못하죠. 그 물건들은 어디로 가는 거요?"

"브로디 씨요. 사백오 호실."

그는 투덜댔다.

"관리인이에요?"

"그렇소. 근사한 장물 같아 보이는데."

그는 흰자위가 창백한 눈으로 나를 쏘아보았다.

"책이에요."

그가 딱딱거렸다.

"한 상자당 사십오 킬로그램. 내가 타더라도 삼십삼 킬로 정도 남아요."

"아무튼, 무게 넘지 않게 조심하시오."

그는 여섯 개의 상자를 엘리베이터에 싣고서는 문을 닫았다. 나는 계단을 통해 로비로 다시 올라가서 거리로 나와 그 택시를 타고 다시 시내의 내 사무실 건물로 왔다. 나는 앳된 얼굴의 애송이에게 요금을 후하게 주었고 그는 내게 모서리가 접힌 명함을 주었다. 이번만은 나는 그걸 엘리베이터 옆에 있는 마졸리카(이태리풍의 화려한 무늬가 있는 도자기—옮긴이) 모래 항아리에 던져넣지 않았다.

나는 칠층 뒤쪽에 사무실을 하나 반 쓰고 있었다. 반만 쓰고 있는 사무실은 대기실을 만들기 위해 두 개로 나눈 것이었다. 내 쪽에는 내 이름이 붙어 있었고, 대기실에는 있어야 할 물건 말고는 아무것도 없었다. 나는 의뢰인이 올 경우를 대비해서 대기실 문을 항상 열어두고 있으므로 의뢰인은 들어와 앉아서 기다릴 수 있었다.

의뢰인이 한 명 와 있었다.

11

　　그녀는 얼룩무늬가 있는 갈색 트위드 옷을 입고 남자용 셔츠에 타이를 매고 수제화를 신고 있었다. 스타킹은 전날처럼 얇게 비치는 것이었지만, 이번에는 다리를 많이 드러내고 있지 않았다. 로빈 후드풍 갈색 모자 아래의 검은 머리는 윤기가 흐르고 있었다. 모자는 오십 달러는 나갈 만한 물건으로, 책상 메모지를 이용해서 한 손으로 접은 것처럼 보였다.
"아, 일어나긴 했군요."
그녀는 빛 바랜 붉은색의 긴 의자, 이상하게 생긴 두 개의 반안락의자, 세탁할 필요가 있는 그물 커튼, 대기실을 전문적인 느낌이 나게 하기 위해서 여기저기 잡지 과월호를 늘어놓은 어린이용 독서 탁자를 보고 코를 찡그렸다.
"아마도 당신은 침대에서 일하는 스타일인가 보다 생각하던 참이에요. 마르셀 프루스트처럼 말이죠."

"그게 누구요?"

나는 담배를 입에 물고 그녀를 보았다. 그녀는 약간 창백했고 긴장한 것 같았지만, 긴장하면서도 할 일은 해내는 여자처럼 보였다.

"프랑스 소설가예요. 타락한 사람들을 골라내는 감식가죠. 당신은 그 사람을 알 일이 없겠군요."

"쳇, 쳇. 내 방안으로 들어오시죠."

그녀는 일어서서 말했다.

"우리 어제는 사이가 별로 안 좋았죠. 내가 아무래도 무례했나 봐요."

"우리 둘 다 무례했지."

나는 말했다. 통로 문을 따고 그녀를 위해 문을 열어주었다. 우리는 옆방으로 들어갔다. 그 방에는 그다지 새것이라 할 수 없는 녹슨 못처럼 붉은 융단이 깔려 있고 녹색 문서함이 다섯 개 있었다. 그 중 세 개에는 캘리포니아의 공기만이 들어 있을 뿐이었다. 광고용 달력에는 갈색 머리에 거대한 자두 같은 검은 눈을 한 퀸즈 어린이 중창단이 핑크 드레스를 입고 하늘색 바닥을 굴러다니는 그림이 들어 있었다. 호두나무 빛깔에 가까운 의자가 세 개가 있고, 평범한 메모지, 펜 세트, 재떨이, 전화가 놓인 평범한 책상이 있으며 끽끽거리는 평범한 회전의자가 책상 뒤에 있었다.

"별로 깉치레에 신경 안 쓰는군요."

그녀는 그렇게 말하며 고객용 의자에 앉았다.

나는 우편함으로 가서 봉투 여섯 통을 집었다. 두 장은 편지였고, 네 통은 광고 문서였다. 나는 모자를 전화 위에 걸쳐놓고 앉았다.

"핑커튼(1850년대에 앨런 핑커튼이 세운 핑커튼 전국 탐정 협회〔Pinkerton National Detective Agency〕를 뜻함. 한쪽 눈을 그린 로고로 유명하며 그 로고 때문에 사립탐정을 뜻하는 private eye라는 표현이 생겼음—옮긴이) 사람들도 신경쓰지 않소. 정직하게 하면 이런 사업에서는 큰 돈을 벌 수가 없지. 겉치레를 하게 되면, 돈을 벌고 있다는 뜻이오. 아니면 그럴 기대를 하고 있다거나."

"아, 당신은 정직하게 하고 있나요?"

비비안은 이렇게 물으며 가방을 열었다. 그녀는 프랑스식 에나멜 담뱃갑에서 담배 한 대를 집어서 작은 라이터로 불을 붙인 뒤, 담뱃갑과 라이터를 다시 가방에 넣고 가방은 열린 채로 그냥 두었다.

"고통스러울 정도로."

"그럼 어쩌다 이런 지저분한 사업에 뛰어들게 됐나요?"

"당신은 어쩌다 밀주업자랑 결혼을 했지?"

"맙소사, 다시 싸움을 시작하지는 말아요. 오늘 아침 내내 당신하고 전화통화를 하려고 애썼다고요. 여기와 당신 아파트로요."

"오웬 일 때문에?"

그녀의 얼굴이 날카롭게 경직되었다. 목소리는 부드러웠다.

"불쌍한 오웬. 그럼 그 일도 알고 있군요."

"지방 검사 밑에 있는 사람이 나를 리도 부두에 데리고 갔었소. 그 사람은 내가 그 일에 대해 무언가 알고 있을 거라고 생각한 거요. 그렇지만 그 사람이 나보다 더 많은 것을 알고 있더군. 오웬은 당신 동생과 결혼하고 싶어했다지, 이전에 말이오."

그녀는 아무 말 않고 담배 연기를 뿜어내더니 흔들림 없는 검은 눈으로 나를 살폈다.

"아마도 그것도 나쁜 생각은 아니었을지 몰라요."

그녀는 조용히 말했다.

"그는 그 애를 사랑했어요. 우리 같은 부류에서는 그런 일을 보기가 힘들죠."

"그는 전과가 있었다는데."

비비안은 어깨를 으쓱했다. 그녀는 무관심하게 말했다.

"그는 올바른 사람들을 알고 지내지 못했어요. 이 썩어빠진 범죄의 왕국에서 전과라는 게 의미하는 거라면 그런 것뿐이죠."

"나라면 그렇게까지 심한 말은 안 하겠소."

그녀는 오른손 장갑을 벗더니, 집게손가락 마디를 깨물고서는 흔들림 없는 눈으로 나를 보았다.

"오웬의 일 때문에 당신을 만나러 온 건 아녜요. 우리 아빠가 무슨 일로 당신을 보자고 했는지 이제 말해줄 기분이 드나요?"

"아버님 허락이 없으면 안 되오."

"카멘에 대한 건가요?"

"그것도 말할 수 없고."

나는 파이프를 다 채우고 성냥불을 붙였다. 그녀는 잠시 동안 연기를 바라보았다. 그리고 열려 있는 가방 속에 손을 집어넣어 두꺼운 흰 봉투를 꺼냈다. 그녀는 책상 너머로 봉투를 던졌다.

"어쨌든 그걸 보는 게 좋을 거예요."

나는 봉투를 집어들었다. 주소는 타자로 친 것이었으며 웨스트 할리우드, 알타 브리어 크레센트 3765번지 비비안 리건 부인 앞으로 되어 있었다. 택배로 왔으며, 접수 시간이 아침 8시 35분이었다. 나는 봉투를 열어 가로 10센티미터, 세로 8.5센티미터 크기의 반짝거리는 사진을 꺼냈다. 봉투 안에 들어 있는 것은 그뿐이었다.

단 위에 있던 등받이가 높은 가이거의 티크우드 의자에 앉아 있는 카멘의 사진이었다. 그녀는 귀고리를 하고 있고 태어난 그대로의 모습이었다. 그녀의 눈은 내가 기억하는 것보다도 더 미친 것처럼 보였다. 사진 뒷면은 백지였다. 나는 사진을 봉투 안에 다시 집어넣었다.

"그 자들이 얼마나 달라고 합디까?"

"오천 달러에요. 원판하고 나머지 사진들까지 다 해서요. 거래는 오늘 밤에 끝내기로 되어 있어요. 그러지 않으면 그 사진을 삼류 잡지에 보내겠대요."

"어떻게 요구를 해왔소?"

"어떤 여자가 제게 전화를 했어요. 이게 배달되기 반 시간 전쯤에요."

"삼류 잡지가 끼어들 문제는 없을 거요. 요새는 그런 문제에 대해서는 이견 없이 바로 유죄판결이 나니까. 또 다른 문제가 있소?"

"또 다른 문제가 있어야 하나요?"

"그렇소."

그녀는 약간 혼란스러운 표정으로 나를 보았다.

"있어요. 그 여자가 말하기를 이 일에 경찰이 끼어들 소지가 있다더군요. 그래서 이 일을 빨리 처리하는 게 좋을 거라고, 그러지 않으면 유치장 창살을 사이에 두고 동생 얼굴을 보게 될 거라고 했어요."

"그러는 게 좋을 거요. 어떤 종류의 일이라고 합디까?"

"모르겠어요."

"지금 카멘은 어디 있소?"

"집에 있어요. 어젯밤 아팠거든요. 아직도 자고 있을 거예요."

"카멘이 어젯밤 외출했었소?"

"아뇨. 난 외출했었어요. 그렇지만 하인들이 카멘은 외출하지 않았다고 하더군요. 나는 라스 올린다스에 가서 에디 마스의 사이프러스 클럽에서 룰렛 게임을 했어요. 한 푼도 안 남기고 다 털렸지만."

"룰렛 게임을 좋아하는군. 그럴 것 같소."

그녀는 다리를 꼬고 담뱃불을 한 대 더 붙였다.

"그래요, 난 룰렛을 좋아해요. 스턴우드 가의 모든 사람들은 게임에서 지는 걸 좋아하죠. 룰렛도 그렇고, 집을 나가버린 남자와 결혼하는 것도, 쉰다섯에 말을 타고 장애물 경주를 하다가 장애물을 뛰어넘는 말에 밟혀 평생을 불구로 사는 것도 그렇죠. 스턴우드 가 사람들은 돈이 있지만, 그걸로 살 수 있는 것은 공수표뿐이죠."

"어젯밤 오웬이 당신 차로 무슨 일을 한 거요?"

"아무도 몰라요. 그는 허락 없이 차를 가지고 나갔어요. 우리는 쉬는 날에는 그가 차를 가지고 나갈 수 있도록 해요. 하지만, 어젯밤은 그가 쉬는 날이 아니었어요."

그녀는 얼굴을 찡그렸다.

"당신 생각은 혹시……?"

"그가 이 누드 사진에 대해서 알고 있었다는 거요? 내가 어떻게 알 수 있겠소만, 그를 제외시킬 수는 없소. 현금으로 오천 달러를 바로 준비할 수 있소?"

"아빠한테 말하지 않고서는 안 되죠. 아니면 빌리든가. 아마도 에디 마스에게 빌릴 수는 있을 거예요. 그는 내게는 너그럽게 해줘야만 하거든요. 아무도 모르는 일이지만."

"한번 시험해봐도 되겠지. 서두르는 게 좋을 거요."

그녀는 몸을 뒤로 기대고 의자 등받침 위로 한 팔을 올렸다.

"경찰에게 말해야 할까요?"

"그것도 좋은 생각이지만, 당신은 그렇게 안 할 거요."

"내가 안 한다고요?"

"안 하지. 당신은 당신 아버지와 동생을 보호해야만 하니까. 당신은 경찰이 무엇을 밝혀낼지 모르고 있고. 경찰들도 조사할 수 없는 무슨 일이 있을 수도 있지. 경찰들은 보통 협박건도 처리해주려고 하기는 하지만."

"당신이 무언가 해주실 순 없어요?"

"뭔가 해줄 수 있을 것 같군. 그렇지만 왜 그렇게 하는지 어떻게 할 건지는 말해줄 수 없소."

"당신이 마음에 드네요."

그녀는 갑자기 말했다.

"당신은 기적을 믿는군요. 사무실에서 술 한잔 해도 되나요?"

나는 가장 깊은 서랍을 열고 사무실용 술병과 작은 유리잔을 꺼냈다. 나는 잔을 채웠고 우리는 술을 마셨다. 그녀는 가방을 딱 닫더니 의자를 뒤로 밀었다.

"오천 달러를 가지고 올게요. 나는 에디 마스에게는 좋은 고객이었어요. 그가 내게 잘해줘야 하는 이유는 다른 것도 있지만, 그것까지는 당신도 알 수 없겠죠."

그녀는 내게 미소를 지었지만 중간에 입술이 웃는 걸 잊어버린 듯 눈은 웃고 있지 않았다.

"에디의 금발 머리 아내가 러스티와 함께 도망간 여자거든요."

나는 아무 말도 하지 않았다. 그녀는 나를 물끄러미 바라보더니 덧붙였다.

"이 얘기 흥미 없나요?"

"그를 찾는 일은 더 쉬워지겠지. 내가 그를 찾고 있다면 말이오. 그가 이런 난장판에 끼어들고 있을 거라는 생각은 아니지, 그렇소?"

그녀는 빈 잔을 내 쪽으로 밀었다.

"한잔 더 주세요. 당신은 세상에서 가장 속을 알기가 힘든 사람이군요. 심지어 귀도 쫑긋 안 하네요."

나는 작은 잔을 채웠다.

"당신은 내게서 원하는 걸 다 알아냈소. 내가 당신 남편을 찾고 있지 않다는 것만 해도 충분히 좋은 얘기 아니오."

그녀는 술을 아주 빨리 들이켰다. 그 때문에 숨을 헐떡댔다. 아니면 숨을 헐떡댈 기회를 찾고 있었는지도 몰랐다. 그녀는 숨을 천천히 내쉬었다.

"러스티는 악당이 아녜요. 과거에는 그랬을지 몰라도, 푼돈 때문에 그런 일은 안 해요. 그는 만오천 불을 들고 다녔어요. 지폐로 말이죠. 그는 그 돈을 비상금이라고 불렀어요. 나와 결혼할 때도 그 돈이 있었고, 나를 떠날 때도 그 돈을 가지고 갔죠. 아뇨, 러스티는 그런 싸구려 협박범 패거리에 낄 사람은 아녜요."

그녀는 봉투를 들고 일어섰다.

"연락하겠소."

내가 말했다.

"내게 전갈을 남기면 내 아파트에 있는 교환원이 처리할 거요."

우리는 문 쪽으로 걸어갔다. 주먹 관절로 흰 봉투를 톡톡 치며 그녀가 말했다.

"여전히 아빠가 무슨 일을 시키셨는지 말해 줄……."

"아버님을 먼저 뵈어야 할 거요."

그녀는 사진을 꺼내어 문 바로 안쪽에 선 채 들여다보았다.

"작고 예쁜 몸을 가졌죠. 그렇지 않나요?"

"흐음."

그녀는 내 쪽으로 약간 몸을 기울였다.

"내 몸도 봤어야 하는데."

그녀는 진지하게 말했다.

"일을 준비해줄 수 있겠소?"

그녀는 갑자기 날카롭게 웃더니 문 쪽으로 반쯤 향하다가 머리를 돌리고 냉담하게 말했다.

"당신은 이제까지 내가 본 중에 가장 냉혈한이에요, 말로 씨. 아니면 필이라고 불러도 되겠어요?"

"물론이오."

"나를 비비안이라고 불러도 돼요."

"고맙소, 리건 부인."

"지옥에나 가요, 말로 씨."

그녀는 뒤도 돌아보지 않고 밖으로 나갔다.

나는 문이 닫히게 내버려두고 문에 손을 대고 선 채 손을 들여다보았다. 내 얼굴은 약간 뜨거워져 있었다. 나는 책상으로 돌아가서 위스키를 치워버리고 작은 잔 두 개를 헹군 다음에 그것들도 치워버렸다.

나는 전화기에서 모자를 벗겨내고, 지방 검사 사무실로 전화를 걸어 올즈를 바꿔달라고 했다.

그는 자기의 비좁은 은신처로 되돌아와 있었다.

"아, 그 노인은 내버려두었네. 집사 말로는 자기나 딸 중의 한 사람이 그에게 말해줄 거라더군. 이 오웬 테일러라는 친구는 차고 위에서 살고 있었는데 내가 그의 물건을 살펴보았지. 부모는 아이오와 주 드부크에 산다더군. 나는 거기 경찰청에 전보를 쳐서 그의 부모들이 어떤 조처를 원하는지 알아보라고 했다네. 스턴우드 가에서 비용은 댈 걸세."

"자살인가요?"

"아무도 알 수 없지. 어떤 유서도 남기지 않았어. 그는 차를 가지고 나가면서 허락을 받지 않았다더군. 어젯밤에는 리건 부인 말고는 모두 다 집에 있었어. 부인은 라스 올린다스에 가서 래리 코브라는 바람둥이와 함께 있었다고 하네. 내가 확인했지. 거기서 일하는 딜러를 하나 알고 있거든."

"그런 사치 도박은 금지시켜야 하는 것 아닙니까?"

"이 나라에 있는 그런 거대 조직을 두고? 자네 나이쯤 되면 알아야지, 말로. 난 그 기사의 머리에 있는 타박상이 마음에 걸려. 물론 자네가 이 일을 도와줄 수는 없겠지?"

나는 그가 이런 식으로 말하는 게 마음에 들었다. 그러면 실질적으로 거짓말을 하지 않고서도 거절할 수 있었다. 우리는 작별 인사를 하고 나는 사무실을 떠나 조간 신문 세 부를 모두 산 다음에, 택시를 타고 법원으로 가서 내 차를 주차장에서 꺼내왔다. 어떤 신문에도 가이거에 대한 기사는 없었다. 나는 그의 푸른 공책을 다시 보았지만, 어젯밤에도 그랬듯이 암호는 여전히 풀릴 기색이 없었다.

12

 래번 테라스의 위쪽에 있는 나무들은 비 갠 후라 나뭇잎이 더 신선하고 푸르렀다. 선선한 오후 햇빛 속에서 살인자가 세 발을 쏘고 어둠 속으로 도망갔던 언덕의 가파른 내리막길과 뒷계단을 볼 수 있었다. 작은 집 두 채가 아래 거리에 면하고 있었다. 그 집에서 총소리를 들었을 수도 듣지 못했을 수도 있다.

 가이거의 집 앞에서나 그 블록 어디에서도 인기척은 느껴지지 않았다. 상자 모양의 울타리는 푸르고 평화롭게 보였고, 널빤지 지붕은 여전히 축축했다. 나는 느리게 차를 몰면서 끊임없이 어떤 생각에 빠져 있었다. 나는 그 전날 밤 차고를 살펴보지 않았었다. 일단 가이거의 시체가 스르륵 사라지고 나자 나는 진정으로 시체를 찾아볼 마음이 없었다. 그건 수고로운 일이 될 것이었다. 그렇지만, 시체를 차고로 끌고 가서 그 자신의 차에 태우고 로스앤젤레스 주변의 수백 개도 넘는 한적하고 외딴 계곡에 가지고 가서 던져버린다면, 며칠이나 몇 주 동안은 시체를 처리할 수 있는 좋은 방법일 것이었다. 이런 경우 두 가지를 가정할 수 있다. 그의 차 열쇠를 가지고 있다는 것과 두 사람의 공범이 있다는 것이다. 그렇다면 수색 작업의 구역을 훨씬 좁힐 수 있다. 특히 그 사건이 일어났을 때 가이거의 개인 열쇠는 내 주머니에 들어 있었으니 말이다.

나는 차고를 볼 수 있는 기회를 잡지 못했다. 문은 닫혀서 고리가 걸려 있었고, 내가 차에 곧장 다가가자 무언가 울타리 뒤에서 움직였기 때문이었다. 녹색과 흰색의 체크무늬 코트를 입고 부드러운 금발 머리에 작은 단추가 달린 모자를 쓴 여자가 미로 속에서 걸어나와 내 차가 언덕 위로 올라오는 소리를 듣지 못했다는 듯, 내 차를 험악한 눈으로 보면서 섰다. 그러더니 여자는 재빨리 몸을 돌려 시야에서 빠져나갔다. 물론 카멘 스턴우드였다.

나는 거리를 계속 올라가 차를 주차한 후 걸어서 돌아왔다. 한낮에는 그런 일을 하기에 너무 사람들 눈에 띄고 위험했다. 울타리를 통해서 안으로 들어갔다. 그녀는 거기서 아무 말도 없이 잠긴 문에 꼿꼿하게 기대 서 있었다. 그녀는 한 손을 치아 쪽으로 느릿느릿 올리더니 이상하게 생긴 엄지손가락을 깨물었다. 눈 밑에는 보라색 그늘이 져 있었고 얼굴은 신경이 과민해진 듯 하얗게 질려 있었다.

그녀는 나를 보고 반쯤 미소를 지어 보였다.

"안녕하세요."

가늘고 연약한 목소리였다.

"뭐…… 무슨 일……?"

말꼬리를 흐리면서 그녀는 손가락을 다시 빨기 시작했다.

"나를 기억하나? 도그하우스 라일리, 키가 너무 커버린 남자지. 기억해?"

그녀는 고개를 끄덕였고 경련하는 듯한 미소가 얼굴에 재빨리 스쳐 지나갔다.

"안으로 들어가지. 내가 열쇠를 가지고 있어. 대단하지?"

"뭐…… 무슨……?"

나는 카멘을 한쪽으로 밀어내고 문에 열쇠를 꽂아 열고서는 그녀를 안으로 밀어넣었다. 나는 문을 다시 닫고 코를 킁킁거리며 그 자리에 섰다. 대낮에 보니 이곳은 끔찍했다. 벽에 걸려 있는 중국풍 쓰레기에 양탄자, 번지르르한 전등, 티크우드 가구, 끈적끈적한 색깔들의 잡동사니들하며 토템 기둥과, 에테르와 아편이 들어 있는 술병들, 이 모든 것을 대낮에 보니 마약 파티처럼 비밀스럽고 천박한 느낌을 주었다.

여자와 나는 서로를 마주보며 서 있었다. 그녀는 얼굴에 귀여운 작은 미소를 짓고 있으려고 했지만, 얼굴이 너무 지쳐서 그럴 힘조차 없어 보였다. 여자의 얼굴은 계속 멍해졌다. 미소는 파도에 쓸려가는 모래처럼 스러졌고, 어리벙벙한 듯 어리석어 보이는 멍한 눈 아래 창백한 피부는 까칠까칠했다. 백태가 낀 혀는 입꼬리를 계속 핥았다. 예쁘고 버릇이 없으며 별로 똑똑하지도 못한 아가씨였다. 아주, 아주 잘못된 길로 빠져버렸지만, 아무도 보살펴주지 않았던 소녀. 부자들이란 지옥에나 떨어지라지. 부자들에게 구역질이 났다. 나는 손가락으로 담배를 말고는 책을 밀어내버리고 검은 책상 위에 앉았다. 나는 담배불을 붙이고, 연기를 한 모금 들이마시며 한동안 아무 말도 하지 않고 그녀가 손가락을 빨고 깨무는 모습만 바라보았다. 카멘은 교장실에 온 불량소녀처럼 내 앞에 서 있었다.

"여기서 뭐하는 거지?"

나는 마침내 그녀에게 물었다.

카멘은 코트자락만 만지작거리면서 대답하지 않았다.

"어젯밤 일에 대해서 얼마나 기억하나?"

그녀는 그 질문에는 대답했다 그녀의 눈 뒤에서 여우같이 교활하게 반짝이는 빛이 일었다.

"뭘 기억해요? 어젯밤에는 아팠는데. 난 집에 있었어요."

그녀의 목소리는 내 귀에 간신히 들릴 만큼 조심스럽게 목구멍에서 간신히 나오는 소리였다.

"집에 있었던 것 좋아하네."

그녀는 눈을 치켜올렸다가 재빨리 내리깔았다.

"아가씨가 집에 가기 전, 내가 집에 데려다주기 전 일 말야. 여기서. 저기 의자에 앉아서."

나는 의자를 가리켰다.

"저기 주황색 깔개에 앉아서. 똑똑히 기억하고 있을 텐데."

카멘의 목이 천천히 달아올랐다. 그건 나름대로 괜찮은 일이었다. 그녀도 얼굴을 붉힐 줄 안다는 뜻이니까. 하얀 빛이 무거운 잿빛 눈동자 아래로 떠올랐다. 그녀는 엄지손가락을 꽉 깨물었다.

"당신도…… 한패예요?"

그녀는 숨을 내쉬었다.

"나? 얼마나 많은 사람들이 함께 있었지?"

그녀는 모호하게 말했다.

"그럼 경찰이에요?"

"아냐. 아가씨 아버지의 친구지."

"경찰이 아니군요."

카멘은 가늘게 한숨을 내쉬었다.

"뭐……뭘 원하세요?"

"누가 그를 죽였나?"

그녀의 어깨가 움찔했지만 더이상 동요되는 기색은 얼굴에 나타나지 않았다.

"누가 또…… 알고 있어요?"

"가이거에 대해서? 모르겠는데. 경찰은 아냐. 경찰이 안다면 여기 진치고 있을 거야. 아마도 조 브로디는 알겠지."

그냥 되는 대로 찔러본 것이었지만, 카멘은 크게 고함을 지르며 반응을 보였다.

"조 브로디, 그 사람이에요!"

그리고 나서 우리는 둘 다 침묵했다. 나는 담배를 피웠고 그녀는 엄지손가락을 빨았다.

"영악하게 굴지 마라. 제길."

나는 그녀를 을러댔다.

"이건 옛날식으로 솔직하게 대답해야 하는 부분이라고. 브로디가 그를 죽였나?"

"누구를 죽여요?"
"이런, 망할."
그녀는 상처받은 것 같았다. 턱이 몇 센티미터 아래로 떨어졌다.
"그래요."
그녀는 엄숙하게 말했다.
"조가 그랬어요."
"왜?"
"난 모르겠어요."
카멘은 고개를 흔들며 자신도 모른다고 스스로를 설득하려는 것 같았다.
"최근에 그를 자주 만났나?"
그녀는 손을 내리더니 이리저리 꼬았다.
"한 번이나 두 번 정도예요. 나는 그 사람을 싫어해요."
"그러면 그가 어디 사는지는 알겠군."
"알아요."
"그런데 더이상 그 사람을 좋아하지는 않는다?"
"나는 그 사람이 싫다고요!"
"그럼 그에게 약점을 잡혀서 좋아했던 거군."
다시 멍해졌다. 그녀에게 있어서는 좀 성급한 질문이었는지도 몰랐다. 보조를 맞추기가 힘들었다.
"경찰에게 그게 조 브로디였다고 말할 수 있겠나?"
갑작스런 공포가 그녀의 얼굴에서 불꽃처럼 일어났다.
"내가 그 누드 사진 협박건만 해결해준다면 말이지, 물론."

카멘은 킬킬댔다. 그녀의 웃음은 역겨운 기분이 들게 했다. 만약 그녀가 비명을 질렀거나 울거나 아니면 죽은 척 기절하면서 바닥에 코를 박았다고 한다면, 그런 건 괜찮았을 것이다. 그녀는 단지 킬킬대기만 했다. 갑자기 아주 웃기는 일이 돼버렸다. 그녀는 이시스(이집트의 여신—옮긴이)처럼 사진에 찍혔고, 누군가 그걸 훔쳐 가다가 그녀 앞에서 가이거를 쓰러뜨렸지만 자신은 재향군인보다도 더 술에 취해 있었던 것이다. 갑자기 아주 웃기는 일처럼 느껴질 수도 있다. 그래서 그녀가 킬킬대는 것이었다. 아주 귀여웠다. 킬킬대는 웃음소리는 점점 커지더니 집의 징두리 뒤에 숨어 있는 쥐처럼 방 안 구석까지 퍼져 나갔다. 그녀는 점점 이성을 잃고 있었다. 나는 책상에서 미끄러져 내려와 그녀에게 다가가서 뺨을 한 대 찰싹 때렸다.

"지난밤처럼 말야. 우리는 아주 웃긴 커플이었지. 라일리와 스턴우드. 진정한 코미디언을 찾아가는 조연 개그맨 이인조."

킬킬대는 웃음소리는 죽은 듯 멈췄지만 그녀는 지난번처럼 맞은 것에 대해서는 신경쓰지 않았다. 아마도 그녀의 모든 남자친구들이 이르든 늦든 간에 언젠가는 그녀를 때렸는지도 모를 일이었다. 어쩌다 그들이 그렇게 되었는지 이해할 수 있었다. 나는 다시 검은 책상 끄트머리에 앉았다.

"당신의 이름은 라일리가 아니에요."

그녀는 진지하게 말했다.

"필립 말로잖아요. 사립탐정이고. 비브 언니가 말해줬어요. 언니가 내게 명함을 보여줬어요."

카멘은 내가 때린 뺨을 쓰다듬었다. 그녀는 나와 함께 있으면 즐겁다는 듯 나를 보고 미소를 지었다.

"그러게, 기억하고 있었군. 그래서 사진을 찾으러 돌아오긴 했지만 집에 들어올 수는 없었다 이건가?"

카멘의 턱이 위아래로 까닥거렸다. 그녀는 미소를 지으려 애썼다. 그녀의 눈길이 내게 박혀 있는 것을 느꼈다. 나를 자기의 포로로 만들려고 하는 것이다. 나는 즉시 "만세!" 하고 외치며 유마에 가자고 그녀에게 간청하게 될 것이다.

"사진은 없어졌어. 어제 집에 데려다주기 전에 찾아봤지. 아마도 브로디가 가지고 갔겠지. 브로디에 대해서 나를 속인 건 아닐 테지?"

그녀는 열심히 고개를 저었다.

"식은 죽 먹기야. 그 일에 대해서 또 생각할 필요도 없어. 누구에게도 여기 왔었다고 말하지는 마. 어젯밤이든 오늘이든. 비비안에게도 말이지. 아가씨가 여기 왔다는 사실은 잊어버려. 일은 라일리에게 맡겨두고."

"당신 이름은 그게 아니……"

카멘은 말을 꺼냈지만 멈추더니 내가 말한 것에, 아니면 자기가 그냥 생각해낸 것에 동의한다는 뜻으로 고개를 힘차게 끄덕였다. 눈이 가느스름해지더니 거의 까맣게 되어, 식당 쟁반의 에나멜처럼 얄팍해졌다.

"이제 집에 가야겠어요."

카멘은 우리가 차나 한잔 마시고 있었던 것처럼 말했다.

"그러지."

나는 움직이지 않았다. 카멘은 내게 귀여운 눈길을 한 번 더

던지고 현관을 향해 갔다. 그녀가 문 손잡이에 손을 댔을 때 우리 둘 다 차 한 대가 오는 소리를 들었다. 그녀는 눈에 의문을 가득 담고 나를 바라보았다. 나는 어깨를 으쓱했다. 차가 바로 집 앞에서 멈췄다. 공포로 그녀의 얼굴이 비틀렸다. 발자국 소리가 들리더니 초인종이 울렸다. 카멘은 문 손잡이를 움켜 잡은 채, 어깨 너머로 나를 다시 돌아보았다. 두려워서 거의 침을 질질 흘릴 지경이었다. 초인종은 계속해서 울렸다. 그러다가 초인종 소리가 멈췄다. 문에 열쇠가 가볍게 꽂혔고 카멘은 문으로부터 펄쩍 뛰어 물러나 얼어붙은 듯 서 있었다. 문이 활짝 열렸다. 한 남자가 씩씩하게 들어오다가 죽은 듯 멈춰서 우리를 조용히 바라보았다. 나무랄 데 없이 침착한 모습이었다.

13

 그는 회색인이었다. 온통 회색으로 차려 입고 있었는데 윤이 나는 검은 구두와 회색 비단 타이에 박힌, 룰렛판의 다이아몬드처럼 보이는 주홍빛 다이아몬드만이 예외였다. 셔츠도 회색이었고 부드럽고 아름답게 재단된 플란넬로 만든 더블버튼 양복도 마찬가지였다. 카멘을 보자 그는 회색 모자를 벗었는데 그 아래의 머리카락도 회색이었고 얇은 베를 통해 비치는 것처럼 섬세했다. 짙은 회색 눈썹은 딱히 뭐라 할 수 없이 활동적인 느낌을 주었다. 턱은 길고 매부리코이며, 신중해 보이는 회색 눈은 약간 기울어진 느낌을 주었는데 윗눈꺼풀의 피부가 접혀서 눈꺼풀 구석이 아래로 처져 있었기 때문이다.

 그는 그 자리에 예의바르게 서서 한 손은 등 뒤의 문에 댄 채 다른 손으로는 회색 모자를 쥐고 허벅지를 부드럽게 두드렸다. 강인한 인상이었지만 불량배들의 강인함하고는 달랐다. 온갖

비바람에도 잘 단련된 승마 기수 같은 강인함에 더 가까웠다. 그렇지만 그는 승마기수가 아니었다. 그는 에디 마스였다.

마스는 등 뒤로 문을 밀어 닫고서 손을 웃옷 주머니에 넣고 엄지손가락만 밖으로 내밀었다. 엄지손가락 손톱이 방 안의 어두침침한 불빛 속에서 반짝였다. 그는 카멘을 보고 미소지었다. 멋지고 편안한 미소였다. 그녀는 입술을 핥고 그를 쳐다보았다. 두려움이 그녀의 얼굴에서 사라졌다. 그녀도 마주 미소를 지었다.

"갑작스레 들어와서 실례합니다. 초인종을 울렸지만 아무도 나오지 않아서. 가이거 씨 있습니까?"

내가 대답했다.

"아뇨. 우리도 그가 어디 있는지 모릅니다. 우린 그냥 문이 조금 열렸길래 들어온 겁니다."

그는 고개를 끄덕이더니 모자 챙으로 긴 턱을 건드렸다.

"댁들은 그의 친구겠지요, 물론?"

"그냥 사업상으로 아는 사이입니다. 책 때문에 들렀지요."

"아, 책이라고요?"

그는 재빨리 밝게 말했지만 내 생각에는 그도 가이거의 책에 대해서는 속속들이 아는 듯 약간 교활한 어조였다. 그러고 나서 그는 카멘을 다시 보더니 어깨를 으쓱했다.

나는 문 쪽으로 움직였다.

"우리는 지금 슬슬 나가려던 참입니다."

나는 말했다. 카멘의 팔을 잡았다. 그녀는 에디 마스를 쳐다보았다. 그가 마음에 든 것이었다.

"전할 말이라도? 가이거가 돌아오면 전해주죠."

에디 마스는 친절하게 물었다.

"폐를 끼치고 싶지는 않습니다."

"유감이군요."

그는 지극히 의미심장하게 말했다. 그의 회색눈은 반짝였으며 내가 그를 지나쳐 문을 열었을 때는 매서워져 있었다. 그는 아무렇지도 않은 어조로 덧붙였다.

"아가씨는 가도 좋소. 하지만 당신하고는 약간 이야기를 나누고 싶은데. 대담한 친구."

나는 카멘의 팔을 놓았다. 나는 그를 멍한 눈길로 바라보았다.

"농담이겠죠?"

그는 친절하게 말했다.

"시간 낭비 하지 맙시다. 바깥 차 안에 애들이 둘 있소. 내가 시키는 일이라면 무엇이든 할 애들이지."

카멘은 내 옆에 붙어서 뭐라고 하다가 문으로 빠져나갔다. 그녀의 발소리가 언덕 밑으로 재빨리 사라졌다. 그녀의 차를 보지 못했으니 아마 그 아래 세워둔 것일 터였다. 나는 입을 열려고 했다.

"대체 무슨……!"

"아, 집어치우지."

에디 마스는 한숨을 쉬었다.

"여기는 뭔가 잘못 돌아가고 있소. 그게 무엇인지 알아낼 작정이오. 만약 배에서 총알을 꺼내고 싶다면 나를 방해해도 좋소."

"알았어요, 알았어. 터프가이 양반."

"필요할 때만 그렇지, 젊은 친구."

그는 더이상 나를 보고 있지 않았다. 그는 얼굴을 찌푸린 채 방 안을 걸어 다니며 내게는 더이상 주의를 기울이지 않았다. 나는 앞 창문의 깨진 유리 너머로 내다보았다. 차 지붕이 울타리 위로 보였다. 차는 시동이 걸린 채였다.

에디 마스는 책상 위에 있는 자줏빛 유리병과 금테 두른 유리잔 두 개를 발견했다. 그는 유리잔 하나를 냄새를 맡아보고는 유리병도 맡아보았다. 역겹다는 미소가 떠올라 그의 입술에 주름이 생겼다.

"형편없는 뚱쟁이 같으니."

그는 단조로운 어조로 말했다.

마스는 책을 두어 권 살펴보고는 투덜거리더니 책상 뒤로 돌아가서 카메라 렌즈가 달린 작은 토템 기둥 앞에 섰다. 그것을 주의깊게 살핀 뒤 그 앞의 마룻바닥으로 눈길을 떨어뜨렸다. 그는 발로 작은 깔개를 치우고 재빨리 몸을 굽혔다. 그의 몸이 긴장했다. 그는 마룻바닥에 회색 무릎 한쪽을 꿇고 앉았다. 책상 때문에 몸이 일부분 가려졌다. 그는 날카롭게 탄성을 지르더니 다시 일어났다. 팔이 코트 속으로 번개같이 들어가더니 나올 때는 검은 루거 권총이 그의 손에 들려 있었다. 그는 기다란 갈색 손가락으로 권총을 들었지만 나를 겨냥하지도 않았고 어떤 다른 것도 겨냥하고 있지 않았다.

"피군. 저기 바닥에 피가 있소, 깔개 밑에. 피가 아주 많아."

"그런가요?"

나는 흥미롭다는 표정으로 말했다.

그는 책상 뒤 의자에 미끄러지듯 앉아 머릿빛 전화기를 자기 쪽으로 끌어당기고 총을 왼손에 바꿔 쥐었다. 그는 전화를 보고 매섭게 얼굴을 찡그렸다. 짙은 회색 눈썹이 모이고 매부리코 위 햇볕에 탄 미간 사이에 깊은 주름이 잡혔다.

"경찰을 불러야 할 것 같군."

그가 말했다.

나는 건너가서 가이거의 시체가 있었던 곳에 깔려 있는 깔개를 발로 찼다.

"오래된 피군요. 피가 말라붙어 있소."

"경찰을 불러야 하는 건 마찬가지요."

"안 될 것도 없지."

나는 말했다. 그의 눈이 가늘어졌다. 그에게서 가식이 떨어져나가고, 루거 총을 손에 쥔 잘 차려입은 거친 사내만 남았다. 그는 내가 맞장구치는 방식을 마음에 들어하지 않았다.

"대체 당신 누구지, 젊은 친구?"

"말로라고 하오. 탐정이오."

"들어본 적 없는 이름인데. 저 여자는 누군가?"

"고객이오. 가이거가 협박 건으로 저 아가씨를 옭아넣으려고 했소. 우리는 그 이야기를 해보려고 온 거요. 그는 여기 없었소. 문이 열려 있길래 들어와서 기다린 거요. 그렇게 말하지 않았나요?"

"편리하군. 문이 마침 열려 있었다 이거지. 열쇠도 없는데."

"그렇소. 당신은 어떻게 열쇠를 손에 넣었지요?"
"당신이 상관할 일이 아닐 텐데. 젊은 친구."
"내가 상관할 만한 일로 삼을 수도 있겠지."

그는 굳은 표정으로 미소지으며 모자를 회색 머리 위에 다시 눌러썼다.

"그러면, 당신 일을 내 일로 할 수도 있겠군."
"별로 그러고 싶진 않을 거요. 보수가 너무 적어서."
"알았네. 똑똑한 친구로군. 내가 이 집 주인일세. 가이거는 내 세입자야. 그래, 지금은 어찌 생각하나?"
"참 훌륭한 사람들을 알고 지내는군요."
"나는 오는 사람 막지 않지. 온갖 부류의 사람들이 온다네."

그는 루거를 내려다보더니 어깨를 으쓱하고 다시 겨드랑이 밑에 찔러넣었다.

"뭐 좋은 생각이라도 있나, 젊은 양반?"
"생각이야 많지. 누군가 가이거를 쏜 거요. 가이어가 누군가를 쏘고 도망친 걸 수도 있고. 아니면 다른 두 사람이 했거나. 아니면 가이거가 밀교 교주라 토템 기둥 앞에서 산 제물을 바친 것일 수도 있고. 그것도 아니면, 저녁으로 닭요리를 먹으려고 거실에서 닭을 잡은 것일 수도 있고."

회색 남자는 나를 못마땅한 얼굴로 보았다.

"그만둡시다. 시내에 있는 당신 친구들에게 전화하는 편이 나을 거요."
"난 잘 모르겠군."

그가 딱딱거렸다.

"당신이 여기서 무슨 일을 꾸미는지 말야."

"계속하시지, 경찰을 불러요. 일이 걷잡을 수 없이 커질 거요."

그는 꼼짝 않고 곰곰이 생각했다. 그는 입술을 악물었다.

"그것도 무슨 말인지 모르겠군."

그가 긴장을 늦추지 않으며 말했다.

"오늘은 당신에게 운수 좋은 날이 아닐 수도 있다는 거요. 나는 당신이 누군지 알고 있소, 마스 씨. 라스올린다스의 사이프러스 클럽 주인이죠. 사기꾼들을 위한 사기 도박을 하는 곳. 지역 경찰은 당신 손아귀에 있고 LA까지도 줄이 닿아 있지. 다른 말로는 보호를 받는다고 하던가. 가이거는 그런 보호가 필요한 패거리 중 하나요. 아마도 당신이 때때로 그를 약간은 도와줬는지도 모르겠군. 그가 당신의 세입자라는 것을 보니."

그의 입이 매몰차게 찌푸려졌다.

"가이거가 하는 사업이 뭔데?"

"음란 서적 대출업."

그는 오랫동안 나를 바라보았다.

"누군가 그를 처리했군."

그가 부드럽게 말했다.

"당신은 뭔가 알고 있군. 그는 오늘 가게에 나타나지 않았어. 점원들도 그가 어디 있는지 모른다고 하고. 여기로 전화를 했지만 받지 않더군. 그래서 내가 살펴보러 온 거네. 그랬더니 깔개 밑에는 피가 있더군. 당신과 여자도 있고."

"좀 약하긴 하지만, 관심 있는 업자가 있으면 이 얘기를 팔 수도 있겠군. 그렇지만 사소한 걸 놓치고 있소. 누군가 그의 책을 오늘 가게에서 실어갔소. 그가 빌려 주고 있던 멋진 책들 말이오."

그는 손가락을 날카롭게 튕기더니 말했다.

"그 생각을 했어야 했는데, 친구. 여기저기 많이 알아보고 다닌 모양이군. 어떻게 생각하나?"

"가이거는 살해당한 것 같소. 저 피는 그의 것이오. 그리고 책을 실어갔다는 것은 잠시 동안 시체를 숨길 만한 동기가 되오. 누군가 그 사업을 이어받아서 조직할 시간이 필요한 거요."

"그렇게 할 수는 없을 걸."

에디 마스는 잔인하게 말했다.

"누가 그렇다고 하오? 당신과 밖에 당신 차 안에 앉아 있는 저 총잡이들? 여기는 큰 도시요, 에디. 최근에는 거친 작자들이 여기로 속속 들어왔다고. 성장의 쓰라린 대가인 셈이지."

"당신 더럽게 말이 많군."

에디 마스가 말했다. 그는 이를 드러내더니 두 번 날카롭게 휘파람을 불었다. 밖에서 차문이 쾅, 하고 열리는 소리가 나더니 울타리 너머로 뛰어오는 발소리가 들렸다. 마스는 권총을 다시 꺼내더니 그걸로 내 가슴을 겨누었다.

"문을 열어."

문 손잡이가 삐걱삐걱 울리고 고함치는 소리가 들렸다. 나는 움직이지 않았다. 총부리가 2번가 터널의 입구처럼 보였지만 나는 꼼짝도 하지 않았다. 방탄복을 입고 다닐 것을 하는 생각이 들었다.

"자기 손으로 여시지, 에디. 당신이 대체 누구라고 나한테 명령을 하는 거요? 내게 잘 하면 당신에게 협력할 수도 있소."

그는 굳어진 발을 옮겨 책상 끝으로 돌아가 문 쪽으로 갔다. 그는 내게서 눈을 떼지 않고 문을 열었다. 두 명이 분주하게 겨드랑이 밑에 손을 넣으며 방으로 굴러들어왔다. 한 명은 확실히 권투 선수로, 코가 찌그러지고 한쪽 귀가 스테이크 고기처럼 생겼지만 잘생기고 얼굴이 창백한 젊은이였다. 다른 자는 늘씬한 금발에 무표정한 남자로, 몰려 붙은 두 눈에는 아무런 빛도 없었다.

에디 마스가 말했다.

"이 남자 옷 속에 권총이라도 가지고 있는지 살펴봐."

금발 머리가 총신이 짧은 총을 꺼내 들어 나를 겨누고 섰다. 권투 선수가 불시에 달려들어 내 주머니를 주의 깊게 더듬었다. 나는 이브닝 드레스를 입은 패션 모델처럼 나른한 태도로 그를 위해 한 바퀴 돌아주었다.

"총은 없습니다."

그는 가시 돋친 말투로 말했다.

"누군지 알아봐."

권투 선수는 한 손을 내 윗주머니에 집어넣어 내 지갑을 꺼냈다. 그는 지갑을 펼치고 내용물을 확인했다.

"이름은 필립 말로입니다, 에디. 프랭클린 가의 호바트 암스에 살고 있군요. 사립탐정 면허증과 보안관보의 배지가 있습니다. 그게 답니다. 탐정 나부랭이입니다."

그는 지갑을 내 주머니에 다시 밀어넣고 내 뺨을 가볍게 친 뒤 돌아섰다.

"나가봐."

에디 마스가 말했다.

두 총잡이는 다시 나가면서 문을 닫았다. 그들이 차로 돌아가는 소리가 들렸다. 그들은 시동을 걸더니 엔진이 그냥 돌아가게 놓아두었다.

"알았어, 말해봐."

에디 마스가 다그쳤다. 그의 눈썹이 이마에서 더욱 예리한 각도로 올라갔다.

"아직 말할 준비가 안 되어 있소. 그의 사업을 가로채자고 가이거를 죽인다는 것은 어리석은 수법이고, 그가 살해되었다고 치더라도 일이 그런 식으로 되리라고는 확신할 수 없지. 그렇지만 내가 확신하는 것은, 그 책을 가지는 자가 누구든 간에 뭐가 뭔지는 알고 있다는 것과 가이거의 가게에 있는 금발 여자가 모종의 일 때문에 머리가 돌 만큼 겁에 질려 있다는 거요. 그리고 나는 누가 그 책을 가져갔는지 짐작하고 있소."

"누구지?"

"그게 말할 준비가 안 된 부분이오. 의뢰인이 있으니까. 알겠지만."

그는 코를 찡그렸다.

"그게……."

그는 말을 재빨리 삼켰다.

"당신이 그 아가씨를 알 거라고 생각했는데."

"누가 그 책을 가져갔지, 친구?"

"말할 준비가 안 됐다니까, 에디. 내가 말을 해야 할 이유가 뭐요?"

그는 권총을 책상 위에 내려놓고 편 손바닥으로 그걸 쳤다.

"이것 때문이지. 이 정도면 얘기할 가치가 있겠지."

"그것 참 기운나게 하는군. 총은 저리 치우쇼. 나는 언제나 돈 소리를 들을 수 있으니까. 내게 얼마나 던져주려고 하는 거요?"

"무엇을 하는 대가로?"

"무슨 일을 해줬으면 좋겠소?"

그는 책상을 쾅 쳤다.

"똑똑히 들어, 이 친구야. 내가 당신한테 질문을 하면 당신은 내게 다른 질문을 하지. 이렇게 해서는 어떤 결론도 나지 않아. 나는 가이거가 지금 어디 있는지 알고 싶어. 내 개인적 사정 때문이지. 나는 그 친구 사업도 마음에 들지 않았고 그 친구를 비호해준 적도 없어. 나는 그냥 이 집 주인일 뿐이지. 지금에 와서는 그것도 별로 좋아서 하는 게 아냐. 당신이 뭘 알고 있든 간에 투명하게 하는 게 좋을 거야. 그렇지 않다면 한 떼의 경찰들이 이리로 와서 더러운 신발을 신은 채로 이 쓰레기 더미를 뒤지며 다닐 테니까. 당신이 가지고 있는 것 중에 팔 만한 건 전혀 없어. 내 짐작에는 당신도 얼마간 보호를 받을 필요가 있는 것 같은데. 그러니 다 불어보라고."

짐작은 좋았지만, 그에게 그런 말을 할 생각은 없었다. 나는 담뱃불을 붙이고 성냥불을 불어 끈 뒤 그걸 토템 기둥의 유리 눈 안으로 던져넣었다.

"당신 말이 옳소. 만약 가이거에게 무슨 일이 일어났다면, 나는 경찰에게 할 얘기는 다 해야 할 거요. 그렇다면 사건이 공권력으로 넘어갈 거고 내가 팔 건 아무것도 남아 있지 않겠지. 그러니 이제 당신 허락을 받고 여길 뜨고 싶은데."

마스의 까맣게 탄 얼굴이 하얗게 변했다. 그는 잠깐 동안 비열하고 방탕하며 난폭한 사람처럼 보였다. 그는 총을 들어올릴 듯 움직였다. 나는 아무렇지도 않게 덧붙였다.

"그런데, 마스 부인은 요새 어떻게 지내신다지?"

잠깐 동안 그를 지나치게 약올린 것이 아닌가 하는 생각이 들었다. 총을 든 그의 손이 떨리면서 아래위로 흔들렸다. 그의 얼굴 근육은 팽팽하게 당겨져 있었다.

"꺼져버려."

그는 조용하고 부드럽게 말했다.

"네가 어딜 가든, 거기서 무엇을 하든 일말의 관심도 없어. 그렇지만, 충고 한 마디 하지, 젊은 친구. 네 계획에 나를 끌어들이지는 마. 그러지 않으면 네 이름이 머피이고 리머릭(아일랜드 몬스터 주에 있는 항구 도시—옮긴이)에서 살았더라면 하고 후회하게 될 테니."

"흠, 그럼 클론멜에서 그리 멀지 않은 곳이 되겠군. 내가 듣기로는 당신 친구 중 거기서 온 사람이 있다던데."

마스는 얼음장 같은 눈을 하고 꼼짝도 않으며 책상에 바짝 기대 있었다. 나는 문 쪽으로 가서 문을 열고 그를 돌아보았다. 그의 눈은 나를 쫓고 있었지만, 그의 마른 회색빛 몸은 움직이지 않았다. 그의 눈에는 증오심이 있었다. 나는 밖으로 나가서 울타리를 지나 내 차가 있는 곳까지 언덕을 올라가서 차에 올라탔다. 차를 돌려 꼭대기를 넘어갔다. 아무도 나를 쏘지 않았다. 몇 블록 지나서 차의 시동을 끄고 얼마 동안 앉아 있었다. 나를 미행하는 자도 없었다. 나는 다시 할리우드로 돌아갔다.

14

 5시 10분 전, 나는 랜달 플레이스에 있는 아파트 로비 입구 가까이에 차를 세웠다. 창문 몇 개에는 불이 들어와 있었고, 땅거미 내린 거리에 라디오 소리가 흘러나왔다. 나는 자동 엘리베이터로 4층까지 올라가서, 녹색 양탄자를 깔고 아이보리색으로 벽을 칠한 너른 복도를 따라 걸어갔다. 열린 문으로 들어온 시원한 산들바람이 복도를 지나 화재 비상구 쪽으로 불었다.

 405호라고 표시된 문 옆에 작은 상아로 된 초인종이 있었다. 나는 초인종을 누르고 기다렸다. 꽤 오랜 시간이 지난 것 같이 느껴진 뒤에야, 소리도 없이 문이 30센티미터 정도 열렸다. 문이 열리는 동작에 침착하지만 뭔가 수상한 분위기가 풍겼다. 남자는 다리와 허리가 길고 어깨가 떡 벌어졌으며, 표정 없는 갈색 얼굴에 짙은 갈색 눈을 하고 있었다. 오래 전에 표정을 억제하는 훈련을 받은 얼굴이었다. 강철모같은 머리카락은 모두 뒤로 넘기고 있어, 언뜻 보기에는 뇌가 사는 집의 지붕이라고 할 법한 둥그런 갈색 앞이마가 훤히 드러났다. 그의 음산한 눈은 무표정하게 나를 꿰뚫어보았다. 길고 가는 갈색 손가락이 문끄트머리를 붙잡고 있었다. 그는 아무 말도 하지 않았다.

"가이거 씨?"

그의 얼굴에는 내가 감지할 만한 변화는 나타나지 않았다. 그는 문 뒤에서 담배 한 대를 가지고 오더니 입술 사이에 물고 연기를 조금 뿜어냈다. 연기는 내 쪽을 향해서 나른하고 얕잡아보는 듯한 태도로 흘러왔고, 연기 뒤에서 냉담하고 서두르지 않는 목소리가 말을 내뱉었다. 카드 딜러의 목소리보다도 억양이 없는 목소리였다.

"뭐라고요?"

"가이거 씨요, 아서 그윈 가이거. 책 주인 말이오."

남자는 서두르지 않고 그 말을 곰곰이 생각했다. 그는 담배 끝을 내려다보았고 다른 손, 문을 붙들고 있던 손을 보이지 않게 치웠다. 보이지 않는 손으로 무언가 신호를 보내는 것처럼 어깨가 움직였다.

"그런 이름의 사람은 모르는데. 이 근처에 사는 사람이오?"

나는 미소지었다. 그는 내 미소가 마음에 안 들었다. 그의 눈이 심술궂게 변했다.

"당신이 조 브로디요?"

갈색 얼굴이 굳어졌다.

"그래서 어쨌다는 거요? 무슨 수작이오, 형씨, 아니면 그냥 놀자는 거요?"

"당신이 조 브로디라는 말이군. 그런데 가이거란 사람은 모른다 이거지. 이것 참 재밌군."

"뭐? 당신이야말로 아주 재밌는 친구군. 내 앞에서 꺼져버리고 다른 데 가서 알아봐."

나는 문에 기대어 꿈꾸는 듯한 미소를 지었다.

"당신은 책을 가지고 있지, 조. 나는 손님 명부를 가지고 있거든. 함께 얘기 좀 해봐야 할 것 같은데."

브로디는 내 얼굴에서 눈길을 떼지 않았다. 뒤쪽 방 안에서 금속 커튼 고리가 금속 막대에 부딪혀 가볍게 쩔렁이는 것으로 생각되는 소리가 희미하게 들려왔다. 그는 곁눈으로 방안을 흘끗 보았다. 그는 문을 좀더 열었다.

"안 될 것도 없지. 당신이 뭔가 가지고 있을 것 같으면."

그는 냉정하게 말했다. 그는 문에서 옆으로 비켜났다. 나는 그를 지나쳐 방 안으로 들어갔다.

기분 좋은 방으로, 고급 가구들이 있었으나 너무 많을 정도는 아니었다. 건너편 끝 벽에 있는 프렌치 창문은 돌 포치 쪽으로 트여 산기슭의 땅거미가 으스름하게 비쳤다. 창문 가까이 서쪽 벽에는 닫힌 문이 하나 있었고, 현관문 가까이에는 같은 벽에 다른 문이 하나 더 있었다. 이 마지막 문 문틀 아래 가는 놋쇠 막대에 플러시천 커튼이 매달려 드리워져 있었다.

동쪽 벽에는 문이 없었다. 벽 한가운데에 대형 소파가 바짝 기대어 있어서 나는 그 의자에 앉았다. 브로디는 문을 닫고 게걸음으로 걸어 네모난 못을 박은 높은 참나무 책상으로 다가갔다. 황금 경첩이 달린 삼나무 상자가 책상의 내려진 판 위에 놓여 있었다. 그는 상자를 들고 다른 두 문 사이 중간쯤 있는 안락의자에 가서 앉았다. 나는 모자를 벗어 소파에 내려놓고서는 기다렸다.

"그래, 어디 말 좀 해보지."

브로디가 말했다. 그는 시가 상자를 열고 담배 꽁초는 옆에 있는 재떨이에 버렸다. 그는 길고 가는 시가를 입에 물었다.

"시가 한 대 피울 텐가?"

그는 하나를 내게 던져주었다.

나는 시가를 잡았다. 브로디는 시가 상자에서 총을 꺼내서 내 코를 겨누었다. 나는 총을 보았다. 검은색 경찰용 38구경이었다. 나는 그 순간 그것에 대해서는 왈가왈부하지 않았다.

"깔끔한 솜씨지? 잠깐 일어서주실까. 이 미터 정도만 앞으로 와. 그러면서 두 손을 들어."

그의 목소리는 영화 속 갱이 공들여 내는 무심한 목소리였다. 영화가 그들을 몽땅 저렇게 만들어놓았다.

"쯧, 쯧."

나는 전혀 꼼짝도 않고 말했다.

"이 동네는 총은 그렇게 많은데 똑똑한 머리를 가진 놈은 그렇게 없다니까. 몇 시간 전에도 손에 총만 들고 있으면 세상을 다 손에 거머쥘 수 있다고 생각한 친구가 당신 말고도 한 명 더 있었다네. 총을 내려놓고 바보같은 짓 그만두지, 조."

그는 눈썹을 모으더니 턱을 내 쪽으로 내밀었다. 그의 눈은 비열했다.

"그 다른 친구 이름은 에디 마스야. 들어본 적 있나?"
"아니."
브로디는 총으로 여전히 나를 겨냥했다.
"그 친구가 지난 밤 빗속에 당신이 어디 있었는지 알아낼 만큼 영리하다면, 도박꾼이 판돈을 쓸어버리는 것처럼 당신을 쓸어버릴걸."
"에디 마스와 내가 무슨 관계길래?"
그는 차갑게 물었다. 그러나 그는 총을 무릎께로 떨어뜨렸다.
"심지어 기억력조차도 없으시군."
우리는 서로를 노려보았다. 나는 왼쪽 옆 문에 걸린 플러시 커튼 아래로 비죽 나온 검은 슬리퍼는 쳐다보지 않았다.
브로디는 조용하게 말했다.
"오해하지는 마라. 나는 갱은 아니니까. 단지 조심할 뿐이지. 난 당신에 대해서는 뭐 하나 아는 게 없으니. 살인자일지도 모르는 노릇 아닌가."
"당신은 지금도 조심성이 부족해. 가이거의 책으로 장난한 건 정말 큰일이지."
그는 긴 숨을 천천히 들이마시더니 조용히 내쉬었다. 그리고 나서 뒤로 기대어 다리를 꼬고 콜트 권총을 무릎 위에 놓았다.
"내가 이 총을 쓰지 않을 거라고 안심하진 마. 필요하면 쏠 거니까."
그는 말했다.
"그래, 할 얘기가 뭔가?"

"저기 슬리퍼만 삐죽 내놓고 있는 당신 친구도 이리 오라고 하지. 저 아가씨, 숨 참느라고 아주 지친 모양인데."

브로디는 내 배에서 눈을 떼지 않고 소리쳤다.

"이리 나와, 아그네스."

커튼이 옆으로 젖혀지더니, 녹색 눈에 엷은 금발을 가진 여자가 허리를 흔들며 방으로 걸어 나와 우리와 합류했다.

가이거의 가게에 있던 여자였다. 그녀는 나를 난도질할 수 있을 정도로 증오하는 표정을 담고 나를 보았다. 코는 오무라들었고 눈은 그늘져 어두웠다. 그녀는 몹시 언짢아 보였다.

"당신이 말썽을 일으킬 줄 알고 있었어요."

여자가 나에게 딱딱거렸다.

"조에게 헛발 딛지 않도록 조심하라고 했었죠."

"조가 조심해야 할 것은 발이 아니라, 무릎 뒤 같은데."

"참 재미도 있네요."

금발 여자가 쨱쨱거리는 소리로 말했다.

"이전에는 그랬었지. 지금은 더이상 재미있지 않을 걸."

"농담은 집어치워."

브로디가 충고했다.

"조는 항상 자기 발밑을 잘 보고 있으니까. 불 좀 켜봐, 이놈을 쏴버릴지 한번 보게. 그래야 말을 들을 것 같으면 말이지."

금발 여자는 커다란 사각 스탠드의 불을 켰다. 그녀는 스탠드 옆의 의자에 쓰러지듯 앉더니 꼭 끼는 거들을 입은 것처럼 빳빳한 자세로 있었다. 나는 시가를 입에 물고서 끝을 물어뜯어 떼어냈다. 내가 성냥을 꺼내서 시가에 불을 붙이는 동안 브로디의 콜트 권총은 나에게 지대한 관심을 보이고 있었다. 나는 담배 연기를 맛보고 나서 입을 열었다.

"내가 말한 고객 명부는 암호로 되어 있어. 아직 풀지는 못했지만, 이름이 줄잡아 오백 개 정도는 되겠더군. 내가 아는 것만 해도, 당신은 책을 열두 상자 정도 가지고 있지. 적어도 책이 오백 권은 될 거야. 대출중인 건 훨씬 많을 테지만, 조심스럽게 말해서 총 수확이 오백 권이라고 치자고. 만약 이게 아직 쓸 만한 명부라고 하고, 이 손님들 중 오십 퍼센트만 받는다고 쳐도 십이만 오천 번 대여 가능하다는 얘기가 되지. 당신 여자친구가 이런 일은 전문일걸. 나는 그냥 어림짐작으로 말하는 거니까. 평균 대여료를 마음대로 낮게 정한다고 쳐도 일 달러 미만은 아니겠지. 이런 상품은 비싸거든. 한 번에 일 달러씩에 대여한다고 쳐도 십이만 오천 불을 받을 수 있는 건데, 당신이 여전히 장사 밑천을 가지고 있잖아. 내 말은 당신이 여전히 가이거의 장사 밑천을 가지고 있다는 거지. 그러면 한 사람을 죽일 만한 이유로 충분하지 않나?"

금발 머리가 외쳤다.

"미친 자식, 잘난 척하기는!"

브로디는 그녀에게 이를 득득 갈며 으르렁댔다.

"닥쳐, 제발 입 닥치고 있으라고!"

그녀는 천천히 밀려오는 고통과 부글부글하는 분노가 뒤섞인 채 침묵했다. 그녀의 은빛 손톱이 자기 무릎을 긁었다.

"이건 건달들을 상대하는 장사가 아니지."

나는 브로디에게 상냥한 태도로 말했다.

"이건 당신같이 솜씨 좋은 일꾼이 필요한 장사야, 조. 당신은 신용을 얻어왔고 그걸 지켜왔어. 이런 중고 음란 서적에 돈을 쓰는 사람들은 화장실이 급한 귀부인처럼 아주 초조하기 마련이거든. 개인적으로는 협박까지 부업으로 하는 건 큰 실수라는 생각이야. 나 같으면 그런 일은 떨어버리고 합법적인 판매나 대여업에 전념하겠네."

브로디의 진갈색 눈길이 내 얼굴을 위아래로 훑었다. 그의 콜트 권총은 내 급소를 여전히 굶주린 듯 겨냥하고 있었다.

"당신, 웃기는 사람이군."

그는 어조의 변화 없이 말했다.

"누가 이런 멋진 장사를 손에 넣었단 말인가?"

"바로 당신이잖아. 대부분 다."

금발 머리는 숨이 막혀서 자기 귀를 후벼 팠다. 브로디는 아무 말도 하지 않았다. 그는 단지 나를 바라보고 있을 뿐이었다.

"뭐라고요?"

금발 머리가 외쳤다.

"당신, 지금 거기 앉아서 가이거 씨가 그런 사업을 바로 대로변에서 하고 있었다는 얘기를 하는 거야? 정신이 나갔군!"

나는 그녀를 정중하게 곁눈질했다.

"그런 말을 하고 있는 거야. 모든 사람이 그런 장사가 존재한다는 것을 알고 있지. 할리우드는 그런 걸 주문하도록 만들어진 셈이니까. 그런 일이 존재해야만 한다면, 대로변에 있는 것이 모든 경찰들이 바라는 일이지. 같은 이유로 경찰들은 홍등가를 선호한다네. 그들이 원할 때 어디 가야 쓸어버릴 수 있는지 알거든."

"맙소사."

금발 머리가 한탄했다.

"이 나사 빠진 자식이 저기 앉아서 나를 모욕하는 걸 그냥 볼 셈이에요, 조? 당신은 손에 총을 들고 있고, 저 사람은 담배와 손가락밖에 없는데도?"

"난 마음에 들어."

브로디가 말했다.

"저 친구 생각은 괜찮군. 입 닥치고 계속 얌전히 있어, 아니면 이걸로 내가 입 닥치게 해줄 테니."

그는 점점 태도가 거만해지면서 총을 들어 보였다.

금발 머리는 숨을 훅 들이마시더니 얼굴을 벽 쪽으로 돌렸다. 브로디가 나를 보면서 교활하게 말했다.

"어째서 내가 이 멋진 장사를 손에 넣었다는 건가?"

"당신은 그걸 손에 넣으려고 가이거를 쐈으니까. 어젯밤 빗속에서 그랬지. 총을 쏘기에는 아주 근사한 날씨였지. 문제는 당신이 총을 쐈을 때 가이거가 혼자가 아니었다는 거야. 그럴 리야 없겠지만 당신은 그걸 아예 알아차리지 못했든가, 아니면 재빨리 돌아서 도망쳤겠지. 하지만 당신은 카메라에서 원판을 빼낼 만큼 대담했고 나중에 돌아와서 그의 시체를 숨길 만큼 대담했지. 그래서 경찰이 눈치채고 살인 사건 조사를 시작하기 전에 책을 말끔하게 챙길 수 있었던 거겠지."

"오호라."

브로디는 경멸하는 투로 말했다. 콜트가 그의 무릎 위에서 흔들렸다. 그의 갈색 얼굴은 나무 조각상처럼 굳어져 있었다.

"위험한 수를 던지는군, 친구. 내가 가이거를 쏘지 않은 게 행운인 줄 알아."

"그래도 교수형감인 건 마찬가지야."

나는 명랑하게 말했다.

"어쨌든 경찰에 잡히도록 되어 있으니까."

브로디의 목소리가 살짝 흔들렸다.

"당신이 나를 옭아넣을 수 있다고 생각하나?"

"물론 그렇지."

"어떻게?"

"그렇게 말해줄 사람이 있거든. 거기 목격자가 있다고 하지 않았나. 나를 단순하게 보지 말게, 조."

그때서야 그는 폭발했다.

"그 빌어먹을 조그만 계집애가!"

그는 고함쳤다.

"그애가 그랬군. 빌어먹을. 그애가 그랬단 말이지!"

나는 의자에 등을 기대며 그를 향해 싱긋 웃어주었다.

"멋져. 내 생각에는 당신이 그녀의 누드 사진을 가지고 있을 것 같은데."

그는 아무 말도 하지 않았다. 금발 머리도 아무 말 하지 않았다. 나는 그들이 그 일에 대해서 심사숙고하도록 내버려두었다. 애매한 안도감이 떠오르며 브로디의 얼굴이 천천히 밝아졌다. 그는 콜트를 의자 옆 탁자 끄트머리에 내려놓았지만 오른손은 가까이에 두고 있었다. 그는 시가의 재를 양탄자에 떨고는 가늘어진 눈꺼풀 사이로 눈을 팽팽하게 빛내며 나를 쳐다보았다.

"당신은 내가 멍청이라고 생각하나 보군."

브로디가 말했다.

"사기꾼치고는 평균이지. 사진을 가져오게."

"무슨 사진?"

나는 고개를 저었다.

"헛된 연극이야, 조. 순진한 척해봤자 소용없어. 당신은 어젯밤 거기 있었든가 아니면, 거기 있던 누군가에게 누드 사진을 얻었을 거야. 당신은 그녀가 거기 있었다는 것을 알고 당신 여자친구를 시켜서 경찰 고발건을 가지고 리건 부인을 협박했지. 그런 일을 할 수 있었다는 것은 당신이 무슨 일이 일어났는지 보았거나 아니면 그 사진을 가지고 있어서 그게 언제 어디서 찍혔는지 알고 있다는 뜻이지. 다 털어놔. 똑똑하게 굴라고."

"돈이 약간 있어야 할 것 같군."

브로디가 말했다. 그는 고개를 약간 돌려 녹색 눈의 금발 머리를 보았다. 이제는 녹색 눈도 아니고 단지 천박한 금발일 뿐이었다. 그녀는 갓 잡은 토끼처럼 축 늘어져 있었다.

"돈은 없어."

나는 말했다.

그는 험악하게 얼굴을 찌푸렸다.

"어떻게 나를 찾았나?"

나는 지갑을 꺼내어 내 배지를 보여주었다.

"나는 가이거를 조사하고 있었어. 의뢰인의 부탁으로. 어젯밤 비를 맞으며 집 밖에 있었지. 총 소리를 들었네. 안으로 밀고 들어갔지. 살인자를 보지는 못했어. 다른 것은 다 보았네."

"그러면서도 입을 다물고 있었군."

브로디가 빈정댔다.

나는 지갑을 도로 넣었다.

"그렇지."

나는 인정했다.

"지금까지는 그랬어. 사진을 줄 텐가, 말 텐가?"

"책에 대한 건 어떻게 된 거지. 도통 모르겠군."

"가이거의 가게에서 여기까지 미행했네. 증인이 있어."

"그 시시한 녀석 말인가?"

"어떤 시시한 녀석?"

그는 다시 얼굴을 찌푸렸다.

"가게에서 일하는 녀석. 그 앤 트럭이 떠난 다음에 뛰쳐나갔다더군. 아그네스도 녀석이 어디로 튀었는지 모른다던데."

"도움이 되는 얘기군."

나는 그를 보고 싱긋 웃으며 말했다.

"그 점이 약간 걱정이 되었거든. 당신들 둘 중 누가 가이거의 집에 간 적 있었나? 어젯밤 이전에?"

"어젯밤에도 안 갔어."

브로디가 날카롭게 말했다.

"그래, 그 여자가 내가 가이거를 쐈다고 했단 말이지, 어?"

"사진을 손에 넣으면 그녀가 잘못 알고 있다고 확신시킬 수 있을지도 모르지. 약간 술잔치가 있었던 모양이니까."

브로디는 한숨을 쉬었다.

"그 애는 나를 속속들이 싫어해. 내가 자기를 쫓아냈거든. 물론 돈을 받았지만, 어찌 되었든 그렇게 하지 않을 수 없었을 거야. 그 애는 나 같은 단순한 남자에게는 너무 튀는 여자였어."

그는 목을 가다듬었다.

"돈을 약간 얻을 수는 없나? 거의 잔돈푼밖에 남지 않았다고. 아그네스와 나도 먹고 살아야 하잖나."

"내 의뢰인으로부터는 안 되지."

"이것 봐……."

"사진을 가지고 와, 브로디."

"이런, 제길. 당신이 이겼어."

그는 일어서서 콜트를 옆주머니에 집어넣었다. 그의 왼손이 코트 속으로 들어갔다. 손을 넣은 채로 역겹다는 듯 얼굴을 찡그리고 있을 때 초인종이 울리더니 계속 울려댔다.

15

 그는 초인종 소리가 마음에 들지 않았다. 아랫입술이 이 사이로 말려들어가고 눈썹 모서리가 아래로 날카롭게 쳐졌다. 얼굴 전체가 매섭고 교활하고 비열하게 변했다.

 초인종 소리는 노래하듯 계속되었다. 나도 마음에 안 들었다. 만약 방문객이 에디 마스와 그의 부하들이기라도 하다면, 이 자리에 있다는 것만으로도 나는 죽을 수 있었다. 만약 경찰이라면, 웃으면서 약속하는 일 말고는 아무것도 하지 못하고 체포될 것이었다. 만약 브로디의 친구라도 된다면, 친구가 있다고 한다면 말이지만, 브로디보다도 더 거칠게 굴지도 모르는 일이었다.

 금발 머리도 마음에 안 들어했다. 그녀는 마음이 동요된 채 일어서서 한 손으로 공기를 휘휘 저었다. 긴장한 나머지 그녀의 얼굴은 늙고 추하게 보였다.

나를 지켜보면서, 브로디는 책상에 있는 작은 서랍을 왈칵 잡아당겨 손잡이가 뼈로 된 자동권총을 꺼냈다. 그는 그것을 금발 머리에게 건네주었다. 그녀는 그쪽으로 미끄러지듯 다가가 떨리는 손으로 총을 받았다.

"저 사람 옆에 앉아 있어."

브로디가 딱딱거렸다.

"이걸 저 사람 몸에 낮게 겨냥하고 있으라고, 문에서 떨어져서. 저 사람이 이상하게 굴면 네 마음대로 처리해. 우린 아직 게임에서 진 게 아니니까."

"오, 조."

금발 머리가 울부짖었다. 그녀는 다가와서 소파의 내 옆자리에 앉아서 총을 내 다리 동맥을 향해 겨누었다. 나는 그녀의 눈에서 엿보이는 떨리는 표정이 마음에 안 들었다.

초인종이 울려대는 것이 멈추고, 바로 뒤이어 문을 급하게 두드리는 소리가 들렸다. 브로디는 손을 주머니 속 총에 올려놓은 채 문으로 다가가 왼손으로 문을 열었다. 카멘 스턴우드가 작은 리볼버를 그의 갈색 입술에 대고 방 안으로 밀고 들어왔다.

브로디는 입을 우물우물하면서 공포에 질린 표정을 지은 채 그녀에게서 뒷걸음질쳤다. 카멘은 등 뒤로 문을 닫았지만 나나 아그네스 쪽은 보지 않았다. 그녀는 브로디에게 조심스럽게 접근하면서 혀를 이 사이로 약간 내밀었다. 브로디는 두 손을 주머니에서 빼고 그녀를 달래는 듯한 몸짓을 했다. 그의 눈썹이 기묘한 각도로 일그러졌다. 아그네스는 총을 내게서 돌려 카멘

쪽으로 흔들었다. 나는 손을 재빨리 뻗어 손가락으로 그녀의 손을 꽉 잡고 엄지손가락으로 안전장치를 눌렀다. 이미 안전장치는 올려진 상태였다. 나는 그대로 두었다. 짧은 순간 조용히 몸싸움이 일어났지만, 브로디나 카멘이나 어찌 되었든 주의를 기울이지 않았다. 나는 총을 빼앗았다. 아그네스는 깊이 숨을 들이마시고 몸 전체를 부들부들 떨었다. 카멘의 얼굴은 깡말랐고 숨소리는 식식거렸다. 목소리에는 억양이 없었다.

"내 사진 내놔요, 조."

브로디는 침을 꿀꺽 삼키고 히죽 웃으려고 했다.

"물론 주지, 아가씨, 물론 준다고."

그는 내게 말했던 것처럼 작고 평탄한 목소리로 말했는데, 스쿠터가 10톤 트럭인 것처럼 꾸미는 듯한 목소리였다.

카멘이 말했다.

"당신이 아서 가이거를 쐈어. 내가 봤어. 내 사진 내놔요."

브로디는 파랗게 질렸다.

"헤이, 기다려봐, 카멘."

내가 외쳤다.

금발머리 아그네스는 다시 정신이 들어 나에게 덤볐다. 그녀는 머리를 낮추고 내 오른손을 꽉 물었다. 나는 비명을 지르며 그녀를 떼어냈다.

"들어봐, 아가씨."

브로디가 우는 소리로 말했다.

"잠깐 들어보라고."

금발 머리는 내게 침을 뱉고 내 다리로 몸을 던져 다리도 깨물려고 했다. 나는 총으로 그녀의 머리를 쳤지만 그다지 세게 치지는 않았다. 그리고 일어나려고 해보았다. 그녀는 내 다리로 굴러떨어지더니 팔로 다리를 감쌌다. 나는 소파 뒤로 넘어졌다. 금발 머리는 사랑 때문인지 두려움 때문인지 아니면 그 둘 다 때문인지 모르는 광기에서 솟는 힘이 엄청났다. 아니면 원래 힘이 센 것인지도 모르겠다.

브로디는 자기 얼굴 가까이 들이댄 작은 리볼버를 낚아채려 했다. 그는 놓쳤다. 총은 날카롭게 두드리는 듯한 소리를 냈지만 그렇게 큰 소리는 아니었다. 총알이 뒤로 젖혀져 있던 창문의 유리를 깼다. 브로디는 끔찍하게 울부짖으며 바닥에 넘어지더니 밑에서 카멘의 다리를 잡아당겼다. 그녀는 엉덩방아를 찧었고 작은 리볼버는 방구석으로 미끄러져갔다. 브로디는 무릎을 바닥에 대고 벌떡 일어서서 주머니에 손을 넣었다.

나는 이전보다는 덜 조심스럽게 아그네스의 머리를 때리고 그녀를 걷어차 내 발에서 떼어내고는 일어났다. 브로디는 나를 보고 눈을 깜박였다. 나는 그에게 자동 권총을 보여주었다. 그는 주머니에 넣으려던 손을 멈췄다.

"제길."

그가 우는 소리를 했다.

"저 여자가 나를 죽이려는 걸 좀 말려!"

나는 웃기 시작했다. 나는 억제하지 못하고 백치처럼 웃어댔다. 금발 머리 아그네스는 양탄자에 손을 짚고 바닥에서 몸을 일으켜 앉았다. 입은 쩍 벌리고 금속성의 금발 머리카락 한 올이 오른쪽 눈 위에 흘러내린 채였다. 카멘은 여전히 식식거리며 손과 무릎으로 기어갔다. 그녀의 작은 리볼버가 뿜는 금속성 빛이 방구석 아랫단에서 번득였다. 그녀는 가차없이 그쪽으로 기어갔다.

나는 내 총을 브로디에게 흔들어 보이면서 말했다.

"그대로 있어, 괜찮을 테니."

나는 기어가는 여자를 지나쳐 총을 집어들었다. 그녀는 나를 올려다보고 킥킥대기 시작했다. 나는 그녀의 총을 내 주머니에 넣고는 그녀의 등을 토닥였다.

"일어나, 천사 아가씨. 마치 발바리 같군."

나는 브로디에게 다가가서 자동 권총을 그의 옆구리에 들이대고는 옆주머니에서 콜트 권총을 빼냈다. 나는 이제 눈에 보이는 곳에 나와 있는 모든 권총을 손에 넣었다. 전부 내 주머니에 쑤셔넣고서 손을 브로디를 향해 내밀었다.

"내놓으시지."

그는 입술을 핥으면서 아직 공포에 질린 눈을 하고 고개를 끄덕였다. 그는 두꺼운 봉투를 윗주머니에서 꺼내어 내게 주었다. 봉투 안에는 현상된 원판과 인화한 사진 다섯 장이 들어 있었다.

"이게 전부인 것 확실해?"

그는 다시 고개를 끄덕였다. 나는 봉투를 내 윗주머니에 넣고서 돌아섰다. 아그네스는 다시 소파에 앉아 머리를 가지런히 하고 있었다. 그녀의 눈이 서슬 퍼런 증오의 결정체로 가득 차 카멘을 집어삼킬 것 같았다. 카멘도 일어나서 여전히 킥킥대고 식식대면서 내 쪽으로 손을 내밀며 걸어오고 있었다. 그녀의 입가에는 작은 거품이 일고 있었다. 그녀의 작고 하얀 이가 입술 가까이에서 반짝였다.
"이제 내가 가져도 돼요?"
그녀는 수줍은 미소를 지으며 물었다.
"내가 아가씨를 위해서 간수하지. 집에 가 있어."
"집이요?"
나는 문으로 가서 내다보았다. 복도에는 시원한 밤바람이 평화롭게 불고 있었다. 흥분한 이웃이 문간에 나와 있거나 하지도 않았다. 작은 총이 발포되었고 창문짝 하나가 깨졌지만, 그런 소리는 더이상 별 의미가 없었다. 나는 문을 열어놓고 머리를 카멘에게 까닥였다. 그녀는 알 수 없는 미소를 지으며 내 쪽으로 다가왔다.
"집에 가서 나를 기다려."
나는 어르듯이 말했다.
카멘은 엄지손가락을 들었다. 그리고 나서 고개를 끄덕이더니 나를 지나쳐 복도로 나갔다. 그녀는 지나가면서 손가락으로 내 뺨을 만졌다.
"당신이 카멘을 보살펴주실 거죠, 그러실 거죠?"
그녀는 정답게 속삭였다.
"접수됐어."
"귀여운 사람이에요."
"아는 게 아무것도 없군. 내 오른쪽 허벅지에는 발리 댄서 문신이 있다고."
카멘의 눈이 동그래졌다.

"장난꾸러기 같으니."

그녀는 이렇게 말하고 손가락을 내게 흔들어 보였다. 그리고 나서 속삭였다.

"내가 총 가져가도 돼요?"

"지금은 안 돼. 나중에. 내가 가져다주지."

그녀는 갑자기 내 목을 부여잡더니 입에 키스했다.

"당신이 좋아요. 카멘은 당신이 참 좋아요."

그녀는 개똥지빠귀처럼 명랑하게 복도를 질주하더니 계단참에 서서 내게 손을 흔들고 계단을 내려가 내 눈 앞에서 사라졌다.

나는 브로디의 아파트로 되돌아갔다.

16

나는 뒤로 젖혀져 있는 창문으로 다가가 윗부분의 깨진 작은 유리판을 보았다. 카멘의 총에서 발사된 총알은 주먹으로 후려친 것처럼 유리를 박살내놓았다. 구멍 하나를 낸 것이 아니었다. 회벽에는 날카로운 눈을 가진 사람이면 누구나 재빨리 알아챌 만한 작은 구멍이 나 있었다. 나는 커튼을 부서진 유리 위로 끌어 가리고는 카멘의 총을 주머니에서 꺼냈다. 그것은 할로우포인트탄(탄두의 끝이 오목하게 되어 있어 관통력을 낮춘 총탄. 명중시 탄두가 심하게 으스러져 총상이 심해진다.)을 사용하는 22구경 뱅커스스페셜 기종이었다. 손잡이는 진줏빛이었고 바닥에 붙어 있는 작고 둥그런 은판에는 글씨가 새겨져 있었다. '카멘에게, 오웬.' 그녀는 그들 모두를 살살 녹여서 정신 못 차리게 했던 것이다.

나는 총을 다시 주머니에 집어넣고서는 브로디 곁에 앉아서 그의 황량한 눈을 들여다보았다. 일 분이 지나갔다. 금발 머리는 손거울을 보고 화장을 고쳤다. 브로디는 담배를 더듬더듬 찾더니 갑자기 말을 내뱉었다.

"이제 만족했나?"

"지금까지는. 왜 노인 대신에 리건 부인에게 돈을 얻어내려고 물고 늘어진 거지?"

"이미 영감은 한 번 건드렸으니까. 한 여섯, 일곱 달쯤 전인가. 노인이 화가 나서 경찰을 부를지도 모른다고 생각했거든."

"리건 부인이 아버지에게 말하지 않을 거라고 생각한 이유가 뭔가?"

그는 담배를 피우며 내 얼굴에서 눈을 떼지 않은 채 잠시 신중히 생각했다. 마침내 그가 말했다.

"그 여자를 얼마나 잘 알지?"

"두 번 만났지. 사진 가지고 돈을 쥐어짜내려면 그녀에 대해서 좀더 잘 알아야지."

"참 헤픈 여자지. 내 생각에는 아마 그 여자도 영감이 알면 곤란한 가벼운 약점 두어 개는 있을 걸. 그리고 그녀는 오천 달러 정도는 쉽게 그러모을 수 있을 거야."

"그것 가지고는 약한데. 그렇지만 넘어가도록 하지. 그래, 빈 털터리라고?"

"한 달 동안 잔돈푼 가지고 벌벌 떨었지. 그걸로 수지를 맞추려고 하면서."

"뭐해서 먹고사나?"

"보험이지. 퍼스 월그린 사무소에 자리가 있어. 웨스턴 가와 산타모니카에 있는 풀와이더 빌딩에."

"터놓고 얘기할 때는 터놓고 얘기하는 성격이군. 그럼 책은 여기 당신 아파트에 있나?"

그는 이를 딱딱 부딪치더니 갈색 손을 흔들었다. 그는 다시 서서히 비밀스러운 태도로 바뀌고 있었다.

"무슨, 아니야. 창고에 있지."

"사람을 시켜서 여기 갖다놓도록 했잖아. 그런 후에 다시 창고 사람들을 불러서 바로 다시 실어 내갔다는 말인가?"

"물론이지. 가이거의 가게에서 직접 움직이는 건 원치 않았으니까. 안 그래?"

"똑똑한데."

나는 칭찬했다.

"그럼 지금 여기는 고발당할 물건이 아무것도 없단 말인가?"

그는 다시 걱정이 되는 듯한 표정이었다. 머리를 날카롭게 저었다.

"잘됐군."

나는 그에게 말했다. 나는 아그네스를 건너다보았다. 그녀는 얼굴 단장을 마치고 멍한 눈으로 거의 아무 소리도 들리지 않는 듯 벽만 바라보고 있었다. 그녀의 얼굴은 사건이 일어난 이후의 긴장과 충격으로 인해서 졸린 듯했다.

브로디는 경계를 늦추지 않으며 눈을 깜박거렸다.

"그래서?"

"어떻게 해서 그 사진을 손에 넣었지?"

그는 얼굴을 찌푸렸다.

"이봐, 당신은 찾고 싶어하는 걸 손에 넣었잖아. 그것도 아주 싼 가격에. 일을 아주 멋지고 깔끔하게 해냈지. 그러니 이제 그걸 가지고 당신 윗사람에게 팔아치우면 되는 거야. 나는 깨끗하다고. 나는 어떤 사진이고 아는 게 없어. 그렇지 않아, 아그네스?"

금발 머리는 눈을 뜨고 막연하지만 전혀 탐탁치 않아 하는 태도로 그를 보았다.

"하나만 알고 둘은 모르는 자식."

그녀는 지친 듯이 코웃음치며 말했다.

"내가 만난 남자는 다 그랬어. 한 번도 처음부터 끝까지 진짜 똑똑한 남자는 만난 적이 없어. 한 번도."

나는 그녀에게 싱긋 웃어주었다.

"내가 머리를 너무 세게 때렸나?"

"당신도 그렇고 내가 만난 모든 남자들이 다 그래."

나는 브로디를 다시 쳐다보았다. 그는 일종의 경련을 일으키듯이 손가락 사이로 담배를 쥐어뜯고 있었다. 그의 손은 약간 떨리는 것 같았다. 갈색 포커페이스는 여전히 매끄러웠다.

"우리는 얘기 하나에는 합의를 봐야겠군. 예를 들어서, 카멘이 여기 오지 않았다는 사실 같은 것. 그건 아주 중요한 거야. 그녀는 여기 안 왔어. 당신이 본 건 환영이야."

"허!"

브로디는 비웃었다.

"당신이 그렇게 말한다면, 친구, 그리고 만약……"

그는 손바닥을 위로 하고 손가락을 둥그렇게 모은 뒤 엄지손가락을 중지와 약지에 대고 부드럽게 구부렸다.

나는 고개를 끄덕였다.

"생각해보지. 기부금을 약간 낼지도 모르겠군. 그렇지만 수천 달러 정도를 기대할 수는 없을 거야. 자, 어디서 그 사진을 얻었나?"

"어떤 사람이 나한테 흘리고 갔어."

"오라. 거리에서 지나치던 누군가란 말이지. 다시 볼 일도 없고 이전에도 본 적이 없는 사람이."

브로디는 하품했다.

"주머니에서 떨어지더라고."

그는 곁눈질했다.

"오라. 지난 밤 알리바이는 있나? 포커페이스?"

"물론이지. 바로 여기 있었어. 아그네스와 같이 있었다고. 그렇지, 아그네스?"

"당신이 다시 불쌍하다는 생각이 들기 시작하는데."

그의 눈은 크게 깜박거렸고 입은 멍하니 벌어져 담배가 그의 아랫입술에 대롱대롱 걸렸다.

"당신은 자기가 똑똑하다고 생각하나 본데, 실은 아주 구제불능 멍청이야."

나는 그에게 말했다.

"퀜틴 형무소에서 목이 매달리지는 않는다 해도, 당신 앞에는 황량하고 외로운 세월이 길게 펼쳐질 걸."

그의 담배가 흔들리더니 조끼에 담뱃재가 떨어졌다.

"당신이 얼마나 똑똑한지 생각하면서 말이지."

내가 말했다.

"꺼져버려."

그는 갑자기 성을 내며 말했다.

"사라져. 당신하고 얘기하는 것도 질려. 그만 나가라고."

"알았네."

나는 일어나서 높은 참나무 책상으로 다가가 주머니에서 그의 총 두 자루를 꺼낸 뒤 총신이 똑바로 평행으로 놓이도록 메모지 위에 나란히 올려놓았다. 소파 옆 마룻바닥에서 모자를 집어들고 문 쪽으로 향했다.

브로디가 고함쳤다.

"이봐!"

나는 몸을 돌리고 기다렸다. 그의 담배가 구리 스프링에 달린 인형처럼 이리저리 흔들렸다.

"모든 일이 원만하게 된 거지, 안 그래?"

그는 물었다.

"왜, 물론이지. 여기는 자유 국가야. 있고 싶지 않으면 감옥 밖에 있을 필요가 없다고. 즉, 당신이 이 나라 국민이라면 말이지. 국민이기는 하지?"

그는 담배를 흔들면서 나를 노려보기만 할 뿐이었다. 금발머리 아그네스는 머리를 천천히 돌려 그대로 나를 바라보았다. 그들의 눈길에는 거의 똑같이 교활함과 의심, 좌절된 분노가 혼합되어 있었다. 아그네스는 은빛 손톱을 퉁명스럽게 들어 머리에서 흘러내린 머리카락을 확 뽑은 뒤 심한 경련을 일으키며 손가락으로 끊었다.

브로디가 딱딱하게 말했다.

"경찰에 가지는 않겠지, 친구. 당신을 고용한 사람들이 스턴우드 집안이라면 말이야. 나는 그 집안에 대해서는 할 얘기가 너무 많아. 이제 사진도 받았고 비밀 보장도 받지 않았나. 가서 당신 일에나 신경쓰지."

"의사를 분명히 해. 당신은 내게 꺼지라고 말했고, 나는 내 갈 길을 가는데 나를 불러 세워서 발길을 멈췄는데 이제 다시 가려고 해. 이게 당신이 원하는 건가?"

"내게 혐의점을 찾아내진 못할 거야."

브로디가 말했다.

"그냥 살인 사건이 두 건일 뿐이지. 당신네 장사에선 작은 변화에 불과해."

그는 살짝 움찔했을 뿐이지만 펄쩍 뛰어오른 것처럼 보였다. 각막이 담배 빛깔 홍채 주위에 하얗게 비쳤다. 갈색 얼굴 피부가 전등불 아래서 푸른 빛을 띠었다.

금발 머리 아그네스는 동물 같은 신음소리를 낮게 내뱉더니 소파 끝에 있는 쿠션에 머리를 묻었다. 나는 제자리에 서서 그녀의 허벅지가 그리는 긴 곡선을 감상했다.

브로디는 입술을 천천히 축이더니 말했다.

"앉아봐, 친구. 아마도 당신한테 좀더 볼 일이 있을 것 같아. 그 두 건의 살인 사건 어쩌고 하는 농담은 무슨 뜻인가?"

나는 문에 기댔다.

"어젯밤 일곱시 삼십분쯤 어디에 있었나, 조?"

그의 입이 샐쭉하게 기울어지더니 그는 마룻바닥을 내려다보았다.

"나는 어떤 남자를 감시하고 있었어. 내가 생각하기에는 동업자가 필요하겠다 싶은 멋진 장사를 하는 남자였지. 그가 가이거야. 나는 그가 어떤 폭력 조직과 관계를 맺고 있나 보려고 때때로 감시했어. 내 짐작에 그에게 동료들이 있을 거라고 봤어. 그게 아니라면 그처럼 드러내놓고 장사를 할 수는 없을 테니까. 그렇지만 남자들은 그의 집에 가지 않아. 단지 여자들뿐이지."

"감시를 제대로 하지 못한 게지. 계속해봐."

"나는 어젯밤 가이거의 집 아래쪽 길에 있었어. 비가 세차게 내렸고 쿠페 안에 꼭꼭 들어가 있어서 아무것도 보지 못했지. 가이거의 집 앞에는 차 한 대가 있었고 언덕 약간 위쪽에 또 한 대가 있었어. 그래서 나는 아래에 있었던 거야. 내가 있는 곳에 큰 뷰익 한 대가 주차해 있길래 잠시 후에 다가가서 안을 흘긋 들여다봤지. 비비안 리건 앞으로 등록된 차더군. 아무 일도 일어나지 않기에 거길 떴지. 그게 다야."

그는 담배를 흔들어 보였다. 그의 눈이 내 얼굴을 위아래로 훑었다.

"그럴 수 있겠군. 그 뷰익이 지금은 어디 있는지 아나?"

"내가 어찌 알겠나?"

"보안관 차고에 있어. 오늘 오전에 리도 낚시 부두에서 3.6미터 물속으로 가라앉았던 걸 끌어올렸다네. 차 안에는 시체가 있었어. 그는 둔기로 얻어맞고 차는 부두를 뚫고 나갔는데 수동 스로틀이 내려진 상태였지."

브로디는 숨을 세차게 몰아쉬었다. 그의 발 하나가 쉴 새 없이 딱딱거렸다.

"이런, 당신이 그 일을 내게 뒤집어씌우진 못할 걸."

그는 음울하게 말했다.

"안 될 것도 없잖아? 당신 말에 따르면 이 뷰익은 가이거의 집 뒤 아래쪽에 있었다며. 리건 부인이 그걸 갖고 나온 것도 아니야. 부인의 운전기사, 오웬 테일러라고 하는 애송이가 가지고 나온 거지. 그 친구는 가이거의 집에 가서 가이거와 몇 마디 나누려고 했던 거야. 오웬 테일러는 카멘에게 애정을 품고 있어서, 가이거가 카멘을 데리고 하는 게임이 마음에 들지 않았거든. 그는 쇠지렛대와 총을 가지고 뒷길로 들어가서 가이거가 카멘을 발가벗겨놓고 사진 찍는 현장을 잡았지. 그래서 보통 총이 다 그러듯이 그의 총이 발포되었고, 가이거는 쓰러져 죽었으며 오웬은 도망쳤지만 가이거가 방금 찍은 사진원판은 놓고 갈 수 없었지. 그래서 당신이 그를 뒤쫓아가서 사진을 빼앗은 거야. 그렇지 않고서 당신이 어떻게 그걸 손에 넣었겠나?"

브로디는 입술을 핥았다.

"그래. 그렇지만 내가 녀석을 죽였다는 건 아냐. 확실히 나는 총소리를 들었고 이 살인자가 뒷문으로 문을 확 열고 나와서 뷰익에 올라타고 떠나는 걸 봤지. 나는 그를 추적했어. 그는 협곡의 바닥에 이르자 선셋 대로 서쪽으로 가더군. 비벌리힐스를 넘어서자 그는 길에서 미끄러져 나가는 바람에 멈출 수밖에 없었어. 그래서 내가 접근해서 경찰인 양 행세했지. 녀석은 총을 가지고 있었지만 겁이 많았기 때문에 나는 그를 때려눕힐 수 있었어. 그리고 녀석의 옷을 뒤져서 누구라는 것을 알아낸 뒤 그냥 호기심에서 원판을 집어들었지. 나는 이 모든 소동이 뭣 때문인지 궁금해서 머리에 땀 나도록 생각하고 있는데, 녀석이 갑자기 깨어나서는 나를 차 밖으로 걸어차버리더군. 내가 몸을 추스릴 때쯤에는 이미 멀리 사라지고 없었어. 그게 내가 마지막으로 녀석을 본 때야."

"어떻게 그 친구가 쏜 사람이 가이거라는 것을 알았나?"

나는 무뚝뚝하게 물었다.

브로디는 어깨를 으쓱했다.

"나는 그럴 거라고 짐작했지만 잘못 생각한 것일 수도 있겠지. 원판을 현상해서 뭐가 찍혔는지 보니 확실한 것 같았어. 그리고 가이거가 오늘 아침 가게에 나타나지 않았다는 전화를 받았을 때는 거의 확신했지. 그래서 그의 책을 실어내고 스턴우드 가에 빨리 접촉해 여행 경비를 뜯어내서 잠시 동안 잠적하기에는 지금이 적기라고 생각한 거지."

나는 고개를 끄덕였다.

"있을 법한 얘기 같군. 아마도 그에 대해서 누군가에게 발설하진 않았겠지. 어디다 가이거의 시체를 숨겼나?"

그는 눈썹을 확 치켜올렸다. 그리고 나서 그는 히죽 웃었다.

"아니, 아니. 집어치워. 내가 다시 돌아가서 그의 시체를 처리했을 거라고 생각하는 거야? 경찰들이 차를 타고 우르르 몰려와서 저기 모퉁이에서 날뛰고 있을지도 모르는데. 절대 아냐."

"누군가 그의 시체를 감췄네."

브로디는 어깨를 으쓱했다. 히죽거리는 웃음이 아직도 그의 얼굴에서 사라지지 않고 있었다. 그는 내 말을 믿지 않았다. 그가 나를 여전히 못 믿고 있는 동안 초인종이 다시 울리기 시작했다. 브로디는 매서운 눈을 하고 날카롭게 일어섰다. 그는 책상 위에 있는 그의 총을 흘긋 넘겨다보았다.

"그래, 그 애가 다시 돌아왔군."

그가 으르렁댔다.

"그렇다고 한다면 그 애는 총이 없을 텐데."

나는 그를 안심시켰다.

"다른 친구라도 있나?"

"한 명밖에는 없어."

그는 으르렁댔다.

"이제 이 술래잡기 놀이에는 넌더리가 나."

그는 책상 쪽으로 위풍당당히 걸어가 콜트 권총을 집어들었다. 그는 총을 옆구리께로 낮춰들고는 문으로 걸어갔다. 그는 왼손을 손잡이에 올려놓고 돌려 문을 30센티미터 정도만 열고는 총은 허벅지에 댄 채 열린 틈새로 몸을 내밀었다.

어떤 목소리가 들렸다.

"브로디?"

브로디는 무어라고 말했지만 나는 듣지 못했다. 두 번의 빠른 총성이 뭉개진 채 들려왔다. 아마도 브로디의 몸에 바짝 누르고 총을 쏘았음에 틀림없었다. 그는 문에 기대어 앞으로 기울어졌고, 그의 몸무게 때문에 쿵하는 소리를 내며 문이 밀리면서 닫혔다. 그는 마룻바닥에 미끄러져 쓰러졌다. 그의 발이 양탄자를 뒤로 밀었다. 왼손이 문 손잡이에서 떨어졌고 팔이 털썩 소리를 내며 바닥에 떨어졌다. 머리가 문 사이에 끼었다. 그는 움직이지 않았다. 콜트 총이 오른손에 대롱대롱 매달려 있었다.

나는 방을 가로질러 뛰어가 문을 열 수 있을 만큼 그의 몸을 굴린 뒤 그 사이로 밀고 나갔다. 어떤 여자가 건너편 방에서 빼꼼 내다보고 있었다. 그녀는 겁에 질린 얼굴로 갈고리 발톱 같은 손을 들어 복도 저쪽을 가리켰다.

나는 복도를 질주하다가 쿵쿵거리며 타일 계단을 내려가는 발자국 소리를 들었다. 나는 그 소리를 쫓아갔다. 로비가 있는 층에서 앞문이 저절로 조용히 닫히고 있었고 뛰어가는 발자국 소리가 바깥 보도에 울렸다. 나는 문이 닫히기 전에 문에 도착하여 다시 잡아채어 열고는 밖으로 돌진했다.

키가 크고 모자를 쓰지 않은 가죽 점퍼의 남자가 주차된 차들 사이 거리를 비스듬히 가로질러 뛰어가고 있었다.

그가 몸을 돌리자 섬광이 튀었다. 총탄이 두 개의 무거운 해머처럼 내 옆에 있는 벽을 강타했다. 그는 계속 뛰어가 두 대의 차 사이로 잽싸게 피한 뒤 사라졌다.

한 남자가 내 옆으로 다가와서 소리쳤다.

"무슨 일이요?"

"총질이 계속되고 있소."

"제길!"

그는 허둥지둥 아파트 안으로 도망갔다.

나는 내 차가 있는 곳으로 보도를 급히 걸어 내려가 차에 올라탄 뒤 시동을 걸었다. 나는 커브길을 빠져나와 너무 빠르지 않은 속도로 언덕을 내려갔다. 도로 다른 쪽에는 어떤 차도 나타나지 않았다. 발소리를 들은 것 같았지만 확실하지는 않았다. 나는 언덕을 한 블록 정도 내려가 교차로를 돌고 다시 위로 올라갔다. 소리를 죽인 휘파람 소리가 보도를 따라 희미하게 다가왔다. 그러더니 발소리도 들렸다. 나는 이중 주차로 차를 세운 뒤 두 차 사이로 미끄러져 들어가 몸을 낮추고 걸어갔다. 카멘의 작은 리볼버를 주머니에서 꺼내들었다.

발소리가 점점 커졌고 휘파람 소리는 활기차게 계속되었다. 순간, 가죽점퍼를 입은 젊은이가 나타났다. 나는 두 차 사이에서 걸어 나오며 말했다.

"성냥 있나, 친구?"

젊은이는 내 쪽을 향해 빙그르르 돌더니 오른손을 가죽점퍼 속으로 재빨리 찔러넣으려 했다. 축축하고 어두운 눈동자는 아몬드 같은 모양이었고, 앞이마에 검은 곱슬머리가 두 방향으로 낮게 드리워진 창백한 얼굴이 잘생긴 젊은이였다. 실로 아주 잘생긴 젊은이, 가이거의 가게에 있던 젊은이였다.

그는 아무 말 없이 나를 바라보면서 서 있었다. 그는 오른손을 점퍼 위에 대고 있었으나, 속으로 집어넣지는 않았다. 나는 작은 리볼버를 옆구리로 내렸다.

"그 호모를 끔찍이도 생각했나 보군."

나는 말했다.

"집어치워."

젊은이는 주차된 차들과 보도 안쪽에 있는 1.5미터 높이의 옹벽 옆에 꼼짝 않고 서서 조용히 말했다.

사이렌 소리가 저 멀리 긴 언덕을 따라 울려퍼지고 있었다. 젊은이의 머리가 소리가 나는 쪽으로 움찔했다. 나는 좀더 가까이 발걸음을 옮겨 내 총을 그의 웃옷에 들이댔다.

"나랑 갈 텐가, 아니면 경찰과 갈 텐가?"

나는 그에게 물었다.

그는 내가 마치 따귀를 때리기라도 한 것처럼 머리를 약간 비스듬하게 숙였다.

"당신이 누군데?"

그는 으르렁댔다.

"가이거의 친구지."

"내게서 떨어져, 이 개자식."

"이 총은 아주 작은 총이라네, 젊은이. 그래도 내가 이걸 자네 배꼽 속에다 한 방 먹이면, 다시 걸을 수 있게 되기까지 석 달은 걸릴 걸. 그렇지만 곧 회복되겠지. 그러면 퀜틴 형무소의 깨끗한 새 가스실로 걸어갈 수는 있을 거야."

"집어치워."

그의 손이 점퍼 속으로 움직였다. 나는 그의 배를 더 세게 눌렀다. 그는 길고 조용한 한숨을 내쉬더니 손을 점퍼에서 떼고 힘없이 옆으로 늘어뜨렸다. 그의 넓은 어깨가 축 처졌다.

"원하는 게 뭐요?"

그는 속삭였다.

나는 그의 웃옷 속으로 손을 넣어 자동 권총을 잡아 뺐다.

"내 차에 올라 타게, 젊은이."

그는 내 앞으로 걸어갔고 나는 뒤에서 따라갔다. 그는 차에 올라탔다.

"운전대 앞에 앉아, 자네가 운전하는 거야."

그는 운전대 앞으로 미끄러져 들어갔고, 나는 조수석에 앉았다.

"경찰차부터 언덕으로 올라가게 해. 우리가 움직이면 사이렌 소리를 듣고 그런다고 생각할 테니. 그러고 나서 경찰차가 언덕을 내려가면 집으로 가자고."

나는 카멘의 권총을 치우고 자동 권총으로 젊은이의 갈빗대를 찔렀다. 나는 창문 너머로 뒤를 돌아보았다. 사이렌의 윙 하는 소리가 지금은 아주 크게 들렸다. 빨간 불빛 두 개가 거리 한복판에서 점점 크게 보였다. 불빛이 더 커지더니 하나로 섞였고 차는 요란한 소리를 일으키며 질주해갔다.

"이제 가자고."

젊은이는 차를 움직여 언덕 아래로 내려가기 시작했다.

"집으로 가는 거야. 래번 테라스로."

그의 매끄러운 입술이 움찔했다. 그는 프랭클린 가에서 차를 서쪽으로 돌렸다.

"자넨 단순한 젊은이군. 이름이 뭔가?"

"캐롤 런그렌."

그가 생기 없이 말했다.

"자넨 엉뚱한 사람을 쏜 거야, 캐롤. 조 브로디가 자네 애인을 죽인 게 아니라고."

그는 내게 세 단어짜리 욕을 내뱉고는 계속 차를 몰았다.

17

 하현달은 달무리를 드리운 채 래번 테라스의 유칼립투스나무의 높다란 가지 사이로 은은하게 비쳤다. 언덕 아래 낮은 곳에 있는 어떤 집에서 나오는 라디오 소리가 요란했다. 젊은이는 가이거의 집 앞 상자 모양 울타리 너머에 차를 대고 시동을 끈 뒤 자기 앞의 운전대에 두 손을 올려놓은 채로 앞을 똑바로 보면서 앉아 있었다. 가이거의 울타리에서는 아무런 빛도 흘러나오지 않았다.
"누가 집에 있나, 젊은이?"
"알고 있을 것 아녜요."
"내가 어떻게 알겠나?"
"집어치워요."
"그러다가 사람들이 틀니를 하게 되는 거야."
 그는 내게 이를 드러내며 긴장한 웃음을 지었다. 그리고 나서 문을 걷어차 열고는 밖으로 나왔다. 나도 그의 뒤를 따라 서둘러 나갔다. 그는 주먹을 엉덩이에 올려놓고는 아무 말 없이 울타리 위쪽에 있는 집을 바라보며 서 있었다.

"됐어, 열쇠를 가지고 있겠지. 안으로 들어가자고."

"내가 열쇠를 가지고 있다고 누가 그래요?"

"장난칠 생각하지 마, 젊은이. 그 호모가 네게 열쇠를 주었잖나. 집 안에 멋지고 깨끗한 남자다운 방을 가지고 있던데. 그는 여자 손님이 오면 자네를 내쫓고 방문을 잠갔어. 그는 시저처럼 여자들에게는 남편이었고 남자들에게는 아내였지.(수에토니우스의 열두 명의 시저에서 인용한 글귀이다—옮긴이) 내가 그나 자네 같은 인간들을 파악하지 못한다고 생각하나?"

나는 여전히 자동 권총을 적당히 그를 겨냥한 채로 들고 있었지만, 그는 개의치 않고 내게 몸을 날렸다. 내 턱에서 불이 번쩍했다. 나는 넘어지지 않을 정도로 빨리 뒤로 물러섰지만 펀치를 거의 고스란히 맞았다. 강타를 날릴 셈이었겠지만, 이 호모 청년은 겉으로야 어떻게 보이든 간에 뼈에 강단이라고는 하나도 없었다.

나는 총을 젊은이의 발 밑에 던져주면서 말했다.

"아마도 이게 필요하겠군."

그는 번개같이 그걸 주우려고 몸을 숙였다. 동작에는 느린 데라고는 없었다. 나는 주먹을 그의 목 옆에 낮게 먹였다. 그는 옆으로 비칠거리며 총을 집으려고 했지만 총에 닿지 못했다. 나는 총을 다시 집어올려 차 안으로 던졌다. 그는 눈을 멍하니 뜬 채 두 손, 두 발로 짚고 일어났다. 그는 기침을 하고 머리를 흔들었다.

"싸우고 싶지는 않겠지, 어쨌거나 체중 면에서 크게 불리하니까."

그는 싸우고자 했다. 그는 항공모함의 발사장치에서 발사된 비행기처럼 나를 노리고 뛰어들면서 내 다리에 다이빙 태클을 걸었다. 나는 옆으로 피하며 그의 목을 잡아 겨드랑이 밑에 끼었다. 그는 세차게 흙바닥을 긁으며 발에 힘을 줘 두 손으로 급소를 공격했다. 나는 그를 비틀어 그의 몸을 약간 들어올렸다. 나는 왼손으로 오른손 손목을 잡고 오른쪽 엉치뼈를 그에게 밀어붙였다. 잠깐 동안은 무게의 균형이 맞았다. 어슴푸레한 달빛 속에서 서로 붙잡고 도는 우리의 모습은 발로 길바닥을 긁으면서 힘들게 숨을 헐떡이는 기괴한 두 마리의 동물과 같았다.

나는 오른쪽 팔뚝으로 그의 숨통을 막고 양팔의 힘을 다 사용해서 그를 눌렀다. 그의 발은 발작을 일으키는 사람처럼 버둥거렸지만 더이상 헐떡이지는 않았다. 그는 옴짝달싹할 수 없게 된 처지였다. 그의 왼쪽 팔은 한쪽으로 죽 뻗었고 무릎은 후들후들 힘이 빠졌다. 나는 30초 정도 더 붙들고 있었다. 그는 주체할 수 없는 엄청난 무게로 내 팔 위로 축 처졌다. 그런 뒤에야 그를 놓아주었다. 그는 내 발 밑에서 의식을 잃고 뒹굴었다. 나는 차로 가서 앞 좌석 소지품 함에서 수갑을 꺼내와 그의 손목을 뒤로 비틀어 채웠다. 그의 겨드랑이를 들어 길에서 보이지 않게 울타리 뒤로 가까스로 질질 끌고 왔다. 나는 차로 돌아가 언덕 30미터 위쪽으로 옮겨놓고 문을 잠갔다.

내가 돌아왔을 때에도 그는 여전히 의식이 없었다. 나는 문을 열어 그를 집 안으로 끌어넣고 문을 닫았다. 그는 이제 다시 숨을 내쉬기 시작했다. 전등 스위치를 켰다. 그는 눈을 뜨고 깜박거리더니 내게 천천히 초점을 맞췄다.

나는 그의 무릎이 닿을 만한 위치를 피해서 몸을 숙이고 말했다.

"조용히 해, 아니면 같은 꼴이나 더 심한 꼴을 당할 테니. 조용히 누워서 숨이나 참고 있으라고. 더이상 참을 수 없을 때까지 참고 있다가 그 다음 스스로에게 말해봐. 나는 지금 숨을 쉬어야 한다. 나는 얼굴이 까매지고 눈알이 튀어나올 것 같다. 나는 지금 바로 숨을 쉴 것 같다. 그렇지만 지금은 퀜틴 형무소의 깨끗한 작은 가스실 의자에 묶여 있는 처지다. 그리고 호흡을 하게 되면 온 정신을 다해서 숨을 들이쉬지 않도록 싸워야 한다. 들이마시는 것은 공기가 아니고 청산 가스일 것이다, 하고 말이지. 그리고 이게 소위 우리 주에서 지금 행하고 있는 인도적인 처형 방법이라고."

"집어치워."

그는 겁에 질린 한숨을 조용히 내쉬며 말했다.

"넌 경찰에게 모든 걸 다 불게 될 거야. 안 그럴 것 같나? 그리고 우리가 원하는 것만 말할 거고, 원치 않는 건 아무것도 말하지 않겠지."

"집어치워."

"다시 한 번 그 말 하면, 그냥 골로 가게 해주지."

그의 입이 움찔거렸다. 나는 그가 손목에 수갑을 차고 뺨을 융단에 비비적대며 눈을 동물같이 번득이는 채로 바닥에 뒹굴 게 놓아두었다. 나는 다른 전등을 켜고 복도로 걸어 들어가 거실 뒤쪽으로 갔다. 가이거의 침실에는 손댄 흔적이 없었다. 그 건너편 복도에 있는 침실 문을 열었다. 지금은 잠겨 있지 않았다. 방 안에는 희미한 불빛이 깜박거리고 있었고 백단향 냄새가 났다. 사무용 책상 위의 작은 청동 쟁반 위에 향을 피우고 남은 재가 두 더미 나란히 쌓여 있었다. 빛은 30센티 높이의 촛대 위에 있는 두 개의 기다란 검은 초에서 흘러나오는 것이었다. 촛대는 침대 양쪽에 있는 곧은등받이 의자 위에 놓여 있었다.

가이거는 침대 위에 누워 있었다. 없어졌던 중국 태피스트리 두 조각이 성 안드레아의 십자가를 이루며 그의 몸 위에 놓여 피에 물든 중국식 웃옷 앞부분을 가리고 있었다. 십자가 아래에는 검은 파자마를 입은 다리가 뻣뻣하게 굳어져 똑바로 놓여 있었다. 발에는 두꺼운 하얀 펠트 밑창을 댄 슬리퍼를 신고 있었다. 십자가 위로는 두 팔이 손목에서 포개져 있었고, 손은 손바닥을 아래로 하고 손가락을 한데 모아 곧추 뻗어 어깨 위에 평평하게 놓여 있었다. 입은 꼭 다물고 있었는데 찰리 챈 같은 콧수염은 가짜 털처럼 실감나지 않았다. 유리눈이 불빛을 받아 희미하게 빛나며 나를 보며 윙크했다.

나는 시체에 손대지 않았다. 시체 가까이 가지도 않았다. 그는 얼음처럼 차갑고 판자처럼 뻣뻣할 것이다.

검은 초의 촛농이 문으로 들어오는 외풍에 흘러내렸다. 검은 밀랍 방울이 옆으로 기어내렸다. 방 안의 공기는 불쾌했고 현실감이 없었다. 나는 밖으로 나가 도로 문을 닫고 거실로 돌아갔다. 젊은이는 움직이지 않았다. 나는 가만히 서서 사이렌 소리를 들었다. 아그네스가 얼마나 빨리 입을 열지, 그리고 무엇을 말할지는 의문이었다. 만약 그녀가 가이거에 대해서 말했다면 경찰은 언제라도 들이닥칠 것이다. 그러나 몇 시간 동안은 입을 안 열 수도 있다. 어쩌면 도망갔을지도 몰랐다.

나는 젊은이를 내려다보았다.

"일어나고 싶나, 젊은이?"

그는 눈을 감고서 자는 척했다. 나는 책상으로 가서 짙은 자줏빛 전화기를 들고 버니 올즈 사무실로 전화를 걸었다. 그는 여섯시에 퇴근했다고 했다. 나는 그의 집 전화번호를 돌렸다. 그는 집에 있었다.

"말로입니다. 반장님 부하들이 오늘 아침 오웬 테일러 몸 속에서 리볼버를 찾았죠?"

나는 그가 목청을 가다듬는 것과, 목소리에서 놀라움을 드러내지 않으려고 애쓰는 것을 들을 수 있었다.

"그건 경찰 관할의 일일세."

"찾았다면 그 안에는 빈 탄피가 세 개 들어 있었을 겁니다."

"대체 그걸 어떻게 알았나?"

올즈가 조용하게 물었다.

"래번 테라스 7244번지로 오세요. 로렐 캐년 대로에서 조금 떨어진 곳입니다. 그 총알이 어디로 갔는지 보여드리죠."

"말한 대로겠지, 응?"

"말한 대로입니다."

"창문을 내다보고 있어. 내가 길모퉁이를 돌아서는 게 보일

걸세. 이 건에서 자네가 조금 빈틈없이 행동하는 것 같다는 생각을 했지."

"빈틈없다는 말은 전혀 걸맞는 말이 아닙니다."

내가 말했다.

18

올즈는 젊은이를 내려다보고 서 있었다. 젊은이는 비스듬히 벽에 기댄 채 소파에 앉아 있었다. 올즈는 아무 말 않고 그를 지켜보았다. 그의 숱 없는 눈썹은 풀러 브러시 외판원이 나누어주는 수세미처럼 곤두서서 빳빳하고 둥그스름했다.

그는 젊은이에게 물었다.

"브로디를 쏜 것을 인정하나?"

젊은이는 웅얼웅얼하는 목소리로 그가 가장 좋아하는 세 단어 욕을 내뱉었다.

올즈는 한숨을 쉬고 나를 보았다. 내가 말했다.

"인정할 필요도 없습니다. 제가 그의 총을 가지고 있으니까요."

"나는 저런 말을 들을 때마다 주님께서 일 달러씩 주셨으면 하고 기도한다니까. 총에 이상한 점이 있나?"

"이상한 점이 있을 리가 없죠."
"흠, 그것 괜찮군."
올즈는 말했다. 그는 몸을 돌렸다.
"와일드에게 전화해놨네. 우리는 가서 그를 만나보고 이 애송이를 넘겨야 해. 내 차에 태우고 갈 테니, 이 애송이가 내 얼굴에 발길질이라도 할 때를 대비해서 자네는 뒤에서 따라오게."
"침실에 있는 것은 마음에 들어요?"
"마음에 들어."
올즈가 말했다.
"테일러 녀석이 부두에서 뛰어내린 게 다행이지. 저런 밉살맞은 인간을 죽인 죄로 그를 교수대에 보내는 일에 일조해야만 하는 것은 싫거든."
나는 작은 침실로 돌아가서 검은 초를 불어 끄고 연기가 나도록 놓아두었다. 거실로 돌아오자 올즈는 젊은이를 일으켜 세우고 있었다. 젊은이는 일어서서 차가운 양고기 비계같이 딱딱하고 하얗게 질린 얼굴에 박힌 날카로운 검은 눈으로 올즈를 쏘아보았다.
"가자고."
올즈는 마치 젊은이에게 손대기도 싫다는 듯 그의 팔을 잡았다. 나는 스탠드를 끄고 그들을 따라 집 밖으로 나갔다. 우리는 각자 차에 올라탔고 나는 올즈의 차 후미등을 따라 길고 구불구불한 언덕을 내려갔다. 나는 이번이 래번 테라스에 들르는 마지막이 되길 바랐다.

지방 검사인 태거트 와일드는 4번가와 라파예트 공원 사이의 모퉁이에 있는 하얀 목조 가옥에 살고 있었다. 버스 차고만 한 집으로, 붉은 사암이 깔린 차 대는 곳이 집 한쪽에 지어져 있었고 전면에는 8제곱미터 정도 되는 부드러운 잔디밭이 있었다. 견고한 구식 저택 중의 하나로, 도시가 서쪽으로 확장될 때 새로운 거주 지역에 통째로 옮겨진 것이었다. 와일드는 로스앤젤레스의 유서 깊은 가문 출신이었고 아마도 그 집이 웨스트 애덤스나 피게로아, 아니면 세인트 제임스 파크에 있었던 시절에 태어났을 것이었다.

집으로 들어가는 차도에는 이미 두 대의 차가 서 있었다. 커다란 개인용 세단 한 대와 경찰차 한 대였다. 제복 입은 기사가 경찰차 뒤쪽 펜더에 기대 서서 달을 감상하며 담배를 피우고 있었다. 올즈가 다가가 그와 몇 마디 나누자 기사는 올즈의 차 안에 있는 젊은이를 들여다보았다.

우리는 집으로 올라가 초인종을 울렸다. 부드러운 머릿결의 금발 남자가 문을 열어주었고 우리를 안내해 홀을 따라가서, 무겁고 어두운 색 가구로 가득찬 널찍하고 움푹 들어가 있는 거실을 지나 저쪽 끝에 있는 다른 홀로 갔다. 그는 어떤 문을 두드리더니 옆으로 비켜 서서 문을 잡아주었고 우리는 안으로 들어갔다. 방의 끝에 열린 프렌치도어가 있고 어두운 정원과 신비로운 느낌을 주는 나무들이 내다보이는, 칸막이가 쳐진 서재였다. 젖은 흙과 꽃의 내음이 창문으로 들어왔다. 벽에는 커다랗고 어두침침한 유화들이 걸려 있고 안락 의자 몇 개와 책들이 있는 방으로, 고급 시가 연기의 냄새가 젖은 흙과 꽃들의 냄새와 뒤섞여 떠돌고 있었다.

태거트 와일드는 책상 뒤에 앉아 있었다. 그는 중년의 살찐 남자로, 실제로는 아무런 표정도 짓고 있지 않지만 친근한 느낌을 주는 맑은 푸른 눈을 가지고 있었다. 그는 앞에 블랙커피 한잔을 두고 왼손의 깔끔하고 조심스러운 손가락 새에 가는 얼룩무늬 시가를 들고 있었다. 또 다른 남자 하나가 책상 귀퉁이 쪽에 놓인 푸른 가죽을 씌운 의자에 앉아 있었다. 냉담한 눈에 마르고 뾰족한 얼굴을 한 남자로, 갈퀴처럼 마르고 전당포 주인처럼 매서운 외모였다. 깔끔하고 잘 관리한 얼굴은 마치 면도한 지 한 시간도 안 되는 듯했다. 그는 말끔하게 다림질한 갈색 양복을 입고 있었고 넥타이에는 흑진주가 박혀 있었다. 그는 머리 회전이 빠른 남자 특유의 길고 신경질적인 손가락을 가지고 있었다. 언제라도 싸울 준비가 된 사람처럼 보였다.

올즈는 의자를 끌어다 앉으면서 말했다.

"잘 있었나, 크론재거. 이쪽은 필 말로야. 궁지에 몰려 있는 사립탐정이지."

올즈는 싱긋 웃었다.

크론재거는 고개도 끄덕이지 않고 나를 쳐다보았다. 그는 마치 사진을 보는 것처럼 나를 훑어보았다. 그러고 나서 턱을 살짝 끄덕였다. 와일드가 말했다.

"앉게나, 말로. 나는 크론재거 반장과 문제를 논하던 참이야. 하지만 자네도 사정을 알잖나. 이제 여기는 대도시니까."

나는 자리에 앉아서 담뱃불을 붙였다. 올즈는 크론재거를 보고 말했다.

"랜달 플레이스 살인사건에서 뭐 밝혀낸 게 있나?"

마르고 뾰죽한 얼굴의 남자는 관절에서 우두둑 소리가 날 때까지 손가락 하나를 잡아당겼다. 그는 고개도 들지 않고 말했다.

"총 두 방을 맞은 시체 하나. 발사된 적이 없는 총이 두 자루가 나왔지. 아래쪽 거리에서 우리는 자기 소유가 아닌 차에 시동을 걸려고 하는 금발 여자를 잡았네. 자기 차는 바로 옆에 있었는데 같은 모델이었어. 그 여자가 수상하게 굴어서 우리 쪽 사람들이 연행했더니 다 불더군. 이 브로디라는 남자가 총을 맞았을 때 현장에 있었다고 말이야. 자기 말로는 살인자는 못 봤다더군."

"그게 단가?"

올즈가 물었다.

크론재거는 눈썹을 약간 치켜올렸다.

"단지 한 시간 전에 일어난 일이야. 뭘 기대하는 건가. 영화에 나오는 살인 사건이 아니라고."

"그래도 살인자의 인상착의 정도는 있겠지."

올즈가 말했다.

"가죽 점퍼를 입은 키가 큰 남자라더군. 그걸 인상착의라고 말할 수 있다면 말이지."

"그가 지금 밖에 내 차 안에 있네."

올즈가 말했다.

"수갑을 찬 채로. 말로가 자네를 위해서 그를 잡아왔네. 여기 이게 그 놈 총이야."

올즈는 젊은이의 자동 권총을 주머니에서 꺼내서 와일드의 책상 귀퉁이에 올려놓았다. 크론재거는 총을 보았지만 손대지는 않았다.

와일드가 낄낄 웃었다. 그는 뒤로 기대어 얼룩무늬 시거를 뻐끔뻐끔 피웠지만 연기를 내뿜지는 않았다. 그는 몸을 숙여 커피를 한 모금 마셨다. 그는 입고 있는 디너 재킷의 가슴 주머니에서 비단 손수건을 꺼내어 입을 훔친 후 다시 집어넣었다.

"여기에는 두 건의 살인 사건이 더 관련이 되어 있네."

올즈는 자기 턱의 부드러운 살을 꼬집으며 말했다.

크론재거는 눈에 띄게 몸이 굳어졌다. 그의 퉁명스러운 눈은 강철 같은 빛을 띠었다.

올즈가 말했다.

"오늘 오전에 리도 부두에서 떨어진 차를 태평양에서 끌어올렸다는 얘기는 들었겠지? 죽은 남자가 그 안에 타고 있었고."

"아니."

크론재거는 여전히 심술궂은 표정이었다.

"차 안에 있던 죽은 남자는 부유한 집안의 운전기사였지. 그 집안은 그 딸들 중 한 명 때문에 협박을 받고 있었어. 와일드 씨가 나를 통해 말로를 그 집에 추천했네. 말로는 불필요한 위험을 피했어."

"나는 불필요한 살인 사건을 피하는 사립 탐정들을 좋아하지."

크론재거가 비웃었다.

"그렇게 말조심 할 필요는 전혀 없지 않나."

"그래, 말조심 할 필요는 전혀 없지. 하지만 도시 경찰들에게 말조심 할 수 있는 기회가 종종 있는 것은 그닥 나쁘지 않은 걸. 나는 그 친구들에게 발목을 삐지 않으려면 어디다 발을 디뎌야 하는지 말해주느라 시간을 다 써버린다니까."

크론재거의 날카로운 코끝 주변이 하얗게 되었다. 조용하게 식식대는 그의 숨소리가 조용한 방 안에 울려퍼졌다. 그는 아주 조용하게 말했다.

"내 부하들에게 어디다 발을 디뎌야 하는지 말해줄 필요는 전혀 없네."

"두고 봐야지."

올즈가 말했다.

"내가 리도 부두에서 익사했다고 말한 이 운전기사가 어젯밤 자네 관할 구역에서 한 남자를 쐈어. 가이거라는 이름의 남자로, 할리우드 대로에서 지저분한 책 장사를 하는 가게 주인이었지. 가이거는 내가 바깥 차 안에 데리고 있는 애송이와 같이 살고 있었네. 같이 살고 있었다는 말이 무슨 뜻인지는 알겠나."

크론재거는 이제 정면으로 그를 쏘아 보았다.

"아주 지저분한 얘기로 전개될 것 같은데."

"내 경험으로는 모든 경찰 얘기가 그렇더군."

올즈가 으르렁대듯 말하며 내 쪽으로 몸을 돌렸다. 그의 눈썹이 곤두서 있었다.

"자네가 말할 차례야, 말로. 그에게 얘기를 해주게."

나는 그에게 이야기를 해주었다.

나는 두 가지 이야기는 뺐다. 그 중 하나는 왜 뺐는지 그 순간에는 알 수 없었다. 나는 카멘이 브로디의 아파트를 찾아온 것과 에디 마스가 오후에 가이거의 집에 찾아온 이야기는 뺐다. 나머지 이야기는 일어난 그대로 말해주었다.

크론재거는 내가 말할 때 내 얼굴에서 눈을 절대로 떼지 않았고 어떤 표정도 그의 얼굴에 나타나지 않았다. 이야기가 끝났을 때도 그는 오랫동안 입을 꼭 다물고 있었다. 와일드도 아무 말 하지 않고 커피를 마시며 얼룩무늬 시가만 뻐끔뻐끔 피워댔다. 올즈는 엄지손가락을 들여다보고 있었다.

크론재거는 천천히 의자에 기대더니 발목을 다른쪽 무릎 위로 올리고는 앙상하고 신경질적인 손으로 발목뼈를 문질렀다. 그는 여윈 얼굴을 매섭게 찡그리고 있었다. 그는 무시무시할 정도로 정중하게 말했다.

"그래서 당신이 한 일이라고는 어젯밤에 일어난 살인 사건을 신고하지 않고 오늘은 여우처럼 여기저기 기웃거리며 돌아다니다가 결국 이 가이거의 애송이가 오늘 저녁 두번째 살인 사건을 저지르도록 내버려둔 거라는 얘기요?"

"그게 답니다."

내가 말했다.

"난 아주 험악한 현장에 있었죠. 내가 잘못했다고 생각은 합니다만, 내 의뢰인을 보호하고 싶었고 이 젊은이가 와서 브로디를 쏠 거라고는 생각할 근거가 없었습니다."

"그런 종류의 생각은 경찰들이 할 일이오, 말로 씨. 만약 가이거가 죽은 것을 어젯밤에 신고했더라면 책이 브로디의 아파트로 실려 나가는 일도 없었겠지. 이 애송이가 브로디의 낌새를 채고 찾아가서 그를 죽이는 일도 없었을 거고. 브로디가 이제껏 죽지 않고 살아 있었던 것 자체가 기적이라고 치지. 그런 부류들은 다 그러니까. 하지만, 생명은 생명이오."

"맞습니다. 다음에 당신네 경찰들이, 자투리 물건을 훔쳐 들고 겁에 질려서 뒷골목으로 도망가는 시시한 좀도둑을 쏴 죽일 때도 그렇게 말해주시죠."

와일드는 양손을 책상에 올려놓고 쾅 하고 쳤다.

"그만들 하게."

그가 엄하게 말했다.

"뭣 때문에 이 테일러란 남자가 가이거를 쐈다고 확신하는 거지, 말로? 가이거를 죽인 총이 테일러의 시체나 그의 차에서 발견되었다고는 해도, 반드시 그 친구가 살인자라고 할 수는 없지 않나. 총은 누군가 갖다놓은 걸 수도 있지. 말하자면 실제 살인범인 브로디 같은 사람이."

"물리적으로는 가능합니다만 도덕적으로는 불가능한 얘기죠. 그렇다고 한다면 너무나 많은 우연이 개입되어야 하고 브로디와 그의 여자 친구의 성격에도 너무나 벗어나 있으며, 그가 하려고 했던 일의 성격에도 벗어나 있어요. 나는 브로디와 오랫동안 얘기를 했습니다. 그는 좀도둑이긴 했어도 살인자 타입은 아닙니다. 총을 두 자루 가지고 있었지만, 그 중 하나도 몸에 지니고 있지는 않았어요. 그는 가이거의 장사에 끼어들 방법을 찾고 있었죠. 그의 여자친구가 말해줬으니 당연히 그 내막을 알고 있었고요. 그가 말하기를 자기는 가이거를 감시하고 있었고 폭력 조직이 뒤를 봐주고 있지는 않나 살피고 있었다는군요. 나는 그의 말을 믿습니다. 그가 책을 차지하기 위해서 가이거를 살해하고, 그 후에 가이거가 찍은 카멘 스턴우드의 누드 사진을 갖고 현장을 빠져나간 뒤 오웬 테일러에게 총을 몰래 넣어두고 테일러를 리도 부두에서 바다로 밀어버렸다고 가정한다면 너무나 많은 일을 가정하게 될 뿐이죠. 테일러는 질투로 불타고 있었다는 동기도 있고 가이거를 죽일 기회도 있었습니다. 그는 허가를 받지 않고 그 집안의 차 하나를 끌고 나왔어요. 그는 여자가 보는 앞에서 가이거를 죽였습니다. 브로디라면 그가 살인자라고 하더라도 그렇게 하지 않았겠죠. 가이거에게 순전히 금전적 관심만을 가졌던 사람이라면 그런 짓을 했을 거라고 볼 수 없습니다. 그렇지만 테일러라면 그렇게 할 수 있었을 겁니다. 누드 사진 장사 때문이라면 그가 그런 일을 저지를 수 있었겠죠."

와일드는 키득키득 웃어댔고 크론재거를 흘깃 보았다. 크론재거는 코를 씨근거리며 목청을 가다듬었다. 와일드가 물었다.

"시체를 감춘 일은 어떻게 된 건가? 나는 도통 알 수가 없는데."

"저 애송이가 우리에게 말은 안 했지만 그가 숨긴 것이 틀림없습니다. 브로디는 가이거가 총을 맞은 후에 그 집 안으로 들어가지는 않았을 겁니다. 저 애송이는 내가 카멘을 집에 데려다주러 나왔을 때 집에 도착했던 거죠. 그는 물론 자기 정체가 드러날까봐 경찰을 두려워했고 그 집에서 자기 자취를 지울 때까지 시체를 숨겨놓는 것도 좋은 생각이라고 생각했겠죠. 깔개에 남은 자국으로 봐서는 그는 시체를 정문으로 질질 끌어내서 차고에 넣어놓았던 것 같습니다. 그리고 나서 자기가 그곳에 두었던 소지품을 죄다 챙겨다가 버린 거죠. 그리고 나중에, 밤이 되고 시체가 아직 경직되기 전에 문득 양심의 가책이 밀려와서 자기가 죽은 친구를 잘 대해주지 않았다는 생각이 든 겁니다. 그래서 돌아와서 시체를 침대에 눕힌 거죠. 물론 이건 모두 어림짐작일 뿐입니다."

와일드는 고개를 끄덕였다.

"그래서 오늘 아침에 아무 일도 없었던 것처럼 가게에 가서 경계를 하고 있었겠지. 그러다가 브로디가 책을 실어 나갔을 때 어디로 갔는지 알아내고는 책을 가진 사람이 그 목적 때문에 가이거를 죽였을 거라고 추측하게 된 거군. 아마도 브로디와 여자 친구에 대해서 그들이 의심했던 것보다 더 많은 걸 알고 있었을지도 모르는 일이지. 자네는 어떻게 생각하나, 올즈 반장?"

올즈가 말했다.

"알아보긴 해야죠. 그렇다고 해서 크론재거의 문제에는 도움이 안 되겠죠. 그가 속 썩고 있는 건 어젯밤에 일어난 이 모든 일이었는데, 이제서야 일에 끼어들게 됐으니."

크론재거가 찌무룩하게 말했다.

"이 모든 사건을 다룰 방법을 나도 나름대로 찾을 수 있을 것 같소."

그는 나를 날카롭게 노려보더니 곧 다시 눈길을 돌렸다.

와일드는 시가를 흔들면서 말했다.

"증거물을 보자고, 말로."

나는 주머니를 털어 그의 책상 위에 수확물을 쏟아놓았다. 스턴우드 장군에게 보내온 석 장의 어음과 가이거의 명함, 카멘의 사진들, 그리고 암호로 이름과 주소가 쓰여 있는 파란 장부책. 나는 이미 가이거의 열쇠는 올즈에게 줘버렸다.

와일드는 조용히 시가를 피우면서 내가 준 것을 살펴보았다. 올즈는 자기 시가 중 하나를 꺼내어 불을 붙이고 천장으로 평화롭게 연기를 날려 보냈다. 크론재거는 책상에 기대어 내가 와일드에게 준 것을 보고 있었다.

와일드는 카멘의 서명이 된 석 장의 어음을 톡톡 치더니 말했다.

"이건 단지 미끼 같군. 만약 스턴우드 장군이 돈을 지불했다면 더 나쁜 일을 두려워했기 때문이겠지. 그러면 가이거는 더 바짝 압박을 가해왔을 거고. 장군이 두려워한 일이 뭔지 아나?"

그는 나를 보고 있었다.

나는 고개를 저었다.

"모든 얘기를 필요한 만큼 자세하게 한 거겠지?"

"두 가지 개인적인 문제는 뺐습니다. 그건 그냥 제쳐두려고 합니다, 와일드 씨."

크론재거는 "하!" 하고 의미심장하게 콧방귀를 뀌었다.

"왜?"

와일드가 조용하게 물었다.

"내 의뢰인이 그 정도 보호를 받을 자격은 있기 때문이죠. 대배심에 가도 아무런 결격 사항도 없을 겁니다. 나는 사립 탐정으로 활동할 수 있는 면허증도 있습니다. '사립'이라는 단어에는 어떤 의미가 담겨 있다고 생각합니다. 할리우드 경찰서는 살인 사건 두 건을 손에 쥐고 있고 둘 다 해결이 되었어요. 두 건 다 살인범도 잡았지요. 각 건당 동기도 있고 살인 흉기도 있습니다. 협박 사건은 덮어두어야 하겠죠. 의뢰인의 이름이 관련된 한은요."

"왜?"

와일드가 다시 물었다.

"알았소."

크론재거가 건조하게 말했다.

"우리는 사립 탐정 나부랭이의 명성을 위해서 들러리나 서야겠군."

"보여드리죠."

나는 일어서서 집 밖으로 다시 나가 내 차로 가서 가이거의 가게에서 가지고 온 책을 꺼내왔다. 제복을 입은 경찰 기사가 올즈의 차 옆에 서 있었다. 애송이는 차 안 구석에 비스듬히 기대 있었다.

"뭔가 말합디까?"

내가 물었다.

"제안을 하더군요."

경찰은 말하며 침을 뱉었다.

"그냥 내버려두고 있죠."

나는 집 안으로 돌아와 책을 와일드의 책상 위에 올려놓고 포장을 뜯었다. 크론재거는 책상 끝에서 전화를 쓰고 있었다.

그는 내가 들어가자 전화를 끊고 자리에 앉았다.

와일드는 목석처럼 굳은 얼굴로 책을 훑어본 뒤 책을 덮고 크론재거 쪽으로 밀었다. 크론재거는 책을 펴서 한두 페이지 보다가 얼른 덮었다. 반 달러 은화 정도 크기의 붉은 반점이 그의 두 볼에 떠올랐다.

"앞 속표지에 찍힌 날짜를 보시죠."

크론재거는 다시 책을 펴고 날짜를 보았다.

"그래서?"

"필요하다면, 나는 증인으로서 이 책이 가이거의 서점에서 나왔다고 선서할 겁니다. 그 금발의 아그네스도 그 가게가 어떤 장사를 하고 있었는지 인정할 거고. 눈이 있는 사람이라면 누구나 이 가게가 단지 다른 것을 감추기 위한 눈속임이라는 것 정도는 금방 알 거요. 그렇지만 할리우드 경찰은 자기 나름 대로의 이유 때문에 이 가게가 그냥 영업하도록 허가를 내준 겁니다. 대배심도 그 이유가 뭔지 알고 싶어할 거라고 장담해도 좋습니다."

와일드는 싱긋 웃었다.

"대배심은 그런 당황스런 질문을 가끔 하지. 이 도시가 현재 돌아가는 모양이 왜 그 꼴인지 알고 싶어하는데 다 헛수고라니까."

크론재거는 갑자기 일어나서 모자를 썼다.

"삼 대 일로 공격받는군. 나는 살인 사건 담당이오. 만약 가이거가 불건전한 서적을 유통시키고 있었다고 해도 나한테 떨어지는 건 아무것도 없소. 그렇지만 이 일이 신문에 새어나가기라도 하면 우리 관할서에도 도움될 게 없다는 건 인정하기는 해야겠지. 당신들이 원하는 게 뭐요?"

와일드가 올즈를 보았다. 올즈가 조용히 대답했다.

"죄수를 넘겨주고 싶네. 가자고."

그는 일어섰다. 크론재거는 올즈에게 격렬한 시선을 던지다가 방을 빠져나갔다. 올즈가 그의 뒤를 따랐다. 문이 다시 닫혔다. 와일드는 책상을 가볍게 두드리다가 맑고 푸른 눈으로 나를 보았다.

"이렇게 범죄를 은닉하는 일에 대해서 경찰들이라면 어떻게 느낄지 이해해줘야 하네. 자네는 이 일에 대해서 모두 진술을 해야 할 거야. 적어도 자료 보존용으로 말이지. 그래도 두 살인 사건을 분리시켜서 스턴우드 장군의 이름을 양쪽에서 빼내는 건 가능할 것 같네. 내가 왜 자네 귀를 잡아뜯지 않는 줄 아나?"

"모르겠네요. 양쪽 귀 다 잡아뜯길 줄 알았는데."

"이 일을 다 하고 얼마나 받나?"

"하루에 이십오 달러하고 수사 비용을 받죠."

"그러면 이제까지 오십 달러하고 기름값 정도 되겠군."

"대략 그 정도죠."

그는 고개를 한쪽으로 기울여 왼손 새끼손가락으로 그의 턱 아래쪽 뒷부분을 문질렀다.

"그래서 그 정도의 돈에 기꺼이 이 지역 공권력의 절반 이상의 기분을 거슬리겠다는 건가?"

"나도 마음에는 안 듭니다. 그렇지만 내가 할 일이 뭐겠습니까? 나는 사건을 맡고 있어요. 난 먹고 살기 위해서 팔아야 하는 건 팝니다. 하느님이 내게 주신 약간의 용기와 지성, 그리고 의뢰인을 보호하기 위해서 기꺼이 괴로움을 감수하는 열성이죠. 장군에게 보고하지 않고 오늘 밤에 이야기를 털어놓은 것만 해도 내 원칙에는 어긋납니다. 그 범죄 은닉에 대해서 말인데, 나도 경찰에 있었다는 걸 아시지 않습니까. 대도시라면 어디나 흔해빠진 일이죠. 경찰들은 외부인이 뭔가 숨기려고 하면 거만해지고 강압적이 되지만, 친구나 연줄이 있는 사람이라면 누구나 보호해주려고 자기들도 이틀에 한 번씩 같은 일을 하고 있습니다. 그리고 나는 아직 끝내지 못했어요. 아직 사건을 맡고 있다는 말입니다. 그러니 필요하면 같은 일을 또 할 겁니다."

"크론재거가 자네 면허를 압수해가지 않는다면 말이지."

와일드는 싱긋 웃었다.

"그래, 개인적인 문제 두 개를 말하지 않고 있다고 했지. 얼마나 중요한 일인가?"

"아직 사건을 맡고 있습니다."

나는 그의 눈을 똑바로 바라보았다.

와일드는 나를 보고 미소지었다. 그는 아일랜드인 특유의 솔직하고 다정한 미소를 가지고 있었다.

"내 이 말만 하지, 젊은이. 내 아버지는 스턴우드 어른의 가까운 친구였어. 나도 내 권한을 다해서, 아마도 그 권한을 훨씬 넘어서라도, 어른의 고민을 덜어주려고 해왔네. 그렇지만 결국에는 그렇게는 못할 거야. 그의 딸들은 그냥 무마하고 지나갈 수 없는 무언가에 연관되어 있는 것이 확실해. 특히 그 동생 금발 머리 말괄량이 쪽은. 그 애들을 그렇게 행실 나쁘게 돌아다니도록 놓아두면 안 되네. 나는 그게 아버지 탓이라고 생각해. 장군은 요새 세상이 어떤지 모르는 것 같네. 그리고 남자 대 남자로서 한 마디만 더 하겠네. 자네에게 호통칠 필요는 없겠지. 장군은 그의 사위, 전직 밀주꾼이 이 일 어디인가에 얽혀 있을지도 모른다고 두려워하고 있고, 그 분이 진정으로 자네가 해주길 바라는 것은 사위가 이 일과 무관하다는 사실을 밝혀내는 거라는 데에 돈을 걸어도 좋아. 자네 생각은 어떤가?"

"리건이 협박범 같지는 않던데요. 내가 들은 바에 따르면요. 그는 그 집에 마음에 들지 않는 점이 있어서 집을 나갔던 것 같습니다."

와일드는 코웃음쳤다.

"마음에 들지 않는 점이 어느 정도인지 자네나 나는 판단할 수 없겠지. 만약 그가 그런 종류의 사람이었다면 그건 그렇게까지 큰 문제는 아니었을 거야. 장군이 리건을 찾고 있다고 자네에게 말하던가?"

"장군께서 제게 말씀하신 건 그가 어디에 있고 잘 지내는지 알았으면 싶다는 것이었습니다. 그 분은 리건을 좋아했고 그가 어른에게 작별 인사도 하지 않고 뛰쳐나가버린 것에 대해서 상처를 받으셨더군요."

와일드는 몸을 뒤로 기대고는 얼굴을 찡그렸다.

"알겠네."

그는 목소리 어조를 바꾸어 말했다. 그는 책상에 어질러져 있는 물건을 손으로 치워 가이거의 파란 장부책만 한쪽에 놓고 다른 증거물은 내 쪽으로 밀었다.
"이것들은 가져가는 게 좋겠네. 내게는 더이상 쓸모가 없으니."

19

 내가 차를 대고 호바트 암즈의 정문으로 걸어오고 있을 때는 어느덧 11시가 가까운 시각이었다. 유리문은 10시에 잠기기 때문에 열쇠를 꺼내야 했다. 안으로 들어가자, 사각형의 초라한 로비에서 한 남자가 녹색의 석간신문을 화분에 심은 야자수 옆에 내려놓고는 담배 꽁초를 야자수가 자라고 있는 통에 던져넣었다. 그는 일어서서 모자를 내게 흔들었다.
 "보스가 보자시는데. 친구들을 너무 오래 기다리게 했어, 이 양반아."
 나는 꼼짝도 않고 서서 그의 납작한 코와 클럽 스테이크 고깃덩어리 같은 귀를 보았다.
 "뭣 때문에?"
 "뭘 따지나? 그냥 얌전하게 굴면 모든 게 괜찮을 텐데."
 그의 손이 풀어 헤친 코트의 위쪽 단춧구멍께를 맴돌았다.

"경찰 같은 말투군. 나는 너무 지쳐서 말할 수도 없고, 너무 지쳐서 밥을 먹을 수도 없고, 너무 지쳐서 생각할 수도 없어. 하지만 에디 마스의 명령을 들을 수 없을 정도는 아니겠지라고 생각한다면 내가 그 잘난 귀를 날려버리기 전에 총을 꺼내는 것이 좋을 걸."

"바보같이. 총도 없으면서."

그는 나를 똑바로 보았다. 어둡고 뻣뻣한 눈썹이 가운데로 모이더니 녀석의 입이 아래쪽으로 샐쭉해졌다.

"그거야 그때 일이지. 항상 벌거벗고 다니지는 않는다고."

그는 왼손을 저었다.

"알았어, 당신이 이겼네. 나는 사람을 날려버리라고 명령받은 일은 없으니까. 보스가 연락을 할 거야."

"너무 늦게 하면 너무 이른 시각이 될 걸세."

나는 몸을 천천히 돌렸고 그는 나를 지나쳐 문 쪽으로 갔다. 그는 문을 열고 돌아보지도 않고 밖으로 나갔다. 나 자신의 어리석음에 쓴웃음을 짓고는 엘리베이터를 타고 아파트 위층으로 올라갔다. 나는 카멘의 작은 총을 주머니에서 꺼내 보고 웃었다. 그러고 나서 구석구석 청소하고 기름을 친 뒤 광둥 플란넬에 싸서 서랍에 넣고 잠갔다. 술을 한잔 만들어 마시고 있을 때 전화벨이 울렸다. 나는 전화가 놓여 있는 테이블 옆에 앉았다.

"오늘 밤은 아주 거칠게 나오는 모양이군."

에디 마스의 목소리였다.

"크고 빠르고 거칠고 가시가 돋쳐 있지. 무얼 도와드릴까?"

"경찰이 거기 와 있어. 어딘지는 알겠지. 나는 이 일에서 빼겠지?"

"왜 그래야 하는데?"

"나는 친절한 대접을 받으면 친절하게 굴거든, 친구. 나는 친절하지 못한 대접을 받으면 친절하게 굴지 않아."

"잘 들어보면 내 이빨이 덜덜 떨리는 소리가 들릴 거요."

그는 메마른 웃음을 웃었다.

"그렇게 했나, 아니면 말했나?"

"그렇게 했소. 젠장할 이유는 모르겠지만. 당신 얘기를 빼더라도 사건이 이미 충분히 복잡해졌기 때문인 것 같소."

"고맙네, 친구. 누가 그를 쐈지?"

"내일 아침 신문에서 읽으시지. 아마 나올 거요."

"지금 알고 싶은데."

"원하는 건 뭐든지 손에 넣소?"

"그렇지는 않지. 그게 대답인가, 친구?"

"당신이 들어본 적 없는 누군가가 쐈소. 그 정도로만 해둡시다."

"그게 사실이라면 언젠가 당신에게 도움을 줄 수 있을지도 모르지."

"전화나 끊어서 잘 수 있게 해주시지."

그는 다시 웃었다.

"당신은 러스티 리건을 찾고 있지, 그렇지 않나?"

"많은 사람들이 내가 그런다고 생각하더군. 하지만 그렇지 않소."

"만약 그렇다면 내가 힌트를 줄 수 있는데. 언제 한번 해변가에 날 보러 들르게. 언제라도. 환영하지."

"그러든가."

"그럼 그때 보자고."

전화는 끊겼지만 나는 엄청난 인내심을 가지고 수화기를 들고 있었다. 그리고 나서 스턴우드 저택의 번호를 돌리자 네다섯 번쯤 벨이 울린 뒤에 집사의 유순한 목소리가 들려왔다.

"스턴우드 장군 댁입니다."

"말로입니다. 나를 기억하죠? 한 백 년 전쯤 만나지 않았습니까, 아니 어제였나요?"

"네, 말로 씨. 물론 기억합니다."

"리건 부인 집에 있습니까?"

"네, 그러신 것 같습니다. 통화를……."

나는 갑자기 마음을 바꿔 그의 말을 잘랐다.

"아니, 내 전갈만 전해줘요. 내가 사진을 가지고 있다고 전해주십시오. 사진 모두를요. 그리고 모든 게 괜찮을 거라고 말입니다."

"네…… 네……."

목소리가 약간 떨리는 것 같았다.

"사진을 가지고 계신다고요. 모두 다요. 그리고 모든 게 괜찮을 거라고…… 알겠습니다, 선생님. 정말 감사합니다. 선생님."

5분 뒤에 다시 전화벨이 울렸다. 술을 다 마셔서 까맣게 잊고 있었던 저녁 식사를 할 수 있을 것 같은 기분이 들던 참이었다.

나는 전화가 계속 울리게 내버려두었다. 돌아왔을 때도 전화벨이 울리고 있었다. 전화는 12시 반 넘어서까지 간격을 두고 울려댔다. 그때 나는 불을 끄고 창문을 위로 올린 뒤 종이를 덮어 전화 소리를 죽이고 잠자리에 들었다. 이제 스턴우드 가족에게는 진저리가 쳐졌다.

다음날 아침, 나는 달걀과 베이컨을 앞에 두고 조간신문 세 개를 모두 읽었다. 이 사건에 대한 신문 기사는 보통 신문들이 접근할 수 있는 것 정도로만 진실에 접근하고 있었다. 화성을 토성과 혼동하는 정도의 진실이었다. 신문 세 개 중 어느 것도 리도 부두에서 자살한 차의 운전자인 오웬 테일러를 로렐 캐년의 이국적인 방갈로에서 일어난 살인 사건과 연관짓고 있지는 않았다. 어떤 신문에서도 스턴우드 가족이나, 버니 올즈, 나에 대한 언급은 없었다. 오웬 테일러는 부유한 가문의 운전기사 정도로 나와 있었다. 할리우드 경찰서의 크론재거 반장이 자기 관할 구역에서 일어난 두 건의 살인 사건을 해결한 공로를 다 차지하고 있었다. 두 살인 사건은 가이거라는 남자가 할리우드 대로의 서점의 뒤에서 하고 있던 통신 사업에서 나오는 수익금 배분에 대한 분란에서 발단된 것이라고 되어 있었다. 브로디가 가이거를 쐈고 캐롤 런그렌이 복수로 브로디를 쐈다. 경찰은 캐롤 런그렌을 구금하고 있다. 그는 자백을 했다. 그는 전과가 있었는데 아마도 고등학교 때 저지른 일 같았다. 경찰은 또한 가이거의 비서인 아그네스 로젤을 현장 증인으로 잡아두고 있다, 이런 기사였다.

멋진 기사였다. 기사로만 봐서는 가이거는 그 전날 밤에 살해되었고 브로디는 한 시간 후에 살해되었으며, 크론재거 반장은 두 건의 살인 사건을 담배 한 대 피울 시간에 척척 해결한 것 같은 인상을 받았다. 테일러의 자살은 두번째 섹션의 1면에 나와 있었다. 동력선의 갑판에 있는 세단의 사진이 있었는데, 번호판은 지워져 있었고 발판 옆 갑판에 누워 있는 것에는 천이 씌워져 있었다. 오웬 테일러는 낙담하고 있었고 건강도 안 좋았다고 했다. 그의 가족은 드부크에 살고 있으며 시체는 그쪽으로 보내질 것이다. 심리는 없을 것이다.

20

실종자 전담반의 그레고리 반장은 내 명함을 그의 넓고 평평한 책상 위에 올려놓고 명함 모서리를 책상 모서리에 정확히 평행이 되게 맞추었다. 그는 머리를 한쪽으로 기울이며 명함을 관찰하더니 불평하는 소리를 내며 그의 회전의자를 한 바퀴 돌려 창문 밖으로 반 블록 떨어진 곳에 있는 법원의 창살 박은 꼭대기 층을 바라다보았다. 그는 피곤한 눈을 한 튼튼한 체격의 남자로, 야경꾼처럼 신중하게 천천히 움직이는 면이 있었다. 그의 목소리는 단조로운 어조로 밋밋했으며 흥미가 없는 듯했다.

"그래, 사립 탐정이라고?"

그는 나를 쳐다보지도 않고 창문 밖만 내다보면서 말했다. 송곳니에 매달려 있는 검은 브라이어 파이프에서 연기가 한 줄기 피어올랐다.

"가이 스턴우드 장군 의뢰를 받고 일합니다. 그 분 주소는 웨스트 할리우드 알타 브리어 크레센트 3765번지입니다."

그레고리 반장은 파이프를 떼지 않고 입 한쪽 구석으로 작은 연기를 내뿜었다.

"무슨 일로?"

"반장님이 맡고 있는 바로 그 건에 대한 것은 아니지만, 저도 나름대로 관계가 있습니다. 제 생각에는 반장님이 도와줄 수 있을 것 같아서요."

"무슨 일을 도와준다는 거요?"

"스턴우드 장군은 부유한 사람입니다. 그는 지방 검사의 부친과도 오래된 친구지요. 만약 그 분이 심부름을 해줄 사람을 전담으로 고용하고 싶었다고 해도 경찰에 불명예가 되는 것은 아니지요. 그 분이 여유를 부릴 수 있는 작은 사치에 지나지 않으니까요."

"내가 그 사람 일을 하고 있다고 생각한 이유는 뭐요?"

나는 그 질문에는 대답하지 않았다. 그는 회전의자를 천천히, 그리고 무겁게 돌리더니 큼직한 발을 아무것도 깔지 않은 리놀륨 바닥에 내려놓았다. 그의 사무실에서는 반복된 일상의 곰팡이 냄새가 났다. 그는 나를 차갑게 바라보았다.

"반장님 시간을 뺏고 싶지는 않습니다."

나는 의자를 약간 뒤로 뺐다. 한 10센티미터 정도로만.

그는 움직이지 않았다. 그는 진이 빠진 지친 눈으로 나를 계속 쳐다보았다.

"지방 검사를 알고 있소?"

"그 분을 만났습니다. 한때는 그 분 밑에서 일한 적도 있죠. 그리고 그 분 수석 수사관 버니 올즈는 아주 잘 아는 사이죠."

그레고리 반장은 전화에 손을 뻗어 전화에 대고 웅얼거렸다.

"지방 검사 사무실의 올즈를 대주게."

그는 수화기를 전화기에 내려놓고 앉아 있었다. 몇 초가 지났다. 연기가 그의 파이프에서 피어올랐다. 그의 눈은 그의 손처럼 무겁고 아무런 움직임이 없었다. 벨이 따르릉 울렸고 그는 왼손으로 내 명함을 집었다.

"올즈?…… 본청의 알 그레고리야. 필립 말로라는 남자가 내 사무실에 있네. 명함을 보니 사립 탐정이라고 되어 있군. 나한테 정보를 받고 싶다는데…… 그래? 어떻게 생긴 사람이지?…… 알았네. 고마워."

그는 전화기를 내려놓고 파이프를 입에서 뗀 뒤 굵직한 연필의 청동 두겁으로 담배를 꾹꾹 눌러 채웠다. 그는 그 일이 이날 해야만 하는 가장 중요한 일이라도 되는 양 조심스럽고 엄숙하게 했다. 그는 몸을 등받이에 기대고 나를 좀더 쳐다보았다.

"바라는 게 뭐요?"

"이제까지 한 일의 진척 사항을 알고 싶습니다. 진척 사항이 있다면요."

그는 그 말을 심각하게 생각했다.

"리건 말이오?"

그는 마침내 물었다.

"물론이죠."

"그 사람을 알고 있소?"

"본 적은 없습니다. 제가 듣기로는 삽십대 후반 정도 된 잘생긴 아일랜드 인으로 한때는 주류업에 있었다가 스턴우드 장군의 큰딸과 결혼했지만 두 사람의 마음이 잘 맞았다고 할 수는 없었다지요. 그가 한 달 전쯤에 사라졌다고 들었습니다만."

"스턴우드 씨는 사립 탐정을 고용해서 이런 덤불 속을 어슬렁거리고 돌아다니게 하느니, 본인이 운이 좋았다고 생각해야만 할 텐데."

"장군은 그에게 큰 애정을 가지고 있었습니다. 그런 일들도 일어나고는 하죠. 노인은 다리도 불편하고 외로운 사람입니다. 리건은 그의 옆에 앉아서 친구가 되어주고는 했지요."

"우리가 할 수 없는데 당신이 할 수 있는 일은 무엇이라고 생각하오?"

"그런 건 없습니다. 리건을 찾는 일에 관한 한은요. 그렇지만 여기 다소 수상쩍은 협박 사건이 관련되어 있습니다. 나는 리건이 연루되어 있지 않다는 사실을 확실히 하고 싶습니다. 현재 그가 어디 있는지 아니면 어디에 없는지 정도라도 알면 도움이 되겠죠."

"이봐요, 나도 당신을 도와주고 싶소. 하지만 나도 그 사람이 어디 있는지는 몰라요. 그는 막을 내려버렸고 그걸로 끝난 거요."

"경찰 조직을 상대로 그러기는 매우 힘들겠죠, 그렇지 않습니까, 반장님?"

"그렇기는 하지만…… 가능할 수도 있겠지. 잠깐 동안만이라면."

그는 책상 한쪽에 있는 벨을 눌렀다. 중년의 여자가 옆문으로 머리를 내밀었다.

"테렌스 리건에 대한 파일을 가져다줘요, 애바."

문이 닫혔다. 그레고리 반장과 나는 무거운 침묵이 좀더 계속되는 가운데 서로를 바라보았다. 문이 다시 열리더니 여자가 색인표가 붙은 초록색 파일을 책상 위에 올려놓았다. 그레고리 반장은 고개를 끄덕여 그녀를 내보내고는 무거운 뿔테 안경을 핏줄이 드러난 코 위에 올려놓고 파일에 있는 서류들을 천천히 넘겼다. 나는 손가락 사이에서 담배를 굴렸다.

"그는 구월 십육일에 사라졌소. 이 사건에서 중요한 점이라면 그날이 기사가 쉬는 날이었고 아무도 리건이 차를 가지고 나가는 것을 못 봤다는 것이지. 그렇지만 오후 늦은 시각이었소. 우리는 그 차를 나흘이 지난 후에 선셋 타워즈 근처 호화로운 방갈로 단지에 딸린 차고에서 발견했소. 차고지기가 그 차를 도난 차량 담당 부서에 신고했지. 그리고 그 차가 원래 거기 있던 차가 아니라고 하더군. 카사 데 오로라고 하는 곳이오. 거기에도 무슨 음모가 관련이 있는데 조금 있다 곧 얘기해주겠소. 우리는 차에서 지문 검색을 했지만, 전과자 명부에 있는 지문은 발견하지 못했지. 차고에 있던 차는 범죄 행위와는 맞아떨어지지 않았소. 범죄를 의심해볼 이유는 있었지만. 그렇지만 다른 일과는 맞아떨어졌지. 조금 있다가 얘기해주겠지만."

"에디 마스의 부인이 실종자 명단에 있었다는 사실과 맞아떨어졌나요."

내가 말했다. 그는 언짢은 듯 보였다.

"그렇소. 우리는 세입자를 조사한 결과 그녀가 거기 살고 있다는 사실을 알아냈지. 리건이 사라진 바로 그때쯤 집을 나갔다더군. 적어도 이틀 정도 이내에 말이오. 그리고 인상착의가 리건처럼 보이는 남자가 그녀와 함께 있는 것이 목격되었지만, 우리는 확실히 신분 증명을 할 수 없었소. 경찰의 일이라는 게 아주 웃기는 일이지. 노파도 창문 밖으로 뛰어가는 남자를 여섯 달 후에 줄 서 있는 여러 용의자 중에서 골라내는데, 우리가 호텔 직원에게 선명한 사진을 보여주면 그 작자들은 잘 모르겠다고 한단 말이야."

"그건 훌륭한 호텔 직원이 갖춰야 할 자질이죠."

"그렇소. 에디 마스와 그 부인은 별거하고 있었지만 사이는 좋았다고 에디가 그러더군. 여기 몇 가지 가능성이 있소. 먼저 리건은 만 오천 달러를 항상 옷 속에 넣어 가지고 다녔다고 합디다. 진짜 돈이라고 하더군. 엄청나게 큰 돈은 아니지만, 푼돈도 아니지. 큰 돈이기는 하지만 이 리건이라는 사람은 돈을 가지고 다니면서 사람들이 볼 때 꺼내서 세보는 그런 남자였는지도 모르지. 그렇다고는 해도 그는 신경도 안 썼을 거요. 그의 부인이 말하기는 그는 스턴우드 노인에게서는 숙식을 제공받는 것 말고는 땡전 한 푼 받지 않았다더군. 그리고 부인이 준 패커드 120하고. 아쉬운 게 없는 전직 밀주업자하고 이 얘기를 연결시켜보시오."

"전혀 모르겠는데요."

"글쎄, 여기 바지 주머니에 만 오천 달러를 넣고 다니는 남자가 사라진 거요. 사람들도 그걸 알지. 그 돈이 있다는 사실을. 나라도 만 오천 달러가 있으면 몸을 숨길지 모르지. 고등학교에 다니는 애들이 둘이나 있는 나도 그럴지 몰라. 그러니 첫번째로 든 생각은 누군가 돈 때문에 그를 때려눕혔는데, 너무 세게 때린 나머지 결국 사막으로 데리고 가서 선인장 사이에라도 묻었는지 모른다는 거였소. 하지만 나는 그 생각이 썩 마음에 들지는 않소. 리건은 총을 가지고 다녔고 총을 사용해본 경험도 아주 많지. 얼굴에 개기름이 흐르는 밀주 패거리 사이에서뿐만이 아니었소. 내가 듣기로는 그가 1922년인지 언제인지 아일랜드 동란 때 일 개 여단 전체를 지휘했다고 알고 있소. 그런 남자들은 강도들에게 호락호락 당하지 않지. 그리고 그의 차가 차고에 있었다는 것은 그를 때려눕힌 사람이 누구든 간에 그가 에디 마스의 아내에게 반해 있다는 사실을 알고 있었다는 건데, 그가 반해 있었다고 한다면 말이지만, 어쨌거나 도박장을 어슬렁거리는 건달들 전부가 알고 있을 만한 얘기는 아니었소."

"사진이 있습니까?"

"남자는 있지. 여자는 없고. 그것도 웃기는 얘기라니깐. 이 사건에는 웃기는 면이 아주 많소. 여기 보시오."

그는 광택이 나는 사진을 책상 너머로 밀어주었고 나는 명랑하다기보다는 슬퍼 보이고 뻔뻔하다기보다는 내성적으로 보이는 아일랜드인의 얼굴을 볼 수 있었다. 폭력배의 얼굴도 아니었으며 누군가에게 괴롭힘을 당할 수 있는 그런 남자의 얼굴도 아니었다. 곧고 진한 눈썹 밑으로 보이는 강한 뼈대. 머리가 벗어졌다고 하기보다는 넓다고 하는 게 맞을 이마, 검고 숱이 많은 머리카락, 가늘고 짧은 코에 넓은 입. 턱선은 강했으나 입에 비해서는 작았다. 약간 완고해 보이는 얼굴로, 민첩하게 움직이고 한 번 얻은 것은 돌려주지 않을 남자의 얼굴이었다. 나는 사진을 도로 건네주었다. 내가 본 적이 있다면 기억할 만한 얼굴이었다.

그레고리 반장은 파이프를 두드려서 속에 있는 걸 빼내고 다시 채우고서 엄지손가락으로 담배를 꾹꾹 눌러 담았다. 그는 불을 붙인 뒤 연기를 뿜어내며 다시 말을 시작했다.

"글쎄, 그가 에디 마스의 마누라에게 반해 있었다는 걸 알 만한 사람도 있을 수 있겠지. 에디 본인 말고도. 놀랍게도 에디는 그걸 알고 있었더군. 그렇지만 신경쓰고 있는 것 같지는 않았소. 우리는 그 당시 아주 철저히 그를 조사했소. 물론 에디가 질투로 그를 죽였을 것 같지는 않소. 그런 설정은 너무나 뻔하게 그를 범인으로 모는 거지."

"그가 얼마나 영리하냐에 달렸죠. 그가 이중으로 속임수를 쓰는 건지도 모르잖습니까."

그레고리 반장은 고개를 저었다.

"그가 자기 사업을 꾸려나갈 만큼 영리하다면 그런 일을 하기에는 지나치게 영리하다고 봐야지. 당신 생각은 알겠소. 그는 우리가 자기가 멍청한 연극을 할 사람이라고는 생각지 않기 때문에 멍청한 연극을 한다는 거 아니오. 경찰의 입장에서 보면 그건 틀렸소. 우리가 자기를 물고 늘어질 여지를 주면 사업에 방해가 될 거요. 당신이야 그런 멍청한 연극이 오히려 영리한 짓이라고 생각할 수도 있겠지. 나도 그렇게 생각할 수도 있소. 하지만 다른 작자들은 그렇게 생각 안 해요. 그 자들이 그의 생활을 엉망으로 만들 거요. 나는 일단 그런 가능성은 제외했소. 내가 틀렸다면 당신이 증명해보시오. 그럼 내 의자 방석이라도 뜯어 먹을 테니. 그때까지는 에디 마스는 혐의가 없는 걸로 제껴놓겠소. 질투는 그런 유형의 남자에게는 동기가 안 되지. 일류 협잡꾼들은 사업적 두뇌가 있소. 그들은 경영에 도움이 되는 일만 하는 법을 배우고 개인적인 감정은 스스로 해결되도록 억제하는 법을 배우지. 그래서 그는 제껴놓는 거요."

"그럼 어떤 가능성을 남겨놓고 있는 거죠?"

"부인과 리건 자신이지. 다른 사람은 없소. 부인은 그때는 금발머리였지만 지금은 아닐 거요. 우리가 여자의 차를 찾지 못했으니 그들은 아마도 그걸 타고 떠났겠지. 그 사람들은 우리를 한참 앞질렀소. 십사 일이나. 리건의 차가 없었다면 이 사건에 대해서 전혀 감도 잡지 못했을 거요. 물론 나야 그 사람들이 그런 식으로 하는데는 이골이 나 있지만. 특히 상류층 가문들은 말이오. 그리고 물론 내가 이제껏 한 조사는 모두 비밀리에 이루어졌소."

그는 뒤로 몸을 기대고 의자 팔걸이를 그의 크고 육중한 손바닥으로 두드렸다.

"기다려보는 것 말고는 수가 없소."

그가 말했다.

"수배 통지를 내려놓기는 했지만, 결과를 찾기에는 아직 너무 이르오. 리건은 우리가 아는 것만도 만 오천 불을 가지고 있소. 여자도 약간은 가지고 있을 거요. 아마 보석으로 많이 가지고 있겠지. 그렇지만, 언젠가는 돈이 바닥이 날 거요. 리건은 수표를 현금으로 바꾸려고 할 거고, 차용증을 쓰고 돈을 빌리든가 아니면 편지를 쓰든가 하겠지. 그들은 낯선 도시에서 새 이름으로 살고 있겠지만 취향이야 여전할 거요. 결국 지금의 재정 시스템 안으로 돌아올 수밖에 없지."

"에디 마스랑 결혼하기 전에 여자는 뭘 했습니까?"

"클럽 가수였소."

"이전에 직업상 찍었던 오래된 사진이라도 없어요?"

"없소. 에디야 약간 가지고 있겠지만, 풀려고 하지를 않을 거요. 에디는 그녀를 그냥 내버려두기를 원해요. 그는 시내에 친구들이 있어요. 그렇지 않았다면 지금의 위치에 오르지도 못했겠지."

그가 투덜거리며 말했다.

"도움이 된 얘기가 있소?"

"둘 다 찾아내지는 못할 겁니다. 태평양이 너무 가까워요."

"내 의자 방석 얘기는 여전히 유효하오. 우리는 그를 찾아낼 거요. 시간이 걸릴지는 모르지. 일 년이나 이 년쯤 걸릴 수도 있고."

"스턴우드 장군은 그렇게 오래 살지 못할지도 모릅니다."

"우리는 할 수 있는 건 다 했소, 친구. 그가 보상금을 내걸고 돈을 약간 쓰고자 한다면 성과가 있을지도 모르지. 시에서는 내게 그런 돈은 안 주거든."

그의 커다란 눈이 나를 곁눈질로 보았고 그의 휘갈긴 듯한 눈썹이 움직였다.

"에디 마스가 그들 둘 다 바다에 던져버렸다고 진지하게 생각하고 있는 거요?"

나는 웃었다.

"아뇨. 그저 농담한 겁니다. 저도 반장님 생각과 같습니다. 리건은 별로 사이좋지 못한 부자 마누라보다 더 소중한 여자와 도망을 쳤다는 거지요. 게다가 마누라가 아직 부자인 것도 아니지요."

"부인을 만난 것 같군?"

"네. 그 여자라면 화려한 주말을 제공하겠지요. 그렇지만 꾸준히 다이어트를 해야 하는 옷을 입고 다닐 테니."

그는 뭐라고 투덜댔고 나는 그가 내준 시간과 정보에 감사하며 떠났다. 회색 플리머스 세단이 시청에서부터 내 뒤를 따라왔다. 나는 그 차가 조용한 거리에서 나를 따라잡을 기회를 주었다. 차는 그런 나의 제안을 거절했고 그래서 나는 그 차를 떨쳐버리고 내 일을 보러 갔다.

21

나는 스턴우드 가 근처로는 지나지 않았다. 나는 사무실로 돌아와 회전의자에 앉아서 다리를 흔들흔들하는 데만 열중하려고 했다. 거센 바람이 창문 안으로 들어와 옆에 있는 호텔의 석유 소각장에서 나온 연기가 공터에 휘날리는 회전초처럼 방 안으로 떠내려와 책상 위에서 맴돌았다. 나는 점심을 먹으러 나갈까 생각하다가 삶이 아주 지루하고 술을 한잔 하더라도 여전히 지루할 것이고 하루 중 어떤 때라도 혼자 술을 마시는 일은 어쨌거나 재미가 없겠거니하는 데까지 생각이 미쳤다. 이런 생각을 줄곧 하고 있을 때 노리스가 전화를 걸어왔다. 예의 조심스럽고 정중한 태도로 그는 스턴우드 장군의 기분이 그다지 좋지 않으며 신문에 난 어떤 기사를 읽어드렸더니 이제 조사가 완료된 것으로 짐작하고 있다고 했다.

"네, 가이거에 대한 것은 그렇죠. 내가 그 사람을 쏜 건 아닙니다. 아시겠지만."

내가 말했다.

"장군님께서도 말로 씨가 그랬다고 생각하지는 않으십니다."

"장군께서는 리건 부인이 걱정하던 사진에 대해서 뭔가 알고 계십니까?"

"아닙니다, 선생님. 절대 아닙니다."

"장군님이 제게 주신 게 뭔지 알고 있으시죠?"

"네, 선생님. 세 장의 어음과 명함인 것으로 알고 있습니다."

"맞습니다. 그걸 돌려드리겠습니다. 사진 말인데, 그건 제가 그냥 없애버리는 편이 나을 것 같군요."

"좋은 생각이십니다, 선생님. 리건 부인께서 어젯밤 수차례 선생님께 연락을 드리려고 했습니다."

"술에 취해서 외출중이었죠."

"네. 그러시겠죠. 잘 알았습니다. 장군님께서 제게 지시를 내리셔서 선생님께 오백 달러를 수표로 보내드리라고 하셨습니다. 그 정도면 만족스러우신지요?"

"과분한 대우로군요."

"그럼 이제 이 사건은 완전히 안전하게 끝난 것으로 생각해도 될는지요?"

"아, 그럼요. 부서진 시한 자물쇠가 달린 금고처럼 안전하게 닫힌 셈이죠."

"고맙습니다, 선생님. 우리 모두가 감사드리고 있습니다. 장군님께서 약간 기운을 차리시게 되면, 내일쯤이면 그러지 않을까 생각합니다만, 개인적으로 선생님께 감사를 표하고 싶다고 하십니다."

"좋습니다. 들러서 장군님의 브랜디를 더 맛봐도 괜찮겠지요. 샴페인을 곁들여서요."

"몇 병을 얼음에 재워놓도록 하겠습니다."

친근한 집사의 목소리에는 거의 웃음기가 어려 있었다.

그게 다였다. 우리는 작별 인사를 하고 전화를 끊었다. 옆집 커피숍에서 풍겨 나오는 향기가 매연과 함께 창가로 흘러들어 왔으나 배고프지는 않았다. 그래서 나는 사무실에 비치해둔 술을 꺼내어 한잔 마시며 여기까지 알아낸 것에 대해 스스로를 대견하게 생각했다.

나는 손가락을 꼽으며 세어보았다. 러스티 리건은 엄청난 재산과 예쁜 아내를 두고 에디 마스라는 이름의 협잡꾼과 결혼 비슷한 상태에 있는 정체 모를 금발 여인과 정처 없이 떠돌기 위해 도망을 갔다. 그는 작별 인사도 남기지 않고 갑작스럽게 사라졌으며 거기에는 여러 가지 이유가 있을 수 있다. 장군은 너무 자존심이 강해서였는지, 아니면 나를 처음 만났을 때 본 인상으로는 너무 조심스러워서인지 실종자 전담반이 이 문제를 조사하고 있다는 사실을 얘기하지 않았다. 실종자 전담반에 있는 사람들은 서 있지도 못할 만큼 그 일에 지쳐서 이제 더이상 신경쓸 만한 가치가 없다고 생각하는 것이 확실했다. 리건은 그가 하던 일을 한 거고 그건 그 자신의 일이었다. 나는 에디 마스가 단지 다른 남자가 자기가 심지어 같이 살고 있지도 않은 금발 여자와 이곳을 떴다는 이유만으로 이중 살인에 개입할 가능성은 거의 없다는 그레고리 반장의 말에 동감했다. 그 일에 기분이 언짢았을 수는 있지만, 사업은 사업이고 할리우드 일대에서는 발길에 차이는 게 집 나온 금발 여자들이다. 만약 큰 돈이 관련되어 있다면 사정은 다를 수도 있다. 그렇지만 만 오천 달러는 에디 마스에게는 큰 돈도 아닐 것이다. 그는 브로디 같은 싸구려 사기꾼이 아니다.

가이거는 죽었고 카멘은 이국적인 독주 혼합물을 마시려면 다른 수상쩍은 인물을 찾아봐야 할 것이다. 내 생각에 그녀는 별 문제 없이 찾을 것 같았다. 그녀가 할 일이라고는 구석에 5분 정도 서 있으면서 수줍은 척하기만 하면 되는 것이다. 나는 다음번에 그녀에게 낚싯바늘을 던지는 사기꾼은 그녀를 좀더 부드럽게 데리고 놀기를 바랐다. 빨리 잡아 올리는 것보다는 입질하는 것을 오랫동안 기다리기를 바랄 뿐이었다.

리건 부인은 돈을 꿀 만큼 에디 마스와 잘 아는 사이였다. 그녀가 룰렛 게임을 하고 돈을 자주 잃어줬다면 이건 당연하다. 어떤 도박장 주인이라도 좋은 고객이 구석에 몰리면 돈을 빌려줄 것이다. 이것과는 별개로 리건에 대해서 공통적으로 이해관계가 얽혀 있다는 끈끈한 유대 관계도 있다. 리건은 그녀의 남편이었고 에디 마스의 아내와 도망을 쳤으니까.

어휘력이 부족한 애송이 살인자에 불과한 캐롤 런그렌은 전기 의자에 앉게 되지는 않는다 하더라도 아주아주 오랫동안 나돌아 다니지 못하게 될 것이다. 그가 전기 의자에 앉을 리는 없었다. 그는 청원서를 낼 것이고 군의 예산은 절약이 될 것이다. 경찰은 거물급 변호사를 써야 할 것 같으면 모두 그렇게 한다. 아그네스 로젤은 현장 증인으로서 경찰의 보호 감독하에 있다. 캐롤이 청원서를 내면 경찰은 아그네스가 필요 없어질 것이고, 캐롤이 심문대에서 유죄를 인정하면 그녀를 풀어줄 것이다. 경찰은 아그네스에게 혐의점을 두고 있지 않을 뿐 아니라 가이거의 사업과 관련된 어떤 부분도 폭로하기를 원치 않기 때문이다.

그러면 나만 남는다. 나는 살인 사건 하나를 감춰두었고 24시간 동안 증거물을 은닉했지만, 여전히 체포되지 않은 자유로운 몸이며 500달러 수표가 들어오게 되어 있다. 내가 할 수 있는 똑똑한 행동이라면 한잔 더 들이키고 이 난리법석을 모두 잊어버리는 것이다.

확실히 그것이 가장 똑똑한 행동이었기 때문에 나는 에디 마스에게 전화를 걸어 오늘 저녁 라스 올린다스로 가서 그와 얘기를 나누고 싶다고 했다. 그야말로 나는 얼마나 똑똑한지.

나는 아홉시경에 그쪽으로 갔다. 높이 떠 있는 차가운 10월의 달은 해변의 안개 때문에 윗부분이 흐릿하게 보였다. 사이프러스 클럽은 마을의 맨 뒤쪽에 위치한, 무질서하게 늘어선 저택으로 한때는 드 카젠스라는 부호의 여름 별장이었고 나중에는 호텔로 변경된 곳이었다. 지금은 크고 어둡고 겉보기에는 초라한 건물로, 바람에 뒤틀린 몬터레이 사이프러스 나무가 빽빽이 늘어선 길에 위치하고 있어 그런 이름이 붙었다. 저택에는 거대하게 뻗어 있는 포치와 여기저기 늘어선 작은 포탑, 스테인드글라스로 테두리를 두른 거대한 창문들이 있었고 뒷면에는 거대한 빈 마구간이 있어서 애수 어린 몰락한 분위기를 풍겼다. 에디 마스는 집을 MGM 영화사 세트처럼 개조하는 대신에, 외관을 이 저택을 발견했을 때 그대로 놓아두었다. 나는 빛이 탁탁 튀는 아크등이 있는 거리에 주차하고 축축한 자갈이 깔린 길을 따라 현관으로 들어갔다. 더블 단추가 달린 경비복을 입은 도어맨이 나를 거대하고 어두침침하며 조용한 로비로 안내했다. 로비는 어두컴컴한 이층으로 장엄하게 휘어져 올라가는 하얀 참나무 계단으로 연결되어 있었다. 나는 모자와 코트를 맡기고 육중한 이중문 뒤에서 흘러나오는 음악과 혼란스러운 목소리들을 들으며 기다렸다. 그들은 멀리 떨어져 있는 것 같았고 이 건물 자체와 같은 세계 안에 공존하지 않는 느낌이었다. 그리고 나서 이전에 가이거의 집에서 에디 마스와 그 권투 선수와 함께 있었던, 마르고 풀 반죽처럼 창백한 금발 머리 남자가 계단 아래 문으로 들어와서 나를 보며 기운 없이 미소짓더니 나를 데리고 양탄자가 깔린 복도를 따라 사장실로 갔다.

사무실은 깊고 오래된 퇴창이 딸린 네모난 방으로, 돌로 만든 벽난로에서는 노간주나무 장작불이 나른하게 타오르고 있었다. 방은 호두나무로 징두리 널을 대었으며, 옆쪽 벽 위에는 빛바랜 능직천으로 된 장식이 둘러져 있었다. 천장은 높고 아득했다. 방 안에서는 차가운 바다의 냄새가 났다.

에디 마스의 어둡고 번쩍이는 책상은 이 방에 어울리지 않았지만, 1900년 이후에 만들어진 것이라면 무엇이든지 이 방에 어울리지 않을 것이었다. 양탄자는 플로리다의 햇살에 그을린 듯한 밝은 갈색빛이었다. 구석에는 라디오가 있고 사모바르(러시아식 차 끓이는 주전자—옮긴이) 옆에 구리 쟁반에 올려놓은 세브르 도자기(프랑스 센 강가의 마을에서 유래한 유명한 도자기의 이름—옮긴이) 다기 세트가 있었다. 나는 다기 세트가 누구를 위한 것인지 궁금했다. 구석에는 시한 자물쇠가 달린 문이 있었다.

에디 마스가 사교적인 웃음을 싱긋 지어 보이더니 악수를 하며 턱으로 금고를 가리켰다.

"이곳에서는 저게 없으면 강도떼들이 나를 만만하게 보거든."

그는 기운차게 말했다.

"지역 경찰들이 매일 아침 들러서 내가 금고를 여는 걸 감시하지. 나는 그 사람들과 협의가 되어 있어서."

"나한테 뭔가 줄 게 있다고 한 것 같은데. 무엇이오?"

"뭣 하러 서두르나? 술이나 들면서 앉아 있게나."

"서두르는 게 아니고. 당신과 내가 할 얘기가 사업 얘기 말고 또 뭐가 있겠소."

"이 술 한잔 마셔보면 마음에 들 걸세."

그는 술 두 잔을 만들어 내 잔을 빨간 가죽의자 옆에 내려놓고 자기는 책상에 기대어 서서 다리를 꼬았다. 한 손은 암청색 야회복 옆주머니에 넣고 엄지손가락을 밖으로 내놓아 손톱이 번득였다. 야회복을 입으니 회색 플란넬 양복을 입었을 때보다 약간 더 강인해 보였지만 여전히 기수 같은 데가 있었다. 우리는 술을 마셨고 서로를 보고 고개를 끄덕였다.

그가 물었다.

"이전에 여기 와본 적 있나?"

"금주령 시대에 왔었지. 도박은 영 재미없지만 말이오."

"돈 가지고 하는 게 아니지."

그는 미소지었다.

"오늘밤 들어가서 구경해보게. 당신 친구가 밖에서 룰렛에 돈을 걸고 있거든. 그녀가 오늘은 아주 잘 하고 있다고 들었네. 비비안 리건 말야."

나는 술을 조금 들이켜고 그의 이름자가 새겨진 담배 한 개비를 집어들었다.

"어제 당신이 그 일을 처리한 방식이 마음에 들었달까."

그가 말했다.

"그때는 나를 열받게 했지만, 나중에 보니 당신 말이 옳다는 걸 알겠더군. 당신과 나는 사이좋게 지내야 할 거야. 내가 얼마를 주면 되겠나?"

"뭘 한 대가로 말이오?"

"여전히 빈틈없군, 안 그래? 나도 본청에 줄이 있어. 그렇지 않고서는 내가 여기 있지도 않았겠지. 나는 있는 그대로 그 사람들에게 얘기를 들었다네. 신문에 난 대로 말고."

그는 크고 하얀 이를 나를 향해 드러냈다.

내가 물었다.

"당신이 가진 것은 어느 정도요?"

"돈 이야기를 하는 건 아니겠지?"

"정보를 주겠다고 한 걸로 아는데."

"뭐에 대한 정보 말인가?"

"기억력이 나쁘군. 리건 말이오."

"아, 그거."

그는 천장에 불빛을 내쏘고 있는 청동 램프의 조용한 빛 속에서 번득이는 손톱을 흔들었다.

"이미 정보를 가지고 있다고 들었는데. 난 당신에게 수고료를 빚진 기분일세. 나는 좋은 대접을 받으면 대가를 지불하는 데 익숙해져 있어서."

"난 돈이나 뜯어내자고 여기까지 차를 몰고 온 게 아니오. 내가 한 일에 대한 대가는 이미 받았으니까. 당신 기준으로는 별것 아니겠지만, 나도 나름대로 사업을 해서 먹고 살거든. 한 번에 고객 한 명은 좋은 법칙이지. 당신이 리건을 없애버린 건 아니겠지, 그랬소?"

"아니, 내가 그랬다고 생각했나?"

"당신이라면 능히 하고도 남으리라고 생각했지."

그는 껄껄 웃었다.

"농담 말게."

나도 껄껄 웃었다.

"물론, 농담이지. 나는 리건을 본 적은 없지만 사진을 봤소. 당신은 부하를 시켜서 이 일을 하도록 하진 않았겠지. 그리고 우리가 이 문제에 관련되어 있는 동안은 내게 총을 든 애송이를 보내서 명령하지 마시오. 나도 잔뜩 성질이 나서 한 놈 때려눕힐지도 모르니까."

그는 글라스를 통해서 벽난로 불빛을 바라보다가 잔을 책상 끝에 내려놓고 얇게 비치는 한랭사 손수건으로 입가를 닦았다.

"농담을 잘하는군. 그렇지만 내 장담컨대 자기 꾀에 넘어가고 말 거야. 진짜로는 리건에게 관심 있는 것이 아니지, 그런가?"

"그렇소. 직업적으로는 아니오. 그런 의뢰를 받은 적은 없으니까. 그렇지만 그의 소재를 알고 싶어하는 사람을 알고 있어서."

"그 여자는 눈곱만큼도 신경쓰지 않을 걸."

"그 아버지를 말한 거요."

그는 입술을 다시 닦고 손수건에 피라도 묻어 있기를 기대한 양 그것을 들여다보았다. 그는 짙은 회색 눈썹을 찡그리더니 햇볕에 탄 코 옆 부분을 긁었다.

"가이거는 장군을 협박하려고 했소. 장군이 그렇게 말씀하신 건 아니지만, 리건이 그 배후에 있지 않나 반쯤은 두려워하고 있다고 짐작했지."

에디 마스는 웃었다.

"아하, 가이거는 거의 모든 사람에게 그런 수작을 부렸지. 그건 아마 순전히 그 자 혼자의 생각이었을 거야. 그는 사람들에게, 합법적으로 보이고 실제로도 합법적인 어음을 얻어내고는 했지. 그랬지만 그들을 상대로 감히 고소할 마음은 없었을 거야. 그는 과장된 몸짓으로 꾸며 어음을 선물하고 자기는 빈손으로 남지. 그렇지만 그가 봉을 잡아 겁을 줄 수 있는 전망이 보이면 작업에 들어갔다네. 만약 봉을 잡지 못하면 그냥 다 포기해버렸네."

"영리한 녀석이군. 결국 이번에도 포기해버리려고 했겠지. 일을 포기해버리려다가 자기 목숨도 포기한 셈이 되었지만. 당신은 어쩌다가 이 모든 속사정을 알게 됐소?"

그는 짜증이 난다는 듯 어깨를 으쓱했다.

"나에게 들어오는 이야기 중 반은 몰랐으면 하는 것뿐이지. 다른 사람의 사업에 대해서 아는 것은 우리 무리에서는 최악의 투자거든. 그럼 당신이 추적하는 것이 가이거뿐이었다면 이제 이 일에서는 손 씻겠군."

"손도 씻고 돈도 받았지."

"그건 유감일세. 스턴우드 노인이 자네 같이 든든한 사람을 월급을 더 주고 고용해서 자기 딸들을 일주일에 며칠만이라도 집에 묶어둘 수 있게 했으면 더 좋았을 텐데 말이야."

"왜?"

내가 물었다.

그의 입이 부루퉁한 듯 보였다.

"그 여자들은 순전히 골칫거리야. 검은 머리 쪽 예를 들어보지. 그녀는 이 근방에서는 눈엣가시일세. 게임에서 지면 가진 돈을 다 쏟아붓고 빚을 진다니까. 결국 내가 어떠한 가격으로도 아무도 할인해주지 않을 어음만 잔뜩 끌어안고 끝나게 되지. 그녀는 용돈 받는 것 말고는 자기 재산이 없고, 노인의 유언장에 무슨 말이 쓰여 있는지는 비밀이거든. 게임에서 이길 때는 내 돈을 가지고 집으로 가버린다니까."

"그 다음날이면 되찾을 거 아니오."

"그중 일부는 되찾지. 그렇지만 장기적으로 보면 내가 손해야."

그는 마치 그 일이 내게 중요한 것이라도 되는 양 나를 진지하게 바라보았다. 왜 나한테 이런 얘기를 굳이 하는 것일까 궁금했다. 나는 하품을 하고 술을 다 들이켰다.
 "나가서 도박장이나 둘러봐야겠군."
 "그렇게 하게나."
 그는 금고 가까이에 있는 문을 가리켰다.
 "저기로 나가면 테이블 뒤쪽으로 갈 수 있어."
 "돈을 술술 잃어주는 도박꾼들이 들어가는 길로 들어가는 게 낫겠는데."
 "그러게나. 마음대로 하게. 우리는 친구지, 그렇지 않나?"
 "물론이지."
 나는 일어섰고 우리는 악수를 나누었다.
 "언젠가 자네에게 진짜로 호의를 베풀어줄 수 있을 거야. 이번에는 그레고리에게서 모든 얘기를 들었다면서."
 "그럼 그 사람하고도 줄이 닿아 있는 거군."
 "아, 그렇게까지 나쁜 건 아냐. 우린 그냥 친구지."
 나는 잠시 동안 그를 응시한 뒤 내가 들어온 문으로 향했다. 나는 문을 열자 그를 돌아보았다.
 "당신이 누군가를 시켜 회색 플리머스 세단으로 내 뒤를 밟게 한 건 아니겠지?"
 그의 눈이 급격히 커졌다. 그는 약간 충격을 받은 것처럼 보였다.
 "제길. 아냐. 내가 왜 그런 짓을 하겠나?"
 "나야 모르지."
 나는 밖으로 나갔다. 나는 그의 놀라움이 신뢰할 수 있을 만큼 진실해 보인다고 생각했다. 그는 심지어 약간 걱정스러워 보이기까지 했다. 그 이유는 전혀 생각해낼 수 없었다.

22

노란 띠를 두른 작은 멕시코인의 오케스트라가 아무도 음악에 맞춰 춤추지 않는 낮은 음조의 예쁘게만 꾸민 룸바를 연주하는데 진력이 난 것은 10시 30분경이었다. 작은 북 연주자는 손가락 끝이 쓰리기라도 한 것처럼 손가락을 문질렀고 그와 거의 동시에 담배를 물었다. 나머지 네 사람은 시간을 딱 맞춰 몸을 굽혀 의자 밑에서 마시고 있던 유리잔을 집은 뒤, 입맛을 다시며 눈을 빛냈다. 그들의 태도로만 보면 테킬라 같았지만 실제로는 미네랄 워터일 것이었다. 겉치레도 음악만큼이나 소용이 없었다. 아무도 그들을 바라보지 않았다.

그 방은 한때 무도회장이었고 에디 마스는 사업상 필요한 정도로만 그 방을 바꿔놓았다. 번쩍이는 크롬 도금도 없었고 각진 처마 밑 가장자리 테두리 뒤에는 간접 조명도 없었고 유리를 녹여 만든 그림도 없었으며, 눈이 피곤한 색깔의 가죽과 윤을 낸 금속테가 달린 의자도 없었다. 어떤 것도 전형적인 할리우드의 나이트클럽에 있을 만한 사이비의 현대적인 구경거리는 아니었다. 조명은 무거운 수정 샹들리에서 나왔고 장밋빛 능직천을 댄 벽은 여전히 같은 장밋빛 능직천이었지만 시간이 지남에 따라 약간 바래고 때가 껴서 거무칙칙하게 되었다. 이런 벽 장식은 오래 전에는 쪽나무 바닥과는 잘 어울렸겠지만 지금 그 바닥은 단지 작은 멕시코인 오케스트라가 연주하고 있는 앞쪽에 유리처럼 반들반들한 부분만 드러나 있었다. 나머지 바닥은 꽤나 가격이 나갈 듯한 무거운 장밋빛 융단으로 덮여 있었다. 쪽마루 바닥은 열두 종류의 재목으로 되어 있었는데, 버마산 티크로부터 시작해서 여섯 가지 다른 빛깔의 참나무와 마호가니처럼 보이는 불그스름한 나무를 지나 점점 빛깔이 옅어지며 캘리포니아 언덕에서 자라는 연한 색깔의 딱딱한 야생 라일락 나무까지 정확하게 교차되어 정교한 무늬를 이루고 있었다.

그 방은 여전히 아름다웠으나 이제는 박자에 맞춘 구식의 춤 대신 룰렛판이 자리잡고 있었다. 가장 먼 쪽의 벽 가까이에는 테이블이 세 개 있었다. 낮은 청동 난간이 테이블 옆을 죽 둘러 도박보조원 주위로 울타리를 치고 있었다. 세 개의 테이블 모두에서 게임이 진행되고 있었지만 사람들은 중앙의 테이블에만 몰려 있었다. 그곳에 비비안 리건의 검은 머리가 보였다. 나는 방 건너편의 바에 기대어 작은 바카르디 잔을 마호가니 나무 위에다 놓고 빙글빙글 돌렸다.

바텐더가 내 옆으로 몸을 내밀어 중앙 테이블에 몰려 있는 잘 차려입은 사람들을 보았다.

"저 여자, 오늘 밤 아주 여기 돈을 다 긁어가는군요. 저 키 큰 검은 머리 여자 말입니다."

"누구요?"

"이름은 몰라요. 여기 자주 들르는 편이지만."

"당신이 이름을 모른다는 게 말이 되나."

"전 단지 여기서 일할 뿐이죠, 손님."

그는 어떤 적의도 품지 않고 말했다.

"저 여자는 혼자예요. 같이 온 남자는 취해서 나가떨어졌거든요. 사람들이 차로 데리고 가더군요."

"내가 저 여자를 집으로 바래다줘야겠군."

"어림도 없을 겁니다. 어쨌든 행운을 빕니다. 바카르디를 더 약하게 타 드릴까요, 아니면 그냥 그대로 드시겠습니까?"

"그냥 그대로가 딱 마음에 드는군."

"저 같으면 후두염 약으로나 남겨두겠습니다."

구경꾼들이 흩어지고 야회복을 입은 두 남자가 사람들을 헤치고 나오자 비비안의 목덜미와 노출된 어깨가 보였다. 그녀는 깊게 파인 진한 녹색 벨벳 드레스를 입고 있었다. 이런 때 입기에는 너무 화려하게 보이는 옷이었다. 구경꾼들이 다시 모여들어 다시 그녀의 검은 머리 말고는 아무것도 보이지 않았다. 두 남자는 방을 가로질러 와서 바에 기대더니 스카치 소다를 주문했다. 그들 중 한 사람은 얼굴이 상기되고 흥분해 있었다. 그는 검은 테두리를 두른 손수건으로 얼굴을 닦았다. 바지 옆쪽으로 내리뻗은 두 겹의 공단 줄무늬가 하도 넓어 타이어 자국이라

해도 될 것 같았다.

"맙소사, 이제껏 저런 판은 본 적이 없어."

그는 침착을 잃은 목소리로 말했다.

"계속 빨강에만 걸어서 여덟 번 이기고 두 번 무승부라니. 저게 룰렛이야, 맙소사. 저게 바로 룰렛이라고."

"나도 몸이 근질근질하던걸."

다른 쪽이 말했다.

"한 판에 천 달러씩 걸고 있다니까. 질 수가 없어."

그들은 술잔에 입을 대고 서둘러 꼴깍꼴깍 마신 뒤 돌아갔다.

"쪼잔한 사람들은 현명한 거죠."

바텐더는 내키지 않는다는 듯이 천천히 말했다.

"한 판에 천 달러라니. 일전에 아바나에서 말상을 한 노인네를 본 적이 있는데……."

가운데 테이블이 갑자기 소란해지더니 뚜렷한 외국 억양의 목소리가 그 위로 들려왔다.

"잠깐만 참아주십시오, 마담. 이 테이블에서는 거신 돈을 다 감당할 수가 없어서요. 마스 씨가 곧 오실 겁니다."

나는 바카르디 잔을 내려놓고 어슬렁어슬렁 카펫을 가로질러 갔다. 작은 오케스트라는 다소 시끄럽게 탱고를 연주하기 시작했다. 아무도 춤추고 있지 않았으며 춤추려 하는 사람도 없었다. 나는 야회복과 이브닝 드레스, 운동복과 정장을 한 사람들 무리를 헤치고 나아가 왼쪽 끝에 있는 테이블로 갔다. 그쪽은 판이 끝나 있었다. 두 명의 도박보조원들이 그 뒤에 서서 머리를 모으고 곁눈질을 하고 있었다. 한 사람이 칩을 그러모으는 갈퀴로 무의미하게 판을 긁었다. 그들은 둘 다 비비안 리건을 보고 있었다.

긴 속눈썹이 씰룩거렸고 얼굴이 비정상적으로 하얬다. 그녀는 중앙 테이블, 정확히 룰렛 판 건너편에 앉아 있었다. 그녀 앞에는 돈과 칩이 어지럽게 널려 있었다. 꽤나 많은 돈 같았다. 그녀는 차갑고 무례하고 침착하지 못한 어조로 도박보조원에게 말하였다.

"이게 무슨 싸구려 도박판 같은 짓인지 알고 싶네요. 꾸물대지 말고 바퀴나 돌려요, 키다리 아저씨. 나는 한 판 더 할 거예요. 여기 테이블 위에 있는 돈을 다 걸 거라고요. 당신이 이길 때는 내 돈을 잽싸게도 긁어가더니, 이제 질 거 같으니까 강아지처럼 낑낑거리는군요."

도박보조원은 수천 명의 촌뜨기와 수백만의 바보를 보아온 차갑고 정중한 미소를 지어 보였다. 그의 훌륭하고 음험하며 무관심한 태도에는 흠잡을 데가 없었다. 그는 근엄하게 말했다.

"이 테이블은 거신 돈을 감당할 수가 없습니다, 마담. 만 육천 달러가 넘는 돈이 있지 않습니까."

"이건 당신 돈이에요."

여자는 조롱했다.

"되찾고 싶지 않아요?"

그녀 옆에 있는 남자가 그녀에게 무언가 말하려고 했다. 그녀는 재빨리 몸을 돌리더니 그를 향해 무언가를 내뱉었고 그는 얼굴이 뻘게져서 무리 속으로 사라졌다. 청동 난간으로 막혀 있는 막다른 곳 맨 끝 벽의 문이 열렸다. 에디 마스가 얼굴에 틀에 박힌 무관심한 미소를 띠고 문으로 들어왔다. 손을 야회복 주머니에 찔러넣고 양쪽 엄지손가락을 내놓은 채였다. 그는 이 자세를 좋아하는 것 같았다. 그는 도박보조원 뒤로 천천히 걸어오더니 가운데 테이블 귀퉁이에서 발길을 멈췄다. 그는 나른하고 고요한 어조로 말했지만 도박보조원보다는 덜 정중한 태도였다.

"무슨 문제가 있소, 리건 부인?"

비비안은 상대를 찌르기라도 할 듯이 얼굴을 그쪽으로 돌렸다. 뺨이 참을 수 없는 내면의 긴장 때문인지 굳어지는 것을 볼 수 있었다. 그녀는 그의 말에 대답하지 않았다. 에디 마스는 정중하게 말했다.

"더이상 게임을 하지 않으시겠다면, 제가 사람을 시켜서 댁까지 모셔다드리지요."

여자는 얼굴이 붉어졌다. 광대뼈가 얼굴에서 하얗게 드러났다. 그러더니 미친 듯이 웃었다. 그녀는 씁쓸하게 말했다.

"한 판 더 할 거예요, 에디. 내가 가진 전부를 빨강에 걸죠. 나는 빨간색이 좋으니까. 그건 피의 색깔이잖아요."

에디 마스는 희미하게 웃더니 고개를 끄덕이고 양복 윗주머니에 손을 넣었다. 그는 모서리에 금장식을 한 커다란 물개 가죽 지갑을 꺼내서 테이블 위로 도박보조원에게 아무렇게나 던져 주었다.

"일천 달러 단위로 부인이 건 판돈을 메꾸게. 그리고 아무도 반대하지 않으신다면, 이번 판은 오로지 저 숙녀분만을 위한 것으로 하겠습니다."

아무도 항의하지 않았다. 비비안 리건은 몸을 숙이고 양손으로 이제껏 딴 돈을 모두 룰렛판의 커다란 빨간 다이아몬드 속으로 사납게 밀어놓았다.

도박보조원은 서두르지 않고 테이블 위로 몸을 기울였다. 그는 돈과 칩을 다 세어서 차곡차곡 정리해 몇 개의 칩과 지폐만 남긴 뒤 깔끔하게 쌓아올리고 나머지는 갈퀴로 룰렛판에서 다시 밀어냈다. 그는 에디 마스의 지갑을 열고 빳빳한 천 달러 지폐 두 다발을 꺼냈다. 그는 묶인 한 다발을 뜯고 여섯 장의 지폐만 세어서 뜯지 않은 다발과 합치더니 남은 네 장의 지폐는 다시 지갑에 넣고 마치 성냥갑을 치워버리듯 무심하게 지갑을 옆으로 밀어놓았다. 에디 마스는 지갑에 손을 대지 않았다. 도박보조원 말고는 아무도 움직이지 않았다. 그는 왼손으로 바퀴를 돌렸고 가볍게 손목을 꺾어 상아 구슬을 던져넣어 구슬이 룰렛판 윗언저리를 따라 경쾌하게 돌아가도록 했다. 그러고 나서 손을 뗀 뒤 팔짱을 끼었다.

비비안의 입술이 빛을 받아 나이프처럼 반짝이는 이 아래로 천천히 벌어졌다. 구슬은 회전판의 경사를 따라 느릿느릿 흘러내려갔고 숫자 위의 크롬 간막이에 부딪쳐 튀었다. 오랜 시간이 흐르고 나서 갑자기 구슬은 딸깍 메마른 소리를 내며 움직이는 것을 멈추었다. 회전판의 속도가 느려지며 구슬은 그 주위를 따라 함께 돌았다. 도박보조원은 룰렛판이 회전하는 것을 완전히 멈출 때까지는 팔짱을 풀지 않았다.

"빨강이 이겼습니다."

그는 아무런 흥미도 보이지 않고 딱딱하게 말했다. 작은 상아 구슬은 빨강 25번에 들어가 있었다. 더블 제로에서 세번째 떨어진 숫자였다. 비비안 리건은 머리를 뒤로 젖히고 승리감에 취해 웃었다.

도박보조원은 갈퀴를 들어 천 달러 지폐 뭉치를 룰렛판 건너편으로 천천히 밀어 판돈에 더한 뒤 모든 것을 게임판에서 천천히 밀어냈다.

에디 마스는 미소짓더니 지갑을 다시 주머니에 넣고는 뒤로 돌아 벽 속에 있는 문으로 나갔다.

십여 명의 사람들이 동시에 숨을 내쉬며 바를 향해 흩어졌다. 나도 그들과 함께 물러나 비비안이 딴 돈을 긁어 모아 테이블을 떠나기 전에 방 맨 끝으로 갔다. 나는 크고 조용한 로비로 나가서 모자와 코트를 보관소 아가씨에게서 받아 들고는 그녀의 쟁반에 팁으로 25센트를 던져준 뒤 포치로 나갔다. 도어맨이 내 옆으로 불쑥 나타나 말했다.

"차를 가져다 드릴까요, 손님?"

"잠깐 산책이나 하겠소."

포치 지붕의 가장자리를 따라 있는 소용돌이 장식은 안개로 젖어 있었다. 대양 위의 벼랑까지 아무것도 보이지 않게 그늘을 드리운 몬터레이 사이프러스 나무에서 안개가 물방울이 되어 떨어졌다. 사방으로 3미터 앞도 보이지 않았다. 나는 포치 계단을 내려가 나무 사이를 거닐며 벼랑 아래에 철썩이는 파도가 안개를 씻어내는 소리가 들릴 때까지 잘 분간할 수 없는 샛길을 따라갔다. 어디서든 한 줄기 빛도 찾아볼 수가 없었다. 한때는 열두어 그루는 똑똑히 보이던 나무들도 이제는 점점 희미해졌고 안개 말고는 아무것도 보이지 않았다. 나는 왼쪽으로 빙 돌다가 차를 주차해놓은 마구간으로 가는 자갈길 쪽으로 돌아왔다. 대충 집의 윤곽을 파악하게 되었을 때 나는 멈춰섰다. 조금 앞쪽에서 한 남자가 기침하는 소리가 들렸다.

부드럽게 젖은 이끼 위라 나는 발소리를 내지 않고 걸을 수 있었다. 그 남자는 다시 기침을 했고 손수건인지 소매인지로 기침을 억눌렀다. 그가 여전히 그러고 있을 때 앞으로 다가가 그에게 접근했다. 내가 그의 모습을 분간하게 되었을 때 희미한 그림자가 샛길로 다가왔다. 남자는 고개를 돌렸다. 고개를 돌릴 때 그의 얼굴이 희끄무레하게 비쳐야만 했지만, 그렇지 않았다. 얼굴은 캄캄한 채 여전히 안 보였다. 그 위에 복면을 쓰고 있었다.

나는 나무 뒤에 숨어서 기다렸다.

23

 가벼운 발걸음, 여자의 발걸음이 보이지 않는 샛길을 따라왔고 내 앞에 있는 남자는 앞으로 움직였는데 마치 안개 속에 기대고 있는 듯했다. 처음에는 여자를 알아볼 수 없었지만 조금 후에는 희미하게 분간이 되었다. 머리를 거만하게 젖힌 모양이 낯익었다. 남자가 매우 민첩하게 앞으로 나섰다. 두 사람의 모습이 안개 속에서 섞여 안개의 일부가 된 것 같았다. 그리고 나서 잠깐 동안 죽음과 같은 고요가 흘렀다. 남자가 말했다.

 "이건 총이오, 부인. 얌전히 계시지. 소리를 질러도 안개 속에 묻힐 뿐이니까. 그 핸드백을 이리 건네주실까."

 여자는 소리를 내지 않았다. 나는 한 발짝 앞으로 나갔다. 순간 안개가 남자의 모자테 위에 스르르 흩어지는 모습이 갑작스럽게 눈에 들어왔다. 여자는 꼼짝 않고 서 있었다. 그리고 나서 여자의 숨소리가 부드러운 나무를 줄칼로 깎는 것처럼 귀에 거슬리는 소리를 내기 시작했다.

"소리쳐보시지. 그러면 내가 반 토막을 내줄 테니까."

여자는 소리치지 않았다. 움직이지도 않았다. 오히려 남자 쪽에서 움직임이 있었다. 건조하게 쿡쿡거리는 웃음소리가 들렸다.

"이리로 들어가는 편이 낫겠군."

잠금쇠가 철컥 소리를 내고 뭔가 부스럭부스럭하는 소리가 들려왔다. 남자는 몸을 돌려 내가 숨어 있는 나무 쪽으로 왔다. 서너 걸음 발을 뗐을 때 그는 다시 쿡쿡거리기 시작했다. 그 웃음소리를 듣자 내 기억 속에서 무언가가 떠올랐다. 나는 주머니에서 파이프를 꺼내어 총인 양 쥐었다.

나는 부드럽게 불렀다.

"이봐, 래니."

남자는 죽은 듯 멈춰 서서 서서히 손을 들어올리기 시작했다. 나는 말했다.

"아니, 그런 짓은 그만 둬, 래니. 지금 넌 내 사정거리 안에 있거든."

아무것도 움직이지 않았다. 샛길 뒤쪽에 서 있던 여자도 움직이지 않았다. 나도 움직이지 않았다. 래니도 움직이지 않았다.

"백을 자네 다리 사이에 내려놔, 애송이. 천천히 부드럽게."

그는 허리를 굽혔다. 나는 뛰어나가 그가 여전히 허리를 굽히고 있을 때 다가갔다. 그는 숨을 거칠게 몰아쉬며 나에 대항

해서 몸을 죽 펴려고 했다. 그의 손에는 아무것도 없었다.
"나를 얕본 모양이지."
나는 그에게 몸을 기대고 오버코트 주머니 속에서 총을 꺼냈다. 나는 그에게 말했다.
"누군가가 항상 내게 총을 주는군. 총이 한두 개가 아니라 어찌나 무거운지 구부정하게 걸어야 할 지경이라니까. 이제 가보게."
우리의 숨결이 만나서 얽혔고 우리의 눈은 담벽 위에서 서로 노려보는 두 마리 수코양이의 눈과 같았다. 나는 뒤로 물러섰다.
"갈 길 가보게, 래니. 억하심정 갖지 말고. 자네가 잠자코 있으면 나도 잠자코 있겠네. 알겠나?"
"알았어."
그가 탁한 목소리로 말했다.
안개가 그의 모습을 삼켰다. 그의 발소리가 점점 희미하게 들리더니 곧 아무 소리도 들리지 않았다. 나는 가방을 주워서 그 안을 더듬어본 후 샛길 쪽으로 다가갔다. 그녀는 여전히 거기 꼼짝 않고 서서 회색 모피 코트의 목 부분을 장갑 끼지 않은 손으로 꼭 부여잡고 있었다. 손에서 반지가 희미하게 빛났다. 그녀는 모자를 쓰지 않고 있었다. 가운데 가르마를 탄 검은 머리는 밤의 어둠의 일부가 되어 있었다. 그녀의 눈도 그랬다.
"멋진 솜씨군요, 말로 씨. 이제 제 경호원이 되셨나요?"
그녀의 목소리에는 매서운 어조가 섞여 있었다.
"그렇게 볼 수도 있겠지. 여기 핸드백이오."

그녀는 백을 받았다.

"차 가지고 왔소?"

그녀는 웃었다.

"나는 어떤 남자랑 같이 왔어요. 당신은 여기서 뭐하는 거죠?"

"에디 마스가 보자고 해서."

"당신이 그와 아는 사이인 줄은 몰랐네요. 어째서요?"

"당신에게는 말해줘도 괜찮겠지. 그 친구는 내가 자기 아내와 도망쳤다고 생각하는 남자를 찾아다녔다고 생각하는 모양이더군."

"정말 그랬나요?"

"아니."

"그럼 여긴 왜 온 거죠?"

"어째서 내가 자기 마누라와 도망갔다고 생각하는 누군가를 찾고 있다고 생각했는지 알아보려고."

"그래서 왜인지 알았나요?"

"아니."

"당신은 라디오 아나운서처럼 정보를 흘리고 다니네요. 그 일은 내가 상관할 바가 아니에요. 그 남자가 내 남편이라고 해도 말이죠. 당신은 그 일에 관심이 없는 줄 알았는데요."

"사람들이 나한테 끊임없이 그 일을 던져주더라고."

그녀는 짜증이 나서 이를 딱딱 맞부딪쳤다. 총을 든 복면 괴한의 사건은 그녀에게는 전혀 인상적이지 않은 것 같았다.

"그럼, 나 좀 차고로 데려다줘요. 내 동행을 한번 봐야겠군요."

우리는 샛길을 걸었고 건물 모퉁이를 돌자 전방에 불빛이 보였다. 그러고 나서 다시 모퉁이를 하나 더 돌자 두 개의 투광조명등이 환하게 비추고 있는 사방이 막힌 마구간에 이르렀다. 그 앞은 여전히 벽돌이 깔려 있고 중간의 격자문까지는 완만히 경사가 져 있었다. 차들이 불빛에 번쩍거렸으며 갈색 작업복을 입은 남자가 걸상에서 일어나서 앞으로 다가왔다.

"내 남자 친구는 아직도 곤드레만드레 취한 상태인가요?"

비비안은 그에게 꾸밈없이 물었다.

"그런 것 같습니다, 아가씨. 그 분 위에 모포를 덮어주고 창문을 열어두었습죠. 괜찮으신 것 같습니다. 그냥 휴식을 취한다고 할까요."

우리는 커다란 캐딜락 쪽으로 다가갔고 작업복을 입은 남자가 뒷문을 열어주었다. 넓은 뒷좌석에 턱까지 바둑판무늬 모포를 뒤집어쓴 남자가 입을 헤벌리고 코를 골면서 아무렇게나 널브러져 누워 있었다. 그는 술을 한 동이는 들이마실 듯한 커다란 금발 남자였다.

"래리 코브 씨예요."

비비안이 말했다.

"코브 씨, 이쪽은 말로 씨."

나는 투덜거렸다.

"코브 씨가 내 동행이에요. 정말 멋진 동행이죠? 코브 씨는 얼마나 세심한지 몰라요. 당신은 이 사람이 말짱한 정신일 때 봐야 해요. 나 자신이 이 사람이 말짱한 정신이 들 때 봐야겠군요. 누군가는 이 사람이 말짱한 정신이 들 때 봐야 하지요. 제 말뜻은, 기록하기 위해서란 거예요. 어차피 역사의 한 부분이 될 것이고 잠깐 반짝이는 순간이 지난 후에는 시간에 곧 묻혀 버릴 테니까요. 그렇지만 사람들은 절대로 잊지 않을 거예요. 래리 코브 씨가 말짱한 정신일 때도 있었다, 이렇게요."

"그렇군."

"나는 심지어 이 사람이랑 결혼할 생각을 한 적도 있었어요."

그녀는 이제서야 습격받은 충격이 실감나기 시작하는 듯 몹시 긴장된 목소리로 말을 이었다.

"즐거운 일이라고는 하나도 떠오르지 않았던 이상한 시절에 말에요. 그런 시기가 누구에게나 찾아오잖아요. 돈은 많죠, 아시겠지만, 요트도 있고 롱아일랜드에도 별장이 있고 뉴포트에도 별장, 버뮤다에도 별장이 있어요. 고급 스카치 위스키 병이 여기저기 떨어져 있는 것처럼 전 세계 어디나 여기저기 별장이 흩어져 있다니까요. 하기는 코브 씨에게는 위스키 한 병 정도야 그리 멀리 있지도 않을 거예요."

"그렇군. 그를 집에까지 데려다줄 운전사는 있소?"

"'그렇군'이라고 말하지 말아요. 천박하게 들리니까."

그녀는 눈썹을 치켜올리며 말했다. 작업복을 입은 남자가 자기 아랫입술을 질겅질겅 씹고 있었다.

"오, 물론 의심할 바 없이 운전사야 한 소대 정도는 있죠. 그 사람들 아마도 반짝이는 단추와 빛나는 제복에 티없이 하얀 장갑을 끼고 차고 바로 앞에 조별로 모일 거예요. 사관 생도처럼 우아하게요."

"그럼, 이 운전사는 지금 대체 어디 있는 거요?"

"그 손님, 오늘은 직접 차를 몰고 오셨습죠."

작업복을 입은 남자가 거의 사과하다시피 말했다.

"제가 손님 댁으로 전화를 드려서 누군가 마중나오도록 하겠습니다."

비비안은 몸을 돌려 그가 마치 자기에게 다이아몬드 왕관을 선사하기라도 한 것처럼 미소를 지어 보였다.

"그렇게 해주면 정말 좋겠군요. 그렇게 해주겠어요? 난 정말로 코브 씨가 저처럼 입을 쩍 벌리고 죽기를 바라지 않는답니다. 그러면 다른 사람들은 그가 갈증 때문에 죽었을지도 모른다고 생각할 테니까요."

작업복을 입은 남자가 말했다.

"저분 입 냄새를 맡아보면 그런 생각은 안 할 겁니다, 아가씨."

그녀는 지갑을 열더니 지폐를 한 움큼 집어서 그에게 내밀었다.

"이분 잘 돌봐드리세요."

"이런."

남자는 눈이 튀어나왔다.

"물론입죠, 아가씨."

"내 이름은 리건이에요."

그녀가 상냥하게 말했다.

"리건 부인이죠. 나를 다시 보게 될 거예요. 여기 온 지 얼마 안 됐죠, 그렇지 않나요?"

"네. 얼마 안 됐습죠."

그는 돈을 한 주먹 움켜쥐느라 정신이 없었다.

"여기를 좋아하게 될 거예요."

그녀는 내 팔을 잡았다.

"우리, 당신 차 타고 가요, 말로 씨."

"내 차는 바깥 길가에 있는데."

"난 괜찮아요, 말로 씨. 나는 안개 속에서 산책하는 것을 좋아하니까. 재미있는 사람들도 만날 수 있고."

"바보 같은 소리."

비비안은 내 팔을 잡자 몸을 떨기 시작했다. 그녀는 차로 걸어가는 내내 나를 꼭 잡고 있었다. 차에 이르자 몸이 떨리는 것이 멎었다. 나는 건물에서 안 보이는 쪽에 있는 구불구불한 가로수 길 아래로 차를 몰았다. 그 길은 라스올린다스의 주 도로인 드카젠스 대로로 통해 있었다. 빠직거리는 골동품 아크등 아래를 지나자 한동안 마을과 건물들, 죽은 듯 잠잠한 상점들, 야간 초인종 위로 등이 켜진 주유소가 나왔고 마침내 아직 문을 연 드러그스토어를 찾아냈다.

"당신은 술 한잔 하는 게 좋겠소."

내가 말했다. 그녀는 턱을 움직였다. 좌석 구석에 웅크린 창백한 점으로만 보였다. 나는 커브길 안으로 비스듬히 차를 돌려 세웠다.

"블랙 커피에 라이 위스키를 몇 방울 섞으면 괜찮을 거요."

"뱃사람 두 명분만큼은 마실 수 있을 것 같네요. 그러면 좋겠어요."

나는 그녀를 위해서 문을 잡아주었고 그녀는 내게 몸을 바짝 붙이며 나왔다. 머리카락이 내 뺨을 쓰다듬었다. 우리는 드러그스토어로 들어갔다. 나는 반 리터 정도의 라이 위스키를 주류 판매대에서 사서 간이 의자로 들고 가 금이 간 대리석 카운터 위에 올려놓았다.

"커피 두 잔 주시오. 블랙으로 진하게. 올해 나온 걸로."

"여기서는 술을 마실 수 없습니다."

점원이 말했다. 그는 많이 빨아서 해어진 푸른 작업복을 입은 남자로, 정수리에 머리숱이 적었고 비교적 고지식한 눈을 하고 있었다. 그의 턱은 잘못 보고 벽에 부딪힐 일이 없을 것 같았다.

비비언 리건은 가방에 손을 넣어 담뱃갑을 하나 꺼내더니 남자들처럼 흔들어서 담배를 두 개비 꺼냈다. 그녀는 내게 담배를 내밀었다.

"여기서 술을 마시면 법에 저촉됩니다."

점원이 말했다.

나는 담뱃불을 붙이고 그의 말에는 신경도 쓰지 않았다. 그는 변색된 주석 주전자에서 커피를 두 잔 따르더니 우리 앞에 놓았다. 그는 라이 위스키 병을 보고서는 속으로 웅얼대더니 지친 듯이 말했다.

"알았어요. 술을 따를 때 내가 망을 보죠."

그는 가서 우리 쪽으로 등을 돌리고 귀를 쫑긋 세운 채 진열창 옆에 섰다.

"불법적인 일을 하려니 심장이 덜덜 떨리는군."

나는 이렇게 말하고 위스키 병 마개를 비틀어 따서 커피에 부었다.

"이 지역 경찰들은 정말 환상적이지. 금주령 시대에도 에디 마스의 영업장은 나이트클럽이었는데 매일 밤 로비에서 정복 경찰 두 명이 지켰다니까. 사람들이 영업장에서 술을 사는 대신에 자기 술을 숨겨가지고 올까봐."

점원이 갑자기 몸을 돌려 카운터 뒤로 돌아와 드러그스토어의 작은 유리 창문 뒤로 들어갔다.

우리는 술을 섞은 커피를 홀짝거렸다. 나는 커피 주전자 뒤에 붙은 거울 속 비비안의 얼굴을 보았다. 단정하고 창백하고 아름답고 야성적이었다. 그녀의 입술은 붉었고 잔혹했다.

"당신은 사악한 눈을 가졌군. 에디 마스가 당신에 대해서 쥐고 있는 게 뭐요?"

거울 속에서 비비안이 나를 보았다.

"오늘 밤 룰렛에서 그에게 어마어마한 돈을 땄죠. 그에게 어제 빌린 오천 달러를 밑천으로 시작했지만 그 돈을 쓸 필요도 없었어요."

"그가 열 받을 만하군. 그가 그 양아치를 보낸 거라고 생각하오?"

"양아치가 뭐죠?"

"총을 휘두르는 작자요."

"당신도 양아치인가요?"

"물론이오."

나는 웃었다.

"그렇지만 정확하게 말하자면 울타리의 잘못된 쪽에 있는 자를 말하는 거요."

"난 종종 잘못된 쪽이라는 게 있기는 하나 의문이 가요."

"화제를 벗어나고 있군. 에디 마스가 당신에 대해서 쥐고 있는 게 뭐냐는 거요."

"내 약점 같은 거요?"

"그렇소."

그녀의 입술이 말려들어갔다.

"더 재치있는 얘기해봐요, 말로 씨. 훨씬 더 재치 있게 할 수 있잖아요."

"장군은 어떠시오? 나는 재치 있는 척할 마음은 없소."

"그다지 좋지 않아요. 오늘은 일어나지도 못하셨어요. 적어도 그만 캐물을 수는 있겠죠."

"언젠가 내가 당신에 대해 똑같은 생각을 하던 때가 생각나는군. 장군이 얼마나 알고 계시오?"

"아마 모든 걸 알고 계실 거예요."

"노리스가 그에게 말했을까?"

"아뇨. 지방 검사 와일드가 아버지를 보러 왔었어요. 그 사진 태워버렸어요?"

"물론이오. 동생 걱정을 하는군, 그렇지 않소? 가끔씩은 말이지."

"그 애가 내 걱정거리의 전부 같아요. 아빠에 대해서도 나름대로 걱정하기는 하지요. 걱정거리를 아버지에게 안겨드리지 않으려고."

"아버님은 환상 같은 건 별로 갖고 있지 않을 거요. 그렇지만 여전히 자긍심은 가지고 계시겠지."

"우리는 아빠의 혈육이에요. 그게 빌어먹을 노릇인 거죠."

그녀는 거울 속에서 깊고 아련한 눈으로 나를 응시했다.

"아빠가 당신 혈육을 경멸하면서 돌아가시게 하고 싶지는 않아요. 항상 야성적인 혈통이기는 했지만 그렇다고 항상 썩어빠진 혈통은 아니었거든요."

"지금은 그렇다는 거요?"

"당신이 그렇게 생각하는 것 같던데요."

"당신은 아니오. 당신은 그냥 자기 역할을 할 뿐이지."

그녀는 눈을 내리깔았다. 나는 커피를 좀더 마신 뒤 우리를 위해서 담배 한 개비 더 불을 붙였다.

"그래서 당신, 사람도 쏘는군요."

그녀는 조용하게 말했다.

"당신은 살인자예요."

"내가? 어째서?"

"신문과 경찰이 잘 조작했더군요. 그렇지만 난 신문에서 읽은 것을 다 믿지는 않아요."

"아, 당신은 내가 가이거나 브로디, 아니면 둘 다 처리했다고 생각하는군."

그녀는 아무 말도 하지 않았다.

"그럴 필요도 없었소. 하긴 내가 저지르고 안 걸리고 넘어간 것으로 해도 이상할 건 없지. 둘 중 어느 쪽도 나한테 총알을 날리는 데 주저하지 않았을 걸."

"그러니, 당신은 뼛속까지 살인자인 거예요, 모든 경찰들처럼."

"바보 같은 소리."

"푸줏간 주인이 고기를 도살하는 정도의 감정밖에 느끼지 못하는 그런 종류의 음험하고 무섭게 말이 없는 남자 중 하나. 난 당신을 처음 봤을 때 알았어요."

"당신은 달리 알 만큼 수상쩍은 친구들을 많이 알 텐데."

"그 사람들은 당신에 비하면 부드러워요."

"고맙소, 아가씨. 당신이야말로 영국식 머핀처럼 말랑말랑해 보이지는 않아."

"이 썩어빠진 작은 동네를 나가죠."

계산을 하고 위스키 병을 주머니에 넣고서 우리는 떠났다. 점원은 여전히 나를 좋아하지 않았다.

우리는 라스올린다스를 빠져나가 파도가 몰아치는 백사장 위에 지어진 오두막 같은 작은 집들과 그 뒤편 언덕 위에 지어진 더 커다란 저택들이 있는 축축한 해변가의 작은 마을들을 계속해서 지나갔다. 여기저기 노란 창문에서 빛이 흘러나왔지만 대부분의 집들이 어두웠다. 해초 냄새가 물가에서 밀려와 안개 속에 떠돌았다. 자동차 바퀴는 습기찬 콘크리트 대로 위에서 노래 부르듯 달려갔다. 세상은 흠뻑 젖은 공허 그 자체였다.

델레이 근처에 가까워질 무렵 드러그스토어를 떠난 이후 처음으로 그녀가 내게 말을 걸었다. 그녀는 깊은 곳에서 뭔가 치밀어 오르는 듯 소리 죽여 말했다.

"델레이 비치 클럽 옆으로 내려가요. 바다를 보고 싶어요. 다음 거리에서 왼쪽으로."

교차로에서는 노란 불빛이 깜박거렸다. 나는 차를 돌려 한쪽에 깎아지른 듯한 높은 절벽이 있는 언덕 밑으로 미끄러져 가서 도시간 도로를 지나 오른쪽으로 돌았다. 낮게 뿔뿔이 흩어진 불빛들이 도로 저 멀리 보였고, 부두 불빛의 반짝임도 도시 위에 떠도는 하늘의 달무리도 저 멀리에 있었다. 그쪽에는 안개가 거의 걷혀 있었다. 도로를 가로질러 나 있는 길은 절벽 아래로 뻗어 있었고 단정하게 펼쳐진 해변가에 접하는 부두의 자갈 깔린 고속도로의 자락에 이어져 있었다. 차들은 바다를 보고 보도를 따라 주차되어 있었고 모두 캄캄했다. 비치 클럽의 불빛은 몇 킬로미터 떨어져 있었다.

나는 차를 커브길 옆에 세우고 헤드라이트를 끈 뒤 손을 운전대 위에 올려놓은 채 앉아 있었다. 점점 옅어지고 있는 안개 아래로, 의식의 언저리에서 형체를 갖추고자 하는 생각마냥 아무런 소리가 없이 파도가 밀려오고 거품이 일었다.

"더 가까이 와요."

여자가 탁한 목소리로 말했다.

나는 운전대 뒤에서 좌석의 중간 정도로 움직였다. 그녀는 창문을 내다보는 것처럼 몸을 내게서 약간 돌렸다. 그러고 나서 그녀는 소리도 내지 않고 뒤로, 내 팔 안으로 쓰러졌다. 머리가 거의 운전대에 닿을 지경이었다. 눈은 감은 채였고 얼굴은 어슴푸레했다. 그리고 나는 그녀가 눈을 뜨고 깜박거리는 것을 보았다. 두 눈이 발하는 빛이 어둠 속에서도 똑똑히 보였다.

"나를 꼭 안아줘요, 잔인한 사람."

나는 처음에는 그녀의 몸에 느슨하게 팔을 둘렀다. 여자의 머리카락이 내 얼굴에 닿아 까칠까칠한 감촉을 남겼다. 나는 팔에 힘을 주어 여자를 들어올렸다. 나는 그녀의 얼굴을 천천히 내 얼굴 쪽으로 가져왔다. 그녀의 눈꺼풀이 나방의 날개처럼 빠르게 파닥였다.

나는 강하고 짧게 그녀에게 키스를 했다. 그리고 나서는 오랫동안 매달리는 듯한 키스를 했다. 그녀의 입술이 내 입술 아래에서 벌어졌다. 여자의 몸이 내 팔 안에서 떨리기 시작했다.

"살인자."

그녀는 부드럽게 말했고 그 숨결이 내 입속으로 들어왔다.

나는 그녀의 몸의 전율이 내 몸까지 떨리게 할 때까지 그녀를 꼭 끌어안았다. 나는 그녀에게 계속 키스를 했다. 오랜 시간이 지나고 그녀는 말할 수 있을 만큼 고개를 한쪽으로 돌렸다.

"어디 살아요?"

"호바트 암스. 켄모어 근처의 프랭클린 가요."

"한 번도 본 적이 없어요."

"보고 싶소?"

"네."

그녀는 숨을 헐떡였다.

"에디 마스가 쥔 당신 약점이 뭐요?"

여자의 몸이 내 팔 안에서 굳어졌고 숨소리가 거칠어졌. 그녀는 머리를 젖혀 흰자위가 드러나도록 크게 뜬 눈으로 나를 쏘아보았다.

"그래, 이런 식인 거군요."

그녀는 부드럽고 활기 없는 목소리로 말했다.

"이런 식이지. 키스는 좋았지만, 당신 아버지가 당신하고 자라고 나를 고용한 건 아니니까."

"개자식."

그녀는 감정의 동요없이 침착하게 말했다.

나는 그녀의 얼굴에 대고 웃었다.

"내가 고드름이라도 된다고 생각하지는 마오. 나는 장님도 아니고 감각이 마비된 것도 아니오. 내게도 다른 남자처럼 더운 피가 흐르지. 하지만 당신은 너무 쉬워. 빌어먹게도 너무 쉽단 말이야. 에디 마스가 쥔 당신 약점은 뭐요?"

"그 말을 다시 한 번 한다면, 비명을 지르겠어요."

"어서 질러보시지."

그녀는 움찔 차 구석으로 물러나더니 몸을 곧추 세웠다.

"남자들은 이처럼 사소한 일로 총을 맞기도 해요, 말로 씨."

"남자들은 실질적으로 아무것도 아닌 일에도 총을 맞기도 하지. 우리가 처음 만났을 때 나는 당신에게 내가 탐정이라고 말했소. 당신 예쁜 머릿속을 잘 더듬어봐요. 나는 일을 하고 있는 거요, 부인. 놀고 있는 게 아니라고."

그녀는 가방 속을 뒤져 손수건을 꺼내서 머리를 내 쪽으로 돌린 채 손수건을 물어뜯었다. 손수건이 찢어지는 소리가 내게도 들렸다. 그녀는 천천히 오랜 시간을 들여 손수건을 이로 찢었다.

"왜 그가 내 약점을 쥐고 있을 거라고 생각한 거죠?"

그녀는 속삭였다. 손수건 때문에 소리는 잘 들리지 않았다.

"그는 당신이 엄청난 돈을 따게 해놓고도 돈을 되찾아 오라고 총잡이를 보냈소. 당신은 전혀 놀라는 척도 안 하더군. 심지어 당신을 구해준 것에 대해서 내게 고마워하지도 않았소. 나는 이 모든 일이 일종의 연기라고 생각하오. 잘난 척 좀 하자면. 그냥 이 모든 게 적어도 부분적으로는 내게 도움이 되었달까."

"당신은 그가 마음대로 이기고 질 수 있다고 생각하는군요."

"물론이지. 큰돈 단위로 걸어야 하는 판에서는 다섯 번에 네 번은 그렇겠지."

"내가 당신을 속속들이 혐오한다고 말해야 하나요, 탐정 나리?"

"당신은 내게 빚진 게 아무것도 없소. 나는 수고료를 받았으니까."

그녀는 갈기갈기 찢긴 손수건을 차창 밖으로 내던졌다.

"당신, 여자들에게 참 다정하기도 하군요."

"당신하고 키스한 건 좋았소."

"머리를 아주 잘 돌리네요. 그건 기분이 좋군요. 당신에게 축하를 드릴까요, 아니면 우리 아버지에게?"

"당신하고 키스한 건 좋았소."

그녀는 얼음 같은 목소리로 천천히 말했다.

"나를 여기서 데리고 나가줘요. 그 정도 친절한 마음은 있겠죠. 이제는 집에 가고 싶네요."

"내 여동생이 되어줄 마음은 없소?"

"면도날이라도 있었다면 당신 목을 그어버렸을 거예요. 그 속에 뭐가 흐르는지 보고 싶어서라도."

"송충이의 피겠지."

내가 말했다.

나는 차의 시동을 걸고 차를 돌려 고속도로로 이어지는 도시 간 도로를 가로질러 시내로 진입한 뒤 웨스트 할리우드 쪽으로 올라갔다. 비비안은 내게 말을 걸지 않았다. 그녀는 돌아오는 내내 거의 움직이지도 않았다. 나는 문으로 들어가 움푹 파인 진입로를 올라 저택의 차 대는 곳까지 갔다. 그녀는 차문을 왈칵 열더니 차가 완전히 멈추기도 전에 내렸다. 그녀는 그때까지도 아무 말 하지 않았다. 그녀가 초인종을 울린 후 문에 기대서 있을 때 나는 그녀의 등을 바라보았다. 문이 열리고 노리스가 내다보았다. 그녀는 잽싸게 그를 밀치고 들어가 사라졌다. 문이 쾅 소리를 내면서 닫혔고 나는 그것을 보면서 그 자리에 앉아 있었다.

나는 다시 주차 진입로를 따라 내려와 집으로 갔다.

24

 이번에는 아파트 로비에 아무도 없었다. 내게 명령을 전달하러 분재 야자수 아래서 기다리는 총잡이는 없었다. 내가 사는 층까지 엘리베이터를 타고 올라가서 문 뒤에서 들려오는 한껏 낮춘 라디오 음악 소리에 맞춰 복도를 따라 걸어갔다. 나에겐 술이 필요했으므로 한잔 마시기 위해서 서둘렀다. 나는 문으로 들어가면서 불을 켜지 않았다. 곧장 간이 부엌으로 향하다가 일이 미터 정도 지났을 때 발길을 멈췄다. 무언가 이상했다. 무언가 향기 같은 것이 공중에 떠돌고 있었다. 창문에 커튼이 내려져 있었고 거리의 불빛이 틈으로 스며들어와 방 안을 어슴푸레하게 비추었다. 나는 꼼짝 않고 서서 귀를 기울였다. 공기 중의 향기는 향수 냄새였다. 진하고 넌더리나는 향수 냄새.

 소리는 전혀 나지 않았다. 눈이 어둠에 좀더 익숙해지자 나는 거기 있어서는 안 될 무언가를 마룻바닥 건너편에서 보았다. 나는 물러서서 엄지손가락으로 벽의 스위치를 더듬어 불을 켰다.

침대가 내려와 있었다. 침대 속에서 무언가가 킥킥댔다. 금발 머리가 내 베개를 누르고 있었다. 아무것도 걸치지 않은 양팔이 뻗어 나오고 그 끝에 달린 손이 금발 머리 꼭대기에 얹혀져 있었다. 카멘 스턴우드가 내 침대에 누워서 나를 보며 킥킥대고 있었다. 곱슬거리는 황갈색 머리카락은 일부러 신경써서 그렇게 꾸며놓기라도 한 듯 베개에 물결치며 펼쳐져 있었다. 나를 엿보는 그녀의 회색눈은 평소와 다름 없이 총신 뒤에서 나를 넘겨다보는 것같은 기분이 들게 했다. 그녀는 미소지었다. 작고 날카로운 이가 반짝거렸다.

"나 귀엽죠?"

나는 매섭게 말했다.

"토요일 밤의 필리핀 사람처럼 귀엽군."

나는 바닥에 놓인 램프로 다가가 스위치를 켜고 천장 불을 끄러 돌아갔다가 다시 방을 가로질러 램프 아래 카드 테이블로 다가갔다. 체스판에 놓인 수에는 문제가 있었다. 여섯번째 수를 움직이는 문제였다. 내가 가진 다른 문젯거리와 마찬가지로 나는 이 문제도 풀 수 없었다. 나는 손을 뻗어 기사를 움직이고는 모자와 코트를 벗어 아무 데나 던져놓았다. 이러는 동안 내내 부드럽게 킥킥대는 소리가 침대에서 계속 흘러나오고 있었으며, 그 소리를 들으니 오래된 집의 널빤지 뒤에 숨어 있는 생쥐가 생각났다.

"내가 어떻게 들어왔는지 꿈에도 모를 걸요."

나는 담배를 하나 꺼내고 차가운 눈으로 그녀를 보았다.

"알 것 같은데. 열쇠 구멍으로 들어왔겠지, 피터 팬처럼."

"그게 누군데요?"

"아, 그냥 도박장을 돌아다니다가 알게 된 남자야."

그녀는 킥킥댔다.

"당신은 참 귀엽네요."

나는 입을 열었다.

"그 엄지손가락 말인데."

그러나 카멘이 선수를 쳤다. 내가 그녀에게 깨우쳐줄 필요도 없었다. 그녀는 머리 뒤에서 오른손을 꺼내 엄지손가락을 빨면서 아주 동그랗고 장난기 가득한 눈으로 나를 쳐다보았다.

"나 홀딱 벗었어요."

내가 담배를 피우면서 그녀를 잠시 동안 쳐다보자 카멘이 말했다.

"정말, 내 마음속에도 그런 생각이 숨어 있었지. 생각을 더듬어보고 있었다니까. 네가 말할 때 막 생각해내려던 참이었어. 일 분만 더 있었으면 '너 홀딱 벗었지' 하고 말할 뻔했다니까. 나는 언제나 침대 속에서는 덧신을 신고 있거든. 갑자기 양심의 가책을 느껴서 깨어날 때면 도망쳐야 하니까 말야."

"당신 귀여워요."

카멘은 새끼 고양이같이 고개를 약간 꼬았다. 그녀는 머리 밑에서 왼손을 꺼내서 이불을 붙잡더니 드라마틱하게 잠깐 멈췄다가 이불을 옆으로 젖혔다. 그녀는 그야말로 홀딱 벗고 있었다. 여자는 전등빛 아래서 침대에 누워 벌거벗은 채 진주처럼 반짝이고 있었다. 스턴우드 집안의 딸들이 둘 다 오늘 밤 내게 총구를 돌리고 있었다.

나는 아랫입술의 가장자리에서 담배 찌꺼기를 끄집어냈다.

"멋지군. 그렇지만 나는 이미 실컷 봤으니까. 기억나? 나는 네가 옷을 하나도 안 입고 있을 때마다 찾아내는 남자라고."

그녀는 좀더 킥킥 웃더니 자기 몸을 다시 가렸다.

"그래, 어떻게 들어왔지?"

나는 카멘에게 물었다.

"관리인이 들여보내줬어요. 그 사람에게 당신 명함을 보여줬거든요. 비비안 언니한테서 훔쳤어요. 나는 그 사람에게 당신이 나보고 여기 와서 기다리라고 했다고 말했어요. 나는, 나는 신비로워 보였거든요."

그녀는 즐거움으로 빛나고 있었다.

"깔끔한 솜씨인데. 관리인들이라는 게 그렇다니까. 이제 네가 어떻게 들어왔는지 알았으니까 어떻게 나갈지도 좀 알려주지 그래."

그녀는 킥킥 웃었다.

"안 나갈 거예요…… 오랫동안 안 나갈 거예요…… 나는 여기가 좋아요. 당신도 귀엽고요."

"이봐."

나는 담배 끝으로 그녀를 가리켰다.

"네 옷을 다시 입혀주게 하지 마. 난 지쳤다고. 네가 내게 제공해준 것은 다 감사하게 생각해. 내가 받아들일 수 있는 것 이

이었어. 도그하우스 라일리는 친구를 그런 식으로 실망시키지는 않아. 난 네 친구잖아. 난 너를 실망시키지는 않을 거야, 너 자신이 실망시킬지는 몰라도. 너와 나는 친구로 지내야 하는데 이건 친구로 지내는 방식이 아니지. 이제 착한 소녀처럼 옷을 입겠지?"

그녀는 고개를 가로저었다.

"이봐."

나는 계속 힘들여 말했다.

"너 실제로는 나한테 아무 관심 없잖아. 그냥 나한테 스스로 얼마나 못된 아이인지 보여주고 싶을 뿐이지. 그렇지만 보여줄 필요도 없어. 이미 알고 있으니까. 나는 네가 그러고 있을 때마다……."

"불을 꺼요."

그녀가 킥킥댔다.

나는 담배를 마룻바닥에 던지고 그걸 발로 비벼 껐다. 손수건을 꺼내어 손바닥을 닦았다. 나는 한 번 더 시도했다.

"옆집의 이목이 무서워서가 아니라고. 사람들은 별로 신경 쓰지도 않으니까. 아파트라면 어디나 길 잃은 매춘부가 많고 한 명 더 있다고 해서 건물이 흔들리는 것도 아니지. 이건 그냥 직업적 자존심의 문제야. 너도 알겠지, 직업적인 자존심. 나는 네 아버지를 위해서 일해. 그분은 편찮으신 분이고 아주 쇠약해져서 무기력하지. 그분은 내가 어리석은 수작은 부리지 않을 거라고 믿고 계시다고. 부탁인데 옷 좀 입겠어, 카멘?"

"당신 이름은 도그하우스 라일리가 아녜요. 필립 말로잖아요. 날 속일 생각 말아요."

나는 체스판을 내려다보았다. 기사를 움직인 건 나쁜 수였다. 나는 말을 원래 있던 자리로 물렸다. 기사는 이 게임에서 아무런 의미가 없었다. 이것은 기사들을 위한 게임이 아니었다.

나는 다시 카멘을 보았다. 그녀는 지금 꼼짝 않고 누워 있었다. 얼굴은 베개에 대조되어 창백했고 눈은 가뭄 속의 빗물통처럼 크고 어둡고 텅 비어 있었다. 손가락이 다섯 개 달리기는 했지만 엄지손가락 없는 손으로 이불을 쉴 새 없이 뒤적였다. 여자의 내면 어딘가에서 모호하게 의심이 피어오르기 시작하는 기색이 엿보였다. 그녀는 아직도 그 사실을 모르고 있었다. 그들의 육체에 무릎 꿇지 않는 남자가 있다는 사실을 깨닫는 것은 여자들에게는 힘든 일이다. 심지어 정숙한 여자들이라고 해도 말이다.

나는 말했다.

"나는 부엌에 가서 술이나 한잔 만들어 와야겠어. 한잔 마시겠어?"

"으흥."

어둡고 고요하고 어리둥절한 눈이 엄숙하게 나를 바라보았다. 의심은 더욱 커져 어린 지빠귀를 따라다니는 긴 풀숲 속의 고양이처럼 소리 없이 눈 속으로 기어들고 있었다.

"내가 돌아왔을 때 옷을 입고 있으면 술을 마실 수 있을 거야. 알았어?"

그녀의 이가 벌어지더니 희미하게 식식대는 소리가 입에서 흘러나왔다. 그녀는 내 말에 대답하지 않았다. 나는 간이 부엌으로 나가 스카치 위스키와 소다수를 꺼내서 하이볼 두 잔을 만들었다. 내겐 정말로 흥분시킬 만한 마실 것이 없었다. 니트로글리세린이나 증류한 호랑이 숨결 같은 것 말이다. 잔을 들고 돌아갔을 때에도 그녀는 움직이지 않고 있었다. 식식대는 소리는 멈췄다. 그녀의 눈은 다시 죽어 있었다. 입술이 나를 보고 미소 짓기 시작했다. 그리고 그녀는 벌떡 일어나 앉더니 자기 몸을 덮고 있는 모든 이불을 내던지고 다가왔다.

"줘요."

"옷을 입으면. 옷을 입을 때까지는 안 돼."

나는 유리잔을 카드 테이블 위에 내려놓고 나도 앉아서 담배 한 대에 더 불을 붙였다.

"어서 입으라고. 엿보지 않을 테니."

나는 눈길을 돌렸다. 그러자 식식거리는 소리가 갑작스럽게 더욱 날카로워지는 것을 느꼈다. 그 소리에 놀라 다시 그녀를 보았다. 카멘은 그 자리에 벌거벗은 채로 손을 짚고 앉아 있었다. 입은 약간 벌어져 있었고 얼굴은 문질러낸 해골 같았다. 식식거리는 소리가 그녀의 의사와는 상관없다는 듯 그녀의 입에서 쏟아져나왔다. 눈은 여전히 공허했지만 내가 이제껏 어떤 여자의 눈에서도 보지 못했던 무언가가 그 눈 뒤에 있었다.

그리고 나서 그녀의 입술이 마치 인조 입술이라 줄로 조작해야 하는 것처럼 아주 천천히, 그리고 조심스럽게 움직였다.

그녀는 내게 욕지거리를 해댔다.

나는 별로 신경쓰지 않았다. 그녀가 뭐라고 욕하든, 남이 나를 뭐라고 욕하든 신경쓰지 않았다. 그렇지만 이곳은 내가 살아가야 하는 방이다. 이곳은 내가 집이라고 할 수 있는 모든 것이 있는 곳이다. 이 안에 있는 모든 것은 나의 것이며 나와 연관을 가지고 있고, 나의 과거와, 한 가족에게 일어날 수 있는 모든 것이 들어 있다. 대단한 것은 없었다. 책 몇 권과 그림들, 라디오, 체스말, 오래된 편지와 기타 등등. 하잘것없는 것들이다. 그렇지만 그것들은 내 추억의 전부와 다름없다.

그런 방에 이 여자가 있는 것을 더이상 참을 수가 없었다. 그녀가 나를 뭐라고 욕하든 간에 오로지 이것만을 깨닫게 해주었을 뿐이었다.

나는 조심스럽게 말했다.

"삼 분을 줄 테니 옷을 입고 여기서 나가. 그때까지도 나가지 않으면 억지로라도 던져버리겠어. 지금 그대로, 벌거벗은 대로 말이지. 그리고 나중에 옷가지도 복도로 던져줄게. 자, 지금 시작해."

카멘의 이가 덜덜 떨리더니 식식거리는 소리가 동물 소리처럼 날카롭게 들렸다. 그녀는 발을 바닥에 내려놓고 침대 옆 의자 위에 올려놓은 옷을 집었다. 그녀는 옷을 입었다. 나는 그녀를 보고 있었다. 카멘은 여자치고는 뻣뻣하고 괴상한 손놀림으로 옷을 입기는 했지만 재빨리 끝냈다. 옷을 다 입기까지 2분이 약간 넘었다. 나는 시간을 쟀다.

그녀는 녹색 가방을 모피털을 두른 코트에 바싹 대고 침대 옆에 서 있었다. 경쾌한 초록색 모자가 머리 위에 비스듬하게 얹혀 있었다. 그녀는 그 자리에 잠시 서 있더니 나를 보고 식식대었다. 얼굴은 여전히 문질러낸 해골 같았고, 눈은 여전히 공허했으나 야성적인 감정만이 가득 차 있었다. 그러고 나서 그녀는 빠른 발걸음으로 문으로 가더니 문을 열고 나갔다. 아무 말도 하지 않고, 돌아보지도 않았다. 나는 엘리베이터가 가동하여 통로를 내려가는 소리를 들었다.

나는 창문으로 가서 커튼을 올리고는 창문을 활짝 열었다. 밤 공기가 자동차 매연과 도시의 거리를 여전히 기억하고 있는 퀴퀴한 달콤함을 풍기며 흘러들어왔다. 나는 술잔을 집어 천천히 마셨다. 아파트의 정문이 내 아래에서 저절로 닫히는 소리가 들렸다. 발소리가 고요한 보도 위에 울렸다. 멀지 않은 곳에서 차 한 대가 시동을 걸었다. 차는 기어를 거칠게 밟아대는 소리와 함께 밤 속으로 질주해서 사라졌다. 그녀 머리의 흔적이 아직도 베개에 남아 있었고 그녀의 부패한 육체의 흔적이 여전히 시트에 남아 있었다.

나는 빈 잔을 내려놓고는 침대를 난폭하게 갈기갈기 찢어버렸다.

25

다음날 아침에는 다시 비가 왔다. 흔들리는 크리스탈 주렴처럼 비스듬하게 내리는 회색비였다. 나는 나른하고 피곤한 기분을 느끼며 일어나서 창밖을 내다보며 서 있었다. 스턴우드 가족의 무겁고 씁쓸한 맛이 아직도 내 입 속에 남아 있었다. 나는 허수아비의 호주머니처럼 공허한 인생이었다. 간이 부엌으로 가서 블랙 커피를 두 잔 마셨다. 때로는 알코올보다도 다른 것에 더 숙취를 느낄 수가 있다. 나는 여자들로부터 그런 기분을 느꼈다. 여자들은 구역질이 났다.

나는 면도와 샤워를 하고 옷을 입은 뒤 레인코트를 가지고 아래층으로 내려가 현관 밖을 내다보았다. 길 건너 편 3미터 정도 위쪽에, 회색 플리머스 세단이 주차되어 있었다. 그 전날 내 뒤를 미행하려던 것과 같은 것, 내가 에디 마스에게 물어본 것과 같은 것이었다. 경찰이 시간이 남아돌아서 내 뒤를 졸졸 따라다니면서 시간을 허비하고 싶다면야 그 안에 타고 있는 것이 경찰일 수도 있겠지. 아니면 남의 사건에 간섭해 들어가려고 애쓰는 점잖은 탐정업계 종사자일 수도 있겠고. 아니면 나의 밤생활을 비난하는 버뮤다의 주교일지도.

나는 밖으로 나가서 내 컨버터블을 차고에서 꺼낸 뒤 회색 플리머스 앞을 지나쳐 갔다. 그 안에는 키 작은 남자가 홀로 타고 있었다. 그는 내 뒤를 따라 차를 출발시켰다. 그는 빗속에서 솜씨가 더 좋았다. 내가 한 블록을 지나면 바로 다음 블록으로 접어들 만큼 가까이 붙어 있기는 했지만, 대개 다른 차가 우리 사이에 끼어들 수 있을 정도로 거리를 두고 있었다. 나는 대로를 따라 내려가 내 건물 옆에 있는 주차장에 차를 세우고 레인코트의 깃을 세우고 모자를 깊숙이 눌러쓴 뒤 차에서 내렸다. 빗방울이 얼음처럼 내 얼굴을 툭툭 때렸다. 플리머스는 길 건너편 소화전 옆에 서 있었다. 나는 교차로로 걸어가서 파란불일 때 길을 건넌 뒤 다시 돌아가 보도 가장자리 가까이 주차되어 있는 차 곁으로 갔다. 플리머스는 움직이지 않았다. 아무도 차에서 내리지 않았다. 나는 차로 다가가 보도 쪽 문을 홱 잡아당겨 열었다.

몸집이 작은 밝은색 눈의 남자가 운전석 구석에 웅크리고 있었다. 나는 우뚝 서서 그를 들여다보았고 빗방울이 내 등 위로 뚝뚝 떨어졌다. 그의 눈은 피어오르는 담배 연기 뒤에서 깜박거렸다. 손으로는 쉴새없이 가느다란 운전대를 두드리고 있었다.

"아직도 마음을 못 정했소?"

그는 침을 꿀꺽 삼켰고 담배가 그의 입술 사이에서 위아래로 움직였다.

"당신 같은 사람 모르는데요."

그는 긴장해서 작은 목소리로 말했다.

"내 이름은 말로요. 당신이 이틀 동안 따라다니려고 했던 남자지."

"난 아무도 따라다니지 않는데요, 선생."

"그럼 이 고물 자동차가 그랬나. 아마도 마음대로 조절이 안 되는 차인가 보지. 당신 길을 가시오. 나는 길 건너 커피숍에서 아침을 먹을 거니까. 오렌지 주스에 베이컨 앤 에그, 토스트에 꿀을 발라서 커피 서너 잔을 마신 후 이를 쑤실 예정이지. 그런 다음 내 사무실로 갈 건데, 당신 바로 건너편에 있는 건물 칠층이오. 참을 수 없을 정도로 걱정스러운 일이 있다면, 들러서 함께 얘기나 해보지. 나는 내 기관총에 기름칠이나 하고 있을 테니까."

나는 그가 눈을 깜박이는 것을 놓아두고 떠났다. 20분 뒤에 나는 잡역부가 남기고 간 '사랑의 밤'의 흔적을 사무실에서 환기시키며 멋진 구식의 서체로 주소를 쓴 두껍고 거칠거칠한 감촉의 봉투를 열었다. 봉투 안에는 짤막한 정중한 편지와 필립 말로를 수취인으로 하고 가이 드 브리세이 스턴우드 장군 명의로 빈센트 노리스가 서명한 500달러짜리 커다란 담자색 수표가 들어 있었다. 이걸로 아침이 한결 기분 좋아졌다. 예금 용지를 쓰고 있을 때 초인종이 울려서 누군가 내 작은 대기실에 들어왔음을 알렸다. 플리머스에 타고 있던 작은 남자였다.

"잘됐군. 들어와서 코트를 벗어요."

그는 내가 문을 잡아주자 조심스럽게 나를 지나쳤다. 내가 마치 그의 자그마한 엉덩이라도 걷어찰까봐 걱정하는 것처럼 조심스러운 태도였다. 우리는 책상을 사이에 두고 앉아서 서로 얼굴을 마주보았다. 그는 아주 몸집이 작은 남자로 160센티도 안 돼 보이는 키에 푸줏간 주인의 엄지손가락만큼의 무게도 안 나갈 것 같았다. 그의 팽팽하고 빛나는 눈은 강하게 보이고 싶어하는 것 같은 인상이었는데 그래봤자 반쪽짜리 껍데기 위의 굴만큼만 강해 보일 뿐이었다. 그는 더블 단추가 달린 짙은 회색 양복을 입고 있었는데, 어깨 부분이 너무 넓었고 옷깃도 너무 펄럭였다. 이 위에다가 옷깃을 풀어헤친 채 여기저기 해진 자국이 있는 아일랜드 트위드 코트를 입고 있었다. 얇은 비단으로 만든 넥타이가 비어져나왔고 옷깃 위로 빗방울이 튄 자국이 있었다.

"어쩌면 나를 알지도 모르겠군요. 나는 해리 존스요."

나는 그를 모른다고 했다. 나는 납작한 철제 담뱃갑을 그쪽으로 밀어주었다. 그는 작고 깔끔한 손가락으로 연어가 미끼를 낚아채듯이 하나를 집어들었다. 그는 책상 위에 있는 라이터로 불을 붙이고 손을 내저었다.

"나는 이 근처에서는 좀 얼굴이 팔렸소. 이런저런 똘마니들도 알고 있고. 후에님 포인트에서 작은 주류 사업을 했었소. 아주 거친 장사였지. 허벅지에 총을 차고 석탄 통로도 막을 만한 돈뭉치를 엉덩이에 찬 채 정찰차를 몰아야 했지. 베벌리힐스까지 오려면 경찰에게 네 번이나 뇌물을 써야 한다니까. 정말 거친 장사였지."

"끔찍했겠군."

그는 뒤로 기대면서 작고 팽팽한 입술 구석에서 연기를 천장으로 불어 보냈다.

"아마 내 말을 안 믿겠지."

"그럴지도 모르지. 아닐지도 모르고. 그래서 다시 어느 쪽으로 할지 정하는 걸 귀찮아하는 걸 수도 있어. 그래, 이런 꾸며낸 헛소리가 나하고 무슨 상관인가?"

"아무 상관도 없소."

그는 신랄하게 대답했다.

"당신, 이틀 동안이나 내 뒤를 밟았어. 여자를 하나 찍고는 싶은데 용기라고는 눈곱만큼도 없는 사내 녀석처럼 말야. 어쩌면 보험을 팔고 다니겠지. 어쩌면 조 브로디라는 사나이를 알았을 거고. 어쩌면이 좀 많긴 하지만 나는 내 일에서 많은 것을 손에 넣고 있으니까."

그의 눈이 튀어나왔고 아랫입술은 거의 무릎까지 떨어질 지경이었다.

"맙소사, 어떻게 그런 걸 알고 있소?"

그는 딱딱하게 말했다.

"나는 사람의 마음을 읽거든. 당신 용건을 흔들어서 한꺼번에 쏟아내보지. 하루 종일 시간이 남아도는 게 아니니까."

그의 총기어린 눈빛이 갑자기 꾹 다문 입술 사이로 사라졌다. 그리고 침묵이 흘렀다. 빗방울이 내 창문 아래 맨션하우스의 타르 바른 평평한 지붕 위로 쿵쿵 떨어졌다. 그의 눈이 약간 열리며 다시 빛났고 목소리는 아주 신중했다.

"물론, 당신과 접촉을 하려고 했었소. 당신에게 팔 게 있거든. 아주 싸게. 백 달러짜리 두 장 정도면 될 거요. 어떻게 나랑 조를 묶어서 생각할 수 있었지?"

나는 편지 한 통을 뜯어서 읽었다. 편지에는 특별 전문 할인 가격으로 지문학 통신 강좌 6개월을 들을 수 있게 해 주겠다는 내용이 적혀 있었다. 나는 편지를 쓰레기통에 던져버리고 몸집이 작은 남자를 다시 보았다.

"내 말은 신경쓸 것 없어. 단지 짐작했을 뿐이니까. 당신은 경찰도 아니고 에디 마스의 패거리도 아니지. 어젯밤에 그 자에게 물어봤거든. 조 브로디의 친구 말고는 그만큼 나한테 관심있는 사람이 없을 것 같았거든."

"제길."

그는 아랫입술을 핥았다. 내가 에디 마스의 이름을 언급하자 그의 얼굴은 백지장처럼 창백해졌다. 그는 멍하니 입을 벌렸고 담배는 입가에 심어놓기라도 한 것처럼 마술에 의해서 대롱대롱 매달려 있었다.

"이런, 나를 놀리고 있군."

그는 마침내 이렇게 말하고는 수술실에서나 볼 수 있는 미소를 지었다.

"맞아, 당신을 놀리고 있어."

나는 다른 편지 한 통을 뜯었다. 이번 것은 군대 야외 취사장에서 바로 새어나온 모든 내부 기밀 사항들을 워싱턴으로부터 매일 뉴스레터로 보내주겠다는 내용이었다.

"아그네스가 풀려난 것으로 아는데."

나는 덧붙였다.

"맞소. 아그네스가 나를 보냈지. 관심 있소?"

"글쎄, 그 여자도 금발이니까."

"헛소리. 그날 밤 거기 있었을 때 당신도 눈치를 챘겠지. 조가 총 맞은 날 밤 말이오. 브로디가 스턴우드 집안 사람들에 대해서 좋은 것을 알고 있었음에 틀림없지. 그게 아니라면 사진을 보내거나 하는 일 따위에 위험을 무릅쓰지는 않았을 테니."

"아하. 그래, 뭐 좋은 걸 알고 있었나? 그게 뭔데?"

"그게 이백 달러 가격이 나가는 거지."

나는 광고 우편물을 몇 개 더 휴지통에 버리고 새 담배를 꺼내 불을 붙였다.

"우리는 이 동네를 뜰 거요. 아그네스는 좋은 여자요. 그 여자에 대해서 그런 쓸데없는 소리는 하지 마오. 요즘 같은 세상에 아가씨가 살아가는 게 쉬운 일이 아니니까."

"그 여자는 당신한테 너무 클 것 같은데. 당신 위에서 한 번만 구르면 숨막혀 죽겠던 걸."

"그건 더러운 농담이오, 친구."

그의 말하는 태도에는 거의 위엄이라 할 만한 무언가가 있었기에 나는 그를 응시하게 되었다.

"당신 말이 맞소. 최근에는 나쁜 사람들만 만나다 보니. 그럼 잡담은 그만두고 본건에 들어갑시다. 나한테 돈을 받고 팔고 싶다는 것은 뭐요?"

"돈을 내겠소?"

"그 이야기가 쓸모가 있다면."
"당신이 러스티 리건을 찾는 데 도움이 된다면 어떻소."
"나는 러스티 리건을 찾고 있는 게 아니오."
"그러시겠지. 듣고 싶은 거요, 아니오?"
"어서 말해봐요. 내가 써먹을 수 있는 거라면 무엇이든 돈을 내겠소. 큰 거 두 장이면 우리 업계에서는 대단한 정보도 살 수 있는 거요."
"에디 마스가 리건을 죽였소."
그는 침착하게 말한 뒤 마치 막 부통령에 당선이라도 된 것처럼 뒤로 몸을 기댔다.
나는 문 쪽으로 손을 내저었다.
"당신하고 말싸움하고 싶지도 않소. 산소를 낭비할 수 없으니까. 갈 길이나 가요, 꼬마 친구."
그는 책상 너머로 바짝 몸을 기댔다. 그의 입가에는 침이 하얗게 말라붙어 있었다. 그는 담배를 보지도 않고 조심스럽게 몇 번이나 반복해서 비벼 껐다. 간이문 뒤쪽에서 타자기가 단조롭게 찰칵찰칵하며 한 줄 한 줄씩 쳐내려가는 소리가 들려왔다.
"나는 농담하는 게 아니오."
그가 말했다.
"집어치워요. 날 귀찮게 하지 말고. 할 일이 많소."
"그럴 수는 없소."
그는 날카롭게 말했다.
"난 그렇게 만만한 사람이 아니야. 나는 정보를 말하려고 여기 왔고 지금 그걸 말하고 있소. 나는 러스티를 개인적으로 알아요. 잘은 모르지만, 어떻게 지내느냐고 인사하면 그 친구 기분에 따라서 대꾸해주기도 하고 안 해주기도 하는 그 정도로는 알고 있었지. 그렇지만 좋은 사람이었소. 나는 언제나 그를 좋아했지. 그는 모나 그랜트라고 하는 가수에게 반해 있었어요. 그러더니 그녀가 이름을 마스로 바꾸더군. 러스티는 화가 나서 부잣집 아가씨랑 결혼을 했지. 집에서 잠을 자지 못하는지 술집 주변을 배회하던 아가씨요. 당신도 그 여자에 대해서는 잘 알거요. 키가 크고 머리가 검고, 더비 경마 우승마라고 해도 될 만한 외모를 가진 여자지만 남자들에게는 많이 압박을 줄 타입이지. 아주 성질이 날카롭고. 러스티는 그 여자와 잘 지내지 못했소. 그렇지만, 제길, 그 여자 아버지 돈하고는 잘 지낼 수 있었겠지. 그렇지 않겠소? 당신도 그렇게 생각하잖소. 이 리건이라는 사람은 촌뜨기 칠면조 같은 남자였지만 먼 곳을 내다보는 눈이 있었지. 그는 항상 다음 골짜기에는 뭐가 있나 살펴보는 사람이었소. 항상 자기 자리에 발을 붙이지 않는 사람이었소. 나는 그가 그 돈에 눈곱만큼이라도 관심이 있었을 거라는 생각은 안 해요. 그리고 내가 하는 말이니까, 이건 칭찬이지."

왜소한 남자는 전혀 멍청한 얼간이가 아니었다. 4분의 3 정도의 협잡꾼들이 그런 생각은 하지도 못했고 말로 표현하는 법을 아는 이는 훨씬 더 적었다.

"그래서 도망쳤다는 건가?"

"도망치려고 했을 거요, 아마. 이 모나라는 여자와. 그녀는 에디 마스와 살고 있지도 않고 그의 장사를 좋아하지도 않았소. 특히 협박이나, 차량 절도, 동부에서 넘어온 살인자들을 숨겨주는 것 같은 부업을 싫어했지. 리건이 에디에게 공공연한 장소에서 모나를 범죄 패거리에 끼워넣으려고 한다면 그를 손봐주겠다고 말했다는 얘기도 있었소. "

"여기까지 대부분은 다 기록만 봐도 나와 있는 거요, 해리. 그걸로는 돈을 받기가 어렵겠는데."

"이제 기록에 안 나온 얘기를 할 거요. 그래서 리건은 날랐소. 나는 매일 오후마다 그가 바르디의 가게에서 아일랜드산 위스키를 마시면서 벽을 쳐다보는 모습을 보곤 했소. 그는 말이 많은 사람이 아니었지. 그는 때때로 내게 내깃돈을 주기도 하고 그랬소. 그게 내가 거기 가는 이유였으니까. 퍼스 윌그린을 위해서 내깃돈을 모아다주는 게."

"나는 그 친구가 보험업에 종사하는 줄 알았는데."

"간판에는 그렇게 써 있지. 당신이 그 자를 짓밟는다면 그 자는 그걸 가지고 당신에게 보험을 팔려고 할 거요. 아무튼 구월 중순쯤부터 나는 리건을 더이상 보지 못했소. 나도 처음에는 바로 알아차리지 못했지. 어쩌다 그랬는지 알 거요. 한 남자가 거기 있으면 그 사람의 존재를 알지만, 거기 없으면 특별히 거기에 생각이 미칠 때까지 그 존재를 깨닫지 못하는 것. 내가 그 사람이 없다는 데 생각이 미친 이유는 어떤 남자가 비웃으면서 에디 마스의 여자가 러스티 리건과 줄행랑을 쳤고 마스는 화내는 대신에 신랑 들러리나 된 것처럼 행동하고 있다는 얘기를 듣고 나서요. 그래서 나는 조 브로디에게 이런 이야기를 했고 조는 머리가 잘 돌아갔지."

"참 잘 돌아가기도 했겠군."

"경찰이 말하는 영리함은 아니지만, 어쨌거나 영리했소. 그는 돈벌이 궁리에 나섰지. 그는 어쨌거나 두 연인을 찾아낼 수 있을 것 같다고 생각했고 양쪽으로 돈을 뜯어낼 수 있을 것 같았소. 한 번은 에디 마스에게서, 한 번은 리건의 아내에게서. 조는 그 집안을 좀 알았거든."

"오천 달러 어치 알았겠지. 얼마 전에 그 정도 돈을 그 사람들에게 뜯어냈거든."

"그렇소?"

해리 존스는 다소 놀란 듯했다.

"아그네스가 나한테 그 얘기를 안 해주다니. 당신한테 어울리는 여자요. 항상 뭐든 숨겨두니까. 아무튼 조와 나는 신문을 뒤졌지만 어떤 기사도 안 난 것을 보고 스턴우드 장군이 입막음을 한 걸 알았소. 그런데 어느 날 나는 래시 캐니노를 바르디의 가게에서 봤지. 그 녀석을 아오?"

나는 고개를 저었다.

"자기 자신이 거칠다고 생각하는 그런 작자들처럼 거칠게 구는 녀석이 있지. 그는 에디 마스가 필요할 때마다 마스를 위해서 일을 해주오. 골칫거리 해결 같은 거요. 그는 술을 마시다가도 태연하게 사람을 죽이는 자요. 마스가 그 인간을 필요로 하지 않을 때는 근처에 얼씬도 하지 않소. 그래서 캐니노는 LA에 머물지 않는 거요. 뭐 다른 이유가 있을 수도 있고 아닐 수도 있지만. 아마도 그 사람들은 리건의 행방을 알고 있었을 거고, 마스는 뒤에 물러나 앉아서 만면에 미소를 띠고 기회를 기다리고 있었소. 아예 다른 일이 있었을 수도 있지만. 어쨌든 나는 조에게 말했고 조는 캐니노의 뒤를 밟았소. 그는 뒤를 밟는 일에 능했지. 나야 별로지만. 나는 쫓다가도 눈앞에서 놓쳐버리곤 했거든. 돈도 못 받고. 그래서 조는 캐니노가 스턴우드 저택까지 가는 것을 뒤를 밟았고 캐니노는 차를 저택 부지 밖에 주차했는데, 여자가 타고 있는 차 한 대가 나오더니 그 차 옆에 서더란 말이지. 그 사람들은 잠깐 이야기를 나눴는데 조의 생각에는 여자가 뭔가 돈 같은 것을 건네주는 것 같더라고 했소. 그리고 여자는 사라졌지. 그게 리건의 부인이었소. 옳거니, 그 여자는 캐니노를 알고 캐니노는 마스를 알고 있다. 그래서 조는 캐니노가 리건에 대해서 뭔가 알고 있고 자기 혼자 그쪽에서 돈을 좀 뜯어보려고 하는구나, 하고 짐작했소. 그러던 중에 캐니노가 떠났고 조는 그를 놓쳤소. 그게 일 막의 끝이오."

"이 캐니노라는 남자는 어떻게 생겼소?"

"키가 작고 육중한 체격에, 갈색 머리에 갈색 눈을 하고 항상 갈색 양복과 갈색 모자만 쓰고 다닙디다. 심지어 레인코트도 갈색 스웨이드지. 그리고 갈색 쿠페를 몰고요. 캐니노 씨에게는 모든 게 갈색투성이오."

"그럼 이제 이 막을 시작하지."

"돈을 내지 않는다면 그게 끝이오."

"아직 이 이야기가 이백 달러 가치가 있는지 모르겠는데. 리건 부인은 술집에서 나와 전직 밀주업자와 결혼을 했지. 그 여자가 그런 부류의 다른 사람을 알고 있는 것도 당연하오. 또한 에디 마스도 잘 알지. 만약 그녀가 리건에게 무슨 일이 생겼다고 생각한다면 찾아가기에 가장 적합한 사람이 에디이고 캐니노야 에디가 이 숙제를 해결하라고 고른 사람일 수도 있잖소. 그게 당신 얘기의 다요?"

"에디의 아내가 어디 있는지 알면 이백 달러를 주겠소?"

왜소한 남자는 침착하게 물었다.

그는 이제 내 관심을 모두 집중시키는 데 성공했다. 나는 기대고 있던 의자의 팔걸이를 거의 부러뜨릴 뻔했다.

"그 여자가 혼자 있더라도 말이오."

해리 존스는 부드럽지만 불길한 어조로 덧붙였다.

"그 여자가 리건하고 도망친 게 아니라고 해도, 경찰이 그녀가 리건하고 도망갔다고 생각하도록 하기 위해 LA로부터 65킬로미터 떨어진 은신처에 잡혀 있다고 해도 말이오. 이에 대해서 이백 달러를 내겠소, 탐정 선생?"

나는 입술을 핥았다. 입술은 건조하고 짭짜름한 맛이 났다.

"그래야 할 것 같군. 어디요?"

"아그네스가 그녀를 찾아냈소."

그가 모진 어조로 말했다.

"아주 운이 좋았지. 그녀가 차를 타고 가는 것을 보고 집까지 뒤를 밟을 수가 있었소. 아그네스라면 그 장소가 어딘지 알려 줄 거요. 손에 돈을 쥐게 되면."

나는 그를 매섭게 노려보았다.

"아무런 대가도 받지 못하고 경찰에게 얘기해야 하는 수가 생길지도 몰라, 해리. 경찰들은 요새 중앙 본부에 좋은 고문 기계를 두고 있다던데. 당신을 고문 치사로 처리해버려도 여전히 아그네스가 남아 있으니까."

"그렇게 하라고 하지. 나는 그렇게 허약하지 않으니까."

"아그네스에겐 내가 알아차리지 못한 무언가가 있는 것 같군."

"그녀는 협잡꾼이오, 탐정 선생. 나도 협잡꾼이고. 우리는 모두 협잡꾼이지. 그러니까 우리는 동전 한 푼에도 서로를 팔 수 있소. 좋아. 어디 내 입을 열게 할 수 있나 봅시다."

그는 내 담배를 하나 더 집어서 단정하게 자기 입술 사이에 끼우고는 성냥을 내가 하던 식으로 두어 번 엄지 손톱에 그었지만 실패하여 다음에는 발에 그어서 불을 붙였다. 그는 의젓하게 담배 연기를 내뿜고는 똑바로 나를 응시했다. 내가 홈플레이트에서 2루로 던져버릴 수도 있는 우습고 쬐끄맣고 단단한 남자가 말이다. 큰 인간의 세계에 사는 작은 인간. 이 남자에게는 내 마음에 드는 무언가가 있었다.

"난 여기서 어떤 이득도 얻어내지 않았소."

그가 흔들림 없이 말했다.

"나는 큰 것 두 장 받으러 온 거요. 아직도 그게 가격이오. 내가 여기 온 것은 돈을 못 받고 그만두게 되더라도 좋은 남자끼리는 통할 거라고 생각했기 때문이오. 그런데 내 앞에서 경찰 운운하다니. 부끄러운 줄 아쇼."

"그 정보를 주면 이백 달러를 받게 될 거요. 나도 먼저 돈을 마련해야 하니까."

그는 일어서서 고개를 끄덕이고 낡고 작아서 꽉 끼는 아이리시 트위드 코드를 가슴에 둘렀다.

"그럼 됐소. 어쨌든 어두워진 직후가 더 낫겠지. 이런 건 에디 마스 같은 남자를 거슬리는 일이라 조심해야 하니. 하지만 사람은 먹고 살아야 하지. 요새는 경마도 잘 안 되거든. 아무래도 거물들이 퍼스 월그린에게 떠나라고 한 것 같아. 그러면 당신이 사무실, 웨스턴 가와 산타 모니카 가 사이에 있는 풀와이더 빌딩 뒤쪽에 있는 사백이십팔 호실로 돈을 가지고 오는 걸로 알겠수다. 당신이 돈을 가지고 오면, 내가 아그네스에게 데려다주지."

"직접 말해줄 수는 없소? 아그네스는 이미 얼굴을 봐서 말이지."

"그녀에게 약속했소."

그는 간단하게 말했다. 그는 오버코트의 단추를 채우고 소풍 가는 것처럼 모자를 비스듬하게 쓰더니 고개를 다시 끄덕이고는 문으로 어슬렁어슬렁 걸어갔다. 사내는 사라졌다. 발소리가 복도를 따라 점점 멀어져갔다.

나는 은행으로 가서 내 500달러 수표를 예금하고는 현금으로 200달러를 인출했다. 나는 다시 위층으로 가서 의자에 앉아 해리 존스와 그의 이야기에 대해서 생각했다. 얘기가 너무 딱 맞아 떨어지는 것 같았다. 이리저리 얽힌 사실이라기보다는 군더더기 없이 간결한 소설 같은 냄새가 났다. 그레고리 반장도 모나 마스가 그의 관할 구역 내에 그렇게 가까이 있었다면 그녀를 찾아낼 수 있었을 것이다. 물론 그가 시도라도 했다는 전제하의 얘기다.

나는 이 일에 대해 하루 종일 생각했다. 아무도 사무실로 찾아오지 않았다. 아무도 전화를 걸지 않았다. 계속 비가 내리고 있었다.

26

7시가 되자 비는 한숨을 돌리기라도 하려는 듯 잠깐 멈췄으나 처마의 물받이에서는 여전히 물이 흘러내렸다. 산타 모니카 가에서는 물이 도로까지 차올라 얇은 막을 형성하여 연석의 꼭대기까지 씻어 내렸다. 모자부터 장화까지 반짝이는 검은 고무로 감싼 교통 경찰이 물에 흠뻑 젖은 차일의 피난처를 떠나 흙탕물을 튀기며 넘쳐나는 물을 뚫고 걸어갔다. 내가 풀와이더 빌딩의 좁은 로비로 접어들 때 고무 밑창이 보도에서 미끄러졌다. 천장에서 내려뜨린 전등 하나가 한때는 금빛이었던 엘리베이터가 열려 있는 너머에서 빛나고 있었다. 너덜너덜해진 고무 깔개 위에는 변색되고 사람들이 조준을 잘 못해 더러워진 타구가 하나 있었다. 겨잣빛 벽에 걸린 의치의 진열 상자는 커튼을 내린 포치에 달린 퓨즈 상자 같았다. 나는 모자에서 빗방울을 떨어내고는 의치 상자 옆의 건물 안내판을 바라보았다. 방 번호 옆에 이름이 쓰여 있는 것도 있었고 이름이 없는 것도 있었다. 비어 있는 사무실도 많았고 익명으로 남고 싶어하는 세입자도 많았다. 무통 진료 치과나, 악덕 탐정 사무소, 그리고 여기로 죽으러 기어들어 온 것 같은 온갖 자그마한 구역질나는 사업체들과 어떻게 하면 철도청 직원이나 라디오 기사, 아니면 시나리오 작가가 될 수 있는지 가르쳐준다는 우편 통신 학교들이 있었다. 그 전에 체신청 검사관이 나와서 잡아가지 않는다면 말이지만. 지저분한 건물이었다. 썩은 담배 꽁초 냄새가 가장 깨끗한 냄새일 것 같은 건물.

  노인 한 명이 엘리베이터 안, 흔들거리는 걸상 위에 속이 다 터져나온 쿠션을 깔고 앉아서 졸고 있었다. 입은 헤벌어져 있었고 정맥이 튀어나온 관자놀이가 희미한 빛 속에서 번쩍였다. 노인이 입고 있는 푸른 제복은 마구간이 말에게 어울리는 식으로 노인에게 잘 어울렸다. 닳아빠진 커프스가 달려 있는 회색 바지 밑으로는 하얀 면양말과 검은 아동용 구두를 신고 있었는데, 그중 한쪽은 엄지발가락의 염증 때문에 가로로 틈을 낸 것 같았다. 걸상에 앉아서 노인은 손님을 기다리며 비참하게 자고 있었다. 나는 노인을 살짝 지나친 뒤, 이 건물의 비밀스런 공기에 자극을 받아 비상구를 찾아서 열었다. 비상계단은 한 달 정도는 청소를 안 한 것 같았다. 노숙자들이 거기서 자고 먹고 해서 기름에 얼룩진 신문과 성냥, 속을 다 빼낸 인조가죽 지갑의 찌꺼기와 파편들이 널려 있었다. 낙서가 되어 있는 그늘진 구석 한쪽에는 연한 빛깔 고무로 된 고리가 늘어져 있었지만 아무도 치워놓은 것 같지 않았다. 정말 멋진 건물이었다.

나는 4층에서 밖으로 나가 공기를 들이마셨다. 복도에는 똑같은 타구와 너덜너덜한 깔개가 있었고 똑같은 겨자색 벽에는 똑같이 불경기의 기억이 새겨져 있었다. 나는 복도를 죽 따라가다가 모퉁이를 돌았다. 'L. D. 월그린, 보험사'라고 적힌 명패가 어두운 우툴두툴한 유리문에 붙어 있었는데 두번째의 어두운 문에도, 불이 켜져 있는 세번째 문에도 붙어 있었다. 어두운 쪽 문 하나에 '입구'라고 쓰여 있었다.

불이 켜져 있는 문 위에 작은 유리 채광창이 열려 있었다. 그 창을 통해서 새소리 같이 날카로운 해리 존스의 목소리가 들려왔다.

"캐니노? 그래. 어디선가 당신을 본 적 있지. 물론."

나는 얼어붙었다. 다른 목소리가 말했다. 벽돌벽 뒤의 작은 발전기처럼 심하게 그르렁거리는 목소리였다.

"그럴 줄 알았네."

그 목소리에는 뭔가 모르게 불길한 어조가 서려 있었다.

의자 하나가 리놀륨 바닥을 긁었고 발소리가 들리더니 내 위의 채광창이 끽 하며 닫혔다. 우툴두툴한 유리문 뒤로 그림자 하나가 흐물흐물하게 보였다.

나는 월그린이라고 적힌 세 개의 문 중 첫번째 것으로 돌아왔다. 나는 주의를 기울여 문을 열어보았다. 자물쇠가 잠겨 있었다. 문틀이 헐렁해졌는지 문이 약간 움직였다. 아주 오래 전에 맞춘 낡은 문으로, 반만 말린 목재로 만들어서 지금은 나무가 줄어들어 있었다. 나는 지갑을 꺼내어 운전면허증에서 두껍고 단단한 셀룰로이드 판을 꺼냈다. 경찰이 금지하는 것을 잊어버린 도둑질 도구인 셈이다. 나는 장갑을 끼고 부드럽고 다정하게 문에 기대어 문 손잡이를 문틀에서 힘껏 밀어댔다. 넓게 열린 틈으로 셀룰로이드 판을 집어넣고 용수철 자물쇠의 경사진 쪽을 더듬어서 찾았다. 작은 고드름이 부러질 때와 비슷한 메마른 딸깍 소리가 들렸다. 나는 물속의 게으른 물고기처럼 꼼짝도 않고 가만히 있었다. 안에서는 아무 일도 일어나지 않았다. 손잡이를 돌려서 문을 어둠 속으로 밀었다. 나는 열었을 때와 마찬가지로 조심스럽게 등 뒤로 문을 닫았다.

커튼을 치지 않은 직사각형 모양의 불 켜진 창문이 책상 모서리에 잘린 채 나를 마주 보고 있었다. 책상 위에는 커버를 씌운 타자기의 어슴푸레한 형체가 있었고 간이문으로 통하는 금속 문 손잡이가 있었다. 이것은 잠겨 있지 않았다. 나는 세 개의 사무실 중 두번째로 들어갔다. 닫혀 있는 창문이 비 때문에 갑자기 덜그럭거렸다. 그 소음을 틈 타 방을 가로질렀다. 불이 켜진 사무실 안쪽 살짝 열린 문틈으로 부채살처럼 빛이 퍼져나왔다. 모든 것이 아주 편리했다. 나는 맨틀피스 위의 고양이처럼 살금살금 문의 경첩 쪽으로 걸어가서 그 틈새에 눈을 대보았지만 나무 모서리에 반사되는 불빛밖에는 아무것도 볼 수 없었다.

그르렁거리는 목소리는 이제 아주 유쾌하게 말하고 있었다.

"물론이지. 누구라도 엉덩이 퍼질러 앉아 다른 놈이 한 일에 대해서 이러쿵저러쿵 헛소리를 늘어놓을 수는 있어. 그래서 이 염탐꾼 탐정에게 갔나. 글쎄, 그건 너의 실수지. 에디가 좋아하지 않거든. 이 염탐꾼이 에디에게 회색 플리머스를 탄 남자가 자기 뒤를 밟고 있다고 말했다고. 에디는 당연히 누가 왜 그런지 알고 싶어하는 거지."

해리 존스는 가볍게 웃었다.

"그게 그와 무슨 상관이지?"

"그래봤자 헛수고야."

"내가 왜 탐정한테 갔는지 알잖나. 이미 말했잖아. 조 브로디의 여자 친구 때문이라고. 그녀는 여길 떠나야 하는데 가진 건 걸친 옷뿐이라는 거지. 그 여자는 탐정이 돈을 좀 줄 것 같다고 하더라고. 나야 돈이 없으니까."

그르렁거리는 목소리가 상냥하게 말했다.

"뭣 때문에 돈을 주는데? 염탐꾼이 그런 돈을 애송이한테 그냥 주지는 않지."

"그는 돈을 긁어 모을 수 있으니까. 부자들을 많이 알거든."

해리 존스가 웃었다. 용감하지만 소리는 작았다.

"나랑 장난칠 생각하지 마. 꼬마 친구."

그르렁거리는 목소리가 베어링을 긁는 모래처럼 날을 세웠다.

"알았어, 알았어. 당신도 브로디의 죽음에 대한 이야기를 알 거야. 그 정신 나간 애송이가 일을 잘 해치우기는 했지만 사건이 일어난 날 밤 말로가 바로 현장에 있었거든."

"그거야 아는 사실이지, 꼬마 친구. 그 녀석이 경찰에게 그렇게 말했잖아."

"그렇지. 여기 말하지 않은 게 있어. 브로디가 스턴우드 딸 중 동생 쪽 누드 사진을 팔아 넘기려 했었거든. 그런데 말로가 눈치를 채고 붙은 거지. 그 사람들이 이 일을 가지고 말다툼을 벌이는데, 스턴우드 가의 동생이 들이닥친 거야. 총을 들고. 그 여자가 브로디를 쐈다더군. 한 방을 쐈는데 창문을 깼어. 탐정이 경찰에게 말하지 않은 얘기지. 그리고 아그네스도 말 안 했고. 그래서 아그네스는 말 안 한 대가로 기찻삯이나 얻을까 한 거야."

"이 일이 에디와 상관있는 건 아니고?"

"어떻게 상관있겠나."

"아그네스는 지금 어디 있지?"

"뭐 별로."

"말하게 될걸, 꼬마 친구. 여기서 말하지 않으면 우리 친구들이 벽에다 대고 동전 던지기를 하는 방에서 말하게 될 거야."

"그녀는 지금 내 여자야, 캐니노. 내 여자를 다른 사람에게 넘길 수는 없어."

침묵이 뒤따랐다. 나는 창문을 때리는 빗소리를 들었다. 담배 연기 냄새가 문틈으로 스며 들어왔다. 기침이 날 것 같았다. 나는 손수건을 꽉 깨물었다.

그르렁거리는 목소리가 여전히 상냥하게 말했다.

"내가 들은 바로는 이 금발 머리 계집이 가이거와 한통속이라는데. 에디와 얘기해보지. 탐정에게 얼마나 불렀나?"

"이백 달러."

"받았나?"

해리 존스가 다시 웃었다.

"내일 만나기로 했네. 아직 희망은 가지고 있지."

"아그네스는 어디 있나?"

"이봐······."

"아그네스는 어디 있나?"

침묵.

"이걸 봐, 꼬마 친구."

나는 움직이지 않았다. 나는 총을 소지하고 있지 않았다. 그르렁거리는 목소리가 해리 존스더러 보라고 하는 것이 총임은 굳이 문틈 사이로 볼 필요도 없었다. 그렇지만 캐니노가 위협하는 것 말고 총으로 다른 짓을 하리라고는 생각지 않았다. 나는 기다렸다.

"보고 있어."

입 밖으로 내기가 힘든 것처럼 억지로 짜내는 목소리였다.

"다 예전에 봤던 것뿐이로군. 어서 쏴보게. 자네에게 무슨 일이 생기나 보지."

"너에겐 시카고 오버코트(관을 의미하는 속어―옮긴이)가 생기겠지, 꼬마 친구."

침묵.

"아그네스는 어디 있나?"

해리 존스는 한숨을 내쉬었다.

"알았네."

그는 지친 듯이 말했다.

"벙커힐 위쪽, 코트 가 28번지에 있는 아파트에 있어. 301호지. 나는 어쨌거나 겁이 많은 사람이야. 그 헤픈 여자를 위해서 내가 당신에게 맞설 이유가 뭐겠나."

"이유 없지. 분별 있는 친구로군. 너와 내가 나가서 그 계집과 이야기를 해보지. 내가 원하는 건 그 계집이 입 꽉 다물고 너한테도 얘기 안 해주는 게 뭔지를 알아내는 거야. 네 말대로라면 모든 게 괜찮겠지. 그 염탐꾼에게 재갈을 물려놓고 네 갈 길을 가면 되니까. 기분 나쁠 것은 없겠지?"

"없어. 기분 나쁜 것은 없네, 캐니노."

"좋았어. 그럼 이제 한잔 하자고. 잔은 있나?"

그르렁거리는 목소리는 이제 극장 안내양의 눈썹처럼 가짜로 꾸민 것 같았고 수박씨처럼 매끄러웠다. 서랍이 열렸다. 무언가 벽에 부딪혀 삐걱거렸다. 의자가 끽 움직였다. 바닥을 발로 질질 끌며 걷는 소리가 들렸다.

"이건 보세 창고에 처박혀 있던 거야."

그르렁거리는 목소리가 말했다.

무언가 콸콸 따르는 소리가 들렸다.

"여자들 표현으로 모피 코트에 좀이 먹을 만큼 오래된 거지."

해리 존스가 부드럽게 말했다.

"성공을 위해서."

나는 짧고 날카로운 기침 소리를 들었다. 그리고 나서 격렬하게 토하는 소리가 이어졌다. 두꺼운 유리가 떨어진 것처럼 바닥에 작은 것이 쿵 하고 떨어지는 소리가 났다. 나는 손가락으로 레인코트를 말아 쥐었다.

그르렁거리는 목소리가 상냥하게 말했다.

"한잔 마신 것 가지고 그렇게 아프지 않을 텐데, 친구."

해리 존스는 대답하지 않았다. 아주 짧은 순간, 힘들게 숨을 몰아쉬는 소리가 났다. 그리고 나서 두터운 침묵이 내려앉았다. 그 다음에 의자 하나가 끽 소리를 냈다.

"잘 있게, 꼬마 친구."

캐니노가 말했다.

발자국 소리, 찰칵하는 소리. 내 발밑에 있던 쐐기 모양 불빛이 사라졌다. 문이 열렸다가 조용히 닫혔다. 확신에 찬 발자국 소리는 여유롭게 점점 멀어졌다.

나는 문 가장자리를 넓게 밀어 젖힌 뒤 창문에서 들어오는 흐릿한 빛의 도움을 받아 어둠 속을 들여다보았다. 책상 구석이 희미하게 빛났다. 웅크린 형체가 책상 뒤 의자에 앉아 있었다. 밀폐된 공기 속에서 거의 향수와 다름없는 무겁게 들러붙은 냄새가 났다. 나는 복도 문 쪽으로 가로질러 가서 소리를 들어보았다. 멀리서 엘리베이터가 짤랑하는 소리가 났다.

나는 전등 스위치를 찾았고 청동 사슬로 천장에 매달린 먼지 낀 유리등에서 빛이 쏟아졌다. 해리 존스는 책상 건너편에서 나를 보고 있었다. 눈은 크게 뜨고 그의 얼굴은 한차례 경련을 일으킨 상태로 굳어져 있었으며 피부는 푸르스름했다. 그는 의자 등받이에 기댄 채로 똑바로 앉아 있었다.

전차 벨이 무한히 먼 곳에서 울리는 것 같았고 그 소리가 무수한 벽들을 울리며 전해졌다. 반 리터짜리 갈색 위스키 병이 뚜껑이 열린 채 책상 위에 놓여 있었다. 해리 존스의 잔은 책상 다리에 부딪힌 채 빛나고 있었다. 두번째 잔은 사라지고 없었다.

나는 허파 위에서부터 얕게 숨을 쉬고 병 위로 몸을 숙였다.

알싸한 버번의 냄새 뒤에 다른 냄새가 희미하게 풍겼다. 쓰디쓴 아몬드의 냄새. 해리 존스는 코트에 구토를 한 채로 죽었다. 청산가리를 마신 것이다.

나는 그의 시체 주변을 조심스럽게 넘어가 창문 나무틀에 걸린 고리에서 전화번호부를 집어들었다. 나는 전화번호부를 다시 놔두고 왜소한 남자의 시체에서 가능한 한 멀리 떨어져서 전화기로 다가갔다. 나는 교환을 돌렸다. 목소리가 대답했다.

"코트 가 이십팔 번지 아파트 삼백일 호 전화번호 알 수 있습니까?"

"잠깐만 기다리세요."

목소리가 쓰디쓴 아몬드 향을 풍기는 듯했다. 침묵이 흘렀다.

"번호는 웬트워스 2528이네요. 글렌다워 아파트 항목에 실려 있군요."

나는 목소리에 감사를 표하고 그 번호를 돌렸다. 벨이 세 번 울리더니 연결되었다. 전화선을 따라서 라디오 소리가 울려퍼졌고 잠시 후 소리가 줄어들었다. 무뚝뚝한 남자의 목소리가 대답했다.

"여보세요."

"아그네스 있습니까?"

"여기 아그네스라는 사람은 없어요. 몇 번에다 거셨소?"

"웬트워스 둘-다섯-둘-여덟 번이오."

"번호는 맞는데 그런 여자는 없소. 유감이오."

그 목소리는 꽥꽥거렸다.

나는 전화를 끊고서 다시 전화번호부를 집은 뒤 웬트워스 아파트를 찾아보았다. 관리인의 번호를 돌렸다. 캐니노가 빗속을 뚫고 또 하나의 죽음과의 약속을 향하여 질주하는 흐릿한 영상이 보였다.

"글렌다워 아파트입니다. 저는 시프입니다."

"나는 경찰 신원 확인계의 월리스요. 거기 주소로 등록되어 있는 아그네스 로젤이라는 여자가 있습니까?"

"누구시라고요?"

나는 다시 한 번 말했다.

"전화번호를 남겨 주시면, 제가……"

"웃기는 짓은 그만하시지."

나는 날카롭게 말했다.

"나 지금 바빠요. 거기 있소, 없소?"

"없습니다."

목소리는 빵조각처럼 딱딱했다.

"그 싸구려 여인숙에 등록되어 있는 초록색 눈의 키 큰 금발 여자가 없다고?"

"이보세요, 여기는 싸구려 여인숙 같은 게 아니고……"

"아, 그만둬요, 그만둬!"

나는 경찰의 목소리로 그에게 호통을 쳤다.

"지금 내가 부반장님하고 거기 가서 그 집을 다 뒤흔들어놓길 바라나? 나는 벙커힐 아파트에 대해서는 속속들이 알고 있다고. 특히 각 아파트 호실 전화번호가 실려 있는 집들 말이야."

"이보세요, 진정하시죠, 경관님. 협조해드릴게요. 여기 물론 금발 머리 여자도 두어 명 있어요. 없는 데가 어디 있겠습니까? 눈 색깔은 자세히 본 적이 없어요. 말씀하시는 여자가 혼자 삽니까?"

"혼자 살거나 아니면 백오십팔 센티미터 정도의 키에 무게는 한 사십오 킬로쯤, 날카로운 검은 눈을 지녔고 더블 단추가 달린 회색 양복 위에 아이리시 트위드 코트를 입고 회색 모자를 쓴 조그만 남자와 같이 살거나 할 거야. 내가 가진 정보는 삼백일 호실인데 전화를 거니 엉뚱한 자식이 나오더라고."

"아, 그런 여자는 거기 안 살아요. 삼백 일호 실에는 자동차 판매원 부부가 살아요."

"고맙소. 그럼 내가 들르지."

"조용하게 처리하시겠죠? 제 사무실로 오시지 않겠습니까, 직접?"

"아주 고맙소, 시프 씨."

나는 전화를 끊었다.

나는 얼굴에서 땀을 닦아냈다. 그리고 사무실 저쪽 구석으로 걸어가서 얼굴을 벽에 대고 서서 손으로 얼굴을 두드렸다. 나는 천천히 몸을 돌려 의자에서 인상을 쓰고 있는 작은 해리 존스를 건너다보았다.

"이런, 그를 속였군, 해리."

나는 스스로에게도 기묘하게 들리는 목소리로 크게 말했다.

"그에게 거짓말을 한 다음 작은 신사처럼 청산가리를 마셨군. 쥐약 먹은 쥐처럼 죽었지만, 해리, 당신은 내게는 전혀 생쥐 같은 하찮은 인물이 아니었소."

나는 그의 몸을 수색해야 했다. 그건 역겨운 일이었다. 그의 주머니에서는 아그네스에 대한 것은 나오지 않았고 내가 원한 것은 아무것도 나오지 않았다. 뭐가 나올 거라고 생각하지는 않았지만 확실히 해둬야 했다. 캐니노는 돌아올 것이다. 캐니노는 자신만만한 타입의 남자라 자기가 저지른 범죄의 현장으로 돌아오는 것을 꺼릴 사람이 아니었다.

나는 불을 끄고 문을 열기 시작했다. 전화벨이 귀에 거슬리게 울렸다. 나는 소리를 들었다. 턱의 근육이 뭉쳐져서 아파왔다. 나는 문을 닫고 다시 불을 켠 뒤 전화기로 갔다.

"네?"

여자의 목소리였다. 그녀의 목소리였다.

"해리 있나요?"

"잠깐 나갔소, 아그네스."

그 말을 듣자 그녀는 잠깐 멈칫했다. 그리고 천천히 말했다.

"누구시죠?"

"말로요. 당신에게 골칫거리인 남자."

"해리는 어디 있어요?"

날카로운 질문.

"나는 정보에 대한 보답으로 이백 달러를 주러 왔었소. 그 제안은 아직도 유효해. 나는 돈을 가지고 있소. 당신은 어디에 있지?"

"그가 당신에게 말 안 했어요?"

"안 했소."

"그럼 그에게 물어보는 편이 낫겠네요. 그는 어디 있어요?"

"그에게 물어볼 수가 없소. 캐니노라고 하는 남자를 아나?"

그녀가 숨을 훅 몰아쉬는 소리가 바로 내 옆에 있는 것처럼 또렷하게 들렸다.

"이백 달러를 갖고 싶소, 아니오?"

"나는……나는 정말로 그 돈이 필요해요."

"그럼 됐소. 어디로 가지고 갈지 말해요."

"나는, 나는……."

그녀의 목소리는 약해지다가 두려움에 차서 급작스레 다시 커졌다.

"해리 어디 있어요?"

"겁 먹고 도망쳤소. 어딘가에서 만납시다. 어디든 좋소. 난 돈을 가지고 있으니까."

"당신 말을 믿을 수 없어요. 해리에 대한 이야기는요. 함정이에요."

"헛소리 마오. 해리 정도는 이미 오래 전에 처리할 수도 있었소. 함정 따위를 만들 이유가 없소. 캐니노가 어떻게 했는지 해리를 찾아냈고 그는 도망쳤소. 나도 안정을 원하고 당신도 안정을 원하지. 해리도 안정을 원하고."

해리는 이미 안정을 얻었다. 아무도 그에게서 그것을 빼앗아 갈 수는 없었다.

"내가 에디 마스의 들러리라고 생각하는 건 아니겠지, 아가씨?"

"아아뇨, 그렇게 생각하지는 않아요. 아니에요. 반 시간 후에 만나요. 벌록스 윌셔 옆에서요. 주차장 옆 동문이에요."

"알았소."

나는 전화기를 내려놓았다. 아몬드 냄새가 파도처럼 다시 밀려들었고 구토물의 시큼한 냄새도 마찬가지였다. 죽은 조그만 남자는 자기 의자에 조용히 앉아 있었다. 공포와 변화를 초월한 채.

나는 사무실을 떠났다. 지저분한 복도에는 아무도 없었다. 돋을새김 유리문에서는 어디서도 불빛이 흘러나오지 않았다. 나는 비상계단으로 이층까지 가서 거기서 엘리베이터의 불 켜진 지붕을 내려다보았다. 나는 버튼을 눌렀다. 엘리베이터가 천천히 움직였다. 다시 계단을 내려갔다. 내가 건물을 걸어 나올 때 엘리베이터는 내 위에 있었다.

다시 세차게 비가 내리고 있었다. 나는 얼굴을 때리는 강한 빗방울을 맞으며 빗속을 걸어갔다. 빗방울이 하나 내 혓바닥에 닿았을 때에서야 내가 입을 벌리고 있다는 것을 깨달았다. 그리고 턱에 통증이 오는 바람에 내가 입을 크게 벌리고 긴장한 채로 굳어져 있다는 것을 알았다. 해리 존스의 얼굴에 새겨진 죽음의 신을 흉내내는 것처럼.

27

"돈을 주세요."

회색 플리머스의 엔진이 그녀의 목소리 아래에서 웅웅거렸고 그 위를 빗방울이 사정없이 두들겼다. 벌록스의 초록빛이 도는 탑 꼭대기의 자주색 불빛은 한참 우리 머리 위에 있어서 평온했으며 어둡고 물이 뚝뚝 떨어지는 도시로부터 아련히 멀어진 느낌이었다. 그녀는 검은 장갑을 낀 손을 내밀었고 나는 지폐를 그 위에 올려놓았다. 그녀는 몸을 숙이고 계기판의 어두침침한 불빛 아래에서 지폐를 세었다. 가방이 딸깍하고 열리더니 딸깍하고 닫혔다. 그녀는 멈추었던 숨을 입술 위에서 내쉬어버렸다. 여자는 내 쪽으로 몸을 기울였다.

"난 떠나요, 탐정 아저씨. 내 갈 길을 갈 거예요. 이건 도망갈 때 쓸 밑천이고 하느님만이 내가 얼마나 이걸 절실히 필요로 하는지 아실 거예요. 해리는 어찌 되었나요?"

"도망갔다고 말했잖소. 어떻게든 캐니노가 그의 낌새를 맡았소. 해리는 잊어버려요. 나는 돈을 치렀으니 정보를 받아야겠소."

"정보를 드리죠. 조하고 나는 지지난 주 일요일에 풋힐 대로에 차를 타고 나가 있었어요. 저녁 무렵이어서 거리에 불빛이 하나 둘 들어와 있었고 보통 때처럼 교통이 엉망이었죠. 우리는 갈색 쿠페를 지나쳤는데, 나는 그 차를 운전하는 여자를 봤어요. 그 여자 옆에는 남자가 하나 타고 있었는데 검은 머리에 키가 작은 남자였죠. 여자는 금발 머리였어요. 나는 이전에 그녀를 본 적이 있었어요. 그 여자가 에디 마스의 아내였어요. 남자는 캐니노였구요. 어느 쪽이든 한 번 보면 잊지 못할 얼굴이에요. 조는 앞에서 쿠페를 미행했어요. 그는 그런 일을 잘 해요. 감시견인 캐니노가 그녀를 바람 쐬어주러 나온 거였어요. 사 킬로미터 정도 리알토 동쪽으로 가자 산기슭으로 향하는 길이 나오더군요. 남쪽으로는 오렌지 카운티에 연결되어 있었지만 북쪽으로는 지옥 뒷마당처럼 아무것도 없는 황무지예요. 그리고 언덕 바로 위로는 소독용으로 사용하는 청산가리를 제조하는 공장이 있었어요. 고속도로를 바로 빠져나가면 작은 차고와 아트 헉이라고 하는 남자가 운영하는 자동차 수리 공장이 있어요. 아마 도난 차량을 떨구어놓는 곳일 거예요. 이 너머로 목조 가옥이 하나 있었고 집 너머에는 산기슭하고 채석장밖에는 아무것도 없어요. 그리고 팔 킬로미터 더 가면 청산가리 공장이 나오는 거죠. 거기가 그녀가 은신하고 있는 곳이에요. 그들은 이 길로 벗어났고 조는 차를 돌려 돌아 나왔는데 그때 차가 목조 가옥이 있는 쪽 길로 들어서는 것을 봤어요. 우리는 거기서 반 시간 동안 지나가는 차들을 뚫어지게 보았어요. 아무도 다시 나가지 않더군요. 날이 상당히 어두워지자 조는 거기로 살금살금 숨어들어가서 엿봤어요. 조 말로는, 집 안에는 불이 켜 있고 라디오 소리가 흘러나오는데 집 앞에는 차가 하나만 나와 있다고 했어요. 갈색 쿠페요. 그래서 우리는 거길 떠났어요."

그녀는 말을 멈추었고 나는 윌셔 대로에서 쌩쌩 달리는 자동차 소리를 듣고 있었다. 나는 말했다.

"그때 이후로 본부를 바꾸었을지도 모르는 일이군. 그렇지만 그게 당신이 팔려는 이야기로군. 당신이 팔려는 이야기야. 그 여자 얼굴을 확실히 아나?"

"그 여자를 한 번 보면, 두번째에서 절대 못 알아볼 리가 없어요. 잘 있어요, 탐정 아저씨. 행운을 빌어줘요. 난 부당한 취급을 받았다구요."

"참 그렇기도 하겠군."

나는 거리를 건너서 내 차로 돌아왔다.

회색 플리머스는 전진하면서 가속도를 내더니 쏜살같이 모퉁이를 돌아 선셋 플레이스로 달려갔다. 차의 엔진 소리가 점점 멀어졌고 그와 함께 금발 머리 아그네스가 적어도 내가 아는 한에서는 과거를 영원히 청산하고 떠났다. 가이거, 브로디, 해리 존스까지 세 명의 남자가 죽었지만 여자는 내 200달러를 가방에 넣고 추적자를 따돌린 채 차를 타고 빗속으로 떠난 것이다. 나는 내 차의 시동을 걸고 식사를 하러 시내로 들어갔다.

맛있는 저녁 식사를 했다. 빗속에서 64킬로미터나 달려가야 하는 하이킹이었고 나는 왕복 여행이 되기를 바랐다.

나는 북쪽으로 차를 몰아 강을 건너서 파사디나로 들어선 뒤 파사디나를 통과해서 거의 한순간에 오렌지 숲으로 들어섰다. 떨어지는 비가 헤드라이트 속에서는 견고한 하얀 물보라처럼 보였다. 바람막이 와이퍼는 잘 볼 수 있을 만큼 깨끗하게 창문을 닦을 수가 없었다. 그렇지만 흠뻑 젖은 어둠조차도 가지런히 한 줄로 서서 끊임없는 수레바퀴처럼 밤으로 굴러들어가는 오렌지 나무들을 가리지 못했다.

차는 찢어지는 듯한 소리와 더러운 물보라를 일으키며 지나갔다. 고속도로는 오렌지 포장소와 창고, 그 사이로 철도 측선이 나 있는 작은 마을로 통해 있었다. 작은 숲은 점점 줄어들어 남쪽으로 감에 따라 완전히 사라져버렸고, 오르막길을 지나자 날씨가 추워지면서 북쪽으로는 검은 산기슭이 더 가깝게 자리잡고 있어 산의 측면을 쓸고 가는 매서운 바람이 불어왔다. 그러고 나서야 어둑한 노란색 증기등에서 희미하게 비치는 불빛 두 개가 공중에 높이 떠올랐고, 불빛 사이로는 '리알리토로 오신 것을 환영합니다' 하고 쓴 네온사인이 보였다.

목조 가옥들은 너른 대로에서 뒤쪽으로 물러난 곳에 자리잡고 있었고, 갑작스럽게 일련의 상점들과 김이 서린 유리판 뒤로 배어나오는 드러그스토어의 불빛, 영화관 앞에 파리떼처럼 몰려 있는 차들이 보였다. 보도 옆에 시계탑이 서 있는 모퉁이에는 캄캄한 은행이 있었고 한 무리의 사람들이 창가에 모여 쇼에라도 출연하는 것처럼 비를 바라보면서 서 있었다. 나는 계속 갔다. 텅 빈 들판이 다시 펼쳐졌다.

운명이 무대 감독처럼 모든 것을 지휘하고 있었다. 리알리토를 넘어선 곳, 1.6킬로미터 정도 넘어선 곳에서 고속도로가 휘어졌고 비에 미끄러지는 바람에 갓길로 지나치게 붙었다. 오른쪽 앞바퀴 타이어가 성난 듯 비명을 지르며 나갔다. 내가 차를 세우기도 전에 오른쪽 뒷바퀴도 따라서 터졌다. 나는 도로 반, 갓길 반에 걸쳐 차를 가까스로 세운 뒤 밖으로 나가서 손전등으로 여기저기 비춰 보았다. 타이어 두 개가 펑크 났는데 스페어 타이어는 하나뿐이었다. 무겁게 아연 도금을 한 못의 납작한 머리가 앞바퀴에서 비죽 나와 있었다. 도로의 가장자리가 못으로 어질러져 있었다. 비에 쓸려온 것 같았지만 아예 완전히 쓸려나가지는 못했다.

나는 손전등을 끄고 비를 들이마시며 그 자리에 선 채 노란 불빛이 있는 옆길을 올려다보았다. 불빛은 높은 채광창에서 흘러나오는 것 같았다. 이 채광창은 차고에 딸린 것이었는데, 그 차고는 아트 헉이라는 남자가 운영하는 것일 수도 있고 그 옆에는 목조 가옥이 있을 수도 있다. 나는 옷깃을 세워 턱을 파묻고 그쪽을 향해 출발했다가 도로 돌아와 운전대에서 면허판을 풀어 내 주머니에 넣었다. 나는 운전대 아래로 낮게 몸을 숙였다. 묵직한 뚜껑 뒤, 내가 차에 앉을 때의 오른쪽 다리 바로 아래에 비밀 칸막이가 있었다. 그 안에는 총이 두 자루 들어 있었다. 하나는 에디 마스의 부하 래니의 것이었고 다른 하나는 내 것이었다. 래니의 총을 집었다. 그 총이 내 것보다 더 잘 훈련되어 있을 것이다. 나는 총구를 아래로 하여 속주머니에 집어넣고 옆길을 올라가기 시작했다.

 차고는 도로에서 90미터 정도 떨어져 있었다. 고속도로에서는 텅빈 옆 벽만 보였다. 나는 재빨리 손전등을 비춰 보았다. '아트 헉―자동차 수리 및 도색'이라고 쓰여 있었다. 나는 쿡쿡 웃었다. 다음 순간 해리 존스의 얼굴이 내 앞에 떠올랐고 나는 웃음을 멈췄다. 차고 문은 닫혀 있었지만 그 밑으로 빛이 조금씩 새어나왔고 문이 맞물려 닫힌 틈으로도 빛이 한 줄기 흘러 나왔다. 나는 차고를 지나쳐 계속 갔다. 목조 가옥은 거기 있었다. 두 개의 앞 창문에서는 불빛이 나와 그림자를 드리웠다. 차 한 대가 그 앞 자갈길 위에 서 있었다. 어두워서 분간할 수 없었지만 캐니노의 소유인 갈색 쿠페였다. 차는 좁은 나무 포치 앞에 평화롭게 웅크리고 있었다.

 그는 때때로 기분 전환 겸 해서 여자를 데리고 나갈 것이다. 총을 꺼내기 좋은 곳에 두고 자기는 여자 옆에 앉아서 나가겠지. 러스티 리건이 결혼했어야 하는 여자, 에디 마스가 지키지 못했던 여자, 리건과 도망치지 않았던 여자와 말이다. 멋지군. 미스터 캐니노.

 나는 차고로 다시 터벅터벅 걸어와 손전등 손잡이로 나무 문을 세차게 두드렸다. 순간 천둥처럼 육중하게 침묵의 순간이 내려앉았다. 안의 불이 꺼졌다. 나는 그 자리에 서서 싱긋 웃으며 입술에 떨어지는 빗방울을 핥았다. 나는 손전등을 켜 문 한가운데를 비추었다. 나는 흰색의 원을 보고는 싱긋 웃었다. 내가 바라는 곳에 와 있었다.

 문을 통해서 목소리가 들려왔다. 퉁명스러운 목소리였다.

"무슨 일입니까?"

"문 열어줘요. 고속도로에서 타이어 두 개가 펑크가 났는데 스페어가 하나밖에 없거든요. 도움이 필요해요."

"죄송합니다, 손님. 영업 끝났습니다. 몇 킬로미터만 서쪽으로 가면 리알토가 나옵니다. 거기서 알아보시는 게 나을 겁니다."

나는 그 말이 마음에 안 들었다. 문을 발로 세게 찼다. 나는 계속해서 문을 찼다. 다른 목소리가 들렸다. 벽 뒤에서 발전기를 돌리는 것 같은 그르렁거리는 목소리였다.

"잘난 척하는 녀석이군, 허. 문을 열어, 아트."

빗장에서 끼익하는 소리가 나고 문이 반쯤 안으로 열렸다. 손전등 불빛이 짧은 순간 수척한 얼굴을 비췄다. 다음 순간 무언가 번쩍이는 것이 휙 날아와 내 손에서 손전등을 쳐서 떨어뜨렸다. 총이 나를 겨누고 있었다. 나는 몸을 굽혀 젖은 땅을 비추고 있는 손전등을 주웠다.

퉁명스러운 목소리가 말했다.

"그 손전등 불 좀 꺼, 친구. 사람들은 그런 식으로 다치곤 하지."

나는 손전등의 스위치를 끄고 몸을 폈다. 차고 안에는 다시 불빛이 비치고 있어 멜빵바지를 입은 키 큰 남자의 윤곽이 드러났다. 그는 열린 문을 등진 채 총을 똑바로 내게 겨누고 있었다.

"안으로 들어가서 문을 닫아, 타지 양반. 우리가 무얼 할 수 있는지 보자고."

나는 안으로 걸어 들어가서 등 뒤로 문을 닫았다. 나는 수척한 얼굴의 남자를 바라보았지만 아무 말 없이 작업대 옆에 그림자처럼 서 있는 다른 남자는 쳐다보지 않았다. 차고의 공기는 뜨거운 피록실린 도료 냄새로 달짝지근하기도 했지만 불길하기도 했다.

"당신 생각이 있는 거야?"

수척한 얼굴의 남자가 나를 꾸짖었다.

"오늘 정오에 리알토에서 은행 강도 사건이 있었다고."

"미안."

나는 빗속에서 은행을 쳐다보고 있던 사람들을 기억했다.

"내가 훔친 건 아니오. 나는 여기 처음 왔으니까."

"아무튼 그랬다고."

그는 침울한 어조로 말했다.

"누가 그러는데 애송이 녀석 이인조였고 여기 언덕으로 몰려왔다더군."

"몸을 숨기기에는 멋진 밤이군. 그들이 못을 내다버린 것 같소. 내가 몇 개 밟았으니까. 난 당신 장사에 그런 일이 필요한 줄 알았지."

"입을 한 대 맞아본 적 없나 보군, 그렇지?"

수척한 얼굴의 남자는 간결하게 물었다.

"당신 정도 몸무게가 나가는 사람에게 당한 적은 없지."

그르렁거리는 목소리가 그림자 속에서 말했다.

"괜한 공갈 마, 아트. 이 사람은 지금 곤경에 처해 있잖아. 자네 하는 일이 차 수리 아닌가."

"고맙소."

나는 그때까지도 그를 쳐다보지 않고 말했다.

"알았소, 알았소."

작업복을 입은 남자가 투덜거렸다. 그는 총을 옷 속에 쑤셔 넣고는 주먹을 물어뜯으면서 나를 우울하게 응시했다. 피록실린 도료 냄새는 에테르처럼 역겨웠다. 차고 한쪽 구석의 늘어진 전등 아래에는 펜더에 도료 분무기를 올려놓은 커다란 최신형의 세단이 있었다.

나는 그제서야 작업대 옆에 있는 남자를 바라보았다. 그는 키가 작고 어깨가 떡 벌어져 단단한 체격이었다. 차가운 얼굴에 차가운 검은 눈이었다. 그는 빗물이 심하게 튄 허리띠 달린 갈색 스웨이드 레인코트를 입고 있었다. 갈색 모자는 멋 부려서 비스듬하게 놓여 있었다. 그는 등을 작업대에 기대고 마치 차가운 고기 조각을 보는 것처럼 서둘지도 않고 흥미도 나타내지 않으며 나를 보고 있었다. 아마도 그는 사람들을 그렇게 생각할 것이었다.

그는 검은 눈을 아래위로 천천히 굴리더니 손톱을 불빛에 대고 하나씩 흘긋 본 다음 세심하게 손톱을 관찰했다. 할리우드가 그렇게 해야 한다고 가르쳐 온 대로. 그는 담배를 물고 말했다.

"타이어가 두 개 펑크가 났다고? 그 참 안됐군. 그놈들이 못을 뿌리고 간 모양이야."

"커브를 돌다가 조금 미끄러졌소."

"이 마을에는 처음이라고 했소?"

"여행하던 중이었소. LA로 가는 길이지. 거리가 얼마나 되오?"

"육십사 킬로미터 정도지. 이런 날씨에는 더 오래 걸리는 것처럼 느낄 거요. 어디서 왔소, 타지 양반?"

"산타로사요."

"먼 길을 왔겠군, 흠? 타호와 론파인을 지났소?"

"타호는 아니오. 리노에서 카슨 시티를 지나서 왔지."

"그래도 먼 길이군."

그의 입술에 미소가 잠깐 떠올랐다가 스러졌다.

"그러면 안 되는 법이라도 있소?"

내가 그에게 물었다.

"허? 아니, 안 될 거야 없지. 우리가 시시콜콜 참견한다고 생각하나 보군. 여기 있다는 노상강도 패거리 때문에 그렇소. 잭을 가지고 가서 이 사람 펑크난 타이어를 바꿔줘, 아트."

"난 바빠."

수척한 얼굴의 남자가 으르렁거렸다.

"할 일이 있다고. 이 도색 작업하고 있잖아. 밖에 비도 오고 있고. 알 거 아냐."

갈색 양복을 입은 남자가 유쾌하게 말했다.

"그 잘난 도색 작업을 하기에는 너무 축축해, 아트. 움직이라고."

내가 말했다.

"오른쪽 앞바퀴와 뒷바퀴요. 한쪽은 스페어 타이어를 쓸 수 있을 거요, 바쁘다면."

"잭을 두 개 가져가게, 아트."

갈색 옷의 남자가 말했다.

"이봐, 들어보라고……."

아트는 소리지르기 시작했다.

갈색 옷의 남자는 눈을 돌려 부드럽고 조용한 눈길로 아트를 바라본 뒤 거의 수줍은 듯한 태도로 눈을 내리깔았다. 그는 아무 말 하지 않았다. 아트는 돌풍이 몰아치고 가기라도 한 듯 몸을 덜덜 떨었다. 그는 구석으로 쿵쿵 걸어가서 작업복 위에 고무 비옷을 걸치고 머리에 방수모를 썼다. 그는 소켓 렌치와 잭을 집어들고는 바퀴 달린 잭을 문 쪽으로 굴려갔다.

아트는 문이 열린 채 내버려두고 조용하게 밖으로 나갔다. 비바람이 안으로 몰아쳤다. 갈색 옷을 입은 남자는 어슬렁거리며 걸어가서 문을 닫고는 작업대로 다시 어슬렁거리며 돌아와 정확히 원래 앉았던 자리에 엉덩이를 걸쳤다. 그때라면 그를 잡을 수도 있었을 것이다. 우리 둘뿐이었다. 그는 내가 누구인지 몰랐다. 캐니노는 나를 가볍게 바라보더니 담배를 시멘트 바닥에 던지고는 내려다보지도 않고 발로 눌러 껐다.

"술 한잔 들이켜면 나을 거요. 속을 적셔주고 기운도 나게 해주니까."

그는 뒤에 있는 작업대에서 병을 집어 가장자리에 놓고 그 옆에 유리잔 두 개를 놓았다. 그는 각각 독한 술을 약간씩 따라 한잔을 내밀었다.

나는 미이라와 같은 걸음으로 다가가 잔을 받았다. 비의 기억이 아직도 내 얼굴에 차갑게 남아 있었다. 뜨거운 도료 냄새가 차고의 밀폐된 공기를 중독시켰다.

"저 아트는 여타 수리공과 다를 바가 없지. 지난 주에 마쳤어야 할 일에 아직도 코를 박고 있으니 말야. 업무상의 여행이오?"

나는 세심하게 술 냄새를 맡았다. 이상 없는 냄새였다. 나는 내 술을 목에 넘기기 전에 먼저 그가 술을 마시는 것을 지켜보았다. 혀 위에서 술을 굴려보았다. 청산가리는 들어 있지 않았다. 나는 작은 잔을 비운 뒤 그의 옆에 잔을 내려놓고 물러섰다.

"부분적으로는."

나는 펜더 위에 도료 분무기가 놓여 있는 반쯤 도색한 세단 쪽으로 다가갔다. 비가 평평한 지붕을 세차게 내려치고 있었다. 아트는 욕지거리를 하면서 빗속에 나가 있었다.

갈색 옷의 남자가 커다란 차를 보았다.

"처음에는 그냥 옆 판 정도였소."

그는 아무렇지도 않게 말했다. 그르렁거리는 목소리는 술 탓인지 훨씬 더 부드러웠다.

"그렇지만 차 주인이 돈 좀 있는 사람이고, 운전사가 약간 용돈이 필요해서 말이오. 이런 장사가 다 그런 거 아니오."

"고리타분한 수법이군."

입술이 말라왔다. 말할 기분이 아니었다. 나는 담뱃불을 붙였다. 몇 분이 살금살금 지나갔다. 갈색 옷의 남자와 나는 우연히 만나게 된 두 명의 이방인으로, 해리 존스라고 하는 죽어버린 조그만 남자를 사이에 두고 서로를 보고 있는 것이었다. 다만 갈색 옷을 입은 남자는 그 사실을 아직 몰랐다.

발자국 소리가 밖에서 쿵쿵 들리더니 문이 열렸다. 빛이 연필심같이 가늘게 내리는 빗줄기를 후려쳐서 은빛 전선처럼 보였다. 아트는 진흙투성이가 된 타이어를 굴려오더니 문을 발로 차서 닫고 타이어 한 짝이 옆으로 쓰러지게 그냥 놔두었다. 그는 난폭하게 나를 바라보았다.

"잭을 세울 수 없는 데로 참 잘도 골랐군."

그는 으르렁거렸다.

갈색 옷의 남자는 웃더니 주머니에서 5센트짜리 동전 묶음을 꺼내 손바닥 위에 올려놓고 던졌다 받았다 했다.

"그만 좀 투덜거려."

그가 건조한 목소리로 말했다.

"그 펑크난 타이어나 고치라고."

"내가 지금 고치고 있지, 안 고치고 있나?"

"그래, 그러니까 그만 툴툴거리라고."

"참 나!"

아트는 고무 코트와 방수모를 벗어 멀리 던져버렸다. 그는 타이어를 대 위에다 올려놓더니 심술궂게 테두리를 찢어냈다. 그는 튜브만 꺼내어 찢어진 곳을 구멍으로 메웠다. 여전히 인상을 찌푸린 채로 내 옆 벽 쪽으로 가더니 공기 호스를 집어서 튜브 속에 공기를 집어넣고는 공기 호스의 노즐을 하얗게 씻긴 벽에 기대어 놓았다.

나는 종이에 싸인 동전 묶음이 캐니노의 손에서 춤추는 것을 지켜보며 서 있었다. 웅크리고 있던 긴장의 순간이 지나갔다.

나는 고개를 돌려 내 옆에 있는, 얼굴이 수척한 수리공이 공기로 팽팽하게 된 튜브를 던져 올렸다가 팔을 크게 벌려 받는 것을 보았다. 그는 그걸 화가 난 듯이 살펴보다가 구석에 더러운 물이 담긴 커다란 도금 대야로 눈길을 던지더니 툴툴거렸다.

두 사람의 팀워크는 아주 좋았던 것 같다. 어떤 신호도, 의미 있는 눈짓도, 특별히 중요해 보이는 몸짓도 없었다. 얼굴이 수척한 남자가 공기가 가득 찬 튜브를 공중에 높이 들고 바라보았다. 그는 몸을 반쯤 돌리더니 빠르고 보폭이 큰 걸음으로 다가와 내 머리와 어깨 위로 튜브를 내리쳤다. 완벽히 고리를 씌운 셈이었다.

그는 내 뒤로 뛰어들어 고무를 세게 눌렀다. 그의 몸무게가 가슴을 눌러 팔뚝이 옆구리에 꽉 붙었다. 손은 움직일 수 있었지만 주머니에 있는 총을 집을 수가 없었다.

갈색 옷을 입은 남자가 바닥을 지나 내 쪽으로 거의 춤추듯이 다가왔다. 그의 손은 동전 묶음을 꽉 쥐고 있었다. 그는 아무 소리도 아무런 표정도 없이 내게로 다가왔다. 나는 몸을 숙여 아트를 들어올리려고 했다.

무거운 튜브를 든 주먹이 먼지 구름을 뚫고 나온 돌멩이처럼 내가 뻗은 팔 사이로 파고들었다. 순간 불이 번쩍 춤추고 시야가 초점을 벗어나 흐릿하게 보이면서 정신이 멍멍한 충격을 느꼈다. 그는 나를 다시 쳤다. 머리에는 아무런 감각이 없었다. 번쩍이는 불이 더 밝아졌다. 몹시 고통스러운 하얀 불빛 말고는 아무것도 없었다. 그러자 현미경 아래의 세균처럼 꿈틀거리는 빨간 것들이 보이면서 암흑이 찾아왔다. 그런 뒤 빛도 꿈틀

거리는 것도 사라졌다. 어둠과 공허함, 몰아치는 바람과 큰 나무가 쿵 하고 떨어지는 소리만이 남았다.

28

 여자가 한 명 있는 것 같았다. 그녀는 환한 빛을 받으며 스탠드 가까이에 앉아 있었다. 또 다른 빛이 내 얼굴을 따갑게 비추어 나는 다시 눈을 감고 눈썹 사이로 그녀를 보려고 했다. 여자의 머리카락은 환한 백금색으로, 은제 과일 그릇처럼 빛났다. 그녀는 넓은 하얀 옷깃이 달린 녹색 니트 드레스를 입고 있었다. 발치에는 모서리가 뾰족하고 윤이 나는 가방이 놓여 있었다. 그녀는 담배를 피우고 있었고 호박색 액체가 담긴 기다란 유리잔이 그녀의 팔꿈치 옆에서 창백하게 보였다.
 나는 머리를 약간, 조심스럽게 움직여 보았다. 머리가 아팠지만 생각한 것보다는 덜했다. 나는 오븐에 들어갈 준비가 된 칠면조처럼 팔다리가 묶여 있었다. 손목은 뒤로 돌려 수갑이 채워져 있었고 발목은 손목에서부터 나온 한 가닥 밧줄로 묶여 있었다. 그리고 지금 웅크리고 누워 있는 긴 의자 위로도 밧줄이 둘러져 있었다. 몸을 약간 움직이자 밧줄이 어딘가에 묶여 있다는 사실을 확실히 알게 되었다.

나는 슬그머니 움직이는 것을 단념하고 눈을 다시 뜨고 말했다.

"이봐요."

여자는 먼 산봉우리를 바라보던 눈길을 거두었다. 그녀의 작고 야무진 턱이 서서히 돌아섰다. 눈은 산의 호수처럼 푸르렀다. 비가 마치 다른 사람의 세계에 내리는 것과도 같이 아련한 소리를 내면서 여전히 내리고 있었다.

"기분이 어때요?"

머리카락에 잘 어울리는 매끄러운 은빛의 목소리였다. 인형의 집에 있는 초인종처럼 작은 방울이 굴러가는 듯했다. 나는 그런 데에 생각이 미치자 바보 같은 기분이 들었다.

"아주 좋군요. 누군가 내 턱 위에 주유소라도 지은 모양인데."

"뭘 기대하셨나요, 말로 씨. 난초 화환이라도?"

"그냥 단순한 소나무 관이면 되오. 청동이나 은 손잡이가 아니어도 상관없고. 그리고 내 재를 푸른 태평양에 뿌리지는 말아요. 난 지렁이가 더 좋아요. 지렁이는 암수한몸이라 어떤 다른 지렁이와도 사랑할 수 있다는 사실을 알고 있나요?"

"약간 머리가 어지러우신가 봐요."

그녀는 근심스러운 눈빛으로 말했다.

"이 전등 좀 치워줄 수 있겠습니까?"

그녀는 일어서서 대형 의자 뒤로 갔다. 불이 꺼졌다. 빛이 희미해지자 축복받은 느낌이었다.

"당신이 그렇게까지 위험한 사람이라고 생각하지는 않아요."

그녀는 키가 큰 편이었지만 키다리라고 할 수는 없었다. 늘씬했지만 말라비틀어진 느낌이 아니었다. 그녀는 자기 자리로 돌아갔다.

"그래, 내 이름을 알고 있군요."

"잘 자던데요. 그 사람들이 당신 주머니를 뒤질 시간은 충분했죠. 이것저것 다 하기는 했지만 당신을 미라로 만들지는 않았어요. 그래, 탐정이로군요."

"그게 그 사람들이 내게 알아낸 전부요?"

그녀는 아무 말 하지 않았다. 연기가 담배로부터 희미하게 피어올랐다. 그녀는 연기를 흩어버렸다. 손은 작고 맵시가 있었고 요새 여자들에게서 볼 수 있는 것처럼 뼈가 도드라진 원예용 도구 같은 손이 아니었다.

"지금 몇 시요?"

나는 물었다.

그녀는 연기가 나선형으로 피어오르는 너머로 등불의 음울한 빛 가장자리에 손목시계를 대고 곁눈질로 보았다.

"열시 십칠분이네요. 데이트라도 있으세요?"

"놀랄 일도 아니로군. 이 집이 아트 헉의 차고 옆집입니까?"

"네."

"그 친구들은 뭐하고 있죠? 무덤이라도 파고 있나?"

"어딘가 갈 데가 있었어요."

"당신만 여기 혼자 남겨두고 갔단 말이오?"

여자는 머리를 천천히 돌렸다. 그녀는 미소를 지었다.

"당신은 위험해 보이지 않으니까요."

"난 그 친구들이 당신을 죄수로 잡아두고 있는 줄 알았는데."

이 말에도 그녀는 별로 놀라지 않았다. 심지어 약간 재미있어하는 듯했다.

"왜 그런 생각을 했어요?"

"당신이 누군지 알고 있으니까."

그녀의 새파란 눈이 어찌나 날카롭게 빛나던지 칼이 스쳐 지나간 자리를 볼 수 있듯이 눈길이 스쳐 지난 자리도 볼 수 있을 것만 같았다. 입이 약간 다물어졌다. 그렇지만 목소리는 변함없었다.

"그러면 당신은 어려운 지경에 처해 있는 것 같네요. 나는 살인을 싫어하지만."

"에디 마스의 아내인 당신이? 창피한 일이로군."

그녀는 이 말이 마음에 들지 않았다. 그녀는 나를 쳐다보았다. 나는 싱긋 웃었다.

"당신이 이 팔찌를 풀 수 없다면, 사실 나도 풀지 말라고 충고하겠지만, 당신이 마시지 않는 저 술은 조금 나눠줄 수 있겠죠."

여자는 잔을 가지고 왔다. 그 안에서 거품이 헛된 희망처럼 일었다. 그녀는 내 위로 몸을 구부렸다. 그녀의 숨결은 새끼 사슴의 눈처럼 섬세했다. 나는 잔에서 술을 받아 마셨다. 그녀는 잔을 내 입에서 떼고 내 목으로 술이 넘어가는 것을 지켜봤다.

그녀는 내 위로 다시 몸을 숙였다. 내 몸 속의 피가 집을 빌리기 위해 둘러보는 세입자처럼 다시 돌기 시작했다.

"얼굴이 방수 매트 같아요."

"그럼 최대한 활용해요. 어차피 이런 쓸모도 오래 가지는 않을 테니."

그녀는 머리를 날카롭게 흔들고 귀를 기울였다. 한순간 그녀의 얼굴이 창백해졌다. 소리라고는 벽에 흐르는 빗소리뿐이었다. 그녀는 방 건너편으로 돌아가더니 나를 향해 서서 몸을 약간 굽히고 바닥을 내려다보았다.

"왜 여기까지 와서 자기 목을 내놓는 거죠?"

그녀는 조용히 물었다.

"에디는 당신에게 어떤 해도 끼치지 않았어요. 만약 내가 여기 숨어 있지 않는다면, 경찰들은 에디가 러스티 리건을 죽였다고 확신할 거라는 걸 당신도 잘 알잖아요."

"에디가 죽였으니까."

그녀는 움직이지 않았다. 자세에 약간의 변화도 없었다. 숨소리가 거칠고 빨랐다. 나는 방을 둘러보았다. 같은 벽에 붙어 있는 문이 두 개 있었는데 한 개는 반쯤 열려 있었다. 빨강과 황갈색 네모 무늬가 있는 양탄자에다 창문에는 푸른 커튼이 달려 있었으며 벽지에는 밝은 초록색 소나무가 그려져 있었다. 가구들은 버스 정류장에 붙어 있는 광고전단지에 나온 곳에서 사왔을 법한 것들이었다. 화려하지만 견고한 것들.

여자는 부드럽게 말했다.

"에디는 그에게 아무 짓도 하지 않았어요. 나는 러스티를 몇 달 간 보지 못했으니까. 에디는 그런 사람이 아니에요."

"당신은 그와 결혼 생활을 끝냈잖소. 혼자 살고 있었죠. 당신이 살던 곳의 동네 사람들이 리건의 사진을 보고 확인을 했습니다."

"그건 거짓말이에요."

그녀는 냉담하게 말했다.

나는 그레고리 반장이 그런 말을 했는지 또는 안 했는지 기억해내려고 애썼다. 내 머리는 너무 뒤죽박죽이었다. 확신할 수 없었다.

"그리고 당신이 상관할 바도 아니지요."

그녀가 덧붙였다.

"이 모든 일이 다 내가 상관할 일이오. 나는 모든 것을 알아내라고 고용된 것이니까."

"에디는 그런 남자가 아니에요."

"아, 당신은 사기꾼들을 좋아하는군요."

"사람들이 도박을 하는 한 그들이 도박을 할 장소는 있기 마련이죠."

"그건 자기합리화의 생각일 뿐이오. 일단 법의 범위 밖으로 나가면 계속 벗어나게 되는 거요. 당신은 그가 단지 도박사일 뿐이라고 생각하는 모양이군. 나는 그가 포르노 사진사에 협박꾼, 도난 차량 브로커에 살인 교사자, 그리고 부패한 경찰 매수자라고 생각해요. 그는 자기에게 유리하게 보이는 것이라면 무엇이든 될 수 있지. 배춧잎이 왔다갔다하는 것이라면요. 고결한 영혼을 가진 사기꾼도 있다고 설교할 생각은 말아요. 그런 말은 어울리지 않으니까."

"그는 살인자는 아니에요."

그녀의 코가 벌름거렸다.

"직접 한 건 아닐 수도 있겠지. 캐니노가 있으니까. 캐니노는 오늘 밤 한 남자를 죽였소. 별로 해로울 것도 없는 작은 남자였는데. 그는 다른 사람을 도와주려고 했을 뿐이오. 나는 그가 살해당하는 장면을 본 것이나 다름없소."

그녀는 지친 듯 웃었다.

"좋아요."

나는 을러댔다.

"내 말을 믿지 말아요. 에디가 그렇게 좋은 사람이라면 캐니노 없는 자리에서 에디와 이야기하고 싶군. 캐니노라면 무슨 짓을 할지 당신도 알겠죠. 내 이를 뽑아내고 내가 우물우물하면 배를 걷어차겠지."

그녀는 머리를 뒤로 젖히고 서서 생각에 잠긴 채 무언가 떠올리려고 했다.

"내 생각에 백금색 머리는 유행에 뒤진 것 같은데."

나는 방 안에 뭔가 소리가 계속 나게 하고 싶어서, 그리고 다른 소리에 귀를 잔뜩 기울이고 싶지 않아서 계속 말을 했다.

"가발이에요, 어리석기는. 내 머리가 자랄 때까지요."

여자는 손을 뻗어 가발을 벗었다. 진짜 머리는 사내아이의 머리처럼 여기저기 짧게 잘려 있었다. 그녀는 다시 가발을 썼다.

"누가 당신에게 그런 짓을 했죠?"

그녀는 놀란 듯했다.

"내가 했어요, 왜요?"

"그렇군, 왜 그랬죠?"

"이유라면 에디에게 내가 그가 원하는 대로 기꺼이 따른다는 것을 보여주기 위한 거죠. 숨어 있는 것 말이에요. 그러면 그는 내게 감시를 붙일 필요가 없잖아요. 나는 그를 실망시키지 않을 거예요. 나는 그를 사랑하니까."

"맙소사."

나는 신음했다.

"그 결과 당신은 지금 이 자리, 이 방 안에 나와 함께 있는 거로군."

그녀는 한 손을 뒤집고 그걸 내려다보았다. 그러더니 갑작스럽게 방을 걸어 나갔다. 그녀는 부엌칼을 가지고 돌아왔다. 그녀는 몸을 굽히고 내 밧줄을 잘랐다.

"캐니노가 수갑 열쇠를 가지고 있어요."

그녀는 숨을 내쉬었다.

"그건 어떻게 할 수가 없네요."

그녀는 숨을 빠르게 몰아쉬며 한 발짝 물러섰다. 그녀는 모든 매듭을 다 끊었다.

"재미있는 분이네요. 숨 쉴 때마다 농담을 하다니. 이런 지경에 있는데도 말이죠."

"에디는 살인자가 아니라고 생각했소."

그녀는 획 돌아서서 램프 옆에 있는 자기 의자로 돌아가 앉은 뒤 얼굴을 손에 묻었다. 나는 발로 바닥을 딛고 일어섰다. 다리에 쥐가 나서 비틀거리며 걸어다녔다. 얼굴 왼쪽의 신경이 아직도 저릿했다. 나는 한 발짝 내디뎌보았다. 아직 걸을 수는 있었다. 필요하다면 뛸 수도 있을 것이다.

"나보고 가라는 말인가요."

나는 말했다.

그녀는 고개를 들지도 않고 끄덕였다.

"나와 함께 가는 편이 나을 겁니다. 계속 살고 싶으면요."

"시간 낭비하지 마세요. 그가 언제 돌아올지 몰라요."

"담배 한 대만 붙여줘요."

나는 그녀 무릎에 닿을 정도로 그녀 옆에 다가섰다. 그녀는 갑자기 비틀거리며 주저앉았다. 우리의 눈은 단지 몇 센티미터 정도 떨어져 있을 뿐이었다.

"안녕, 은빛 가발 머리 아가씨."

나는 부드럽게 말했다.

그녀는 한 발짝 물러서서 의자를 돌아 탁자 위에 있던 담배 한 갑을 가져왔다. 그녀는 흔들어서 한 개비를 빼더니 거칠게 내 입에 쑤셔넣었다. 그녀의 손이 떨리고 있었다. 그녀는 작은 초록색 가죽 라이터를 켜서 내 담배에 대주었다. 나는 연기를 들이마시고는 그녀의 호수처럼 푸른 눈을 들여다보았다. 그녀가 여전히 내게 가까이 있을 동안 나는 말했다.

"해리 존스라는 작은 새가 나를 당신에게 인도한 거요. 빵조각 대신 경마 내깃돈을 쪼아 먹으러 칵테일바를 뛰어다니던 작은 새였소. 물론 정보도 쪼아 모았겠지. 이 작은 새가 캐니노에 관해 어떤 것을 쪼아 올렸죠. 어찌어찌해서 그와 그의 친구들이 당신 있는 곳을 알아냈고. 그가 나한테 와서 이 정보를 팔려고 합니다. 왜냐면 그는 내가 스턴우드 장군에게 고용된 걸 알았거든요. 그가 어떻게 알았는지 말하려면 이야기가 길어질 거요. 나는 그의 정보를 손에 넣었지만, 캐니노는 이 작은 새를 손에 넣었어요. 지금은 죽어버린 작은 새일 뿐이죠. 깃털을 떨어뜨린 채 목이 힘없이 부러지고 입에는 핏방울을 물고. 캐니노가 그를 죽였소. 그렇지만 에디가 그랬을 리는 없어요. 그랬을까요, 은빛 가발 아가씨? 그는 결코 사람을 죽이지 않아요. 그렇게 하라고 고용할 뿐이지."

"나가요."

그녀는 매섭게 말했다.

"여기서 빨리 나가요."

그녀는 녹색 라이터를 들고 허공을 꼭 쥐었다. 손가락이 굳어졌다. 주먹이 눈처럼 하얬다.

"그렇지만 캐니노는 내가 안다는 것을 모르고 있소. 그 작은 남자에 대해서 말이죠. 그가 아는 건 내가 여기저기 쑤시고 다닌다는 것뿐."

그러자 그녀는 웃었다. 거의 몸을 떠는 듯한 웃음이었다. 웃음은 바람이 나무를 흔들 듯이 그녀의 몸을 흔들었다. 나는 그 웃음 속에는 놀라움이 아니라 당혹감이 섞여 있다고 생각했다. 마치 새로운 생각이 이미 알려져 있는 사실에 더해졌지만 그게 맞지 않을 때처럼. 그래서 나는 그 웃음에 큰 의미를 부여하지 않기로 했다.

"아주 재미있네요."

그녀는 숨도 안 쉬고 말했다.

"아주 재미있어요. 왜냐면 당신도 알겠지만, 나는 지금도 그를 사랑하거든요. 여자들이란……."

그녀는 다시 웃기 시작했다.

나는 귀를 기울였고, 머리가 지끈지끈 울렸다. 그저 비가 멈췄을 뿐이다.

"갑시다. 빨리요."

그녀는 두 발짝 물러섰고 얼굴이 굳어졌다.

"당신이나 나가요! 나가라고요! 리알리토까지 걸어갈 수 있을 거예요. 적어도 한두 시간 정도 입 꼭 다물고 가면 닿을 수 있을 거예요. 그 정도는 내게 신세를 진 셈이죠."

"갑시다. 총을 가지고 있습니까, 은빛 가발 아가씨?"

"내가 안 간다는 것을 알잖아요. 그건 알겠죠. 제발, 제발 여기서 빨리 나가요."

나는 거의 그녀를 누르다시피 하며 그녀에게 바싹 다가섰다.

"나를 풀어준 뒤에도 여기 남아 있을 셈인가요? 살인자가 돌아오면 미안하다고 사과하려고? 파리를 때려잡듯이 사람을 죽이는 남자요. 그 정도 일도 안 될 거요. 나랑 같이 갑시다. 은빛 가발 아가씨."

"싫어요."

"만약, 당신의 잘생긴 남편이 정말로 리건을 죽였다면 어쩔 거요? 아니면 캐니노가 에디가 모르게 그렇게 했다면? 가정이라도 해봐요. 그러면 나를 풀어준 다음에 당신이 얼마나 오래 살 수 있을 것 같습니까?"

"캐니노는 두렵지 않아요. 나는 그의 보스의 아내니까요."

"에디를 처리하는 건 식은 죽 먹기요. 캐니노라면 그를 한입에 먹어치울 거요. 캐니노는 그를 고양이가 카나리아를 잡아먹듯이 처리하겠지. 식은 죽 먹기라고. 당신 같은 여자가 나쁜 남자에게 도움이 되는 때는 오직 그가 식은 죽 먹기로 만만한 사람일 때뿐이오."

"나가요!"

여자는 거의 침을 뱉듯이 하며 말했다.

"알았소."

나는 그녀에게서 몸을 돌려 반쯤 열린 문을 지나 어두운 복도로 나왔다. 그러자 그녀가 내 뒤로 달려 나와 앞문을 젖혀 열었다. 그녀는 비에 젖은 깜깜한 밖을 내다보며 귀를 기울였다. 여자는 나에게 앞으로 가라는 몸짓을 했다.

"잘 가요."

그녀는 숨을 죽여 말했다.

"두루두루 행운을 빌어요. 한 가지만 빼고. 에디는 러스티 리건을 죽이지 않았어요. 리건이 원하기만 한다면 당신은 그가 어딘가 잘 살고 있는 걸 찾게 될 거예요."

나는 그녀에게 기대어 내 몸으로 그녀를 벽으로 밀어붙였다. 나는 입을 그녀의 얼굴에 들이댔다. 나는 그 상태에서 말했다.

"서둘 것 없어요. 이 모든 것은 미리 예정된 것이니까. 마지막 세세한 부분, 일 분 일 초까지 계산하여 리허설이 끝난 거요. 라디오 프로그램처럼. 서둘지 말아요. 내게 키스를 해줘요. 은빛 가발 아가씨."

내 입 아래에 있는 그녀의 얼굴은 얼음처럼 차가왔다. 그녀는 손을 들어 내 머리를 잡고 입술에 강렬하게 키스했다. 그녀의 입술도 얼음처럼 차가웠다.

나는 문 밖으로 나갔고 내 뒤로 문이 소리도 없이 닫혔다. 비가 포치 아래로 날려 들어왔지만 그녀의 입술만큼 차갑지는 않았다.

29

옆의 차고는 어두웠다. 나는 자갈이 깔려 있는 차로와 젖은 잔디밭의 일부를 가로질렀다. 길은 물로 작은 시내를 이루고 있었다. 그 물은 멀리 웅덩이로 흘러내렸다. 나는 모자가 없었다. 아마도 차고에 떨어뜨렸음이 틀림없었다. 캐니노는 모자를 돌려주는 수고를 하려고 하지 않았다. 그는 내가 모자가 더이상 필요할 거라고는 생각하지 않았던 것이다. 나는 그가 수척하고 부루퉁한 얼굴의 아트를 놓아두고 훔친 세단을 안전한 장소에 은닉한 뒤 의기양양하게 빗속을 헤치고 홀로 되돌아오는 모습을 상상했다. 그녀는 에디 마스를 사랑하고 그를 보호하기 위하여 숨어 있다. 그러므로 캐니노가 돌아왔을 때 그녀는 전등과 입도 대지 않은 술잔 옆에 조용히 앉아 있고 나는 긴 의자에 묶여 있는 광경을 볼 것이다. 그는 그녀의 물건을 차로 실어내간 뒤 집으로 조심스럽게 들어가서 범죄를 증명할 물건이 남아 있지 않은가 확인한다. 그러고 나서 그녀에게는 밖에 나가 기다리라고 한다. 그녀는 총소리를 듣지 못할 것이다. 가죽 곤봉 같은 것도 근거리에서는 효과적이리라. 그는 그녀에게는 그가 나를 묶은 채로 놔두고 가니 조금 있다가 결박을 풀 수 있을 거라고 한다. 그는 그녀를 그만큼 바보라고 생각할 것이다. 멋지군, 미스터 캐니노.

레인코트의 앞이 풀어헤쳐져 있었지만 나는 수갑을 찬 채라 단추를 잠글 수가 없었다. 옷자락이 커다랗고 지친 새의 날개처럼 내 다리에 부딪쳐 펄럭거렸다. 나는 고속도로로 나왔다. 차들이 헤드라이트 빛에 물든 빗물의 소용돌이에 휩싸인 채 지나가고 있었다. 타이어의 찢어지는 듯한 소음이 빠르게 스러져 갔다. 내 컨버터블은 아까 세워놓았던 그 자리에 그대로 있었다. 양쪽 타이어 다 수리하여 끼워놓은 상태라 필요하다면 차를 몰고 도망갈 수 있게 되어 있었다. 그들은 여러 가지를 다 고려했다. 나는 차에 들어가서 운전대 아래로 비스듬히 몸을 굽혀 비밀 주머니를 덮고 있는 가죽 덮개를 옆으로 젖히고 더듬었다. 나는 나머지 총을 꺼내서 내 코트 밑에 쑤셔넣고 길을 되돌아갔다. 세상은 작고 밀폐되어 있으며 칠흑같이 깜깜했다. 캐니노와 나만을 위한 특별한 세상.

길을 반쯤 되돌아갔을 때 헤드라이트가 거의 나를 비출 뻔했다. 그들은 재빨리 고속도로를 벗어났고 나는 둑을 미끄러져 내려가 물을 들이켜면서 젖은 웅덩이에 몸을 웅크렸다. 차는 속도를 줄이지 않고 쌩하고 지나갔다. 나는 머리를 들어 차가 끼익 소리를 내며 도로를 빠져나가 차로의 자갈 위를 지나는 소리를 들었다. 시동이 꺼지고 헤드라이트도 꺼지자 차문이 쾅 하고 닫혔다. 집의 문이 닫히는 소리는 못 들었지만, 창문에서 커튼이 걷혔거나 복도의 불이 켜졌거나 했는지 나무 덤불 사이로 가느다란 빛이 흘러나왔다.

나는 흠뻑 젖은 잔디밭으로 돌아와 물을 튀기며 가로질러 갔다. 차는 나와 집 사이에 있었고 총은 왼팔이 뿌리째 뽑히지 않을 정도로 내가 할 수 있는 한 바짝 잡아당겨 내 오른쪽 옆구리에 바짝 붙였다. 차는 어두웠고 텅 비어 있었으며 따뜻했다. 라디에이터 속에서 물이 기분 좋게 꾸르륵거렸다. 나는 문 안쪽을 들여다보았다. 계기판에 열쇠가 아직 꽂혀 있었다. 캐니노는 아주 자신만만한 사람인 것이다. 나는 차 주위를 돌아 자갈길을 가로질러 창문으로 다가가서 귀를 기울였다. 목소리나 그 어떤 다른 소리도 들리지 않았다. 빠르게 똑똑 떨어지는 빗방울이 빗물받이 통 아래 금속관을 때리는 소리만이 들릴 뿐이었다.

나는 계속해서 귀를 기울였다. 고함 소리는 나지 않았고 모든 것이 조용하고 품위가 있었다. 그는 그녀에게 그르렁댈 것이고 그녀는 자기가 나를 풀어줬고 자신들이 멀리 도망가게 내버려둘 것을 약속받았다고 말하겠지. 그는 내 말을 믿지 않을 것이다. 내가 그의 말을 믿지 않듯이. 그러니 그는 여기 오래 머물지는 않을 것이었다. 그는 길을 떠날 것이고 그녀를 데리고 갈 것이다. 내가 할 일은 그가 나오기를 기다리는 것뿐이다.

나는 그럴 수 없었다. 나는 총을 왼손으로 바꿔 쥐었고 자갈 한 움큼을 집어들기 위해 몸을 숙였다. 자갈을 창문 가리개 쪽으로 던졌다. 효과가 미약했다. 아주 조금만이 가리개 너머 유리에 닿았을 뿐이었다. 그렇지만 이 자갈 몇 개가 댐이 터진 것 같은 효과를 냈다.

나는 차로 돌아가 자동차 뒤편 발판 위에 올라섰다. 집은 이미 어두워져 있었다. 그게 다였다. 나는 조용히 발판 위에 몸을 웅크린 채 기다렸다. 실패였다. 캐니노는 너무 빈틈없었다.

나는 몸을 펴고 뒤로 해서 차에 들어가 열쇠를 더듬어 찾아 돌렸다. 나는 발을 뻗어보았지만 시동 버튼은 계기판에 있는 것이 분명했다. 나는 마침내 버튼을 찾아내어 잡아당겼고 시동이 걸렸다. 따뜻한 엔진은 금세 돌아갔다. 엔진은 부드럽고 만족스러운 듯이 가르랑거렸다. 나는 다시 차 밖으로 나와 뒷바퀴 옆에 몸을 웅크렸다.

이제 몸이 떨리고 있었지만 나는 캐니노가 이 마지막 효과음은 좋아하지 않으리라는 것을 알고 있었다. 그에게는 이 차가 절실하게 필요했다. 어두운 창문이 아주 조금씩 열렸는데 유리 위에 비친 불빛의 작은 변화가 창의 움직임을 보여줄 뿐이었다. 느닷없이 창문으로부터 불꽃이 튀어나왔다. 총알 세 발이 뒤섞여 포효했다. 유리가 쿠페 안에 별처럼 산산조각으로 흩어졌다. 나는 고통에 찬 비명을 질렀다. 비명이 끙끙 우는 신음으로 바뀌었다. 신음은 피로 목이 막혀 꼴깍거리는 소리가 되었다. 나는 꼴깍거리는 소리를 단말마의 숨 막힘과 함께 잦아들게 만들었다. 멋진 솜씨였다. 내 마음에 들었다. 캐니노는 대단히 마음에 들어했다. 그의 웃음소리가 들려왔다. 큰 소리로 터져나갈 듯한 웃음으로, 그가 말할 때 내는 그르렁 소리와는 전혀 닮은 구석이 없었다.

그러고 나서 잠시 동안 빗소리와 조용하게 울리는 차의 엔진 소리 말고는 침묵만이 흘렀다. 그리고 나서 현관문이 열렸다. 칠흑 같은 밤보다 더 깊은 암흑만이 있었다. 한 사람이 무언가 목에다 하얀 것을 두르고 그 안에서 조심스럽게 모습을 드러냈다. 하얀 것은 여자의 옷깃이었다. 그녀는 뻣뻣하게 포치로 나왔다. 목각 인형 같았다. 은빛 가발의 희미한 빛이 보였다. 캐니노는 그녀 뒤에서 줄을 딱 맞추어 몸을 웅크린 채 나왔다. 너무 절박한 모습이라 거의 우스꽝스럽기까지 했다.

그녀는 계단을 내려왔다. 이제 여기서도 그녀의 얼굴이 하얗게 굳어져 있는 것을 볼 수 있었다. 그녀는 차를 향해 걷기 시작했다. 내가 아직 그의 눈에 침이라도 뱉을 수 있을 경우를 대비해서 캐니노를 위한 방벽이 된 것이다. 그녀의 목소리가 졸졸 흐르는 빗속에서 천천히, 아무런 억양 없이 들려왔다.

"아무것도 안 보여요, 래시. 창문이 뿌옇거든요."

그는 뭐라고 툴툴댔고 그녀의 등에 총이라도 들이댄 듯 여자의 몸이 심하게 움찔했다. 그녀는 다시 불 꺼진 차로 다가왔다. 나는 이제 그녀 뒤에 서 있는 그의 모습, 그의 모자, 그의 옆얼굴, 어깨의 살집을 볼 수 있었다. 여자는 뻣뻣하게 멈춰 서더니 비명을 질렀다. 아름답고 가냘픈, 찢어지는 듯한 비명 소리로 나는 레프트 훅을 맞은 것처럼 몸이 흔들렸다.

"그가 보여요!"

그녀는 비명을 질렀다.

"창 너머로요. 운전석에 있어요, 래시!"

그는 깡통처럼 완전히 속아넘어갔다. 그는 그녀를 거칠게 한쪽으로 넘어뜨리고 손을 휘두르며 앞으로 뛰어들었다. 다시 세 방의 불꽃이 터져나와 어둠을 갈랐다. 유리가 부서졌다. 한 방은 뚫고 지나가 내 옆의 나무에 파고들었다. 유탄 하나가 애처로운 소리를 내며 멀리 사라져갔다. 그러나 엔진은 여전히 조용히 돌아가고 있었다.

그는 몸을 낮추고 암흑 속에서 웅크렸다. 충격의 섬광 뒤에 그의 얼굴은 다시 천천히 형태 없는 회색빛으로 돌아와 있었다. 그가 가진 게 리볼버라면 이제 총은 비어 있을 것이다. 그렇지 않을 수도 있었다. 그는 여섯 발을 발사했지만 집 안에서 재장전했을 수도 있었다. 나는 그가 그랬기를 바랐다. 나는 빈 총을 가진 그를 상대하고 싶지는 않았다. 그렇지만 자동 권총일 수도 있었다.

나는 말했다.

"끝났나?"

그는 나를 향해 빙글 돌았다. 전통 있는 학교의 신사들처럼 그가 한두 발 더 쏘게 해주었다면 멋졌을지도 모른다. 그렇지만 그의 총구는 여전히 들려 있었고 나는 더이상 오래 기다릴 수 없었다. 전통 있는 학교의 신사가 되기에는 시간이 모자랐다. 나는 콜트를 늑골에 붙이고 그를 향해 네 발을 쏘았다. 발길질이라도 당한 것처럼 총이 그의 손에서 떨어졌다. 그는 양손을 배에 갖다 대었다. 나는 그가 양손으로 자기 몸을 세차게 누르는 소리를 들었다. 그는 바로 그렇게 앞으로 곧장, 그의 넓은 두 손으로 자기 몸을 지탱한 채 쓰러졌다. 그는 젖은 자갈에 얼굴을 떨구었다. 그 후로는 그에게서 아무런 소리도 나지 않았다.

은빛 가발도 역시 아무런 소리를 내지 않았다. 그녀는 떨어지는 비를 맞으며 뻣뻣하게 서 있었다. 나는 캐니노를 넘어가서 아무런 목적 없이 그의 총을 걷어찼다. 그러고는 총이 떨어진 쪽으로 걸어가 비스듬히 몸을 굽혀 총을 주웠다. 그렇게 하다 보니 나는 그녀 옆에 가까이 가게 되었다. 그녀는 마치 혼잣말을 하는 것처럼 우울하게 말했다.

"나…… 나는 당신이 돌아올까봐 두려웠어요."

"우리는 약속을 했잖습니까. 모두 예정되어 있는 것이라고 말했지요."

나는 미친 사람처럼 웃기 시작했다.

그러자 그녀는 시체 위에 허리를 구부리고 몸을 뒤졌다. 잠시 후 그녀는 가는 사슬에 달린 작은 열쇠를 들고 일어섰다.

그녀는 비통하게 말했다.

"그를 죽여야만 했나요?"

나는 웃기 시작했을 때와 마찬가지로 갑자기 웃음을 멈췄다. 그녀는 내 뒤로 돌아와서 수갑을 풀었다.

"그래요."

그녀는 부드럽게 말했다.

"죽이지 않으면 안 됐겠죠."

30

또 다른 하루가 시작되었고 태양은 다시 빛나고 있었다.

실종자 전담반의 그레고리 반장은 창문 밖으로 비가 내린 끝에 하얗게 씻긴 법원의 창살 박힌 위층을 무겁게 내다보았다. 그러고 나서 그는 회전의자에서 묵직하게 몸을 돌려 불에 덴 자국이 있는 손가락으로 파이프 속을 다진 뒤 나를 차갑게 바라보았다.

"그래서 스스로를 또 다른 곤경에 몰아넣었군."

"아, 그 일에 대해서 들으셨군요."

"이봐, 내가 여기서 하루 종일 엉덩이를 깔고 앉아 있으니 내 머릿속에 뇌가 있어 보이지도 않겠지. 그렇지만 내가 어떤 일들을 듣고 있는지 알면 놀랄 걸. 이 캐니노를 쏘아버린 것은 괜찮소. 하지만 강력반 친구들이 당신에게 표창을 주리라곤 생각지 않소."

"제 주변에서는 살인 사건이 많이 일어나고 있어서요. 이제껏은 저도 한몫 끼지 못했거든요."

반장은 참을성 있게 웃었다.

"거기 있던 이 여자가 에디 마스의 아내라고 누가 말해줬소?"

나는 사정을 말했다. 그는 주의 깊게 듣더니 하품했다. 그는 쟁반 같은 손바닥으로 금니가 박혀 있는 입을 두드렸다.

"당신은 내가 그녀를 찾아냈어야 했다고 생각하겠지."

"그거 멋진 추론이군요."

"어쩌면 나도 알고 있었는지도 모르지. 어쩌면 나는 에디와 그의 여자가 이런 작은 게임을 하고 싶어한다면 자기네들이 걸리지 않고 빠져나갈 수 있다고 생각하도록 하는 게 똑똑한 짓이라고 생각했던 거겠지. 물론 내가 할 수 있는 한에서는 말이오. 그러면 당신은 다시 내가 더 개인적인 이유에서 에디가 빠져나가게 놓아둔 거라고 생각하겠지."

그는 큰 손을 들어서 엄지손가락을 인지와 약지에 대고 돌렸다.

"아닙니다. 그렇게 생각하지는 않았어요. 비록 에디가 우리가 지난 날 여기서 나누었던 얘기에 대해서 다 알고 있는 것처럼 보였을 때도 말입니다."

그는 애써 그러는 것처럼 눈썹을 치켜떴다. 그가 연습해온 속임수는 아니었다. 그의 이마에 주름이 잡혔다가 도로 펴지자 하얀 줄이 생겼다가 불그스름하게 변하는 것을 볼 수 있었다.

"나는 경찰이오. 그냥 평범한 보통 경찰. 비교적 정직하지. 유행이 뒤떨어진 세계에 있는 사람에게 기대할 수 있는 정도로 정직하다는 얘기지. 그래서 내가 오늘 아침에 당신보고 들르라고 했던 거요. 나는 당신이 그걸 믿어줬으면 좋겠어. 경찰이기 때문에 나는 법이 승리하는 걸 보고 싶소. 나는 에디 마스같이 번쩍번쩍하고 겉만 번드르르한 사기꾼들이 폴섬에 있는 채석장에서 손톱에 칠한 매니큐어를 망가뜨리는 꼴도 보고 싶소. 슬럼가에서 거칠게 자란 불쌍한 조무래기들이 초범에 잡혀서 그 후로 인생에 빛 한 번 못 보고 사는 것 말고도 말이지. 그런 게 내가 좋아하는 거요. 내가 그런 일을 보게 되리라고 생각하기에는 당신이나 나나 너무 오래 살았지. 이 동네에서도, 이 동네 반만 한 동네에서도, 이 넓고 푸르고 아름다운 미국의 어느 지역에서도 그런 일은 일어나지 않겠지. 우리는 그저 우리 나라를 그런 식으로 꾸려가지 않는 거요."

나는 아무 말도 하지 않았다. 그는 머리를 뒤로 젖히고 연기를 날려 보낸 뒤 파이프의 주둥이를 보며 말을 이었다.

"그렇지만 그렇다고 내가 에디 마스가 리건을 죽였다고 생각한다는 뜻은 아니오. 그가 그럴 이유가 있다거나 아니면 이유가 있다고 해도 그가 그렇게 했을 거라고 생각하지는 않아. 나는 단지 그가 그 일에 대해서 무언가를 알고 있고 조만간 무언가 터질 것 같다고 짐작할 뿐이라오. 그의 아내를 리알리토에 숨긴 것은 유치한 짓이지만, 영리한 얼간이가 생각하기에는 영리하게 보이는 유치한 행동이야. 나는 어젯밤 지방 검사가 그를 심문한 뒤에 그를 여기서 만났소. 모든 것을 인정하더군. 캐니노를 믿을 만한 경호원으로 알고 있었고 그래서 그 때문에 옆에 두고 있었다는군. 캐니노의 취미에 대해서는 알지도 못했고 알고 싶지도 않다더군. 해리 존스는 모른다고 했고. 조 브로디도 몰랐다는군. 물론 가이거는 알고 있었지만 그의 사업에 대해서는 몰랐다고 주장했소. 당신도 이 얘기를 다 들었을 거라고 생각하는데."

"들었습니다."

"리알리토에서는 똑똑하게 처신했소. 사건을 덮으려고 하지 않은 것 말이지. 우리는 요즘에는 신원이 파악되지 않은 총알에 대한 파일을 보관하오. 어쩌면 언젠가 당신이 그 총을 다시 사용할지도 모르지. 그렇게 되면 당신은 꼼짝 못하고 잡히게 될 거요."

"똑똑하게 처신했죠."

나는 그를 곁눈질로 보았다.

그는 파이프를 입에서 떼고 생각에 잠겨 그것을 바라보았다.

"여자는 어찌된 거요?"

그는 눈을 들지 않고 물었다.

"모르겠습니다. 경찰이 그녀를 잡지는 않았어요. 우리는 진술을 했습니다. 세 번이나 해야 했죠, 와일드에게 한 번, 보안서에서 한 번, 강력반에서 한 번. 그 다음에 그녀를 풀어줬습니다. 그 이후로는 못 봤습니다. 기대도 안 하고요."

"좋은 여자 같다고 그 사람들이 그러더군. 더러운 게임을 할 사람은 아니라고 말야."

"좋은 여자입니다."

내가 말했다.

그레고리 반장은 한숨을 쉬더니 푸석푸석한 머리를 엉클어뜨렸다.

"한 가지가 더 남았소."

그는 거의 상냥하게 말했다.

"당신은 좋은 사람 같지만 너무 거칠게 행동하오. 정말 스턴우드 집안을 돕고 싶다면, 그들을 내버려두시오."

"반장님 말이 옳은 것 같습니다."

"기분은 어떻소?"

"더할 나위 없이 좋죠. 어젯밤 내내 공처럼 굴러다니며 여기저기 다양한 무늬의 융단 위에 서 있었거든요. 그러기 전에는 뼛속까지 흠뻑 젖은 채 얻어맞았고. 최상의 상태죠."

"대체 뭘 기대한 거요, 친구?"

"아무것도요."

나는 일어서서 그를 향해 웃어 보이고 문으로 갔다. 문에 다다르기 전에 그는 목청을 갑자기 가다듬더니 매서운 목소리로 말했다.

"괜히 내 정력만 낭비했군. 당신은 아직도 리건을 찾아낼 수 있다고 생각하고 있어."

나는 몸을 돌려 그의 눈을 똑바로 보았다.

"아뇨, 리건을 찾아낼 수 있을 거라고는 생각하지 않습니다. 그럴 시도도 하지 않을 작정입니다. 이러면 되겠습니까?"

그는 천천히 고개를 끄덕였다. 그러고 나서 그는 어깨를 으쓱했다.

"대체 뭣 때문에 그런 말을 했는지 모르겠군. 행운을 비오, 말로. 언제라도 들러요."

"고맙습니다, 반장님."

나는 시청에서 나와 주차장에 있는 내 차로 가서 호바트 암스에 있는 집으로 향했다. 나는 코트를 벗고 침대에 누워 천장을 바라보면서 바깥 거리를 지나가는 차들의 소리를 들었고 태양이 천장 구석을 가로질러 천천히 움직여가는 것을 바라보았다. 잠을 청하려 했으나 잠이 오지 않았다. 적절한 때는 아니었지만 나는 일어나서 술을 한잔 마시고 다시 누웠다. 여전히 잠들 수 없었다. 머리가 시계처럼 틱틱거렸다. 나는 침대 모서리에 일어나 앉아 파이프를 피우며 큰 소리로 말했다.

"그 경찰 노친네는 뭔가 알고 있군."

파이프는 양잿물처럼 쓴 맛이 났다. 나는 옆으로 치워버리고 다시 누웠다. 내 마음은 잘못된 기억의 파도를 떠돌았다. 그 기억에서 나는 몇 번이고 같은 일을 반복했고 몇 번이고 계속해서 같은 장소에 가서 같은 사람들을 만나고 그들에게 같은 말을 했다. 그러나 그럴 때마다 그 과정이 실제로 처음 겪는 것처럼 실감나게 느껴졌다. 나는 옆좌석에 아무 말도 하지 않는 은빛 가발을 태운 채 빗속을 뚫고 고속도로를 세차게 달렸고 우리가 로스앤젤레스에 도착했을 때는 다시 완전한 남남이 되어 있었다.

나는 24시간 영업을 하는 편의점에 내려서 버니 올즈에게 전화를 걸어 내가 리알토에서 어떤 남자를 죽였고 그 일을 목격한 에디 마스의 아내와 함께 와일드의 집으로 가는 길이라고 말했다. 조용하고 비에 반짝이는 라파예트 공원 거리를 따라 올라가 와일드의 거대한 목조 저택의 차 대는 곳에 주차를 시켰을 때는 이미 현관에 불이 밝혀져 있었다. 올즈가 미리 전화를 해서 내가 오고 있는 중이라고 말한 것이었다.

나는 와일드의 서재에 있었고 꽃무늬 잠옷을 입은 그는 책상 뒤에서 굳고 매서운 얼굴을 하고 입가에 쓰디쓴 미소를 띤 채 얼룩진 시가를 손가락으로 움직이고 있었다. 올즈가 왔고 보안서에서 나온 마르고 회색빛의 학자 같은 얼굴을 한 남자도 왔다. 그는 경찰이라기보다는 경제학 교수 같은 외모와 말투였다. 나는 자초지종을 말했고 그들은 조용히 듣고 있었으며 은빛 가발은 손을 무릎에 모으고 아무도 바라보지 않은 채 그림자 속에 앉아 있었다.

전화가 여러 번 울려댔다. 강력반에서 두 남자가 와서 나를 서커스에서 도망나온 이상한 짐승이라도 되는 양 바라보았다. 나는 다시 그중 한 사람을 내 옆에 태우고 차를 몰아 풀와이더 건물로 갔다. 우리는 해리 존스가 여전히 책상 뒤 의자에 앉아 있는 방으로 갔다. 비틀려서 경직된 죽은 얼굴과 방 안의 시큼들큼한 냄새도 그대로였다. 그리고 나서 부검의가 도착했다. 아주 젊고 목소리가 허스키하고 목에는 붉은 털이 나 있는 남자였다. 지문감식반 사람이 여기저기 돌아다녔고 나는 채광창의 빗장도 잊지 말고 검사하라고 말해줬다. (그는 거기서 캐니노의 엄지손가락 지문을 찾아냈다. 갈색 옷이 남기고 간 유일한 지문으로 내 얘기를 뒷받침해줄 수 있는 유일한 증거였다.)

나는 와일드의 집으로 다시 돌아가서 그의 비서가 다른 방에서 타이핑한 진술서에 서명을 했다. 그러자 문이 열리더니 에디 마스가 들어왔고 은빛 가발을 보자 갑작스런 미소가 그의 얼굴에 떠올랐다.

그는 "안녕, 여보." 하고 말했지만 그녀는 그를 쳐다보지도 대답하지도 않았다. 에디 마스는 산뜻하고 명랑했으며 짙은 정장을 입고 트위드 오버코트 위로 술 달린 하얀 스카프를 늘어뜨리고 있었다. 그러고 나서 그들이 사라지자, 나와 와일드만 제외하고 모든 사람들이 방에서 나갔다. 와일드는 차갑고 화난 목소리로 말했다.

"이번이 마지막일세, 말로. 다음번에 이렇게 감쪽같이 속이면 자네를 사잣밥으로 던져줄 거야. 누구의 마음이 찢어지든 간에."

몇 번이고 이런 장면이 반복되었다. 나는 침대에 누워 방구석으로 미끄러져 들어오는 햇빛의 조각을 바라보고 있었다. 그때 전화가 울렸다. 스턴우드 가의 집사인 노리스로 평상시와 다름없이 범접할 수 없는 목소리였다.

"말로 씨? 오늘 아침에 사무실로 전화를 드렸습니다만, 연결이 안 되더군요. 그래서 감히 집으로 전화를 드렸습니다."

"어젯밤에는 거의 내내 밖에 있었기 때문에 사무실에는 나가지 못했습니다."

"그러시군요. 장군님께서 오늘 오전 중에 뵙자고 하십니다. 말로 씨만 괜찮으시면요."

"반 시간쯤 후에 가겠습니다. 용태는 어떠시죠?"

"침대에 누워 계십니다만 그렇게 심각하신 상태는 아닙니다."

"그럼 가서 뵙죠."

나는 전화를 끊었다.

나는 면도를 하고 옷을 갈아입은 뒤 문으로 향했다. 가다가 되돌아와서 카멘의 작은 진주 손잡이 리볼버를 꺼내서 내 주머니에 넣었다. 햇빛이 밝게 빛을 발하며 춤을 추었다. 나는 20분 만에 스턴우드 저택으로 가서 옆문 아치 아래를 지났다. 11시 15분이었다. 손질한 나무 위에 앉은 새들은 비 온 뒤에 즐겁게 노래하느라 정신이 없었고 테라스를 두른 잔디밭은 아일랜드의 깃발처럼 푸르렀으며 집안 전체가 10분 전에 갓 만들어진 것처럼 보였다. 나는 초인종을 울렸다. 내가 그 집의 초인종을 첫번째 누른 이후로 닷새가 지났다. 거의 일 년 전쯤의 일인 것 같이 느껴졌다.

하녀가 문을 열고 옆쪽 복도를 따라 중앙홀로 나를 안내한 뒤 노리스가 곧 내려올거라고 말하면서 떠났다. 중앙홀은 전과 다름없었다. 맨틀피스 위에 있는 초상화는 여전히 뜨거운 검은 눈을 하고 있었고 스테인드글라스의 기사는 여전히 벌거벗은 아가씨를 나무에서 풀어주지 못하고 있었다.

몇 분 후 노리스가 나타났는데 그도 변함이 없었다. 그의 신랄한 푸른 눈은 여전히 침착했고 분홍빛이 도는 회색 피부는 건강하고 휴식을 잘 취한 듯 보였으며 실제 나이보다 스무 살은 젊은 것처럼 움직였다. 나야말로 세월의 무게를 느끼는 사람이었다.

우리는 타일이 깔린 계단을 올라가 비비안의 방 건너편에서 돌았다. 한 계단 올라갈 때마다 집은 점점 커지고 더욱 고요해졌다. 우리는 교회에서 떼온 것 같은 육중하고 오래된 문에 이르렀다. 노리스는 문을 부드럽게 열고 안을 들여다보았다. 그러고 나서 그는 한 발짝 물러섰고 나는 그를 지나쳐 400미터는 되는 길을 지나 헨리 8세가 그 위에서 죽었을 법한 거대한 차양이 쳐진 침대로 갔다.

스턴우드 장군이 베개에 기대어 몸을 일으키고 있었다. 그의 핏기 없는 손은 이불 위에 놓여 있었다. 이불에 비하니 손이 회색으로 보였다. 그의 검은 눈은 여전히 전의를 불태우고 있었지만 그의 얼굴의 다른 부분은 여전히 시체와 다름없었다.

"앉으시오, 말로 씨."

그의 목소리는 지쳤고 다소 경직된 것처럼 들렸다.

나는 의자를 끌어와 앉았다. 모든 창문은 굳게 닫혀 있었다. 그 시간에는 그 방에 햇볕이 들지 않았다. 차일이 하늘에서 쏟아질 만한 어떤 빛도 다 차단했다. 대기에는 노인의 희미하고 들쩍지근한 냄새가 떠올라 있었다.

그는 한동안 나를 아무 말 없이 쳐다보았다. 그는 아직 손을 들어올릴 수 있다는 것을 증명이라도 하듯 손을 들어올린 뒤 다른 손 위에다 포갰다. 그는 활기 없이 말했다.

"난 당신에게 내 사위를 찾아달라고 부탁한 일이 없소, 말로 씨."

"하지만, 그러길 바라셨죠."

"나는 부탁하지 않았소. 크게 멋대로 상상한 거요. 나는 보통 원하는 게 있으면 부탁을 하지."

나는 아무 말도 하지 않았다.

"당신에게 수고비도 지급했는데."

그는 냉담하게 말을 이었다.

"돈은 어떻게 생각하면 전혀 대수롭지 않은 금액이겠지. 물론 고의는 아니었겠지만 나는 당신이 내 신뢰를 배반한 것 같은 기분이오."

그는 그 말을 하며 눈을 감았다.

"저를 보자고 하신 용건은 그게 다입니까?"

그는 눈꺼풀이 납으로 만들어지기라도 한 양 아주 천천히 눈을 다시 떴다.

"그 말에 기분 상한 모양이군."

나는 고개를 저었다.

"장군님은 저보다 이점이 하나 있으시죠. 전 그걸 머리카락 하나라도 건드리고 싶지는 않습니다. 장군님께서 참아내야 하는 것을 생각해보면 대단한 것은 아니겠죠. 장군님께서는 제게 하고 싶은 말을 다 하셔도 되고 저는 화를 낼 생각이 없습니다. 돈을 다시 돌려드리고 싶습니다. 물론 그런 것은 장군님께는 아무 의미도 없겠죠. 그렇지만 제게는 의미가 있을 수도 있습니다."

"무슨 의미가 있다는 거요?"

"제가 만족스럽지 못하게 일하면 보수를 거절한다는 뜻입니다. 그게 다입니다."

"만족스럽지 못하게 일하는 일이 많은가?"

"몇 건 있습니다. 누구나 그렇겠지만."

"왜 그레고리 반장을 만났지?"

나는 몸을 뒤로 기대고 의자 뒤로 팔 하나를 늘어뜨렸다. 나는 그의 얼굴을 관찰했다. 그것으로는 아무것도 알 수 없었다. 나는 그의 질문에 대한 대답을 몰랐다. 만족스러운 대답은.

"저는 장군님이 제게 가이거의 어음을 준 것은 시험 삼아 해본 일이고 리건이 협박 사건에 연루가 되어 있지 않나 걱정하고 계시다고 확신했습니다. 그때는 리건에 대한 것은 아무것도 몰랐습니다. 그레고리 반장과 이야기를 나눠보고서야 리건은 그럴 가능성이 있는 사람이 아니라는 것을 알게 된 겁니다."

"그건 내 질문에 대한 대답이 안 되는데."

나는 고개를 끄덕였다.

"안 되죠. 장군님 질문에 대한 대답은 아닙니다. 저는 단지 직감적으로 행동했다는 것을 인정하고 싶지 않을 뿐입니다. 여기 온 날 아침, 장군님을 난초 온실에 두고 나온 후에 리건 부인이 저를 보자고 하더군요. 따님은 제가 남편을 찾아달라고 고용된 거라고 짐작했고 그 일을 마음에 들지 않아했습니다. 그렇지만 따님은 '그 사람들'이 그의 차를 어떤 차고에서 발견했다는 말을 흘렸습니다. '그 사람들'이라고 하면 경찰일 수밖에 없습니다. 결과적으로 경찰들은 이 일에 대해서 뭔가 알고 있음에 틀림없는 거죠. 만약 경찰들이 알고 있다면 실종자 전담반이 그 사건을 맡은 부서였겠죠. 나는 그걸 신고한 사람이 장군님인지, 아니면 다른 사람인지는 물론 몰랐고 차고에 버려진 차를 발견했다는 것도 누가 제보해서 그랬는지도 몰랐습니다. 그렇지만 저는 경찰을 좀 알기에, 그들이 그 정도 알고 있다면 좀더 알아낼 수도 있었을 거라는 생각을 했습니다. 적어도 장군님 운전 기사가 전과 기록이 있었다는 것 정도는요. 나는 그들이 더 얼마나 알아내려고 하는지 몰랐습니다. 그래서 실종자 전담반에 대해서 생각하게 된 거죠. 내가 확신한 건 와일드 씨의 태도에 뭔가 있었기 때문입니다. 우리가 가이거와 기타 등등의 일에 대해서 그의 집에서 모인 날 밤에요. 우리는 일 분 정도 단 둘만 있었는데, 검사는 장군님께서 리건을 찾고 있다고 말씀하셨느냐고 묻더군요. 나는 장군님께서 그가 어디 있으며 잘 지내는지 알고 싶다고 했다는 말을 했습니다. 와일드 씨는 입술을 꼭 다물고 이상한 표정을 짓더군요. 저는 그가 단순히 '리건을 찾고 있다'는 말을 했을 때 리건을 찾기 위해서 경찰력을 사용한다는 의미로 말했다고 받아들였습니다. 그때서야 저는 그레고리 반장을 찾아가 보기로 한 거죠. 반장이 벌써 알고 있지 않은 사실은 말해 주지 않기로 하고서요."

"그래서 그레고리 반장이 러스티를 찾기 위해 내가 당신을 고용하도록 생각하게 한 건가?"

"그렇습니다. 그렇게 한 것 같군요. 그가 사건을 맡고 있다는 확신이 들었을 때요."

그는 눈을 감았다. 눈이 약간 움찔했다. 그는 눈을 감은 채 말했다.

"당신은 이 일이 윤리적이라고 생각하나?"

"그렇습니다. 그렇게 생각하죠."

눈이 다시 떠졌다. 눈에서 꿰뚫는 듯한 검은 빛이 죽어가는 얼굴에서 갑작스럽게 떠오른 것은 놀라웠다.

"아마도 내가 이해를 못하는가 보군."

"아마 그러실지도 모르죠. 실종자 전담 반장은 입이 가벼운 사람이 아니었습니다. 그랬다면 그 사무실에 있지도 않았겠죠. 이 사람은 아주 영리하고 빈틈없는 사람으로, 처음에는 자기 일에 진력이 난 중년 남자의 인상을 주는데 성공했습니다. 제가 하는 게임은 단순한 애들 장난이 아닙니다. 항상 많은 부분 허세 부려 말하는 것과 관련되어 있죠. 제가 경찰에게 뭐라고 말해도 그는 줄여서 들을 겁니다. 그리고 그 경찰에게는 제가 하는 말이 별로 중요하지도 않을 겁니다. 저와 같은 일을 하는 사람을 고용하는 것은 유리창 청소부를 고용해서 창문 여덟 개를 보여 주면서 '저걸 다 닦으면 끝나는 거야' 하는 것과는 다릅니다. 장군님은 제가 장군님이 맡기신 일을 해드리기 위해 무슨 일을 겪어야 했는지 모르십니다. 저는 제 방식대로 하는 거죠. 저는 장군님을 보호하기 위해 최선을 다했고 몇 가지 규칙을 깨기는 했지만 장군님을 위해서 깬 겁니다. 부정직한 사람이 아니라면, 의뢰인이 우선입니다. 설령 그렇더라도 제가 할 수 있는 건 그 일을 도로 건네주고 입을 다무는 거죠. 결국 장군님이 그레고리 반장에게 가지 말라고 한 건 아니잖습니까."

"그랬으면 일이 다소 까다로워졌겠지."

그는 희미한 미소를 지었다.

"글쎄, 제가 무슨 잘못을 했습니까? 장군님의 하인인 노리스는 가이거가 제거되었을 때 그 사건이 끝났다고 생각한 것 같습니다. 나는 그런 식으로 생각하지는 않습니다. 가이거가 접근한 방식에는 저도 당혹스러웠고 지금도 그렇습니다. 저는 셜록 홈스도 아니고 파일로 밴스 (S. S. 반다인의 탐정으로 현학적인 지식으로 유명—옮긴이)도 아니니까요. 저는 경찰이 밝혀낸 것을 바탕으로 해서 조사를 할 것을 기대하지도 않고 부러진 펜촉 하나를 주워서 거기서 사건을 구성하는 능력도 없습니다. 탐정업에 있는 사람이 그런 류의 일을 해서 먹고 산다고 생각하시면, 경찰에 대해서 잘 모르시는 겁니다. 그런 것은 경찰들이 모르고 넘어가는 종류의 일이 아닙니다. 혹시라도 경찰이 모르고 넘어가는 일이 있다고 하더라도 말입니다. 경찰들이 정말로 일을 맡았을 때 어떤 일을 종종 못 보고 넘어간다고 말씀드리는 게 아닙니다. 그렇지만 만약 그렇게 넘어간다면 뭔가 더 허술하고 모호한 것이 개입되어 있는 거지요. 가이거 같은 남자가 장군님께 빚 증서를 보내서 신사처럼 지불해달라고 요청한다거나 하는 것입니다. 그런 수상쩍은 장사를 하고 약점 잡히기 쉬운 위치에 있는 가이거 같은 남자가 말입니다. 협잡꾼들의 비호를 받고 적어도 몇몇 경찰들로부터도 음성적인 보호를 받고 있는 남자. 그 사람이 왜 그렇게 했겠습니까? 장군님께 뭔가 압력을 가하는 게 있는지 알아내고 싶었기 때문입니다. 그런 게 있다면, 장군님은 돈을 냈겠죠. 그런 게 없다면, 그를 무시하고 그의 다음 행보를 기다렸을 겁니다. 그렇지만 뭔가 장군님께 압력을 넣는 게 있었습니다. 바로 리건입니다. 장군님은 그가 보이는 그대로의 사람이 아닐까봐 두려워했던 겁니다. 그는 장군님의 은행계좌로 장난칠 수 있는 방법을 알아낼 만큼 충분히 오랫동안 주위에 머물며 장군님께 친절하게 대했으니까요."

장군은 무슨 말인가 꺼내려 했지만 나는 말을 막았다.

"그렇더라도, 장군님의 관심사는 돈이 아니었습니다. 심지어 따님들도 아니었죠. 장군님은 따님들을 아예 없는 것으로 쳐버리셨으니까요. 장군님은 너무 자긍심이 높아 그런 협박범들의 봉이 되고 싶지는 않으셨습니다. 그리고 장군님은 진정으로 리건을 좋아하셨던 겁니다."

침묵이 흘렀다. 그러고 나서 장군이 조용히 말했다.

"지나치게 말이 많군, 말로 씨. 당신이 여전히 이 수수께끼를 풀려고 하는 중이라고 봐도 되겠소?"

"아뇨, 이제 그만두었습니다. 이 일에 접근하지 말라는 경고를 받았습니다. 경찰들은 제가 너무 섣부르게 행동한다고 생각해요. 그래서 제가 장군님의 돈을 돌려드려야겠다고 생각한 겁니다. 제 기준에서 보면 일을 다 완수하지 못했으니까요."

그는 미소지었다.

"아무것도 그만두지 않았소. 러스티를 찾는 데 천 달러를 더 내겠소. 그가 돌아올 필요는 없어요. 그가 어디 있는지 알 필요도 없고. 사람은 자기 나름대로의 삶을 살 권리가 있지. 나는 그가 내 딸을 떠났다고 비난하는 게 아니오. 그렇게 갑작스럽게 떠났다고 해도. 아마도 갑자기 그런 충동이 들었겠지. 나는 어디에 있든지 간에 그가 잘 있는지만 알고 싶소. 그걸 그에게서 직접 알고 싶은 거요. 그리고 그가 돈이 필요하게 된다면 그것도 주고 싶소. 내 말뜻 알겠소?"

"네, 장군님."

노인은 잠시 침대에 늘어져 쉬었다. 눈은 감겨 있었고 눈꺼풀은 어두웠으며 꼭 다문 입술은 핏기가 없었다. 기력을 다 소진해버린 것이다. 그는 거의 패배한 것과 다름없었다. 그는 다시 눈을 뜨더니 나에게 웃어 보이려 했다.

"나는 감상적인 늙은 바보지. 그리고 이젠 군인도 아니고. 나는 그 친구를 좋아했어. 그는 내게는 참 깨끗해 보였어. 어쩌면 사람의 성격을 판단하는 데 내가 약간 너무 자만했었던 게지. 나를 위해 그를 찾아주게, 말로. 그저 찾아만줘."

"해보겠습니다.

나는 말했다.

"이제 쉬시는 게 좋겠습니다. 제가 너무 말을 많이 한 것 같군요."

나는 서둘러 일어나서 널따란 바닥을 걸어서 나갔다. 내가 문을 열기도 전에 장군은 이미 눈을 다시 감고 있었다. 손은 힘없이 이불에 놓여 있었다. 그는 죽은 사람보다도 훨씬 더 죽은 사람처럼 보였다. 나는 문을 조용히 닫고 위층 복도를 돌아가서 계단을 내려갔다.

31

집사가 내 모자를 들고 나타났다. 나는 모자를 쓰며 말했다.

"저 분을 어떻게 생각하죠?"

"보이시는 것만큼 약한 분은 아닙니다, 선생님."

"보이는 대로라면 이미 장례 준비를 해야겠죠. 이 리건이라는 남자가 그렇게까지 장군님 마음에 든 이유가 뭡니까?"

집사는 나를 예의 그 표정 없는 얼굴로 똑바로 쳐다보았다.

"젊음이죠. 그리고 군인의 눈을 가졌고요."

"당신 눈처럼 말이군요."

"이런 말을 드려도 될지 모르지만, 선생님의 눈도 썩 다르지 않습니다."

"고맙습니다. 아가씨들은 오늘 아침 어떠신가요?"

그는 예의바르게 어깨를 으쓱했다.

"생각한 그대로군요."

나는 이렇게 말했고 그는 나를 위해 문을 열어주었다.

나는 밖으로 나가 계단 위에 서서 잔디가 깔린 테라스와 잘 다듬은 나무들, 정원 바닥에 철제 울타리를 두른 화단을 내려다보았다. 나는 저 아래서 카멘이 돌벤치에 앉아 머리를 손으로 받치고 있는 것을 보았다. 그녀는 버림받은 사람처럼 외로워 보였다.

나는 테라스에서 테라스로 이어지는 붉은 벽돌 계단을 내려갔다. 내가 아주 가까이 다가가서야 그녀는 내 발소리를 알아차렸다. 그녀는 고양이처럼 펄쩍 뛰어오르며 돌아섰다. 그녀는 내가 처음 봤을 때 입었던 하늘색 바지를 입고 있었다. 금발 머리는 똑같이 느슨하게 파도처럼 곱슬거렸다. 얼굴은 하얗고 나를 보자 볼이 빨갛게 물들었다. 눈은 암회색이었다.

"지루한가?"

내가 말했다.

카멘은 천천히, 다소 수줍게 웃고는 고개를 빠르게 끄덕였다. 그러고 나서 그녀는 속삭였다.

"나한테 화 안 났어요?"

"너야말로 나한테 화난 줄 알았는데."

그녀는 엄지손가락을 들어올리더니 킥킥댔다.

"난 화 안 났어요."

카멘이 킥킥거리자 나는 그녀를 더이상 좋아할 수 없었다. 나는 주위를 둘러보았다. 다트가 몇 개 꽂힌 과녁이 10미터 정도 앞 나무에 걸려 있었다. 그녀가 앉아 있던 돌벤치에도 다트가 서너 개 떨어져 있었다.

"돈이 있는 사람치고 너나 네 언니나 별로 재미있게 사는 것 같지는 않군."

그녀는 긴 속눈썹 아래로 나를 바라보았다. 이 표정은 나를 강아지처럼 주인 말대로 여기저기 뒹굴게 하려는 속셈일 때 짓는 표정이었다.

"다트 던지기를 좋아하는군?"

"으흥."

"그러고 보니 생각나는 게 있어."

나는 집 쪽을 돌아보았다. 집에서 내 모습을 보지 못하게 나는 1미터 정도 움직여서 나무 뒤에 숨었다. 나는 주머니에서 그녀의 작은 진주 손잡이 권총을 꺼냈다.

"네 무기를 돌려주지. 깨끗이 청소도 하고 장전도 했다고. 하지만 내 충고를 들어. 이걸로 사람을 쏘지는 마. 더 잘 쏘게 될 때까지는. 알았어?"

카멘의 얼굴이 더 창백해졌고 가냘픈 엄지손가락은 내려갔다. 그녀는 나를 쳐다보았고, 다음엔 내가 들고 있는 총을 보았다. 그녀의 눈에는 황홀감이 엿보였다.

"알았어요."

그녀는 고개를 끄덕였다. 그러더니 갑자기 덧붙였다.

"나한테 총 쏘는 법 가르쳐주세요."

"어?"

"어떻게 총 쏘는지 가르쳐달라고요. 배우고 싶어요."

"여기서? 그건 위법일 텐데."

그녀는 내가 가까이 다가와 내 손에서 총을 빼앗더니 총자루 주변을 손으로 어루만졌다. 그러더니 마치 몰래 숨기기라도 하려는 듯이 재빨리 바지주머니에 총을 찔러넣고는 주위를 둘러보았다.

"할 만한 곳을 알아요."

그녀는 비밀스러운 목소리로 말했다.

"오래된 유정 아래로 가면 돼요."

그녀는 언덕 아래를 가리켰다.

"가르쳐줄래요?"

나는 그녀의 암회색이 도는 푸른 눈을 바라보았다. 병 뚜껑 두 개를 보는 편이 차라리 나았을 것이다.

"알았어. 그 장소가 적당한지 아닌지 내가 확인할 때까지 총은 내게 돌려주도록 해."

그녀는 미소를 짓더니 입술을 비죽이며 비밀스러운 장난꾸러기 같은 태도로 마치 자기 방 열쇠라도 주는 것처럼 총을 다시 건네주었다. 우리는 계단을 올라가 내 차로 갔다. 정원은 버려진 것 같았다. 햇빛은 수석 웨이터의 웃음처럼 공허했다. 우리는 차에 올라탔고 나는 내려앉은 차도를 지나 문 쪽으로 차를 몰았다.

"비비안은 어디있지?"

내가 물었다.

"아직 안 일어났어요."

그녀는 킥킥댔다.

나는 언덕을 내려가서 비에 얼굴을 갓 씻은 것 같은 조용하고 부유한 거리를 지나 라브레아 동쪽으로 향했다가 다시 남쪽을 향했다. 우리는 그녀가 말한 곳에 약 10분만에 도착했다.

"저 안이에요."

그녀는 창문 밖으로 몸을 내밀고 가리켰다.

그곳은 좁고 더러운 길로 좁은 통로라고밖에 할 수 없는 곳으로 산기슭에 있는 목장으로 향하는 입구 같았다. 다섯 개의 가로대가 있는 넓은 문이 뒤로 접혀서 나무 그루터기에 걸쳐져 있는 모양이 수년 동안 닫힌 적이 없는 것 같았다. 길 가장자리에는 키 큰 유칼립투스나무들이 늘어서 있었고 바퀴자국이 깊이 나 있었다. 트럭들이 지나다닌 것 같았다. 길은 지금은 텅 비어 있고 햇빛이 내려쬐고 있었으나 아직 먼지가 날리지는 않았다. 비가 너무 세차게 그리고 너무 최근에 내렸기 때문이었다. 나는 바퀴 자국을 따라갔고 도시의 차들이 지나다니는 소음은 기묘하게 커졌다가 급격하게 희미해져서 이 공간이 도시에 있는 게 아니라 멀리 떨어진 꿈속의 땅에 있는 기분이었다. 이윽고 웅크린 나무 유정탑의 기름때가 묻고 작동하지 않는 시추기가 나뭇가지 위에 박혀 있는 모습이 보였다. 이 시추기에 녹슬고 오래된 강철 케이블이 대여섯 개 서로 연결되어 있는 것도 볼 수 있었다. 시추기는 작동하지 않았다. 아마 일 년 동안은 작동한 적이 없을 것이다. 유정에서는 더이상 석유가 채굴되지 않았다. 단지 녹슨 파이프 한 무더기, 한쪽 끝이 휜 적재용 발판 하나, 반 다스 가량의 텅 빈 기름통들이 아무렇게나 쌓여 있었다. 햇빛에 비쳐 무지개빛을 발하는 기름 찌꺼기가 떠 도는 오래된 웅덩이 하나가 있었다.

"이 모든 것을 공원으로 만들 작정인가?"

나는 물었다.

그녀는 턱을 내리고 반짝이는 눈으로 나를 보았다.

"그럴 때가 된 것 같군. 저 웅덩이 냄새라면 염소 한 떼도 중독되겠어. 여기가 네가 마음에 둔 곳인가?"

"그래요. 맘에 들어요?"

"아름답군."

나는 적재용 발판 옆에 차를 세웠다. 우리는 차에서 내렸다. 나는 귀를 기울였다. 자동차 소음이 벌들이 윙윙대는 소리처럼 아득하게 들려왔다. 그곳은 교회 마당처럼 쓸쓸했다. 비가 내린 후에도 키 큰 유칼립투스나무들은 여전히 먼지를 뒤집어쓴 것처럼 보였다. 이 나무들은 언제나 먼지를 뒤집어쓴 것처럼 보인다. 바람에 꺾인 나뭇가지들이 구정물 웅덩이 가장자리에 떨어져 있었고 납작한 가죽 같은 나뭇잎들은 물속에서 뒹굴었다.

나는 웅덩이 주변을 돌아가 펌프 작동실을 들여다보았다. 그 안에는 쓰레기가 조금 있을 뿐 최근에 무언가 활동한 흔적이라고는 없었다. 밖에는 나무로 만든 커다란 마차 바퀴가 벽에 걸려 있었다. 어쨌든 괜찮은 장소 같았다.

나는 차로 돌아갔다. 여자는 차 옆에 서서 머리를 다듬으며 햇볕 속에 늘어뜨리고 있었다.

"줘요."

그녀는 손을 내뻗었다.

나는 총을 꺼내어 그녀의 손바닥 위에 올려놓았다. 나는 몸을 굽혀 녹슨 깡통을 집었다.

"이제 긴장을 풀어. 모두 다섯 발이 장전되어 있어. 나는 저쪽에 가서 이 깡통을 큰 나무 바퀴 정중앙 사각형 구멍에 놓을 테니까. 알겠어?"

나는 손가락으로 가리켰다. 그녀는 기쁜 듯 머리를 숙였다.

"한 구 미터 되는 거리야. 내가 네 옆으로 돌아올 때까지는 쏘지 말라고. 알았어?"

"알았어요."

나는 웅덩이 둘레를 돌아가서 나무 바퀴 한가운데에 깡통을 놓았다. 멋진 과녁이 만들어졌다. 만약 그녀가 깡통을 맞히지 못하더라도, 분명히 그러겠지만, 바퀴는 맞출 수 있을 것이었다. 그렇게 되면 작은 탄피 정도는 완벽하게 막아줄 것이다. 그렇지만 그것조차 못 맞출 수도 있었다.

나는 웅덩이를 돌아서 그녀에게 돌아갔다. 내가 카멘으로부터 3미터쯤 떨어진 웅덩이 가장자리에 이르렀을 때, 그녀는 내게 날카로운 작은 이를 활짝 드러내 보이며 총을 들어올리고 식식대기 시작했다.

나는 썩어서 냄새나는 웅덩이를 등지고 죽은 듯 멈춰섰다.

"거기 서, 이 개자식."

그녀가 말했다.

총이 내 가슴을 겨냥했다. 손은 아주 침착했다. 식식거리는 소리가 점점 커졌고 그녀의 얼굴은 해골 같은 표정이었다. 나이 들고 부패하고 동물 같은 표정. 그것도 귀여운 동물이 아니었다.

나는 그녀를 보고 웃었다. 나는 그녀를 향해 걸어가기 시작했다. 그녀가 작은 손가락으로 방아쇠를 꽉 쥐어 손가락 끝이 하얘진 것이 보였다. 내가 2미터 정도 거리에 이르자 그녀는 쏘기 시작했다.

총소리는 실체 없이 날카롭게 무언가 후려치는 소리를 내며 햇빛을 헛되이 갈랐다. 연기도 볼 수 없었다. 나는 다시 멈춰서서 그녀를 보고 싱긋 웃었다.

그녀는 매우 민첩하게 두 번 더 발사했다. 총알 중 한 발도 맞지 않으리라고는 생각할 수 없었다. 작은 총에는 다섯 발이 총알이 장전되어 있었다. 그녀는 네 발을 쏘았다. 나는 그녀에게 덤벼들었다.

마지막 한 발을 얼굴에 맞기는 싫었기 때문에, 나는 옆으로 몸을 피했다. 그녀는 내게 아주 신중하게, 전혀 걱정하는 기색도 없이 총을 쏘았다. 나는 화약이 터지는 뜨거운 숨결을 약간 느낀 것 같았다.

나는 몸을 죽 폈다.

"망할. 하지만 귀여운 아가씨군."

빈 총을 든 손이 격렬하게 떨기 시작했다.

총이 손에서 떨어졌다. 그녀의 입도 떨리기 시작했다. 온 얼굴이 엉망이 되었다. 그리고 머리가 왼쪽으로 기울더니 입술에 경련이 나타났다. 숨소리가 우는 소리처럼 들렸다. 그녀는 기절했다.

나는 그녀가 넘어지는 순간 붙잡았다. 카멘은 이미 정신을 잃고 있었다. 나는 양손으로 그녀의 이를 벌린 뒤 잇새로 손수건을 둥글게 뭉쳐서 넣었다. 그 일을 하는 데도 전력을 다해야 했다. 나는 그녀를 안아 올려 차에 태우고 도로 돌아가서 총을 집어 내 주머니에 넣었다. 나는 운전석에 올라 차를 후진시키고 우리가 왔던 바퀴 자국이 난 도로를 따라 돌아온 뒤 언덕을 다시 올라가 저택으로 향했다.

카멘은 차 구석에서 꼼짝도 않고 늘어져 있었다. 저택으로 향하는 차로를 반쯤 올라갔을 때 그녀가 움찔 움직였다. 그러더니 눈을 갑자기 크고 사납게 떴다. 그녀는 일어나 앉았다.

"무슨 일이에요?"

그녀는 숨을 몰아쉬었다.

"아무것도 아냐, 왜?"

"아. 무슨 일이 일어났잖아요. 나 흠뻑 젖었어요."

그녀는 킥킥댔다.

"누구나 그럴 수 있지."

그녀는 갑작스럽게 기분이 나쁜 생각에 빠진 듯한 표정으로 나를 보다가 끙끙 신음하기 시작했다.

32

 온순한 눈을 하고 얼굴이 말처럼 생긴 하녀가 기다랗고 회색과 흰색으로 장식된 2층의 응접실로 안내했다. 바닥에는 아이보리 색 커튼이 사치스럽게 바닥까지 내려오고 벽에서 벽까지 흰 융단이 깔린 방이었다. 영화 스타의 침실. 매혹과 유혹의 장소, 나무 의족처럼 인공적인 방. 그 순간에는 아무도 없이 비어 있었다. 내 뒤로 문이 병원 문처럼 부자연스러울 정도로 부드럽게 닫혔다. 바퀴 달린 아침 식사 테이블이 긴 의자 옆에 놓여 있었다. 은제 식기가 번쩍거렸다. 커피 잔 속에는 담뱃재가 남아 있었다. 나는 앉아서 기다렸다.
 꽤 오랜 시간이 지난 것 같은 느낌이 들었을 때 문이 다시 열리고 비비안이 들어왔다. 그녀는 가장자리에 흰 모피를 두른, 굴처럼 하얀 실내복을 입고 있었다. 작고 외딴 섬의 해안에 밀려오는 여름 바다의 포말처럼 미끈하게 재단된 옷이었다.

그녀는 매끄러운 걸음걸이로 내 앞을 성큼성큼 지나 긴 의자의 끄트머리에 앉았다. 입 한 구석에 담배를 물고 있었다. 오늘은 손톱에 구릿빛 빨강 매니큐어를 칠하고 있었다. 속살부터 손톱 끝까지, 손톱 반점도 남기지 않고 모두 다 빨간 색이었다.

"결국 당신은 짐승 같은 인간이었어."

그녀는 나를 쏘아보며 조용히 말했다.

"속속들이 무정한 짐승같으니. 어젯밤 사람을 죽였다면서요. 그 일을 어떻게 들었는지는 알 것 없어요. 그냥 들었으니까. 게다가 이제는 여기 와서 내 여동생이 발작을 일으키도록 놀라게 하는군요."

나는 아무 말도 하지 않았다. 그녀는 안절부절못했다. 그녀는 편안해 보이는 의자로 가서 벽에 붙인 의자 등받이를 따라 놓여 있는 하얀 쿠션에 머리를 기댔다. 그녀는 엷은 회색 연기를 위로 뿜어내고는 연기가 천장으로 떠올라 흩어져 공기중에 한 줄기 남았다가 점점 녹아들어 사라질 때까지 바라보았다. 아주 천천히 그녀는 눈길을 내려 나를 쌀쌀맞고 매서운 눈길로 보았다.

"당신을 이해할 수가 없군요. 그저께 밤에 우리 중 하나라도 제정신이었던 것에 대해서는 죽도록 고마워하고 있어요. 과거에 밀주업자를 만난 것만으로도 충분히 재수는 없으니까. 뭐 아무 말이라도 지껄여보지 그래요?"

"동생은 어떻소?"

"아, 그 애는 괜찮을 거예요. 잠이 푹 들었어요. 항상 금방 잠드니까. 도대체 그 애한테 무슨 짓을 한 거죠?"

"아무 짓도 안 했소. 당신 아버지를 만난 뒤 이 집을 나가는데 동생이 현관에 나와 있더군. 동생은 나무에 과녁을 세워놓고 다트를 던지고 있었소. 나는 동생 물건을 가지고 있었기 때문에 다가가서 말을 걸었지. 오웬 테일러가 언젠가 그녀에게 주었던 작은 리볼버요. 동생은 그걸 요전날 밤, 브로디가 죽던 날 밤에 브로디의 집에 놓고 갔었소. 내가 거기서 동생한테 빼앗은 거지. 그 말은 안 했으니까 당신도 그건 몰랐을 거요."

스턴우드 집안 특유의 검은 눈이 크고 공허하게 떠졌다. 이제 그녀가 아무 말 하지 않을 차례였다.

"동생은 자기 총을 되찾은 게 꽤나 기뻤던지 총 쏘는 법을 가르쳐달라고 하더군. 그러고 나서 당신 가문이 돈을 벌어들인 언덕 아래 오래된 유정을 보여주고 싶어했소. 그래서 우리는 거기로 내려갔지. 꽤나 오싹한 곳이더군. 여기저기 녹슨 금속에 오래된 나무, 고요한 유정과 기름 끼고 더러운 구정물 웅덩이하며. 아마 그 때문에 동생 기분이 언짢았을 거요. 당신도 거기 가봤어야 했는데 말야. 아주 소름끼치는 곳이거든."

"맞아요, 그렇죠."

이제는 숨도 쉬지 않는 작은 목소리였다.

"그래서 우리는 그 안으로 들어갔고 나는 동생이 맞출 수 있도록 바퀴 안에 깡통을 세웠소. 그녀가 아주 야단법석을 피웠지. 내가 보기에는 가벼운 간질 발작 같던데."

"맞아요."

똑같이 가느다란 목소리.

"그 애는 종종 그런 발작을 일으켜요. 나를 보자고 한 이유는 그게 다예요?"

"여전히 에디 마스가 쥐고 있는 당신 약점이 뭔지 말 안 해줄 거요?"

"아무것도 없어요. 그리고 그 질문은 이제 약간 지겨워지는군요."

그녀는 차갑게 말했다.

"캐니노라는 사람은 아나?"

그녀는 생각을 떠올리려는 듯 섬세한 검은 눈썹을 찌푸렸다.

"막연하게요. 그 이름을 들어본 것 같기는 하네요."

"에디 마스의 총잡이요. 거친 사내라고 사람들이 그러더군. 내가 보기에도 그렇던데. 어떤 숙녀의 작은 도움이 아니었더라면 그가 지금 있는 곳에 내가 가 있을 뻔했소. 시체 보관소에."

"숙녀들은 주로……"

그녀는 갑자기 말을 딱 멈추고 얼굴이 창백해졌다.

"그 일에 대해서 농담은 못하겠어요."

그녀는 간결하게 말했다.

"나도 농담하는 게 아니오. 내가 자꾸 같은 얘기를 빙빙 돌려서 하는 것 같다면, 그냥 그렇게 보이는 것뿐이오. 모두 하나로 연결되어 있소. 모두 다. 가이거와 깜찍한 협박 사기, 브로디와 사진, 에디 마스와 룰렛 테이블, 캐니노와 러스티 리건이 데리고 도망가지 않았던 여자. 모두 다 하나로 연결되어 있는 거지."

"당신이 무슨 말을 하는지 감도 못 잡겠는데요."

"그렇다고 해둡시다. 그건 이런 얘기요. 가이거는 당신 동생에게 올가미를 쳤는데 그건 그다지 어려운 일도 아니었지. 그래서 동생한테 어음 몇 장을 받아내어 아주 괜찮은 방법을 써서 그걸로 당신 아버지를 협박하려고 했소. 에디 마스가 가이거의 뒤를 봐주면서 그를 자기 앞잡이로 이용했지. 당신 아버지는 돈을 내는 대신에 나를 불렀는데, 그게 아버님은 두려워할 것이 없었다는 증거요. 에디 마스는 그걸 알고 싶어했지. 그는 뭔가 당신의 약점을 쥐고 있었는데, 그게 장군님의 약점도 될 수 있는지 알아보고 싶었던 거요. 약점을 손에 넣는다면 그는 한순간에 큰 돈을 긁어 모을 수 있었지. 아니라면 당신이 가문의 재산을 받을 때까지 한참을 기다리면서 그 동안에는 룰렛 테이블에서 당신 푼돈이나 빼앗는 데 만족하고 있으면 되는 거고. 가이거는 오웬 테일러에게 살해당했는데, 테일러는 당신의 바보 같은 여동생을 사랑했고 가이거가 동생을 데리고 노는 게임이 맘에 안 들었기 때문이었소. 그건 에디에게는 아무 의미도 없었소. 그는 가이거가 알고 있는 것보다, 아니면 브로디가 알고 있는 것보다 더 은밀한 게임을 하고 있었거든. 당신하고 에디, 캐니노라는 터프가이 말고는 아무도 몰랐지. 당신 남편은 실종되었고 모든 사람에게 당신 남편하고는 견원지간이었다고 알려져 있는 에디는 자기 아내를 리알토에 숨겨놓고 그녀를 지키도록 캐니노를 데려다놓았소. 마치 그녀가 리건하고 도망간 것처럼 말야. 에디는 심지어 리건의 차를 모나 마스가 살고 있었던 집의 차고에 갖다놓기까지 했소. 그렇지만, 이걸 단지 에디가 당신 남편을 죽였거나 죽이도록 남을 시켰다는 의심을 회피하려는 시도라고 단순히 치부해버리면 약간 바보같이 들리는 얘기지. 그렇지만 실제로 그렇게까지 바보 같은 얘기는 아니었소. 그는 다른 동기가 있었으니까. 백만 달러, 그 이상을 따기 위해서 게임을 하고 있었던 거요. 그는 리건이 어디로 사라졌는지 알고 있었고 경찰이 리건을 찾아내는 것을 원치 않았소. 그는 경찰들이 리건이 실종된 이유에 대한 합당한 설명을 손에 넣도록 하여 그들을 만족시키고 싶었던 거지. 내 얘기가 지루한가?"

"당신한테 질려버렸어요."

그녀는 죽은 듯, 기력을 다 소진한 목소리로 말했다.

"맙소사, 얼마나 당신한테 질려버렸는지 몰라요!"

"미안하군. 난 단지 똑똑한 척하려고 여기저기 돌아다닌 게 아니오. 당신 아버님이 오늘 아침에 리건을 찾으면 천 달러를 주겠다고 제안하시더군. 내게는 큰 돈이지. 그렇지만 나는 할 수가 없소."

그녀의 입이 딱 벌어졌다. 숨소리는 갑자기 긴장되어 거칠어졌다.

"담배 한 대 주세요."

그녀는 탁한 목소리로 말했다.

"왜 못한다는 거죠?"

그녀의 목에서 맥박이 쿵쿵 뛰는 것이 보였다.

나는 그녀에게 담배 한 대를 주고 성냥불을 붙여주었다. 그녀는 허파 깊숙이 담배 연기를 들이마시고는 기진맥진해서 다시 연기를 내뿜었다. 그러고는 손에 담배를 들고 있다는 사실도 잊어버린 것 같았다. 그녀는 다시 연기를 들이마시지 않았다.

"글쎄, 실종자 전담반도 그 사람을 찾아낼 수 없을 거요. 그렇게 쉽지는 않겠지. 그 사람들이 할 수 없는 일을 내가 할 수 있을 리가 없잖소."

"아."

그녀의 목소리에서는 안심하는 기미가 엿보였다.

"한 가지 이유가 있소. 실종자 전담반 사람들은 그 사람이 고의로 그냥 사라졌다고 생각하오. 막을 내렸다는 거지, 그 사람들 말로는. 그 사람들은 에디 마스가 그를 해치웠다고 생각하지는 않소."

"어떤 사람이 그를 해치웠다고 누가 그러던가요?"

"지금 바로 그 얘기를 하려는 거요."

아주 짧은 순간, 그녀의 얼굴이 조각조각나서 자기 마음과 상관 없이 형체도 없이 부분으로 무너지는 것 같았다. 입은 비명의 전주곡 같은 모양이 되었다. 그렇지만 단지 한순간뿐이었다. 그녀가 물려받은 스턴우드 가의 혈통은 검은 눈과 무모한 성격뿐이 아닌 그 이상의 것이었다.

나는 일어서서 그녀의 손가락 새에서 연기가 피어오르는 담배를 집어 재떨이에 비벼 껐다. 그러고 나서 카멘의 작은 총을 주머니에서 꺼내어, 과장된 조심스런 몸짓으로 하얀 새틴으로 감싼 그녀의 무릎에 총을 올려놓았다. 무릎 위에다 총의 균형을 잘 맞춰서 놓고, 나는 진열장에 있는 마네킨의 목에 스카프를 새로운 매듭으로 묶어놓고 그 효과를 감상하는 사람처럼 머리를 한쪽으로 갸우뚱하며 한 발짝 물러났다.

나는 다시 앉았다. 그녀는 움직이지 않았다. 그녀의 눈길이 일 밀리미터씩, 살금살금 내려와 총을 바라보았다.
"이제 안전해요. 다섯 발 다 비었소. 동생이 모두 쏴버렸으니까. 모두 다 나를 향해 쏴버렸소."
비비안의 목에서 맥박이 거칠게 뛰었다. 그녀는 무언가 말하려고 했으나 할 수 없었다. 그녀는 침을 삼켰다.
"일 미터 정도 떨어진 거리에서. 아주 끔찍한 아가씨 아니오? 내가 모두 공포탄으로 장전해놓았다는 게 유감이었지."
나는 심술궂은 웃음을 지어 보였다.
"동생이 무슨 짓을 하려는지 감이 왔었거든. 기회만 잡으면."
"정말 끔찍한 사람이군요."
그녀는 멀리서부터 다시 목소리를 끌어오기라도 하는 것처럼 가까스로 입을 열었다.
"끔찍해요."
"그렇지, 당신은 그녀의 언니지. 그래서 이제 어떻게 할 거요?"
"당신은 증명할 수 없을 거예요."
"뭘 증명 못한다는 거요?"
"그 애가 당신을 쐈다는 거요. 그 애랑 유정에 갔었다고 했죠. 단 둘만요. 당신 말을 증명할 수는 없을 거예요."
"아, 그거. 별로 그렇게 할 생각도 없었소. 다른 때 일어났던 일을 생각하고 있었지. 그 작은 총에 실탄이 들어 있었던 때 말이오."
그녀의 눈은 캄캄한 연못과 같았다. 캄캄하다기보다도 텅 비어 있는 연못.

"리건이 사라졌던 날을 생각하고 있었소."

나는 말했다.

"늦은 오후였겠지. 그가 그녀를 데리고 총쏘는 법을 가르쳐주려고 그 낡은 유정으로 갔던 것은. 어딘가에 깡통을 세워놓고 목표물을 겨냥하는 법을 가르쳐준 뒤 그녀가 총을 쏘는 동안 그 옆에 서 있었을 거요. 그리고 그녀는 깡통을 쏘지 않았지. 총구를 돌려 그를 쏴버린 거요. 오늘 나를 쏘려고 했던 것과 똑같이. 그리고 똑같은 이유로."

그녀가 약간 몸을 움직이자 총이 무릎에서 미끄러져 바닥에 떨어졌다. 내가 이제껏 들은 중에 가장 커다란 소리였다. 그녀의 눈길이 내 얼굴을 맴돌았다. 목소리는 고뇌에 찬 속삭임과 같아졌다.

"카멘이……! 아, 하느님, 카멘이……! 왜?"

"그녀가 나를 왜 쐈는지 정말로 이유를 말해주어야만 하겠소?"

"그래요."

그녀의 눈은 여전히 끔찍했다.

"그……그래도 얘기해줘야 해요."

"그저께 밤 내가 집에 돌아가니 그녀가 내 아파트에 있었소. 관리인을 속여서 나를 기다린다고 하고 안으로 들어갔다더군. 그녀는 내 침대 속에 있었소, 발가벗고. 나는 그녀를 바로 내쫓아버렸지. 아마 리건도 언젠가 그녀에게 똑같이 했을 거요. 그렇지만 당신은 카멘에게 그럴 수는 없겠지."

그녀는 입술을 끌어당겨 마음을 결정하지 못한 듯 입술을 핥

앉다. 짧은 순간 그녀는 겁먹은 어린아이처럼 보였다. 뺨의 선이 더 날카로워졌고 손은 줄에 매달린 의수처럼 천천히 올라갔다. 손가락이 옷깃의 하얀 모피 주변에서 천천히 그리고 뻣뻣하게 움츠러들었다. 목 주변이 꽉 죄었다. 그런 후에 그녀는 그저 나를 보며 앉아 있을 뿐이었다.

"돈 때문이군요."

그녀는 쉰 목소리로 말했다.

"돈을 원하는 거군요."

"얼마나 줄 거요?"

나는 비웃지 않으려고 했다.

"만오천 달러면 되겠어요?"

나는 고개를 끄덕였다.

"그 정도면 적당하겠군. 그게 합의된 가격이겠지. 그게 동생이 리건을 쐈을 때 그의 주머니에 들어 있던 금액이니까. 당신이 에디 마스에게 도움을 청하러 갔을 때 캐니노 씨가 시체를 처리하는 대가로 받기로 한 금액일 거고. 그렇지만, 에디가 조만간 우려내려고 하는 액수에 비하면 새 발의 피지. 그렇지 않소?"

"이, 개자식!"

그녀가 말했다.

"아하. 나는 아주 영리한 사람이오. 감정도 없고 양심의 가책도 없지. 오로지 아쉬운 것은 돈뿐이라고. 얼마나 돈에 탐욕스러운지 하루 이십오 불과 주로 기름 값하고 위스키 값에 들어가는 활동비 조금에 그걸로 뭘 하나 생각한다니까. 그 돈에 내

인생을 걸고 경찰들이나 에디 마스와 그 부하들한테 미움 사는 일도 감내하며 총탄에 돌진하고 곤봉에 머리를 얻어 맞고 당신 같은 사람에게도 고맙다고 하는 거요. 만약 당신한테 문제가 생기면 날 생각해줬으면 좋겠군. 만약 무슨 일이 생길 때를 대비해서 내 명함을 놓고 갈 테니. 이 모든 일을 하루 이십오 불을 받고 해주는 거요. 그리고 쇠잔하고 늙은 노인이 그의 혈통에 대해서 아직도 지니고 있는 작은 자긍심을 지키기 위해서 해주는 거지. 그의 피가 독이 아니고 두 딸이 약간 거칠기는 하지만 요새 젊은 여자애들이 다 그러는 것 정도고 완전히 타락하거나 사람을 죽이지는 않는다는 생각을 가질 수 있게 말이오. 그런데 그렇게 하려다 보니 나 자신은 개자식이 되는군. 괜찮소. 별로 신경쓰진 않으니까. 요새는 각양각색의 사람들로부터 별별 욕을 다 듣고는 하지. 당신 동생도 포함해서. 그녀는 내가 자기와 같이 자주지 않는다고 해서 더 심한 욕도 하던데. 당신 아버지한테서 청구하지도 않은 오백 불을 받았지만 그 정도는 내실 만한 여유가 있는 분이니 괜찮겠지. 러스티 리건 씨를 찾아주면 천 달러를 더 준다는 부탁도 받았소. 찾을 수만 있다면. 그런데 지금 당신은 만오천 불을 준다고 하는군. 그 정도면 나도 갑부가 되겠지. 만 오천 불이면, 집도 살 수 있고 새 차도 사고 새 양복도 한 네 벌 정도는 살 수 있을 테지. 어쩌면 사건을 놓칠까 걱정하지 않고서도 휴가를 다녀올 수 있을지도 모르고. 그것 괜찮군. 그런데 뭣 때문에 나한테 그 돈을 준다고 하는 거요? 계속 개자식이 되어주는 대가로? 아니면 그저께 밤 차 안에서 본 완전히 맛이 가버린 술주정뱅이처럼 신사가 되어야만 하나?"

그녀는 돌로 된 사람처럼 아무 말 하지 않았다.

"좋아."

나는 계속 강하게 밀어붙였다.

"그녀를 데리고 갈 수 있겠소? 어딘가 여기에서 멀리, 사람들이 그녀 같은 부류의 사람들을 잘 다룰 수 있는 곳으로. 사람들이 총이나 칼, 이상한 술 같은 것을 그녀에게서 떼어낼 수 있는 곳으로 말이오. 제길, 어쩌면 그녀도 병이 나을지도 모르잖소. 예전에 그렇게 했어야 했소."

그녀는 일어서서 천천히 창문으로 걸어갔다. 짙은 아이보리색 커튼이 묶인 채 그녀 발치에 늘어져 있었다. 그녀는 커튼 묶음에 휩싸인 채 조용하고 어둑어둑한 산기슭 쪽을 내다보았다. 그녀는 거의 커튼에 녹아든 것처럼 꼼짝도 하지 않고 서 있었다. 손은 옆으로 축 늘어져 있었다. 전혀 꼼짝도 하지 않는 손. 그녀는 몸을 돌려 방으로 돌아와 눈먼 사람처럼 나를 지나쳐 갔다. 내 뒤에 서게 되자 그녀는 숨을 날카롭게 들이쉬고 말했다.

"그는 웅덩이 속에 있어요. 끔찍하게 썩어서요. 내가 그렇게 했어요. 당신이 말한 대로예요. 난 에디 마스에게 갔어요. 그 애가 집으로 와서 어린애처럼 나한테 그 일을 말해 줬어요. 그 애는 정상이 아녜요. 나는 경찰이 곧 알아낼 거라는 사실을 알고 있었죠. 조금만 있으면 그 애가 그 일을 자랑처럼 술술 불 테니까요. 그리고 아빠가 아시면 즉시 경찰을 불러서 모든 걸 다 털어놓으실 거고요. 그리고 바로 그날 밤에 돌아가시겠죠.

아빠가 돌아가시는 게 무서운 게 아녜요. 아빠가 돌아가시기 전에 무슨 생각을 하실지가 무서웠어요. 러스티는 나쁜 남자는 아니었어요. 나는 그를 사랑하지 않았지만, 그는 괜찮은 사람이었어요. 살았거나 죽었거나 나한테는 어떻든 별 의미 없는 사람이었어요. 그 이야기를 아빠에게 알려지지 않게 하는 일에 비하면요."

"그래서 그녀를 그냥 마음대로 돌아다니게 놓아둔 거로군. 또 다른 소동을 일으키도록."

"나는 시간을 벌고 있었어요. 단지 시간만을. 물론 내 방식이 잘못되었겠죠. 나는 그 애가 스스로 잊어버릴지도 모른다고 생각했어요. 사람들은 그런 발작이 일어났을 때 생겼던 일들은 잘 잊어버린다는 말을 들었거든요. 아마 잊어버렸을지도 몰라요. 에디 마스가 나한테 피 한 방울 남기지 않고 짜낼 만큼 다 짜낼 거라는 것은 알았지만 상관하지 않았어요. 나는 도움을 받아야 했고 그런 사람 아니면 도움을 구할 데가 없으니까…… 나 자신도 이 모든 일을 믿을 수 없는 날이 많았죠. 그리고 그렇지 않은 날은 빨리 술에 취해버려야 했어요. 낮이든 밤이든 가리지 않고. 아주 되도록 빨리."

"그녀를 데리고 가요. 아주 되도록 빨리 그렇게 하시오."

비비안은 여전히 내게 등지고 있었다. 그녀는 이제 부드럽게 말했다.

"당신은요?"

"나는 별 거 없소. 나는 이제 나갈 거요. 당신에게 사흘을 주겠소. 그때까지 떠나버리면…… 문제 없을 거요. 그때도 안 떠나면, 일이 터질 거요. 진심으로 그런 말 한 건 아니겠지라고 생각하지는 말아요."

그녀는 갑자기 몸을 돌렸다.

"뭐라고 말해야 할지 모르겠네요. 어떻게 말을 꺼내야 할지."

"됐소. 여기서 동생을 데리고 나가서 한시라도 감시의 눈길을 떼어놓지 말아요. 약속할 수 있겠소?"

"약속할게요. 에디는······."

"에디는 잊어버려요. 조금 휴식을 취한 후에 내가 에디를 만나러 가겠소. 내가 에디를 처리하지."

"당신을 죽이려고 할지도 몰라요."

"그러겠지."

내가 말했다.

"그 자의 가장 솜씨 좋은 부하도 나를 죽이지 못했소. 다른 놈들하고도 결연히 한번 붙어보지. 노리스는 알고 있소?"

"노리스는 절대 말 안 할 거예요."

"그도 알고 있을 거라고 생각했소."

나는 서둘러 그녀 곁을 떠나 방을 나와서 타일이 깔린 계단을 내려가 현관 홀로 나섰다. 집을 나설 때 아무도 볼 수 없었다. 이번에는 혼자서 모자를 찾았다. 집 밖으로 나오니, 마치 작고 거친 눈이 덤불 뒤에서 나를 감시하고 있는 것처럼, 햇빛이 그 속에 뭐가 수상한 것을 감추고 있는 것처럼 유령에 홀린 기운이 밝은 정원에 떠돌고 있었다. 나는 차를 타고 언덕을 내려왔다.

일단 죽으면 어디에 묻혀 있는지가 중요할까? 더러운 구정물 웅덩이든, 높은 언덕 꼭대기의 대리석 탑이든 그게 중요한 문제일까? 당신이 죽어 깊은 잠에 들게 되었을 때, 그러한 일에는 신경쓰지 않게 된다. 기름과 물은 당신에게 있어 바람이나 공기와 같다. 죽어버린 방식이나 쓰러진 곳의 비천함에는 신경쓰지 않고 당신은 깊은 잠에 들게 되는 것뿐이다. 나도, 이제는 그러한 비천함의 일부가 되었다. 러스티 리건이 그랬던 것보다도 훨씬 깊숙이 빠져들게 된 것이다. 그렇지만 노인까지 그럴 필요는 없었다. 그는 핏기 없는 손을 이불 위에 올려놓고 차일을 친 침대 위에서 조용히 누워 기다리고 있었다. 그의 심장은 짧고 불확실한 중얼거림과 같았다. 그의 사고는 타버린 재처럼 회색이었다. 그리고 잠시 후면 그 또한, 러스티 리건처럼 깊은 잠에 들게 될 것이었다.

시내로 돌아오는 길에 나는 바에 들러 스카치 위스키를 더블로 두 잔 마셨다. 그렇지만 더이상 효과가 없었다. 은빛 가발의 여자가 떠오를 뿐. 나는 그녀를 두 번 다시 보지 못했다.

| 해설 |

뒷골목의 고독한 수호천사를 만나다

    내가 챈들러의 소설을 읽고 감탄한 것은, 그 작품이 호소해오는 리얼리티였습니다. 그는, 작가에게 살아가는 데 대한 확고한 자세가 있고, 사물을 파악하는 확실한 시점이 있으면 그 사람이 어떤 종류의 허구를 묘사해도 리얼리티는 반드시 스며 나오는 법이라고 했습니다. 바꿔 말하면, '문체'를 모방하기는 쉽지만 '시점'을 모방하기란 절대 쉬운 일이 아니라는 것입니다.
―무라카미 하루키의 인터뷰 중에서

사실, 레이먼드 챈들러라는 대가를 소개하며 후배 작가인 무라카미 하루키의 말을 인용하는 것은 오히려 실례가 될지도 모르는 일이다. 하지만 하루키만큼 일반 문학 작가로서 챈들러의 작풍을 충실히 따른 사람도 없다는 생각이 들어 그의 말을 가져와보았다. (하루키는 스스로, 『양을 둘러싼 모험』을 어떤 사람들은 'Big Sheep'이라고도 부른다고 말하며 이 작품을 쓸 때 의도적으로 챈들러의 문체를 빌려왔다고 고백했다.) 국내에도 챈들러의 팬이 어느 정도 형성되어 있긴 하지만 실제로 챈들러의 이름조차 들어보지 못한 사람이 훨씬 더 많을 것이다. 그러나 하드보일드의 음유시인 챈들러는 미국 대중문화의 상징적인 존재라 해도 과언이 아닌 작가이다. 추리문학의 대가 가운데는 추리소설이라는 장르의 틀을 깨고 일반 문학에서도 인정을 받는 이들이 몇 있는데 챈들러는 그 가운데에서도 우뚝 서 있다.

'사립 탐정'이라는 단어를 보고 떠오르는 이미지는 아마도 두 가지일 것이다. 하나는 사냥모자를 쓰고 파이프 담배를 입에 문 셜록 홈스. 다른 하나는 중절모를 깊이 눌러 쓰고 트렌치코트의 깃을 높이 세운 채 한 손에 권총을 든 남자. 후자는 미국 대중문화를 대표하는 느와르의 이미지이자 하드보일드 탐정의 이미지이며 바로 필립 말로의 이미지이다. 추리문학의 대표적인 두 하위 장르가 본격 추리소설과 하드보일드 추리소설이라고 한다면, 하드보일드 장르를 대표하는 탐정상으로 우뚝 서 있는 것이 필립 말로인 것이다.

필립 말로—고독하고 초라한 기사

이 작품은 1939년도에 나온 레이먼드 챈들러의 필립 말로 시리즈 1작이자 장편 데뷔작이다. 그는 이 작품을 석 달만에 썼다고 한다. 챈들러는 종종 단편들을 모아 '재정비하여' 장편으로 만들었는데 『빅 슬립』도 이전에 발표한 단편 「빗속의 살인자 *Killer in the Rain*」과 「커튼 *The Curtain*」 「핑거맨 *Finger*

Man」의 문장들을 수정 확대하여 썼다. 초기에는 헤밍웨이의 영향을 강하게 받은 간결하고 객관적인 묘사로 일관하고 있으나 『빅 슬립』을 쓸 당시에 와서는 여기에 주관적인 해석과 감성을 드러내는 특유의 문체를 갖추게 되었다. 51세에 쓴 작품이니 작가로서는 상당히 늦은 데뷔라고 할 수 있지만 그만큼 일찌감치 필립 말로라는 매력적인 인물을 완성해놓고 있다.

첫 작품인 만큼 말로는 처음부터 상당히 충실하게 자기 소개를 하고 있다. 즉 캘리포니아 샌타로사 출신에 33세의 미혼이며 지방검사 와일드 밑에서 수사관 생활을 하다가 말을 안 들어서 해고당했다는 것. 사실 워낙 듣기 싫게 비아냥거리는 농담을 끊임없이 해대는 말로니 내쫓기는 게 당연한 일일지도 모르겠다. 또한 카멘 스턴우드의 입을 통해 말로가 키가 크고 강인한 파이터 타입의 잘생긴 젊은이임을 짐작할 수 있다. 말로는 스스로 자신이 183센티가 넘는 키에 몸무게 85킬로그램 이상의 당당한 체격이라는 사실을 밝히고 있으며 여기에 일당 25불과 제반 경비를 받고 호바트 암스 아파트에서 혼자 산다는 자잘한 소개도 하고 있다. (코엔 형제의 2001년 영화 〈그 남자는 거기 없었다〉에서는 이 '호바트 암스'를 상징적으로 원용하고 있다)

근본적인 성격은 변함이 없으나 작품마다 말로가 보여주는 모습은 약간씩 차이가 난다. 국내 팬들에게 가장 사랑받는 『안녕 내 사랑』에서는 순수한 사랑을 하는 다소 귀여운 말로의 모습을 볼 수 있고 『리틀 시스터』에서는 좀더 냉정한 말로를, 후기작 『기나긴 이별』에서는 나이 먹어 더 감상적이 되고 다소 지쳐 있는 중년의 말로를 만날 수 있다. 유작 『푸들 스프링』에서는 아예 결혼하여 정착해버린다. 작품이 진행됨에 따라 말로도 나이를 먹는 것이다. 이 점은 오히려 나이 들어 더 원숙해졌다는 평을 받는 로스 맥도널드의 루 아처도 마찬가지이다.

『빅 슬립』에서의 말로는 거칠고 강인하다. 이후에 보이는 감상적인 면은 그다지 나타나지 않고 다소 비정한 면도 보인다. 그의 독백은 적절한 간결함과 솔직함을 갖추고 있어 독자는 이 터프가이의 행적을 관찰자 시각에서 따라가며 조금씩 그에게 동화되어간다. 어쩌면 선배인 해미트에게 받은 영향이 아직 많이 남아 있는 것인지도 모른다.

필립 말로의 매력이란 저항하기 어려운 것이어서 이후 거의 모든 미국 사립탐정들은 유사-말로의 모습을 하게 되었다. (심지어 어떤 이는 '챈들러레스크 Chandleresque'라는 표현을 쓰기도 한다.) 그러나 그 때문에 뒤늦게 말로를 접한 독자들이 신선감을 느끼지 못하는 결과를 낳기도 한다. 심지어 폴 오스터 같은 작가도 초기에 쓴 추리소설의 주인공 모습을 말로와 거의 구별할 수 없게 만들었다. 어떤 평론가는 "말로 이래로 얼마나 많은 수의 말을 안 들어 쫓겨난 전직 수사관들이 사립탐정이 되었는가" 하고 한탄하는 판이다.

말로가 자기의 모습을 솔직하게 털어놓는 대목이 있다. 의뢰인을 보호하기 위해 몇 가지 사실을 털어놓지 않는 말로에게 그의 전 상관이었던 와일드 검사가 공권력을 적으로 돌리고 싶냐고 하자 항변조로 하는 대답이 그것이다.

"나도 마음에는 안 듭니다. 그렇지만 내가 할 일이 뭐겠습니까?

나는 사건을 맡고 있어요. 난 먹고 살기 위해서 팔아야 하는 건 팝니다. 하느님이 내게 주신 약간의 용기와 지성, 그리고 의뢰인을 보호하기 위해서 기꺼이 괴로움을 감수하는 열성이죠."

이 대목만으로도 말로가 어떤 신념을 가지고 행동하는지를 알 수 있다.

말로라는 이름은 16세기 영국의 극작가 크리스토퍼 말로에서 따온 것이다. 크리스토퍼 말로는 필립 시드니 경의 사동으로 일한 적이 있는데 어쩌면 두 사람의 이름을 합쳐 '필립 말로'가 만들어진 것인지도 모르겠다.

작품 감상

'빅 슬립(Big Sleep)'이라는 제목은 '죽음'을 뜻한다. 허다한 추리소설 걸작의 제목에는 멋진 것이 많지만, 챈들러 작품의 제목은 단순하면서도 모호한 함축적 의미를 가진 것이 많다. 따라서 우리말로 옮길 때 그 뉘앙스를 살리기가 무척 어렵다. 어쨌든 이 작품에서 '깊은 잠'이 가지는 의미는 무엇일까.

'깊은 잠'이라는 말은 마지막 장면에 가서야 비로소 나온다. 아직 책을 읽지 않은 독자라면 이 다음은 읽지 말고 반드시 앞으로 돌아가기 바란다.

깊은 잠을 자는 것은 러스티 리건이다. 사실 이 작품에서 리건의 이름은 처음부터 끝까지 늘 언급되고 있지만 정작 우리는 리건의 모습을 한 번도 볼 수 없다. 리건은 그저 사람들의 기억 속에서만 살아 있는 존재이다. 이 작품에서 말로는 여러 살인을 목격하고 악당들을 추적하며 또 격투를 벌이기도 한다. 그렇지만 말로가 애써 부정하려 해도 이 다양한 군상들의 삶은 러스티 리건과 닿아 있고 주변 사람 모두는 말로가 리건을 찾아내려고 하고 있다고 믿는다. 죽은 자가 삶을 지배하고 있는 셈이다. 추리소설에서는 이미 죽은 사람이 사건을 몰고오고 또는 공포를 불러일으킨다는 설정이 흔하게 쓰였다. 에드 맥베인의 『살인자의 선택』이나 『그녀의 이름은 새디였다』에서 이미 살해된 여자의 생전의 삶이 여러 사람의 입을 통해 굴절되는 것이 대표적인 예이다. 그렇지만 사람들의 입을 통해 그려지는 리건의 모습은 막연해 보일 뿐이다.

그럼에도 불구하고 말로는 리건을 떨쳐버릴 수 없고 종국에 와서는 리건의 죽음을 밝혀낸다. 어떤 이의 눈에 비친 모습이든 강인하고 유쾌하고 정열적인 사내 리건. 죽어가는 노인에게조차 생명의 불꽃 역할을 했던 사나이. 노인이 오로지 열기에 의존하여 살아간다는 사실조차 상징적이다. 사실 노인은 리건의 따뜻한 온기에 더 의존했던 것이다. 그러나 진실은 어떠한가. 역겹기까지 한 인간에게 사소한 이유로 살해되어 아무도 찾을 수 없는 곳에서 영원히 깊은 잠을 자고 있다. 말로는 그를 한 번도 본 적이 없으면서도 어느 결엔가 그에게 막연한 우정 같은 것을 품게 된다. 스턴우드 장군의 의뢰로 시작한 이 복잡하고 지저분한 추적의 과정에서 말로는 점차 리건에게 동화되어가는 것이다.

이 작품에 나오는 인물들의 모습은 하나같이 썩어빠졌고 초라할 뿐이다. 재벌인 스턴우드 장군은 선량하지만 죽은 사람이나 다름없다. 두 딸들은 도덕관념이라곤 눈곱만치도 없는 괴물 같은 사람들이다. 말로가 마주치는 주변 인물들은 모두 보잘것없는 삼류 인생이다. 그 가운데에서 말로가 발견하는 그 나름대로 반짝이는 사람은 러스티 리건과 해리 존스이다. 존스는 시시하기 짝이 없는 작자이나 한 여자를 깊이 사랑하며 나름대로의 긍지를 간직한 사람이다. 적어도 그는 사랑하는 여자를 위해 목숨을 바칠 줄 아는 것이다. 처음에는 무시하던 말로도 나중에는 그에게 일종의 존경심마저 품게 되었다. 그러나 결과는? 말로가 발견한 이런 인물들은 모두 비참한 최후를 당할 뿐이다. 어쩌면 이 작품의 깊은 바닥에 있는 테마는 바로 이것일지도 모른다. 그토록 찾아 헤매던 중요한 것들은 이미 오래 전에 썩어 더러운 웅덩이 밑에 가라앉아 있는 것이다.

무라카미 하루키가 청년 시절 챈들러에게 매료되어 그에게서 빌려온 구도는 바로 '어떤 것에 대한 추적과 그 결과 밝혀낸 어떤 것의 변질'이다. 말로는 '그 어떤 것'을 찾아 끝없이 돌아다니나 찾아낸 것은 지저분한 죽음뿐이다. 그러나 말로는 그에 좌절하지 않고 오히려 강한 의지를 다진다. 그리고 다시 싸우기 위해 꿋꿋이 발걸음을 움직이기 시작하는 것이다. 이런 면 때문에 평론가들은 필립 말로를 '20세기 LA의 고독한 기사'라고 부른다. 원래 챈들러가 단편의 주인공에게 붙였던 이름이 '말로리'였다는 사실만 보아도 왜 이렇게 부르는지 이해가 갈 것이다. 말로리는 15세기에 아서 왕과 원탁의 기사 전설을 집

대성한 사람이다. 성배(Holy Grail) 탐색에 나섰던 원탁의 기사들은 이미 모험을 떠날 때부터 실패할 운명이었다. 운명은 이미 갤러해드를 선택했고 갤러해드 이외의 기사들은 절대로 성배를 얻을 수 없었다. 선택받은 고귀한 자는 아니지만 그래도 기사들은 용감하게도 또는 어리석게도 성배를 찾아 헛된 탐색을 한다. 말로 역시 선택받은 고귀한 자는 절대로 아니지만 용감하게도 또는 어리석게도 매번 진실과 인간의 가치를 찾아 헛된 탐색을 떠나는 것이다. (『안녕 내 사랑』에 등장하는 인물 이름이 '그레일'이라는 사실도 의미심장하다.)

이러한 기사 영웅담과의 연관성은 몇몇 평론가들이 지적하는 것으로, 이 작품 첫 부분에서 말로는 스턴우드 저택의 스테인드글라스에서 기사의 모습을 본다. 카멘 스턴우드가 자신의 아파트에 침입했을 때에도 그는 체스판에서 기사의 말을 움직이며 '기사는 이 게임에서 아무런 의미가 없었다. 이것은 기사들을 위한 게임이 아니었다'며 씁쓸해한다. 마지막에 다시 스턴우드 저택에 돌아간 그의 눈에 여전히 위험에 빠진 여자를 구해내지 못하는 기사의 모습이 비친다. 결국 그의 기사로서의 모험은 이 모든 것이 기사를 위한 게임이 아니었기에 실패로 돌아가고 만 것이다.

한 가지 덧붙이자면, 필립 말로가 의뢰인과 처음 대면하는 장면은 늘 인상적이다. 시리즈물이 이어지는 작품은 사건과 관계없이 즐거움을 주는 장면이 있게 마련이다. 셜록 홈스 시리즈의 큰 재미 중 하나가, 처음에 지루해하는 홈스와 왓슨에게 의뢰인이 찾아와 홈스의 관찰 대상이 되는 장면인 것처럼.

가드너의 페리 메이슨 시리즈 역시 처음에 의뢰인이 찾아오고 마지막에 다음 작품의 의뢰인이 찾아오는 고정된 장면이 쏠쏠한 재미를 준다. 필립 말로 시리즈에서 대개의 의뢰인은 나이 많고 병약한 부자이다. 삭막한 자본주의 사회에서 살아남은 증거로 막대한 부를 거머쥔 노인들은 그만큼 사람을 압도할 만한 카리스마를 갖고 있지만 말로는 그에 절대 기죽지 않고 특유의 비아냥거리는 말투로 상대한다. 『빅 슬립』에서 그는 스턴우드 장군과 만나서 죽어가는 노인에 대해 기묘한 애정을 갖게 된다. 지독하게 덥고 강렬한 향기로 가득 찬 온실과 이미 쇠락해가는 노인의 대비는 매우 생생하며 묘한 인상을 전달하고 있다.

이 만남의 장면은 후기의 명작 『기나긴 이별』에서 변주되고 있다. 주변 사람들 누구나 두려워하는 노재벌 포터는 비록 의뢰인은 아니나 스턴우드 장군처럼 말로를 대저택으로 불러들인다. 다른 점은, 스턴우드 장군은 이미 생명력이 꺼져가는 노인이나 말로가 담배 피우는 모습을 보기 좋아하는 반면 포터는 아직 건장하고 활력 넘치는 노인인데도 천식 때문에 담배 피우는 것을 질색한다는 사실이다. 여기서도 묘한 아이러니를 엿볼 수 있다.

영화 〈빅 슬립〉(1946)

국내에는 그다지 소개가 되지 않았지만 필립 말로 시리즈는

영화 〈빅 슬립〉 중에서

대부분 영화화되었다. 간결하면서 명료한 필치, 대단히 매력적인 주인공, 화려하면서 서정적인 배경 등이 영화의 조건과 맞아떨어지기 때문일 것이다. 말로의 매력이 강한 만큼 주연 배우도 로버트 미첨, 제임스 가너, 제임스 칸 등 당대의 스타들인데, 특히 유명한 것은 역시 이 〈빅 슬립〉에서 말로를 연기했던 험프리 보가트이며 영화 자체도 영화사에 길이 남는 명작이다.

〈빅 슬립〉은 두 번 영화화되었다. 1978년에 로버트 미첨이 주연한 영국 영화가 있는데 이 작품은 국내 TV를 통해 소개된 적이 있다. 함께 출연한 배우도 새러 마일스, 올리버 리드, 에드워드 폭스, 조앤 콜린스 등 화려했다. 그러나 미첨은 이미 많이 늙어 젊은 말로를 연기하는 데는 무리가 있었고 영화도 원작을 밋밋하게 스크린에 옮겨놓아 실망스러웠고 평도 좋지 않았다.

1945년 하워드 호크스(Howard Hawks, 1896~1977)는 헤밍

웨이 원작의 영화 〈가진 자와 못 가진 자〉의 성공으로 고무되어 이 영화의 제작진과 출연진을 그대로 사용하여 다음 영화를 찍기로 결심하였다. 그래서 험프리 보가트와 로렌 바콜이 주연을 맡아 〈빅 슬립〉이 제작되었는데 당시 보가트와 바콜은 사랑에 빠져 화제를 모으고 있었다. 아마도 이 커플의 상품성을 잇자는 제작자의 의도도 있었을 것이다. 두 사람은 〈빅 슬립〉 촬영 중 결혼했다.

험프리 보가트는 하드보일드의 양대 탐정인 필립 말로와 샘 스페이드 역할을 다 했고 모두 성공했다. 하지만 왜소한 체구 때문에 거구인 두 탐정 역에는 어울리지 않는다는 혹평도 만만치 않았다. 실제로 『빅 슬립』의 첫 부분에서는 카멘 스턴우드가 말로를 보고 '키가 크다'고 말하는데, 영화에서는 "키가 참 작군요" 하고 말하고 나중에 말로가 그녀를 만났을 때 "나 기억 못해? 자라다 만 사람이잖아" 하고 말한다. "잘생겼어요" 하고 말하는 대목도 "괜찮게 생겼네요"로 바뀌었고. 말로는 자신의 나이도 '38세'라고 말한다.

그럼에도 불구하고 보가트만이 가지는 어둡고 음울한 매력은 원작과는 조금 다르지만 개성적이고 매력적인 필립 말로 상을 창조해냈다. 해미트의 원작을 영화화한 〈몰타의 매〉에서도 샘 스페이드를 새롭게 창조해냈으니 보가트는 가히 하드보일드-느와르의 아이콘이라 할 수 있을 것이다.

특기할 만한 사실은, 〈빅 슬립〉의 각본을 노벨상 수상 작가인 윌리엄 포크너가 썼다는 것이다. 포크너의 작품에도 인간의 근원적인 악과 범죄가 많이 다루어져 있고 추리소설도 가끔 썼으므로 그리 이상한 일은 아니지만, 감독이 그에게 원작이 너무 좋으니까 각색하려 들지 말고 "그냥 원작에서 각본을 뽑아내라"고 지시했다는 이야기는 참 아이로니컬하다. 문학사에 길이 남는 대작가가 '일개 추리소설 작가'의 작품을 충실히 각색한 셈이니까. 이것으로도 미국 문화에서 챈들러가 차지하는 비중을 짐작할 수 있을 것이다. 그리고 챈들러와 포크너는 케인의 〈이중배상〉 각본을 함께 썼다.

챈들러는 영화화 과정에서 새로운 결말을 썼다고 한다. 영화에서는 원작과 다른 결말을 채택하고 있어, 마지막에 가이거의 집에서 말로와 비비안이 함께 에디 마스를 기다린다. 말로는 밖에 기관총을 들고 기다리는 에디의 부하 손에 에디를 죽게 만든다. 그러나 챈들러가 쓴 또다른 결말에서는 말로가 카멘과 함께 있으며, 카멘이 말로를 죽이려다 에디의 부하들에게 기관총을 맞고 갈기갈기 찢긴 채 죽는 것으로 끝난다. 그러나 제작사인 워너브러더스에서는 이 결말을 채택하지 않았다. 아마도 챈들러는 카멘의 운명을 결정하는 방식에 있어 다소 망설였던 것이 아닐까?

이 영화에서 또 한 가지 유명한 에피소드가 있다. 초반에 시신으로 발견되는 운전기사 오웬 테일러를 살해한 사람이 누구인가에 대한 것이다. 〈시민 케인〉과 〈제3의 사나이〉로 유명한 배우이자 감독 오선 웰스가 불평했다는 것이다. "난 도저히 이 영화의 스토리를 따라갈 수가 없어!" 그리고 테일러를 누가 살해했느냐고 호크스에게 물었는데 감독도 알 수가 없었다고 한다. 그래서 각본가인 포크너와 리 브래킷, 줄스 퍼스먼에게 물

영화 〈빅 슬립〉 중에서

었지만 아무도 아는 이가 없었다. 결국 원작자인 챈들러에게 물었는데 챈들러마저도 모르겠다고 대답했다. 소설을 다 읽은 독자는 다시 한번 짚어보기 바란다.

여기서 퀴즈 하나. 브루스 리, 아놀드 슈워제네거, 실베스터 스텔론. 이들의 공통점은? 물론 이들은 전설적인 액션 스타들이다. 그러나 또다른 공통점이 있다. 모두 영화 속에서 필립 말로를 위협한 악당 똘마니 출신인 것이다.

레이먼드 챈들러(Raymond Chandler, 1888~1959)

챈들러의 자세한 연보는 뒤에 제시했으므로 참고하기 바란다. 챈들러는 장시 『황무지』로 유명한 T. S. 엘리어트와 같은 해에 태어났으며 엘리어트와 마찬가지로 미국에서 태어나 많은 시간을 영국에서 보냈다. 1910년대에는 런던의 몇몇 신문사에서 기자 생활을 하며 시와 수필을 썼다. 이 당시에 쓴 시와 수필에서는 기사 영웅담과 이상 사회에 대한 동경이 드러나 있어 필립 말로가 가진 감수성과 강한 정의감이 여기에서 비롯되었음을 알 수 있다. 많은 직업을 거친 끝에 석유 회사의 부사장까지 올랐으나 음주와 장기 결근으로 쫓겨난 그는 1930년대부터 펄프 매거진에 범죄 단편들을 기고하기 시작하여 젊은 시절 고전 영문학에 열정을 바치던 시절과는 다른 새로운 문학 인생을 시작한다. 1939년 발표한 첫 장편 『빅 슬립』이 큰 성공을 거둔 뒤 그는 당시 많은 작가들이 그랬듯 할리우드에 고용되어 영화 일을 했다. 그러나 영화에서는 그다지 성과를 올리지 못했고 (〈푸른 달리아〉로 아카데미 상 후보에 오르기도 했으나) 오랜 공백 끝에 다시 말로 시리즈를 쓰기 시작하여 『호수의 여인』을 출판한 지 6년만에 『리틀 시스터』를 발표하였다. 이 작품에는 할리우드에서 느낀 환멸이 그대로 반영되어 있다. 1954년 후기의 걸작 『기나긴 이별』을 출판한 그는 18세 연상의 사랑하는 아내 시시가 세상을 떠난 뒤 실의에 빠져 알코올 중독이 되고 크게 건강을 해친 끝에 1959년 세상을 떠났다.

필립 말로 이전에 그는 단편들에서 John Dalmas, Carmady, Mallory, Ted Malvern, John Evans 등의 주인공을 창조했다. 그렇지만 이들은 근본적으로 말로와 동일 인물이라고 할 수 있으며 나중에 재출간되었을 때는 일부 단편의 주인공이 필립 말로로 이름이 바뀌기도 했다. (혹자는 이들 이름에 거의 'mal'이 들어간다는 사실을 지적하기도 한다.)

그가 창조한 필립 말로는 후대 하드보일드 작가들에게 지대한 영향을 미쳤으며 후배 작가들이 필립 말로의 새로운 모험담을 쓰기도 하였다.

1987년에는 하이버 콘터리스(Hiber Conteris)가 『*Ten Percent of Life*』라는 필립 말로가 등장하는 작품을 썼다. 이 작품에서 말로는 재미있게도 챈들러의 출판업자를 살해한 범인을 추적한다. 원래 이 제목은 챈들러가 출판 대행업에 대해 쓴 글의 제목이었다.

1988년에는 그의 탄생 100주년을 기념하여 로버트 B. 파커, 사라 파레츠키 등 후배 작가들에 의해 『*Raymond Chandler's Philip Marlowe-A Centennial Celebration*』이라는 단편집이 출간되었다. 이 책에는 챈들러의 단편들과 함께 후배 작가들이 쓴 또 다른 필립 말로 이야기들이 들어 있다.

1989년 챈들러의 1959년도 유고작 『*Poodle Springs*』를 〈탐정 스펜서〉(국내에서는 TV 시리즈로 소개된 적이 있다)의 작가 로버트 B. 파커가 완성시켰는데, 여기서 말로는 『기나긴 이별』에서 만난 린다와 결혼한다. 챈들러는 이 작품을 4장까지 써놓았다. 파커의 행위에 격분한 팬들의 항의에도 불구하고 1991년 파커는 두번째 자신의 필립 말로 시리즈 『*Perchance to Dream*』을 발표하는데 이 작품은 『빅 슬립』의 속편이었다.

1994년 8월, 저널리스트인 제스 브래빈의 제안으로 로스앤젤레스는 할리우드와 카후엔가 대로 모퉁이를 '레이먼드 챈들러 광장'이라 명명했다. 이 자리는 필립 말로의 탐정 사무소가 있던 곳이다.

단편 목록은 다른 작품의 해설에서 소개하겠다. 끝으로, 이 해설은 Robert F. Moss의 챈들러 사이트에서 많은 도움을 얻었음을 밝힌다.

1888년 7월 23일 시카고에서 레이먼드 손튼 챈들러 출생
1895년 술주정뱅이인 아버지와 이혼한 어머니를 따라 영국으로 이주
1905년 프랑스어 공부를 위해 파리 방문
1906년 어학 공부를 계속하기 위하여 독일에 감
1907년 영국에 돌아와 해군본부에서 근무함
1908년 처녀 시 「알려지지 않은 사랑」 발표
1909~1912년 런던 데일리 익스프레스에서 잠시 기자 활동
   시, 스케치, 에세이, 번역물 등 발표
1912년 미국에 돌아와 LA로 이주
1917~1919년 군복무
1919년 18살 연상의 시시(Cissy)와 연애를 시작함
1924년 어머니 플로렌스 챈들러 암으로 사망. 53세의 이혼녀 시시와 결혼. 대브니 오일(Dabney Oil) 사의 부사장으로 LA 지사를 맡게 됨
1932년 장기 결근과 지나친 음주로 회사에서 해고당함
   시시 발병
1934년 단편 「협박자는 총을 쏘지 않는다 *Blackmailers Don't Shoot*」 블랙마스크(Black Mask) 지에 발표

1936년 블랙마스크 지 만찬에서 대실 해미트와 만남
1938년 봄 『빅 슬립』 집필 시작
1939년 첫 장편소설 『빅 슬립 The Big Sleep』 출간. 『호수의 여인』 집필 시작. 4월 『호수의 여인』 포기. 『안녕 내 사랑』 집필 시작. 9월 『안녕 내 사랑』 초고 탈고. 캐나다 군대에 지원했으나 거절당함
1940년 『안녕 내 사랑 Farewell, My Lovely』 출간. 『하이 윈도』 집필 시작
1942년 『하이 윈도 The High Window』 출간
1943년 『호수의 여인 The Lady in the Lake』 출간. 빌리 와일더 감독과 함께 James M. Cain의 〈이중배상〉 각본을 맡아 파라마운트 사에 고용됨. 파라마운트 사의 비서와 염문
1944년 케인 〈이중 배상 Double Indemnity〉 출간. 파라마운트 사와의 계약이 파기됨
1945년 다시 파라마운트에서 일함. 〈푸른 달리아〉 집필. 〈호수의 여인〉 각본 작업을 시작하나 13주 만에 포기함. 〈푸른 달리아 Blue Dahlia〉로 아카데미 상 후보에 오름
1946년 영화 〈빅 슬립〉 개봉
1947년 유니버설과 〈플레이백〉 시나리오 계약. NBC 라디오에서 필립 말로 프로그램 방송
1948년 『리틀 시스터』 완성. CBS 〈필립 말로의 모험〉 라디오쇼 판권 계약
1949년 『리틀 시스터 The Little Sister』 출간. 뉴스위크 지에 기사 실림. 기관지염, 알레르기, 대상포진 발병
1950년 에세이 『단순한 살인 기술 The Simple Art of Murder』 출간. 알프레드 히치콕 감독과 패트리셔 하이스미스 원작 〈기차의 이방

인 *Strangers on a Train*〉 영화화 작업. 그러나 히치콕은 챈들러의 각본을 마음에 들어하지 않아 다른 사람을 시켜 대부분 고침

1952년 『기나긴 이별』의 완전한 초고 완성했으나 출판사가 되돌려 보냄. 시시 챈들러 건강 악화

1953년 『기나긴 이별 *The Long Goodbye*』 영국에서 출간

1954년 『기나긴 이별』 미국 출간. 아내 시시 사망(84살)

1955년 알코올에 빠져 지냄. 2월에는 자살 시도, 정신병원에 입원. 영국에서 이언 플레밍 등과 친교.

1956년 알코올 중독과 노이로제로 뉴욕 병원에 입원

1957년 〈플레이백〉의 소설판 작업. 영국에 가려 했으나 세금 문제로 가지 못함

1958년 런던으로 돌아왔으나 발병함. 『플레이백 *Playback*』 출간

1959년 헬가 그린(Helga Green)에게 청혼. 다시 알코올 중독으로 입원. MWA(미국 미스터리 작가 협회) 회장직을 수락하러 뉴욕으로 여행. 폐렴으로 쓰러짐

3월 26일 캘리포니아 라졸리아 스크립스 진료소에서 사망

2001년 MWA 남부 캘리포니아 지부에서 The Marlowe Award가 제정됨

— 장경현(싸이월드 '화요 추리 클럽' 운영자)

| 옮긴이의 말 |

　『빅 슬립』을 시작한 것은 늦은 여름이었지만, 마지막 교정을 마친 것은 늦은 가을, 초겨울이었습니다. 소설 속에서처럼 마지막으로 『빅 슬립』을 작업하는 동안, 비가 오고 바람이 불었습니다. 그리고는 새로운 한 해를 바라보는 이때 그 첫 결실을 보게 되었습니다.
　『빅 슬립』은 쉽고도 어려운 작품입니다. 이 소설의 구성은 치밀한 것 같지만, 끝까지 다 읽어도 해결되지 않는 점이 있습니다. 이런 이유 때문에 사람들은 흔히 하드보일드가 '딱딱하다'라고 얘기하는 것 같습니다. 그렇지만 이 작품의 매력은 구성보다도 그 사건을 묘사하는 힘에 있습니다. 이 소설의 배경이 되는 거대한 저택과 유정(油井), 시가지에 있는 더러운 빌딩들, 그리고 LA라는 도시 자체가 생명력을 가지고 하나의 은유로 작용합니다. 그리고 이 모든 배경들은 다른 시대, 다른 공간의 이름으로 대치를 한다고 해도 어색함이 없습니다. 세월을 거슬러 오는 고전의 힘이라고 할 수 있습니다. 이런 대가의 작품을 우리말로 옮기는 것은 즐거운 일입니다. 하지만 또한 많은 어려움이 있었습니다.

번역자로서 제가 중점을 둔 부분은 챈들러의 문체를 자연스럽게 우리말로 느낄 수 있도록 하는 작업이었습니다. 앞으로 나올 다른 필립 말로 시리즈도 그렇지만 『빅 슬립』에도 주로 쓰이는 챈들러의 가장 큰 무기는 직유입니다. 직유는 실제 존재하는 대상의 묘사뿐 아니라 그 대상을 바라보는 관찰자의 통찰력까지 반영합니다. 가급적 원문의 직유를 살리고, 부족한 부분은 역주를 넣어 독자들이 이해하는 데 도움이 되도록 했습니다. 이런 직유의 묘미를 느껴본다면 챈들러의 글을 한층 깊게 음미할 수 있을 거라고 생각합니다.

작품의 원전은 Library of America에서 출간한 *Raymond Chandler: Stories and Early Novels*입니다. 기존의 많은 번역본의 경우 제목을 '거대한 잠'이라고 하는 경우가 많았지만, 본문 내용의 의미를 살려 이 북하우스판의 경우는 '빅 슬립'으로 독자들을 만나게 되었습니다.

『빅 슬립』은 그 제목 자체로서 하나의 은유이고, 이 소설의 실마리를 제공하는 중요한 단어이며, 또한 우리의 삶을 통찰하는 주제이기도 합니다. 우리말로 하기에는 다중적인 의미가 이 안에 담겨 있어서 그 제목을 그대로 살려 그 의미를 직접 찾아볼 수 있도록 했습니다. 이 소설의 마지막 장까지 읽은 독자라면, 왜 챈들러가 위대한 작가이며 그의 문장이 왜 좋은 글쓰기의 전범으로 꼽히는지 알 수 있을 것입니다.

필립 말로를 만나는 것은 즐거운 일입니다. 유능한 탐정이기도 하고 재치 있는 농담을 할 수 있는 유머리스트이기도 하니까요. 하지만 냉소적인 어법 속에 숨어 있는 인간 양심에 대한 신념이 그를 더욱 매력적으로 느끼게 하는 요소라는 생각이 듭니다. 그리하여 그가 문학사에 길이 남는 주인공이 된 것이지요.

　매력적인 캐릭터를 만날 수 있는 기회를 주신 북하우스에 감사드립니다. 또한, 소중한 기획을 해주신 윤영천 님과 흥미롭고 유익한 해설을 써주신 장경현 님께도 감사드립니다. 다음에 더 좋은 번역으로 찾아뵙겠습니다.

2003년 12월
박현주 드림

옮긴이 박현주
고려대학교 영어영문학과와 동 대학원을 졸업하고
미국 일리노이대학에서 언어학 박사 학위를 받았다.
옮긴 책으로 『빅 슬립』 『하이 윈도』 『안녕 내 사랑』 『호수의 여인』
『리틀 시스터』 『기나긴 이별』 『스밀라의 눈에 대한 감각』 『셜록 홈스 걸작선』
『세상의 생일―21세기 SF 도서관』 등이 있다.

빅 슬립

1판 11쇄	2004년 1월 20일
1판 18쇄	2022년 3월 17일

지은이	레이먼드 챈들러
옮긴이	박현주
펴낸이	김정순
기획	윤영천
책임편집	이승희
디자인	이승욱
마케팅	이보민 양혜림 이다영
펴낸곳	(주)북하우스 퍼블리셔스
출판등록	1997년 9월 23일 제406-2003-055호

주소	04043 서울시 마포구 양화로 12길 16-9(서교동 북앤빌딩)
전자우편	editor@bookhouse.co.kr
홈페이지	www.bookhouse.co.kr
전화번호	02-3144-3123
팩스	02-3144-3121

ISBN 89-5605-089-9 04840
     89-5605-088-0 (세트)